蝶々殺人事件

나비 부인 살인 사건

요코미조 세이시 지음
정명원 옮김

나비 부인 살인 사건

SIGONGSA

나비 부인 살인 사건

蝶々殺人事件

서곡

어느 봄의 오후였다. 나는 문득 생각이 나서 구니타치에 사는 유리 선생님을 방문했다.

유리 선생님은 원래 고지마치에 살고 계셨는데 전쟁이 시작되자 바로 고지마치의 집을 남에게 맡기고 재빨리 구니타치로 이사했다. 그때 나는 선생님의 용의주도함을 비웃었다. 하지만 그 후 공습이 거듭되었고, 선생님을 비웃었던 내 집은 세 번이나 불에 탄 반면 용의주도하게 교외로 이사한 유리 선생님의 고지마치 자택은 오히려 화마를 면했으니 세상일이란 참 아이러니하다.

세 번째로 공습을 당하고 결국 몸뚱이만 달랑 남은 나는 전에 비웃었던 일도 있어, 체면상 선생님을 뵙기가 부끄러웠다. 하지만 선생님은 온화하게 웃으며 오히려 다음과 같은 말로 나를 격려해주셨다.

"뭐, 어때. 자네처럼 젊은 사람은 언젠가 다시 만회할 수 있다네. 자네 스스로 의식하지 않아도 그 정도 자신은 있을 걸세. 나

같은 늙은이는 그럴 자신이 없으니 조심할 수밖에 없지. 즉 용의주도하다는 것은 늙었다는 증거일지도 몰라."

그리고 선생님은 부인에게 말해 내 몸에 맞을 법한 옷을 몇 벌 내주었다. 그뿐만 아니라 전쟁이 끝난 후에는 고지마치 자택에 사는 사람들과 의논하여 2층 방을 하나 내게 제공하도록 배려해주셨다. 내가 지금 전쟁의 피해를 입은 사람치고 굉장히 여유로운 환경에 있는 것도 그 덕분이다. 이렇게 되고 보니 선생님의 용의주도함을 비웃은 스스로가 한층 부끄러워졌다.

아무튼 그날 내가 구니타치의 선생님 댁을 방문했을 때 선생님은 젊은 부인과 둘이서 고구마 모종판 만들기에 여념이 없었다. 선생님은 내 얼굴을 보더니 바로 손을 씻고 서재로 들어오셨다.

"오랜만이야. 그 후 어찌 되었나? 신문사 일은……."

선생님은 아름다운 백발을 찰랑이며 가무스름한 얼굴에 변함없이 은은한 미소를 띠고 나를 맞이해주셨다.

"똑같죠, 뭐."

"요즘은 신문 지면이 모자라서 다들 형사 사건 따위에 관심 없을 테니, 미쓰기 슌스케 군은 아마 구석에서 썩어가고 있을 거라고 지난번에 아내랑 얘기했다네."

선생님은 그렇게 말하고 온화하게 미소 지었다.

"그렇진 않아요. 신문사에 몸담고 있으면 그것만으로도 제법 일이 있답니다. 저보다 선생님이야말로 어떠십니까?"

"나……?"

"선생님이야말로 고지마치 댁이 그립지 않으십니까. 설마, 이대로 시골에서 고구마 농사나 지으시려는 건 아니죠?"

항상 그런 걱정을 하던 터라 이참에 물어보니, 선생님은 아름다운 백발을 만지면서 껄껄 웃었다.

"시골이라니 너무한걸. 이래 봬도 훌륭한 문화도시라네. 그나저나 자네가 방금 한 말 말인데……."

하고 선생님은 조금 진지한 표정을 지었다.

"그야 나도 특이한 사건이 있으면 다뤄보고 싶네만 당분간은 안 되겠지."

"안 된다니요?"

"이런 시대에는 살벌한 사건은 있어도 치밀하게 계획한 사건은 없거든. 너나없이 침착성을 잃어서 범죄를 저지를 때도 치밀하게 계획을 세울 여유 따위는 없어졌지. 게다가 살인 사건도 사회질서가 잡히고 인명을 존중할 때에나 자극적이지, 이렇게 사람의 생명이 싸구려 취급을 받는 시대에는…… 글쎄."

"그럼 계획적인 살인 사건이 있었던 시절, 즉 선생님이 무대에서 활약하시던 시절에는 좋았던 겁니까, 나빴던 겁니까?"

내가 조금 놀리는 기색으로 묻자 선생님은 진지해져서 이렇게 대답했다.

"그야 당연히 좋았지. 계획범죄가 있다는 건 그만큼 사회질서가 잡혀 있다는 증거라고. 살인을 예로 들어봐도 인간 따위

아무리 죽여도 상관없는 분위기라면 고심해서 계획 같은 걸 세우겠는가. 사회가 진보하면 인명을 존중할 확률이 커지지. 인명이 존중되면 그만큼 살인에 대한 제재는 엄격해진다네. 그 제재를 피하기 위해 범인은 음험하고 번거로운 계획을 세우는 게 아니겠는가."

"그럼 교묘한 계획범죄가 많을수록 사회는 진보하고 있는 셈이군요."

"뭐, 그렇지. 적어도 범죄 따위 절대 없는 이상적인 시대가 올 때까지는."

"그런 시대가 올 가능성은 절대 없다고 치고, 그럼 앞으로 일본은 어떻게 될까요. 방금 선생님이 말씀하신 것 같은 의미의, 진보적인 시대가 올까요?"

"그야 오겠지. 이렇게 언제까지나 인간의 목숨이 값싸게 취급되는 시대가 계속되는 건 참을 수 없어. 아니, 지금까지 이상으로 한 사람 한 사람의 생명이 존중받는 시대가 올 걸세."

"그와 동시에 음험한 계획 살인범이 나타난다……면 우리는 오히려 그런 놈이 나타나는 시대가 오기를 바라도 된단 거로군요."

"뭐, 그런 셈이지. 하하하하하, 왠지 묘한 논쟁이 되어버렸네만."

아무튼 위의 대화에서 여러분도 이미 알아차리셨겠지만 이 유리 린타로라는 사람은 그 옛날 범죄 수사에 제법 실력을 발휘

했던 사람이다. 하지만 선생님은 직업적인 탐정은 아니었다. 구니타치 3번가의 자택 현관에도 사립 탐정이라는 촌스러운 간판은 걸려 있지 않았다.

그럼에도 불구하고 그 방면에서 선생님의 명성은 세간에 널리 알려진 듯 3번가 자택에는 차례차례 여러 사건을 의뢰하려는 사람들이 밀려들었다. 그러면 선생님은 그 사건들을 자세히 음미하고 그중에서 자신의 취향에 맞을 법한 사건만 골라 일을 시작했다. 한편, 신문기자라는 직업상 내가 먼저 사건을 접하고 선생님을 끌어들이는 경우도 있었다. 하지만 어느 쪽이건 선생님이 나설 때마다 내가 한쪽 어깨를 내드리는 것만은 변함없었다. 즉, 나는 셜록 홈스 곁에 있는 왓슨인 것이다. 이 정도 정보는 알려드려야 그날 내가 유리 선생님을 방문한 용건이란 것을 이해할 수 있을 것이다.

아무튼 잠시 침묵의 시간이 흐른 후 나는 그 용건을 꺼냈다.

"사실 오늘 찾아뵌 것은 부탁드릴 게 있어서인데요."

"무슨 부탁?"

실은…… 하고 내가 꺼낸 이야기는 다음과 같았다.

일찍이 내가 유리 선생님을 따라 범죄 수사에 관여한 적 있다는 걸 기억하는 이가 있는지, 최근 나는 어느 출판사에서 지금껏 다룬 사건 중에 소설이 될 만한 것을 글로 써보지 않겠냐는 청탁을 받았다.

솔직히 최근의 내 생활은 궁색하기 그지없었다. 신문사 봉급만으로는 먹고살기 힘들다. 하지만 그때 내가 출판사의 의뢰를 곧장 수락한 데에는 금전적인 문제 외에 또 다른 이유가 있었다. 출판사 사장은 이렇게 말했다.

"아무래도 이제껏 일본인에게는 이성이 결여돼 있지 않았나 싶습니다. 매사를 논리적으로 생각하는 습관이 부족했던 것 같은데 어떻습니까. 가벼운 읽을거리가 생기고 나서 더 그런데, 좀 더 합리적인 소설이 있으면 좋겠다 싶어서요. 논리적인 소설이라면 지금은 추리소설, 그것도 본격물이지요. 그래서 저희도 앞으로 그런 추리소설을 주력 출판물에 넣어볼까 생각 중인데, 선생님이 아무쪼록 거기에 힘을 좀 실어주셨으면 해서요⋯⋯."

그런 말을 들으니 왠지 그럴듯하게 느껴졌다. 추리소설을 쓴다는 것이 대중을 계몽하는 일처럼 느껴져 의욕이 샘솟았다.

하지만 쓰는 것과 의욕은 별문제라 실제 펜을 들면 꽤 어렵다. 소재는 있어도 신문 기사를 쓰듯이 쓸 수가 없다. 게다가 또 하나 나를 곤란하게 만든 것은 공습 때문에 옛날에 써둔 메모가 사라졌다는 것이다. 그날 유리 선생님을 방문한 용건이란 일단 선생님의 양해를 구하는 것이었고, 또 하나, 선생님은 옛 기록을 아직 갖고 계시겠지 생각해서였다.

"그렇군."

내 이야기를 듣더니 선생님은 곧바로 고개를 끄덕였다.

"쓰게나. 뭐, 난 상관없네. 이상하게 과장하거나 쓸데없는 것만 쓰지 않는다면야⋯⋯."

"예, 그 부분은 신경 쓰겠습니다. 가급적 정확하게 써볼 생각입니다만……."

"그래서, 어떤 사건을 쓸 건가?"

"나비 부인 살인 사건…… 그걸 써볼까 싶은데 어떠세요?"

그렇게 말하고 나는 주뼛주뼛 선생님의 얼굴을 살폈다. 한동안 말없이 생각에 잠긴 듯했던 선생님이 느닷없이 자리에서 일어나서 나는 망했다, 선생님 기분을 상하게 했어, 라고 생각했는데 이윽고 선생님이 책장에서 가마쿠라 무늬가 조각된 손궤를 꺼내 들고 돌아오셨다.

"그러고 보니 미쓰기 군, 요전에 낡은 서류를 정리하는데 재미있는 것이 나왔지 뭔가. 기억하지? 자, 이걸세."

그렇게 말하고 선생님이 내민 것은 잡지 표지에서 오려낸 듯한 한 장의 사진이었다. 언뜻 그것을 본 나는 무심코 가슴이 두근거렸다.

그것은 옷자락을 넓힌 긴 프록코트* 같은 차림에 오페라 모자를 쓰고 지팡이를 겨드랑이에 끼운 산뜻한 청년 신사의 사진이었다. 그 얼굴에는 아이가 장난친 듯 파란 색연필로 안경과 머플러가 그려져 있었다. 물론 나는 그것을 기억하고 있었다. 아니, 기억하는 정도가 아니다. 잊으려 해도 잊을 수 없는 것이 이 사진의 주인공이다. 이 의기양양한 자태의 청년 신사야말로

---

* 무릎 바로 위까지 내려오는 옷자락이 특징인 남성용 정장 코트.

내가 이제부터 쓰려 하는 이 이야기에 뭐라 말할 수 없는 이상한 분위기와 색채를 불어넣고 있는 것이다.

"이 자식은 영리한 놈이었어. 그래, 미쓰기 군, 굉장히 집요한 놈이었지. 이놈 때문에 나도 하마터면 허탕 칠 뻔했어. 미쓰기 군, 괜찮으면 이 사진을 가져가게. 그리고 내가 막다른 길에 부딪힐 뻔한 사정을 써주게나."

그렇게 말하고 선생님이 껄껄 웃어서 나는 겨우 안심했다.

"선생님, 그럼 써도 괜찮을까요?"

"괜찮고말고. 계획 살인이라면 이게 가장 좋은 예시일 테니까. 나로서는 좀 아픈 구석이 있지만 뭐 참겠네."

"고맙습니다. 그렇게 허락해주시니 저도 무척 의욕이 납니다. 그런데요, 선생님. 한 가지 난감한 점이 있습니다."

"난감한 점?"

"예. 저희가 이 사건에 합류한 것은 수사 후반이었잖아요. 물론 거기서부터 시작해도 괜찮습니다. 하지만 그러면 그 이전의 일을 설명하느라 좀 어수선해지지 않을까 싶은데요, 난감한 점은 공습 때문에 당시 기록이 다 타버려서……."

선생님은 내가 말을 마치기도 전에 손궤를 뒤지더니 이윽고 낡은 일기 한 권을 꺼냈다.

"미쓰기 군, 좋은 게 있네. 자네도 기억하지? 사쿠라 여사의 매니저였던 쓰치야 교조 군의 일기야. 그때 빌려놓고 돌려주는 것을 잊어버렸는지 요전에 서류 정리를 하는데 나왔지 뭔가. 이

걸 보면 사건의 자세한 부분을 알 수 있을 걸세. 뭣하면 초반부는 이 일기를 그대로 차용하면 어떤가. 뭐 쓰치야 군이 화를 낼 성격은 아니니까 괜찮을 거야."

여기에 이르러 점점 나는 선생님의 신중함에 경의를 표하지 않을 수 없었다.

물론 나도 그 일기를 기억하고 있다. 그 일기가 당시 우리에게 얼마나 많은 도움을 주었는지 모른다. 게다가 쓰치야 군이 아무 생각 없이 이런저런 사실을 상세히 적어둔 덕분에 나중에 선생님은 사건의 수수께끼를 풀 중대한 요소를 발견하셨던 것이다.

그날 나는 저녁을 먹고 가라는 선생님과 부인의 권유를 단호히 뿌리치고 3시쯤 그곳을 나왔다.

"어머, 너무해. 오랜만이니 같이 식사하려고 준비 중이었는데 밤늦게 돌아가면 시끄러울까 봐서요? 그럼 주무시고 가시면 되잖아요."

젊은 부인은 원망스러운 듯 말한다. 하지만 선생님은 억지로 붙잡으려고는 하지 않았다.

"됐어. 미쓰기 군은 오늘 밤부터 일에 착수할 거라니까……. 소설을 쓸 거거든."

"소설……?"

부인은 아름다운 눈을 빛냈다.

"어머나, 멋져요. 어떤 소설을 쓰실 건가요?"

"미쓰기 군이라면 아무래도 에로틱한 소재의 폭로소설 아닐까?"

"아유, 싫어. 미쓰기 군, 그런 저급한 건 관둬요. 그보다 좀 더 지적인…… 그래요, 추리소설을 쓰세요."

이때 선생님과 나는 무심코 얼굴을 마주 보고 웃었다.

아무튼 선생님께 빌려 온 사진과 일기를 앞에 두고 그날 밤 쓰기 시작한 것이 이제부터 보실 이야기이다. 소설에는 익숙지 않은 터라, 이것이 어떤 작품이 될지 아직은 나도 모르겠다. 하지만 소재가 흥미롭다는 것은 자신 있게 보증할 수 있고, 또 나는 가급적 공정하게 진행할 생각이다. 이 사건의 해결자 유리 선생님에게 주어진 수수께끼의 열쇠는 남김없이 여러분 앞에 꺼내어 보여드릴 생각이다. 그러므로 여러분에게 통찰력이 있다면 유리 선생님과 마찬가지로 범인을 발견할 기회가 주어질 것이다.

또 이야기의 첫 부분은 유리 선생님의 의견을 존중하여 성악가 하라 사쿠라 여사의 매니저인 쓰치야 교조의 일기를 차용하기로 하였다. 그러므로 이하 초반부 몇 장의 화자는 나 미쓰기 슌스케가 아닌 쓰치야 교조 씨라는 점과 함께 이 사건이 쇼와* 12년 가을에 일어났다는 사실까지 거듭 밝히며, 이제부터 나비 부인 살인 사건의 제1막을 올리려고 한다.

---

* 昭和, 쇼와 천황 재위 기간(1926~1989)에 사용한 연호.

제1장

콘트라베이스

10월 20일.

오늘은 재앙의 날이다. 쓰치야 교조에게는 50년 중 최악의 날이다.

오늘 자 오사카 석간을 보니 죄다 큼직하게 '세계적인 소프라노'니 '세계적인 나비 부인'이니 '국보 같은 존재'니 하는 표현을 써가며 하라 사쿠라의 죽음을 보도하고 있었다.

그 여자를 젊은 시절부터 알아왔고 그 여자와 가깝게 붙어다니던 나는 신문사에서 쓰는 표현만큼 하라 사쿠라가 위대한 여자라고 생각하지 않고, 또 그 여자가 살해되었다고 해서 악단에 그리 큰 손실이라고 생각하지도 않는다.

하지만 이제 그 여자가 죽었으니 나는 어떻게 될 것인가. 이제부터 내 생활은 어떻게 될까. 나에게 그녀는 제멋대로인 주인이었다. 변덕스러운 보호자였다. 눈치를 봐야 하는 고용주였다. 하지만 그토록 제멋대로인 여자였기 때문에 크게 도움노 되지 않는, 아니, 아니, 항상 실수만 저지르던 나를 자르지 않고 계속 매니저로 일할 수 있게 해준 것이 아닌가. 그 여자에게는 묘하게도 누님 기질을 과시하고 싶어 하는 허영심이 있어서 그 약점을 파고들어 눈물로 매달리면 대개의 실수는 눈감아주었다. 저 여자 아니면 닳고 닳은 악단 사람들 중 어느 누가 이런 싸구려 장난질에 넘어가겠는가.

그런 보호자를 잃고 앞으로 어떻게 살아가면 좋을까. 쉰이나 먹었으니 신출내기 가수의 매니저 자리도 안 나올 것이다. 아무리 내가 굴욕을 참는다 한들 실수투성이로 이름난 일 못하는 매니저를 누가 품어주겠는가. 생전에는 이러쿵저러쿵 몰래 험담도 했지만 하라 사쿠라란 여자는 고마운 주인이었다.

재앙이다, 재앙의 날이다. 앞으로 난…….

하지만 이런 말을 해봐야 아무 소용 없다. 쓰치야 교조, 침착해야 한다. 마음을 가라앉히고 이번 사건의 전말을 잘 파악해야 한다.

하지만 나로서는 전혀 영문을 모르겠다. 어쩌다 이렇게 된 건지, 대체 하라 사쿠라는 어디서 살해당한 건지, 왜 그런 데 들어 있었던 건지, 뭐가 뭔지 모르겠다. 단 하나 아는 것은 이것이 흔한 살인 사건이 아니라는 점이다. 나처럼 단순한 두뇌의 소유자는 상상도 못 할 음험하고 교묘한 범인이 계획한 것이라는 사실이다.

그렇다, 그러므로 나는 이 사건을 상세히 기록해두어야 한다. 내가 본 것, 들은 것, 혹은 아는 것, 그런 사실들을 쌓아나가

다 보면, 거기서 범인의 계획이 무엇인지 실마리를 잡을 수 있을지도 모른다. 나처럼 단순한 두뇌를 가진 사람도 범인의 꼬리를 잡을 수 있을지 모른다. 그런 생각으로 나는 이 일기를 쓰기 시작했다.

하지만 막상 쓰려니 머릿속이 뒤죽박죽이라 뭐부터 써야 할지 모르겠다. 애초에 사건은 가와다 군이 콘트라베이스가 오지 않았다고 난리를 치면서부터 시작되었는데……. 하지만 잠깐. 거기서부터 쓰면 일이 엉망진창이 된다. 역시 이번 오사카 공연의 서두부터 써야겠다.

하라 사쿠라 오페라단이 사흘간의 도쿄 공연을 끝낸 것은 10월 18일 밤이었다. 공연 작품은 〈나비 부인〉으로, 예상 밖의 좋은 성적을 거뒀다. 사쿠라는 자신의 인기 덕분에 이렇게 된 거라며 스스로 취해 있었지만 그렇지는 않다. 일본 대중이 드디어 오페라단이라는 것을 이해하기 시작한 데에 진짜 원인이 있었다. 이것은 작년 가을 〈라 트라비아타〉를 공연할 때부터 이미 예상했던 바로, 인기로 따지자면 사쿠라보다도 사쿠라의 제자이자 젊고 아름다운 사가라 지에코 쪽이 엄청났다. 게다가 이번에는 오노 다쓰히코가 핑커턴 역을 맡았다. 오노 다쓰히코는 테크닉은 아직 부족했지만 천하제일의 미남에 미성이라는 장점을 갖고 있었다. 인기는 이 두 사람에게 몰렸다.

오사카 공연은 10월 20일과 21일 이틀간. 오사카 공연과 도쿄 공연 사이에는 24시간밖에 여유가 없었다. 그래서 매니저인 나는 눈코 뜰 새 없이 바빴다. 도쿄에서의 마지막 공연은 제대로 보지도 못한 채 10월 18일 밤 기차로 먼저 도쿄를 떠났는데, 그때 나와 같은 기차로 내려간 사람은 야마도리 후작 역할의 바리톤 시가 데키진이었다. 이 남자는 고베에 일이 있다면서 일행보다 먼저 출발했다.

아무튼 도쿄 공연을 끝낸 일행은 다음 날, 즉 19일 밤 기차로 이동할 예정이었는데, 하라 사쿠라만은 19일 오전 10시 기차를 타기로 했다. 밤 기차에서는 잠을 못 자고 잠을 못 자면 다음 날 공연에 차질이 생긴다는 이유였다. 바로 여기서 문제가 시작되었다. 만약 사쿠라가 다른 사람들과 같은 시간에 도쿄를 출발했다면 이런 일은 생기지 않았을 것이다.

하긴 사쿠라가 혼자는 아니었다. 남편 하라 소이치로 씨와 제자인 사가라 지에코가 동행하기로 되어 있었다. 적어도 하루 먼저 출발한 나는 세 사람이 같이 오사카에 올 거라 생각하고 D 빌딩 호텔에 방을 예약해두었다. 그런데…… 아, 아니, 이 얘기는 나중에 하도록 하자.

아무튼 나 말인데.

어제, 즉 19일 아침 오사카역에서 산노미야*로 직행하는 시가 데키진과 헤어진 후 나는 그날 하루를 눈이 돌아갈 만큼 바쁘게 보냈다. 우선 D 빌딩 호텔에 들러서 하라 사쿠라 부부가

---

* 고베의 중심지.

묵을 방을 점검했다. 뭐라 해도 사쿠라 여사는 오페라단의 히로 인이다. 잘못된 부분이 있어 여사의 심기를 거스를까 두려웠다.

그다음에는 N 호텔로 갔다. 여기에는 다른 사람들이 묵기로 되어 있었다. 둘 다 미리 전화해둬서 별문제는 없었다. 이렇게 일행의 숙소가 정해진 뒤에는 공연장과 신문사와 방송국, 그리고 주역인 사쿠라의 후원자들 차례였다. 그날 내내 나는 오사카 이곳저곳을 휘젓고 다녔는데, 어디를 가도 인기가 높아 예매 표는 이틀 다 매진이라고 했다. A 상회, B 상회에서 기증받은 화환이 공연장을 메웠다는 평도 있었다. 나는 기분이 너무 좋았다.

그게 문제였다.

언제나 그렇지만 나는 행복의 절정을 만끽한 뒤에는 꼭 큰 타격을 받는다. 절정이 해소되고 그 대신 찾아온 듯한 큰 재난에 휩쓸리는 것이다. 화나 복은 꼬인 새끼줄 같다고 하는데, 나이가 쉰인 내 인생은 그 격언대로였다. 게다가 항상 화가 더 크고 복은 지극히 빈약하니 견딜 재간이 없었다. 그래서 최근에는 자신을 다독여 들뜨는 일이 없도록 신경 쓰고 있었는데, 어제는 그만 스스로 다잡는 것을 잊어버렸다. 그 때문에 천벌을 받아 지금 이런 괴로움을 맛보고 있다.

아무튼 어제 내가 과하게 들뜨게 된 전말은 이러하다.

들러야 할 곳을 나 돌고, 만나야 할 사람을 다 만난 나는 식간 신문사에서 일하는 친구 S를 만났다. S는 그 옛날 나와 한솥밥을 먹던 사이인데, 중간에 직장을 옮겨 오사카 신문사로 들어간 덕분에 지금은 아주 팔자가 피었다.

그 S가 오랜만이라고 한잔하자며 나를 끌고 간 곳이 기타노 신치*. S는 그 부근에서 얼굴이 꽤 알려진 모양이었다. 순식간에 젊고 아름다운 기생 대여섯 명이 몰려왔다. 아무리 나이가 들어도 여자를 싫어할 남자는 없다. 개중에서도 나는 특히나 여자를 좋아하는 편이다. 그 때문에 지금껏 몇 번이나 실수를 했던지. 특히 어젯밤 나를 둘러싼 여자들은 재기가 뛰어난 오사카 기생들이다. 이래저래 사탕발림을 들으며 기분 좋게 마시고 떠들다가 그만 큰 실수를 저지르고 말았다. 사쿠라 여사를 마중하러 나가는 걸 깜박한 것이다.

사쿠라 여사는 8시에 오사카역에 도착할 예정이었다. 매니저인 내게는 무슨 일이 있어도 역에서 공손히 여사를 맞아 오사카 공연 정보를 보고할 의무가 있었다.

하지만 정신이 들었을 때는 아뿔싸, 8시 반이 지나 있었다.

당황한 나는 전화가 있는 방으로 달려가서 D 빌딩 호텔을 호출했다. 그러자 하라 사쿠라 선생님은 막 도착하셨습니다, 지금은 방에서 휴식을 취하고 계십니다, 라는 답이 돌아왔다.

으아, 큰일 났다. 내가 마중하러 가지 않아서 화가 난 사쿠라가 남편에게 신경질을 내고 있을 거라 생각하니 발바닥이 저릴

---

* 오사카 기타구区에 있는 유흥가.

만큼 낭패감이 들었다.

"S 군, 나는 가보겠네."

그렇게 딱 한 마디를 남기고 나는 매달리는 기생들을 뿌리치며 기타노신치를 뛰쳐나왔다. 내 안색이 변한 것을 보았는지 S 녀석은,

"귀부인 보좌는 힘들구먼."

하고 조롱하듯 웃었는데, 농담이 아니다. 내 괴로움은 귀부인을 보좌하는 정도가 아니었다. 어쨌든 상대는 요즘 날씨보다 변덕스럽고 괄괄한 아줌마 아닌가.

그런데 D 빌딩 호텔로 달려가보니 의외로 사쿠라는 거기 없었다. 방금 나가셨습니다, 열쇠는 저희에게 맡기셨습니다, 행선지는 말씀하시지 않았습니다, 라는 프런트 직원의 말에 그럼 아까 내가 전화한 걸 말씀드리지 않은 거냐고 따졌더니, 아뇨, 말씀드렸습니다, 쓰치야 씨라는 분이 금방 오신답니다, 라고 전했다는 것이다.

그런데도 사쿠라는 나가버렸다. 그만큼 격노했을 거라 생각하니 아랫배가 아플 정도로 걱정이 되었다. 다만 여기서 한 가지 위안은 남편인 하라 소이치로 씨가 같이 있다는 사실이었다. 이 사람은 도락을 즐기는 타입이지만 아주 온화한 인물로, 평소에 내 처지를 동정해주었다. 사쿠라 여사를 조종하는 방법도 잘 알고 있다. 지배인이 나간 사람은 사쿠라 혼자라고 하기에 님편은 호텔에 남아 있겠다 싶어 뵙고 싶다고 하니 뜻밖에 소이치로

씨는 함께 오지 않았다고 했다.

"선생님은 혼자 차를 타고 오셨습니다. 남편분은 급한 용건이 생겨서 도쿄에 남았다가 내일 아침 다른 분들과 함께 오신다고 합니다."

나는 꽝 머리를 얻어맞은 듯한 기분이었다. 남편이 같이 있지 않다면 당분간 사쿠라의 기분을 되돌리기는 어려울 것이다.

하지만 사쿠라 혼자 차를 탔다는 건 이상했다. 남편은 용건이 있어서 도쿄에 남았다고 해도 제자인 사가라 지에코는 동행해야 했을 터다. 원래 사가라는 이 호텔에 묵을 예정은 아니었다. 그녀는 오사카 출신으로 덴카차야인지 하기노차야인지에 본가가 있어서 거기 가기로 되어 있었다.

그래도 일단 여기 와서 사쿠라를 배웅하고 본가로 돌아가는 것이 보통일 것이다. 더욱이 소이치로 씨가 도쿄에 남아 사쿠라 혼자였다면 말할 필요도 없다. 그런 생각을 못 할 사가라가 아니다.

어쩐지 이상한 기분이 들었다. 사가라에게 어떤 상황인지 물어봐야겠다고 생각했지만 공교롭게도 나는 사가라의 본가가 어딘지 몰랐다.

나는 호텔 로비에서 30분 정도 기다렸다. 하지만 사쿠라는 돌아오지 않았고 전화도 걸려 오지 않았다. 그러는 동안 나는 문득 사쿠라의 유력한 후원자가 기타하마에 있다는 사실을 떠올렸다. 지배인 말로는 차도 부르지 않고 나갔다 하니 거기라도 간 것이 아닐까 싶어 호텔을 나와 기타하마로 달려갔다. 하지만 사쿠라는 거기 오지 않았다고 했다. 맥이 빠졌지만 내친김에 센바에서 시마노우치까지 후원자들의 집을 차례차례 찾아가보았다.

솔직히 말하자면 그렇게 걱정할 일은 아니었다. 사쿠라가 애도 아니고 미아가 될 우려가 없다는 것은 잘 알고 있다. 하지만 이것이 그 여자의 매니저를 할 때 최고의 비결이었다. 이렇게 난리를 치고 구석구석 헤집고 다닌 티를 내는 건 나중에 그 여자의 기분을 돌려놓기 위해 꼭 필요한 일이다.

난 이렇게 말할 것이다.

"선생님, 너무하세요. 아무 말씀도 없이 나가시다니, 제가 얼마나 걱정했는지 아십니까? 어제는 한밤중까지 싸돌아다니고……."

그러면 사쿠라는 이렇게 나올 게 뻔하다.

"바보 같으니. 난 아이가 아니에요. 그렇게 늦게까지 여기저기 들쑤시고 다니다니 여러 사람에게 민폐 아닌가요. 근데 당신, 그렇게 걱정했어요? 마음이 좋지 않네요. 미안해요."

이걸로 만사 오케이다.

그날 밤 내가 호텔로 돌아온 것은 새벽 1시쯤이었다. 이제 할 일은 다 했으니 아무 걱정 할 것 없다. 베개를 높이고 잠자리에 들면 그만이었지만 그래도 형식적으로 D 빌딩 호텔에 전화를 걸었다.

"하라 선생님은 아직 돌아오시지 않았습니다. 전화는 아무 데서도 없었습니다."

제기랄! 이 기 센 여자야, 대체 어딜 간 거냐!

아무튼 날이 밝아 20일, 오늘이다.

나는 눈을 뜨자마자 다시 D 빌딩 호텔에 전화를 걸었다. 물론 그 여자의 목소리를 들을 수 있으리란 기대는 조금도 하지 않았다. 그 여자는 오사카에 아는 사람이 꽤 많았다. 개중에는 내가 전혀 모르는 친구도 있다. 그런 집에서 묵고 아슬아슬한 시간에 갑자기 나타나려는 수작일 것이다.

나는 그렇게 대수롭지 않게 여겼다. 지금 와서 생각하면 이 예측은 반은 맞고 반은 틀렸다. 결국 그 여자는 아슬아슬하게 나타났지만 그것은……

하지만 그 일을 쓰기에는 아직 이르다. 그 전에 아침부터 있었던 일을 조금 더 써두어야겠다.

오늘 나는 어제보다 더 바빴다.

어젯밤 10시 15분 기차를 타고 도쿄를 출발한 하라 사쿠라 오페라단 일행은 아침 8시 7분에 오사카역에 도착할 예정이었다. 어젯밤 실수가 있었기 때문에 이번에는 반드시 배웅하러 나가야 했다. 더욱이 일행 중에는 사쿠라 여사의 남편인 소이치로 씨도 있었기 때문에 한층 그러했다. 어떤 수를 써서라도 나는 먼저 소이치로 씨를 만나야만 했다. 그리고 사쿠라에게 잘 좀 말해달라고 부탁해야 했다.

오사카역으로 달려가기 전 다시 D 빌딩 호텔에 들렀다. 하지만 사쿠라는 여전히 소식이 없었다. 쳇, 멋대로 하라지!

오사카역의 환영 인파는 대단했다. 신문사나 극장 측 대표, 오사카 동창회 사람 등이 잇달아 몰려들었다. 다카라즈카宝塚 배우 같은 젊고 아름다운 아가씨들도 플랫폼에 떼를 지어 있었다. 소문을 듣고 계속 팬들이 밀려들었다.

하지만 가장 중요한 하라 사쿠라와 사가라 지에코가 보이지 않으니 미안한 일이었다. 그래서 나는 잠깐 인사를 했다.

"하라 사쿠라 여사는 매우 소극적인 분이시라 요란한 걸 좋아하지 않아서요⋯⋯."

어디선가 고상하시네요, 라는 여자 목소리가 들렸다. 이 사람은 어지간히 순진한 모양이다. 뭐야, 젠체하고 있네, 라고 말하는 아가씨도 있었는데 이쪽이 영리하다.

하지만 이런 여자들에게 사쿠라나 사가라는 아무래도 좋은 것이다. 테너인 오노 다쓰히코가 이등석 열차에서 내리자 순식간에 우르르 주변을 에워싼다. 으아, 소란스러운 것들 같으니.

지금 일본에서 예능계 전체를 통틀어 인기투표를 해도 오노 다쓰히코는 분명 다섯 손가락 안에 들 것이다. 천하제일의 미남이란 표현도 과장이라고만은 할 수 없다. 더욱이 오늘 새벽 기차에서 잔 탓에 피로가 누적되어 약간 우울해 보이는 것이 여자들에게는 한층 매력적으로 비치는 모양이다. 오노 씨, 오노 선생님, 어쩌고 하며 난리법석이다.

나는 오페라단 사람 따위 죄다 별로지만 이 오노에게만큼은 호의를 가지고 있었다. 멋진 미남이면서도 전혀 자각하지 못하는 점이 귀엽다. 5척 7촌*의 당당한 체구임에도 초심을 잃지 않은 열대여섯 살 소년 같다. 오페라단에 들어온 지 얼마 안 된 탓도 있겠지만 일단은 자라온 환경에도 이유가 있었다. 이 남자는 니혼바시에서 유명한 베니야 포목점의 차남으로, 타고난 도련님인 것이다. 하라 사쿠라가 최근 이 남자에게…… 어, 이건 비밀, 비밀.

그건 그렇고 소이치로 씨는 어디 있는 건가 싶어 우물쭈물하고 있는데 소이치로 씨가 내 어깨를 두드렸다.

"여, 수고했네. 힘들었지."

이 사람은 항상 웃는 얼굴이다. 도무지 불편하다는 감정을 모르는 사람 같다. 언제 봐도 느긋하게 싱글벙글 웃고 있다. 하기야 재계 거물의 맏아들로 태어나 머리 좋은 수재로 살아왔으니 그럴 수밖에. 나는 음지, 그는 양지에 있지만 그럼에도 이상하게 이 사람에게만은 반감이 생기지 않았다. 사쿠라도 늘 남편에게 매달려 여보, 여보, 하고 응석을 부린다. 남편 쪽도 사쿠라를 사랑한다는 것은 누가 봐도 알 수 있다. 그럼에도 둘 다 태연하게 바람을 피우니 이 부부만은 나도 이해할 수가 없다.

"사쿠라는 어때? 기분은 괜찮은가?"

---

* '척尺'과 '촌寸'은 길이를 나타내는 단위로 1척은 약 30.3센티미터, 1촌은 그 10분의 1인 약 3.03센티미터이다.

그래서 나는 짤막하게 어제부터의 사정을 말해주었다. 소이치로는 끝까지 싱글벙글하면서 듣더니 이야기가 끝나자 아무렇지 않은 듯 웃었다.

"하하하하하, 또 뒤틀리셨나. 걱정할 거 없네. 시간 맞춰 반드시 나타날 거야. 자네는 너무 소심해서 오히려 놀리기 쉽거든."

그리고 졸려, 졸려, 졸려서 못 참겠다고 혼잣말을 하며 홀로 잽싸게 플랫폼으로 나갔다.

자, 이걸로 내 일은 끝났다. 저래 봬도 굉장히 세심한 부분까지 신경 써주는 사람이니까 그렇게 말해두면 사쿠라 일은 잘 수습해줄 것이 분명하다. 겨우 어깨의 짐을 내려놓은 기분이 든 나는 오페라단 사람들을 확인하고 차에 나눠 태운 다음 N 호텔로 보냈다.

오페라단 사람들이라고 해봐야 그리 많지는 않다. 원래 오페라단이란 것은 인원이 많이 필요하므로 도쿄 공연자들을 모두 그대로 오사카로 데려온다면 경비가 만만치 않게 든다. 그래서 관현악단과 합창단은 오사카 교향악단과 오사카의 청년 및 아가씨들을 부르기로 했다.

하지만 지휘자는 도쿄 공연 그대로 마키노 겐조를 데려왔다. 마키노와 사쿠라는 싸우는 친구지간이었다. 둘 다 워낙 콧대가 높다 보니 한번 의견이 충돌하면 좀처럼 굽히지 않는다. 공연이 끝나면 마키노는 두 번 다시 하라 오페라단의 지휘봉은 잡지 않겠다고 선언한다. 하지만 다음 공연 전에 사쿠라가 콧소리로 조르면 두말없이, 단 표면적으로는 못 이기는 척 승낙한다. 일본에 오페라단다운 오페라단은 하라 사쿠라 오페라단밖에 없고 지휘자다운 지휘자는 마키노밖에 없으니 서로 으르렁거리면서도 갈라설 수는 없을 것이다. 마키노는 제자를 두 사람 데려왔다. 트롬본과 콘트라베이스. 바로 이 콘트라베이스가 나중에 문제가 되었다.

아무튼 단원들을 태워 보내고 같은 열차로 온 조수 아마미야 군과 둘이서 수화물을 받으러 갔다. 아마미야 군은 소이치로 씨의 먼 친척 청년으로 최근 내 조수로 일하고 있었는데 당최 믿음직스럽지가 않았다. 나도 매니저로서는 서툰 편이지만 아마미야 군은 그보다 더했다. 뭔가 시키면 실수 없이 지나가는 법이 없다. 사람 좋고 침착하지 못하고…… 성격은 뭐, 나한테 무슨 말을 들어도 화를 내지 않는 정도랄까.

그런 믿음직스럽지 못한 조수에게 도쿄의 뒤처리를 몽땅 맡기고 온 터라 나는 영 불안했다. 하지만 다행히 아직은 실수한 게 딱히 없는 것 같다. 의상도 어제 대충 챙긴 듯하고 남은 것도 어젯밤 출발하기 전에 수화물로 보냈다고 한다.

수화물을 받으러 갔더니 아직 도착 전이었다. 화물차가 늦어지는 것 같다고 했다. 다음 열차는 10시 30분 도착이라 그때까지 역에서 멍하니 기다릴 수는 없었다.

"일단 호텔로 돌아가세. 그리고 오후 늦게라도 자네 혼자 가지러 와주게. 2시부터 공연장에서 리허설이 있을 예정이니 화물은 직접 그쪽으로 가져오는 편이 좋겠어."

우리는 N 호텔로 갔고, 거기서 나는 다시 D 빌딩 호텔로 전화를 걸었다. 하지만 사쿠라는 여전히 감감무소식이었다. 남편인 소이치로 씨는 어떠냐고 묻자, 그분은 아까 도착했는데 주무시는지 문이 잠겨 있다고 했다. 전화해도 응답이 없다기에 소이치로 씨에게 딱히 볼일이 있던 것도 아니라 잠을 방해하지 않도록 주의시키고 전화를 끊었다.

아무튼, 그 후로 2시 조금 전까지는 이렇다 할 일이 없었다. 아마미야 군에게 부탁하고 호텔을 나와 신문사나 방송국을 돌아다니다가 공연장에 도착해보니 1시 반쯤이었다. 비슷한 시기에 N 호텔에 있던 가수들도 도착했다. 오사카 교향악단과 합창단원들도 이미 모여 있어서 굉장히 시끄러웠다.

아마미야 군은 나보다 먼저 와 있었다. 수화물에 대해 물어보니 전부 받았다고 하기에 마음을 놓았다.

그런데 사쿠라는 어떻게 된 걸까? 슬슬 나타날 때가 되었는데……. 아, 사쿠라만이 아니다. 오노도 사가라도, 그리고 바리톤인 시가 데키진도 아직 오지 않았다.

1시 50분.

정확히 2시부터 리허설을 시작하기로 되어 있어서 교향악단은 이미 오케스트라 박스에 자리하고 있었다. 지휘자인 마키노는 지휘봉을 쥐고 초조해하고 있었다.

그때였다. 콘트라베이스를 맡은 가와다 군이 분노의 일갈을 날렸다.

"이봐, 아마미야 군. 내 콘트라베이스는 어떻게 된 거야?"

한순간 아마미야 군은 멍하니 있다가 차츰 안색이 바뀌더니 쩔쩔매기 시작했다.

"콘트라베이스…… 콘트라베이스……. 하지만 전 분명 수화물 개수에 맞게 화물을 받아 왔어요. 그중에는 콘트라베이스가 없…….."

"이 바보 자식, 뭐 이런 어이없는 일이 다 있어? 어젯밤 도쿄역에서 내가 콘트라베이스를 수화물로 등록한 건 자네도 알 거 아냐. 그때 자네가 내 수화물을 다른 짐이랑 같이 맡기지 않았나. 그때 떨어뜨린 거 아냐?"

"그럴 리 없어요. 절대 그럴 리 없어요. 다른 수화물 보관증과 함께 클립에 끼워두었는걸요……. 하지만 이상하네요. 아까 오사카역에서 짐을 받을 때 개수를 확실히 맞춰봤거든요. 콘트라베이스를 완전히 잊어버린 건 제 잘못이지만요……."

"잘못한 건 알고 있군. 대체 어쩔 셈이야. 악기 없이 연주하라는 건가. 혹시 이대로 콘트라베이스가 분실되면 어쩔 텐가."

"죄송합니다. 저, 다시 한번 오사카역에 가보겠습니다."

아마미야 군이 하얗게 질려 울음을 터뜨릴 듯한 얼굴로 허둥지둥 달려 나가려는데 오노와 사가라와 시가 데키진 세 사람이 거의 동시에 분장실로 들어왔다.

"가와다 씨, 뭘 투덜거리고 계시나요. 콘트라베이스, 콘트라베이스라니, 분장실 입구에 나와 있던데, 당신 거 아니에요?"

"사가라 씨, 코, 코, 콘트라베이스가 분장실 입구에 있습니까?"

아마미야 군이 거품을 물며 말을 더듬는다.

"네, 있어요. 밖에 세워져 있어요. 어서 가서 가져오세요."

아마미야 군이 허둥거리며 나간 후 전화벨이 울려서 받아보니 D 빌딩 호텔에 머물고 있던 하라 소이치로 씨였다.

"아, 쓰치야 군, 사쿠라는 안 왔나?"

"그게…… 아직…… 안 오셨습니다."

"아직 안 와? 리허설이 슬슬 시작될 텐데. 이상하군. 아무튼 나도 그쪽으로 가보지."

전화를 끊었을 때 아마미야가 커다란 콘트라베이스 케이스를 짊어지고 왔다. 그런데 그 모습이 자못 이상했다. 왜소한 체구의 아마미야 군이 마치 케이스에 눌려 찌부러질 듯한 모습으로 얼굴이 빨개진 채 끙끙 신음하고 있었다. 그 모습을 본 사가라 지에코가 먼저 웃음을 터뜨렸다.

"아마미야 씨, 그게 무슨 꼴이에요? 콘트라베이스가 그렇게 무거운 건 아니잖아요?"

"사가라 씨, 그렇게 말씀하시지만, 이거 진짜 보통 무거운 게 아닙니다. 가와다 씨, 대체 뭘 집어넣은 겁니까?"

"당연히 콘트라베이스지. 이리 줘."

아마미야 군에게서 아무 생각 없이 커다란 케이스를 받으려던 가와다 군은 예상 밖의 무게에 저도 모르게 비틀거렸다. 순간 케이스는 아마미야 군의 등에서 미끄러져 쿵 하는 커다란 소리를 내며 바닥에 떨어졌다. 그때 케이스의 빗장이 벗겨져 뚜껑이 조금 느슨해졌다. 그리고 그 틈에서 시든 장미꽃이 두세 송이 떨어졌다.

가와다 군의 낯빛이 바뀌었다. 주머니에 손을 넣고 열쇠를 찾다가 열쇠를 쓸 것도 없이 자물쇠가 부서진 것을 알아차리고는 케이스로 달려들어 뚜껑을 열었다.

정말이지 하라 사쿠라라는 여자는 일상생활 자체가 모두 연극이었다. 어떤 경우에도 극적인 방식으로 등장해야 한다는 사실을 잊지 않는 여자였다. 하지만 여기 이 여자도 이만큼 극적으로, 이만큼 효과적으로 등장한 적은 지금껏 한 번도 없었다.

케이스 안에 들어 있는 것은 콘트라베이스가 아니었다. 콘트라베이스 대신 하라 사쿠라의 시체가…… 장미꽃에 덮인 세계적인 소프라노 가수의 시체가 마치 이집트 고분에서 발굴된 투탕카멘의 미라처럼 들어 있었다.

제2장

숫자의 문제

10월 21일.

어젯밤에는 피곤해서 기억나는 것을 적다가 도중에 잠들어 버렸다. 생각해보면 무리도 아니다. 그렇게 큰 충격을 받은 상태로 경찰이며 신문기자며 와자하게 몰려드는 사람들을 하나 하나 상대하는 일까지 전부 떠맡았으니 버틸 재간이 없다. 그러고 보면 평생 매니저를 해야 할 팔자인가 보다.

하지만 어제는 어지간히 흥분했었는지 지난밤에 써놓은 것을 오늘 아침 다시 읽어보니 너무 지리멸렬하다. 게다가 내 감정이 지나치게 노출되어 있다. 괜히 썼나 싶은 부분도 있는데…….하지만 상관없다, 상관없어, 어차피 남에게 보이려고 쓴 것도 아니다. 그저 기억하기 위해 적어두는 것이다. 그렇게 신경 쓸 필요 없다. 하지만 오늘은 조금 마음을 가라앉히고 쓰도록 하자.

이제 와서 생각해보면 정말 유감스럽기 짝이 없다. 왜 여유를 갖고 좀 더 침착하게 사람들의 얼굴을 관찰하지 못했을까. 여유를 갖고 처음부터 사람들의 얼굴을 관찰했다면 분명 거기서 뭔가 발견했을 것이다. 놀란 척하는 건지 진짜 놀란 건지 잘 구분해냈을지도 모른다. 하지만 역시 무리였겠지. 그때 나는 사건이 이런 식으로 갑작스럽게 찾아오리라고는 꿈에도 생각지 못했으니까.

아무튼 내가 겨우 충격에서 벗어나 콘트라베이스 케이스에서 모여든 사람들 쪽으로 눈을 돌렸을 때는 다들 완전히 굳은 상태였다. '엄청난 놀라움'이라고 할 만한 포즈였다. 다들 의식해서 각양각색, 자기 성격에 걸맞은 포즈를 취하고 있었으니 개중에서 진실한 감정과 꾸며낸 감정을 구분하기란 지극히 어려운 일이었다.

알토인 사가라 지에코는 오른손을 입가에 대고 상체를 뒤로 젖히면서 부릅뜬 눈을 깜박거리지도 않고 콘트라베이스 케이스 속 사쿠라의 시체를 응시하고 있었다. 분명 로미오의 시체를 보았을 때의 줄리엣의 포즈였다.

테너인 오노 다쓰히코는 핑커턴이었다. 자살한 마담 버터플라이를 발견했을 때의 핑커턴의 모습. 분명 사쿠라가 손수 가르쳐준 것인데, 설마 사쿠라도 이런 식으로 연출 효과를 내리라고는 생각지 못했을 것이다.

바리톤인 시가 데키진은 리골레토. 리골레토는 아사쿠사 오페라의 전성기 시절, 시가가 가장 호평을 받았던 배역이었는데, 그 리골레토가 제3막 민치오강 변에서 딸 질다의 시체를 마로 된 주머니 속에서 발견했을 때의 모습이다. 리골레토의 광기 어린 놀라움과 슬픔을 고스란히 보여주고 있었다. 저 피에로 자식이.

지휘자인 마키노 겐조는 어땠을까. 오케스트라 박스에서 뛰어나와 양손을 앞으로 내민 채 망연히 우뚝 서 있었는데……앗, 그렇지, 생각났다, 분명 영화〈오케스트라의 소녀〉에 나오는 스토코프스키다. 우후후후, 아재, 묘한 데서 스토코프스키를 흉내 내다니.

어쨌든 이런 식으로 죄다 만만치 않은 사람들이 각자 '엄청난 놀라움'의 경연을 펼치고 있었으니 아무리 내게 셜록 홈스의 통찰력이 있다 한들 그중에서 바로 '수상한 사람'을 발견해내기는 어렵지 않았을까.

이 '엄청난 놀라움'의 경연, 공포에 질린 군상의 팬터마임은 약 5분 동안 계속된 끝에 간신히 한쪽에서 무너지기 시작했다. 새로운 인물이 등장했기 때문이다. 다름 아닌 사쿠라의 남편 하라 소이치로 씨.

나는 그가 무대 뒤에서 들어올 때부터 알아차리고 있었다. 하지만 일부러 모르는 척했다. 아내의 시체를 보고 이 사람이 어떤 얼굴을 할지 살피기 위해서였다.

하라 소이치로 씨는 묘한 표정을 하고 어두운 무대 뒤편에서 이쪽으로 다가왔다. 그야 무리도 아닐 것이다.〈나비 부인〉제1막 핑커턴의 나가사키 만찬 장면 리허설로 소란스러울 줄 알았는데, 이게 웬걸, 엄청난 놀라움의 경연, 공포에 질린 군상의 팬터마임이 펼쳐지고 있었으니 이상하게 생각한 것도 당연하다.

그는 내 옆으로 다가오더니,

"쓰치야 군, 무슨 일이지? 리허설은 안 하나? 이 사람들 왜 이런 표정을 하고 있는 거야? 사쿠라는 아직 안 왔어?"

그때 갑자기 사가라가 손수건을 꺼내 눈에 갖다 댔다. 그리고 격하게 울기 시작했다. 이로써 팬터마임의 주박은 풀렸다. 주변에서 갑자기 웅성웅성 속닥속닥 떠들기 시작했지만 주인공은 아직도 눈치를 채지 못했다.

"어, 이봐, 쓰치야 군. 어떻게 된 거야. 사가라 씨는 왜 울고 있지? 뭐야. 다들 왜 그렇게 물끄러미 내 얼굴을 보고 있나. 대체 사쿠라는……."

그때 처음으로 하라 소이치로 씨는 발밑의 콘트라베이스 케이스를 보았다.

나는 눈을 부릅뜨고 전심전력으로 관찰하려 했지만 역시 파악할 수 없었다. 그때 보인 하라 소이치로 씨의 놀라움이 진실인지 가장된 것이었는지……. 아무래도 셜록 홈스는 내 역할이 아닌 모양이다.

소이치로 씨는 콘트라베이스에 시선을 고정한 채 내 팔을 아플 정도로 부여잡았다. 정말이지 엄청난 힘이었다. 나중에 보니 양팔에 시퍼런 멍이 들어 있었다.

"쓰치야 군, 쓰치야 군."

소이치로 씨는 마치 속닥거리며 못된 짓이라도 의논하는 것 같은 빠른 말투, 애써 누른 목소리로 이렇게 말했다.

"사쿠라는…… 사쿠라는…… 죽은 건가."

그런데 그때까지 나는 사쿠라가 정말 죽었는지 어떤지 몰랐다. 하지만 사쿠라가 제아무리 연기를 좋아하는 여자라도 설마 콘트라베이스 케이스에 들어갈 리는 만무하다. 상식적으로 죽었다고 보는 것이 맞다고 생각해 나는 말없이 끄덕였다.

그러자 소이치로 씨는 나를 밀치고 콘트라베이스 케이스 옆에 무릎 꿇고 앉더니 바로 사쿠라를 안아 들었다. 사쿠라의 시체를 덮고 있던 시든 장미꽃이 팔랑팔랑 케이스 밖으로 흘러내린다. 아까부터 멀리서 덜덜 떨며 지켜보던 합창단 아가씨들이 이를 보고 일제히 소리 아닌 소리를 지르며 뒤로 물러났다.

사쿠라는 올해 마흔일곱이다. 그 나이가 되면 일반인 여자도 통통하게 살이 찌기 마련인데 성악가는 미식가들이다 보니 한층 심하게 살이 찐다. 목소리만 들으면 멋져도 모습을 보면…… 아, 도저히 봐줄 수가…… 싶은 사람이 많은데, 사쿠라만은 이상하게 항상 날씬하고 낭창한 용모를 자랑하고 있었다. 팔다리도 날씬하고 남자 같았다. 그래서 작년에 〈라 트라비아타〉의 비올레타로 분했을 때도 아주 적격이란 말을 들었다. 오페라가 아무리 비현실적이라지만 뚱뚱하게 살찐 춘희라니 너무 소름 끼치지 않는가.

어라, 이야기가 곁길로 샜네.

그 사쿠라는 여행복을 입고 검은 모피 코트에 싸여 있다. 이

코트는 분명 올봄에 사가라와 함께 샀던 것이다. 실제 옆에서 겁먹은 눈으로 보고 있는 사가라도 같은 모피 코트를 입고 있다. 아무튼 사쿠라 말인데, 팔에는 핸드백을 들고 발에는 구두를 신은, 즉 기차에서 막 내린 차림으로 콘트라베이스 케이스 속에 들어 있었다.

한데 소이치로 씨는 대단하다. 최초의 충격에서 회복하더니 크게 겁먹거나 당황하는 기색도 없이 안아 일으킨 아내의 시체를 자세히 살피고는,

"교살당했군……."

하고 중얼거리고 다시 시체를 조용히 케이스에 눕힌 뒤 무릎을 털며 일어나 내 쪽으로 몸을 돌렸다.

"쓰치야 군, 경찰에 신고했나. 아직 안 했다면 바로 전화를 걸게. 그리고 여러분."

소이치로 씨는 오케스트라 박스에 있는 연주자들과 무대에 서 있는 합창단을 둘러보면서 말했다.

"보시다시피 이번 공연은 중단해야 할 것 같습니다. 경찰이 올 때까지는 함부로 여기서 움직이지 마십시오."

나는 좀처럼 남에게 감탄하는 적이 없지만 이때의 소이치로 씨의 수완에는 절로 머리가 숙여졌다. 나 따위는 발끝에도 못 미친다. 역시 태생부터 다르다. 분하지만 어찌할 도리가 없다.

자, 이걸로 별안간 국면이 급변했다. 요컨대 지금까지 마비 상태였던 심장이 하라 소이치로 씨라는 자극제를 주사함으로

써 갑자기 활동을 시작한 것이다. 나는 우물쭈물하며 변함없이 바보짓만 하고 있는 조수 아마미야 군을 꾸짖고 경찰을 비롯해 여러 군데에 전화를 걸었다. 이렇게 되면 매니저의 책임은 막중하다. 앞으로 몇 시간 뒤 공연이 예정되어 있으니 빨리 취소 통지를 해야 한다. 게다가 중단 이유를 확실히 밝혀야 할지 아직 알 수 없어 이쪽저쪽에 변명하느라 몹시 힘들었다. 어쨌든 상대가 간단히 넘어가지 않는 신문사나 방송사 놈들이라 나는 진땀을 뺐다.

경찰이 올 때까지 나는 이렇게 전화통을 붙잡고 있었으므로 그동안 사람들이 어떤 포즈를 하고 있었는지는 전혀 모른다.

전화가 있는 방에서 나왔을 때 사가라는 의자에 앉아 손수건을 눈에 대고 있었다. 오노는 뒤에 서서 멍하니 바닥을 응시하고 있었다. 지휘자인 마키노 겐조는 두 사람과 조금 떨어진 곳에 앉아 손톱을 깨물고 있었다. 이것은 꽤 신사답지 못한 행동이다. 바리톤인 시가 데키진은 뒷짐을 지고 5척 8촌의 몸을 앞으로 구부린 채 정처 없이 오케스트라 박스 옆을 걸어 다니고 있었다. 녀석, 변함없이 리골레토를 연기하고 있는 것이다.

그곳에 하라 소이치로 씨의 안내로, 경찰관 일행이 우르르 들어왔다.

아무튼 그 후의 일을 순서대로 잘 쓰기는 어렵다. 내가 만약 추리소설 독자라면, 이럴 경우 경찰관의 직무 같은 걸 사선에 염두에 두겠지만 슬프게도 나는 경부와 형사의 구별조차 할 줄 모른다. 하급 형사인가 싶어 대충 상대했던 녀석이 검사여서 당황한 적도 있었다. 게다가 이런 사람들이 괜히 흥분해서—아무래도 피해자도 피해자이고 상황도 상황이다 보니 이런 일에 익숙한 경찰들도 잔뜩 긴장한 상태였다—흡사 깜박거리는 주마등처럼 들락날락거리니 나도 적잖이 긴장해 있었다.

그러니 여기서는 당시 경찰 조사로 밝혀진 사실 중, 조금씩 내 귀에 들어온 것들을 순서 상관없이 전부 써보겠다.

우선 의사 말인데, 이 사람이 누군지는 나도 금방 알 수 있었다. 일단 가방을 들고 있고 그 가방에서 청진기를 꺼내니 누가 봐도 금방 알 수 있을 것이다. 아무튼 의사의 검시 결과 알게 된 것은 다음과 같다.

1. 사인은 교살……보다는 오히려 액살* 쪽인 듯하다.

2. 사망 추정 시각은 열여섯 시간 내지 열여덟 시간 전이다.

의사가 검시한 시간이 20일 오후 3시쯤이었으니 그때부터 역산해서 열여섯 시간 내지 열여덟 시간이라면 19일 밤 9시에서 11시 사이에 살해당했다고 추정할 수 있다. 사쿠라가 D 빌딩 호텔을 나온 것은 19일 밤 8시 반 전후인 듯하고 그 뒤 행방불명되었으니 이 범행 시간은 딱 일치한다.

의사라는 놈은 의외로 정확한 말을 하는구나 하고 감탄하다가, 무심코 놀라 움찔했다. 멍하니 감탄할 때가 아니다. 하라 사

---

* 끈으로 목을 졸라 죽이는 것을 교살紋殺이라 하고 손으로 목을 졸라 죽이는 것을 액살扼殺이라 한다.

쿠라 오페라단 관계자 중에 그 시각 오사카에 있었던 사람은 나와 사가라 지에코 둘뿐이 아닌가. 만약 의심한다면 분명 우리 둘인데, 그래도 사가라는 여자다. 살인했더라도 교살이니 액살이니 그딴 거친 방식으로는 못 할 것이다. 그렇다면 의심받는 것은 나 하나다…… 그 사실을 깨닫고 나니 겨드랑이에서 식은땀이 줄줄 흐르는 것 같았다. 그러다 또 한 가지 사실을 깨달았다.

잠깐, 그 시각에 오사카에 있던 사람이 나와 사가라 둘뿐이었을까. 아니, 아니, 그렇지 않다. 또 한 사람 있다. 바리톤인 시가 데키진이 나와 같은 기차로 내려오지 않았던가. 그 녀석은 고베에 일이 있다며 곧장 산노미야로 갔지만, 고베와 오사카는 엎어지면 코 닿을 거리이니 오사카에 있던 거나 마찬가지다. 그렇다, 그놈도 의심받아 마땅한 인물이다.

그 사실을 깨닫고 나니 약간 안심이 되었다. 한 명이라도 동료가 늘었다 생각하니 마음 든든했다.

하지만 그럼에도 수사관들이 19일 밤 행적을 미주알고주알 캐물었을 때는 긴장한 나머지 횡설수설해버렸다. 원래 나는 소심한 데다 어릴 적부터 경찰은 무섭다는 인상을 갖고 있어서 그런 상황에서는 아무래도 평정심을 유지할 수가 없었다. 뒤늦게 쓸데없는 말을 했구나 생각하니 겨드랑이에서 자꾸만 식은땀이 솟고 몸이 살짝 떨렸다. 한심한 말이지만 별수 없다. 수사관도 나와 같은 생각인지 나 다음으로 사가라와 시가를 끈질기게 추궁한 듯한데, 여기에 두 사람이 어떤 대답을 했는지는 모르겠다. 하지만 사정 청취가 끝나고 돌아왔을 때 둘 다 완전히 핏기가 가시고 이마에 흠뻑 땀이 배어 있는 걸로 보아 꽤 심하게 추궁당한 모양이다.

아무튼 이렇게 세 사람의 사정 청취가 끝나고 드디어 문제의 콘트라베이스에 대한 조사가 이루어졌다. 콘트라베이스 담당인 가와다 군이 가장 먼저 취조를 받았는데, 사람들 앞에서 진행되었기 때문에 나도 옆에서 들을 수 있었다. 가와다 군은 사전에 머릿속으로 할 말을 정리해 온 듯 꽤 요령 있게 대답했는데, 그가 한 말을 종합해보면 대충 다음과 같았다.

"이번 오사카 공연에서 반주는 오사카 교향악단이 해주기로 했는데, 지휘자가 마키노 선생님이라서 선생님의 제자인 저와 트롬본 담당인 하스미 군 둘만 도쿄에서 참가하기로 했습니다. 그래서 저는 다른 사람들과 같이 어젯밤, 즉 19일 오후 10시 15분 도쿄발 기차에 탔는데요, 아시다시피 콘트라베이스는 길이가 길어서 마음대로 객차에 가지고 들어갈 수가 없습니다. 그래서 탑승 전 도쿄역에서 화물로 부쳤어요. 만약 의심이 간다면 도쿄역의 수화물계에 물어보십시오. 콘트라베이스가 부피는 커도 의외로 가벼워서 케이스에 넣어 한 손으로 들고 갈 수 있습니다. 도쿄역의 수화물계 직원에게 물어보면 그 시간 맡긴 케이스가 어느 정도 무게인지 알게 되실 겁니다. 아무튼 콘트라베이스를 화물로 부치고 저는 운송장을 아마미야 군에게 맡겼습니다. 아마미야 군은 쓰치야 매니저의 조수로, 매니저가 오사카로 먼저 출발했기 때문에 도쿄 쪽의 뒤처리를 맡고 있었죠. 그런고로 저는 도쿄역에서 부친 후 아까 여기서 열기 전까지는 결단코 이 케이스를 보지도 만지지도 않았습니다. 그리고 도쿄역에서 부쳤을 때는 제대로 콘트라베이스가 들어 있었다는 것을 천지신명께 맹세합니다."

다음은 아마미야 군이었다. 녀석은 불쌍할 만큼 긴장해서 나보다 더 횡설수설했는데, 그 내용을 요약해보면 대충 다음과 같았다.

가와다 군이 운송장을 맡긴 것은 사실이다. 나는 그것을 다른 운송장과 함께 클립에 끼운 다음 가죽 지갑에 넣고 상의 주머니에 두었다. 오늘 아침 오사카역에 내리자마자 쓰치야 매니저와 둘이서 수화물을 받으러 갔는데 그때는 아직 화물이 도착해 있지 않았다. 그래서 일단 N 호텔로 가서 점심을 먹고 다시 수화물을 받으러 갔다. 맡겨둔 화물이 그 외에 몇 개 더 있어서 하나하나 운송장과 맞춰가며 받았다. 화물은 운송장 개수와 맞았으니 그걸로 다 됐다고 생각하고 안심해서 여기 돌아왔다. 하지만 그때 나는 가와다 군의 콘트라베이스를 완전히 잊고 있었다. 이제 와서 생각하니 오사카역에 다시 갔을 때에는 가와다 군의 운송장은 없었던 것이다.

"그럼 당신이 어젯밤 가와다 군에게 운송장을 받고 오늘 오후 오사카역으로 짐을 가지러 가기까지, 그사이에 누군가 그 운송장을 가져갔단 거군요."

"그, 그, 그렇다고밖에 생각이 안 됩니다. 아, 분명 그럴 겁니다."

"어디서 뺏긴 건지 기억은 없습니까?"

"그게…… 그게 전혀 기억이 없습니다."

"가와다 군에게 운송장을 받은 건 언제였습니까?"

"어젯밤…… 기차 안에서…… 분명 시나가와를 출발했을 때였던 것 같습니다."

"그걸 클립에 끼우고 지갑에 넣어 상의 주머니에 두었군요. 기차 안에서 누군가 그것을 꺼냈을 가능성이 있을까요?"

"그건…… 그건…… 언제든지 기회는 있었을 겁니다. 기차 안이 매우 더워서 저는 웃옷을 벗어 그물 아래 걸쳐뒀어요. 그리고 요코하마를 출발했을 때부터 오늘 아침 교토 근처에서 깰 때까지 아무것도 모르고 푹 잠들었거든요."

"그렇군요……. 여기 도착한 후에는 어떤가요. N 호텔에서 누가 가져갔을 가능성은……."

"예, 그것도 충분히 가능했겠죠. 아실지 모르지만 저희는 호텔 로비의 한쪽 공간을 사무실로 빌렸거든요. 거기 상의를 벗어 두고 들락날락했으니……. 오늘 아침엔 굉장히 바빴고 곳곳에서 전화가 걸려 왔는데 그 사무실에는 전화가 없어서요……."

"그렇군요. 그리고 그 사무실에는 누구든 접근할 수 있었다는 거군요."

"그, 그렇습니다. 접근할 수 있는 정도가 아닙니다. 사실 다들 이런저런 용건으로 드나들고 있었습니다."

"물론 쓰치야 씨나 시가 씨, 사가라 씨도 그랬겠죠."

"글쎄요…… 쓰치야 씨는 매니저니까 신문사에 가기 전까지 거기 있었는데 시가 씨랑 사가라 씨는 오늘 아침에는 한 번도 호텔에 모습을 보이지 않았던 것 같습니다."

멍청한 나는 이 문답을 아무 생각 없이 듣고 있었는데, 아마미야 군의 마지막 말을 듣고 경부가 이상한 눈으로 지그시 내 얼굴을 보아서 묘하게 불안해졌다. 왜지. 왜 저런 눈으로 날 보는 거냐. 왜…… 왜…… 왜…… 하고 중얼거리다가 문득 놀라서 무심코 세 걸음 뒤로 물러섰다.

아, 이런. 이것은 초등 수학 문제나 마찬가지 아닌가.

1. 범인은 19일 밤 9시부터 10시 사이에 오사카에 있었어야 한다. 이 조건에 해당하는 사람은 시가 데키진, 사가라 지에코, 쓰치야 교조.

2. 범인 X는 아마미야 조수의 주머니에서 운송장을 꺼낼 수 있었어야 한다. 이 조건에 해당하는 사람은 아마미야 군과 같이 도쿄에서 온 사람들 전원 및 쓰치야 교조.

3. 위 두 가지 조건에 해당하는 유일한 인물 X는 쓰치야 교조이다.

4. 그러므로 범인은 쓰치야 교조이다.

제3장

알토의 선율

나는 경부가 바로 나를 취조할 거라 생각했지만 의외로 그러지 않고 아마미야 군의 취조가 끝나자 이번에는 합창단 아가씨 두 명을 불러냈다. 왜 그 아가씨들이 취조를 받는지 의아했으나 경부와의 문답을 듣고 금방 그 이유를 깨달았다. 여기에 경부와 두 아가씨의 문답을 기록해두자.

문: 당신들이 이 나카노시마 회관 음악당 앞에서 하차한 건 몇 시였죠?

답: 2시 15분 전이었습니다.

문: 당시 이 사건과 관계가 있다고 생각할 법한 특별한 걸 봤습니까?

답: 네, 본 것 같아요.

문: 그럼 그때 일을 말씀해주십시오.

답: 이렇게 된 거예요. 저희를 내려준 차가 떠나자마자 택시 한 대가 도착했어요. 저희는 오페라단 사람들인 줄 알고 분장실

입구에 서서 내려다봤습니다. 그런데 택시에서 내린 건 운전사와 조수 둘뿐이었고, 두 사람은 객석에서 콘트라베이스 케이스를 꺼내 분장실 입구에 내려두고는 그대로 차를 타고 가버렸어요. 저희가 본 것은 그것뿐이에요.

문: 그 택시에는 운전사와 조수, 그리고 콘트라베이스 케이스 말고 아무도 없었습니까?"

답: 네, 없었어요. 콘트라베이스를 꺼낸 다음에 누가 내리지 않을까 안을 엿봤는데, 비어 있었습니다.

문: 콘트라베이스 케이스를 꺼낼 때 운전사와 조수의 모습은 어땠나요? 케이스가 무거워 보였습니까, 가벼워 보였습니까?

답: 꽤 무거워 보였어요. 콘트라베이스가 그렇게 무겁지 않다는 건 알고 있으니 그때 이상하게 생각했어야 하는데 그만 깜박…… 이제 와서 생각해보면 그 운전사와 조수는 굉장히 당황하고 있었던 것 같은데 이것도 그때는 무심코 넘기고 별로 이상하게 생각하지 않았어요.

문: 그때 두 사람이 내린 콘트라베이스가 여기 있는 게 분명합니까?

답: 그런 것 같아요. 아니, 확실해요. 두 사람이 차에서 케이스를 꺼내다가 떨어뜨릴 뻔했거든요. 그때 자동차 발판에 부딪쳐 케이스 가장자리가 찌그러졌는데 그 자국이 거기에 있으니까요.

문: 차종은 뭐였죠?

답: 포드의 세단이었어요. 차량 번호까지 보진 못했고요.

문: 그 운전사와 조수를 다시 보면 구별하실 수 있나요?

답: 글쎄요.

대충 이런 내용이었다.

이 문답을 듣고 역시 경찰은 대단하구나 싶었다. 우리가 놀라서 공포에 질린 군상을 연기하는 동안 그들은 이미 이런 것까지 조사하고 있었던 것이다. 형사란 의외로 공짜 밥이나 먹는 사람들이 아니었다.

하지만 솔직히 나는 그런 데 감탄할 여유가 없었다. 아가씨들 취조가 끝나자마자 경부란 놈이 와서 소나기처럼 질문을 퍼부어댔으니까. 나는 또 순식간에 흥분해서 횡설수설했다.

하지만 그건 경부가 너무 무리한 질문을 한 탓이다. 그는 내게 그날 아침, 즉 20일 오전부터 오후 2시까지의 행적을 자세히 말하라고 했는데, 내가 일일이 시계를 보고 움직인 것도 아니고 몇 시부터 몇 시까지 어디에 있었고 몇 시부터 몇 시 사이에 어디로 갔는지 하나하나 정확히 말할 수 있을 리 없지 않은가. 나는 신문사 세 곳과 백화점 세 곳, 방송국과 극장 사이를 생쥐처럼 돌아다니고 있었으니까.

하지만 기억을 더듬어 그동안의 행적을 최대한 자세히 말하자, 경부란 작자는 그걸로 만족한 건지 아닌지는 몰라도 일단 알겠다고 했다. 어제 나에 대한 취조는 이것이 끝이었다.

어젯밤 나는 가뜩이나 흥분해 있던 차에 이 글을 쓰기 시작한 터라 점점 정신이 말똥해졌고, 경부에게 의심받고 있다는 생각으로 두려움까지 겹쳐 결국 한숨도 자지 못했다. 이러지 말아야지 하면서도 타고난 소심함을 어쩌겠는가. 오늘 아침 일어나 거울을 보니 초췌한 몰골에 눈이 퀭했다. 내가 봐도 한심했다.

그런데 오늘, 즉 21일이다. 오늘은 또 어제보다 더 많이 경부에게 추궁당하리라고 가슴을 졸이고 있었는데, 어찌 생각이나 했으랴, 갑자기 상황이 바뀌었다. 경부의 화살이 방향을 바꿔 다른 사람에게 향한 것이다. 덕분에 나는 가슴을 쓸어내리며 오늘 밤은 제법 침착하게 이 기록을 계속할 수 있었다.

하지만 그것을 언급하기 전에 현재 우리가 처한 상황을 짚고 넘어가야 한다. 일에는 순서라는 것이 있으니까.

우리의 사회적 지위를 고려한 탓인지 경찰에서는 무턱대고 우리를 구속하지는 않았다. 그 대신 모두 한동안 오사카에 발이 묶이는 신세가 되었다. 오사카에 발이 묶였다기보다는 N 호텔에 갇혔다고 해야 할지도 모르겠다. D 빌딩 호텔에 머물고 있던 하라 소이치로 씨도 덴카차야의 친척 집에 머물기로 했던 사가라 지에코도 자발적으로 호텔로 옮겨 와달라는 요청을 받았다. 시가 데키진은 애초에 일행이 도착하면 N 호텔에 합류하기로 했었으니 별문제 없었지만.

수색이 언제까지 계속될지 모르지만 그동안 10여 명의 대식구를 N 호텔에 묶어둔다니 하라 오페라단에는 굉장한 타격이다. 가장 중요한 사쿠라는 죽었고 해산이 예정된 오페라단으로서는 아무래도 짊어지기 힘든 부담인데 이것은 하라 소이치로 씨가 떠맡기로 했다. 전에도 말했듯 소이치로 씨는 재계 거두의 아들이니 이 정도는 부담해도 괜찮을 것이다.

아무튼 오늘 아침 일어나 신문을 보니 어제 석간에 이어 이번에도 사건에 대한 기사가 실려 있었다. '오페라의 여왕'이니 '세계적인 나비 부인'이니 '국보 같은 존재'이니, 싸구려 수식어를 있는 대로 가져와서 써재끼고 있다. 개중에는 어제 내가 들려준 하라 사쿠라 여사의 일대기를 그대로 게재한 기사도 있었다.

나는 그런 기사에 전혀 흥미가 없었지만 콘트라베이스 케이스를 홀로 운반해 온 택시는 신경 쓰였다. 누가 생각해도 택시 기사나 조수가 범인일 리는 없으니 그 사람들은 범인의 부탁을 받고 그것을 실어 온 게 틀림없다. 그 택시만 찾으면 범인은 당연히 알 수 있으리라 생각하고 눈에 핏발이 서도록 신문을 뒤져 봤지만, 택시에 대해서는 실려 있어도 운전사나 조수를 찾았다는 언급은 없는 걸 보면 분명 조간 마감 시간까지는 못 찾은 모양이다.

그런데 범인은 어째서 그런 케이스에 시체를 넣어 들려 보내는 바보짓을 했을까. 생각해보면 정말 위험한 짓 아닌가.

하라 사쿠라는 그저께 밤 8시 반쯤 호텔을 나갔다. 그리고 어딘가에서 범인을 만나 9시부터 11시 사이에 살해당했다. 범인이 그 시체를 어떻게 보관했는지는 몰라도 어제 아침 아마미야 군의 주머니에서 꺼낸 운송장으로 가와다 군의 콘트라베이스 케이스를 찾았다. 그리고 그 안의 콘트라베이스와 시체를 바꿔치기한 후 나카노시마 홀에 보낸 것이다. 그러려면 꽤 많은 위험을 무릅써야 했을 텐데 그걸 감수하면서까지 이런 짓을 할 이유가 어디 있을까.

그보다는 오히려 시체를 그대로 숨기는 편이 훨씬 안전하지 않은가. 그랬다면 한동안은 '사쿠라 여사 의문의 실종' 정도로 넘어갔을 것이다.

아니면 범인은 이런 잔재주로 살인이 도쿄에서 벌어진 것처럼 꾸미려 했는지도 모른다. 도쿄에서 살해된 시체를 콘트라베이스 케이스에 넣어 오사카로 보냈다……. 그런 식으로 꾸미려고 했는지도 모르지만 그런 것은 도쿄와 오사카의 화물계를 조사해보면 금방 알 수 있지 않을까. 콘트라베이스 같은 화물은 도쿄나 오사카 두 역이 아무리 크다고 한들 무턱대고 취급할 물건이 아니니 담당자는 분명 잘 기억하고 있을 것이다. 기억한다면 그 무게도 생각해낼 것이 틀림없다. 콘트라베이스와 시체는 무게가 많이 차이 났을 것이다.

아니, 그보다 범행이 일어난 19일 밤 9시부터 11시까지 사쿠라가 오사카에 있었다는 걸 잘 알고 있지 않은가. 사가라가 같이 와 있었고 D 빌딩 호텔 지배인도 증언해줄 테니 그런 잔재주를 부려봐야 아무 소용 없을 텐데. 도저히 모르겠다. 몰라서 더 신경이 쓰인다. 대체 범인은 무슨 생각인 것일까.

호텔 로비 구석에서 그런 생각에 잠겨 있는데 소이치로 씨가 내려왔다.

"어이."

"안녕히 주무셨습니까."

"잠을 못 잤군. 완전히 초췌해졌어."

"너무 답답해서……."

"답답해?"

"예, 선생님이 돌아가셨으니 앞으로 어떻게 해야 될지 막막합니다. 지금 이런 생각을 하는 것도 이기적이지만요……."

"뭐, 그야 누구라도 그렇지. 사람이라면 나 자신이 걱정되는 게 당연하지 않겠나. 하지만 뭐 어떻게든 되겠지."

"아무쪼록 잘 부탁드립니다."

"그런데 자네, 미안하지만 이 전보를 쳐주지 않겠나."

"예, 알겠습니다."

"그럼 부탁하네. 아, 졸려. 사실 나도 어젯밤엔 한숨도 못 잤어. 이제 눈을 좀 붙여야겠어. 용건이 있으면 깨워주게."

소이치로 씨가 2층으로 올라간 다음, 전보용지를 보니 그 내용은 이러했다.

사쿠라피살됨 출발요망

수신처는 도쿄 고지마치 3번지 유리 린타로.

유리 린타로······? 어딘가에서 들어본 이름이라고 생각했지만 도통 떠오르지 않았다. 하지만 그런 것은 아무래도 좋다.

내가 전보를 친 후 슬슬 사람들이 일어났다. 죄다 제대로 못 잔 듯 창백한 얼굴에 퀭한 눈을 하고 있었다. 그중에서도 사가라와 오노의 안색은 말이 아니었다. 사가라는 여자니까 그렇다 치고 오노는 또 왜 저렇게 벌벌 떨고 있는 걸까.

하긴 오노가 사쿠라에게 반해 있다는 것은 악단에도 소문이 나 있었다. 하지만 어제부터 오노의 태도는 좀 이상하다. 슬퍼한다기보다 겁을 먹고 있다. 뭔가 어지간히 마음에 걸리는 게 있는 모양이다. 자식, 이번 사건에 대해 뭔가 알고 있는 것이 분명하다.

아무튼 사람들이 느릿느릿 아침 식사를 마친 참에 어제 온 경부가 형사 두세 명을 데려왔다. 나중에 알게 된 사실인데, 경부의 이름은 아사하라이고 이 사건 주임인 듯했다.

경부는 우리를 보더니,

"송구스럽지만 잠깐 여쭤볼 것이 있습니다. 여러분, 이쪽으로 모여주시겠습니까?"

그렇게 말하고는 우리를 N 호텔 지배인실로 데려갔다. 겉보기에는 호텔이지만 당분간 이곳이 수사본부가 될 모양이다.

아사하라 경부는 지배인의 큰 책상을 보고 의자에 앉더니 그 앞에 일렬로 우리를 세워놓고 마치 면접관 같은 얼굴로 사람들을 훑어보다가 이윽고 나를 보더니,

"쓰치야 씨, 다들 모였는지 잠깐 확인해주시죠."

하고 요청했다. 둘러보니 소이치로 씨만 보이지 않았다. 그렇게 말하자 경부는 바로 형사를 보내 졸린 눈을 한 소이치로 씨를 데려왔다. 이로써 다들 모인 셈이다.

"주무시는데 깨워서 죄송합니다. 그럼 다들 모인 것 같으니 여쭤보지요. 실은 이런 쪽지가 발견되었는데, 이걸 본 적 있는 분 계십니까? 사가라 씨. 잠깐⋯⋯."

경부는 그렇게 말하면서 접는 가방에서 달걀처럼 매끈매끈하고 새것인 하얀 종이를 꺼냈다. 사가라는 경부에게서 그걸 건네받더니 미간을 찌푸리며 보다가 말했다.

"글쎄요⋯⋯ 저는 모르겠네요⋯⋯. 누가 여기⋯⋯?"

내가 손을 내밀려 하자 경부는 재빨리 책상에서 일어나 그 종이를 가로챘다. 그리고 모두가 볼 수 있게 종이를 펄럭거리면서 말했다.

"아무도 본 적 없습니까? 중요한 일이니까 혹시 아시면 숨기지 말고 말씀해주십시오. 곤란하네, 이거야 원⋯⋯. 그럼 아무도 본 적 없다는 거군요. 이봐, 기무라 군, 아무도 아는 분이 없는 것 같아. 서장님에게 그렇게 말하고 돌려주게."

형사는 그것을 받아 들고 바로 밖으로 나갔다. 그 순간 옆에 있던 소이치로 씨가 팔꿈치로 나를 찔러서 아무 생각 없이 돌아봤더니 그는 싱글거리면서 말했다.

"지문이야. 하지만⋯⋯ 사가라의 지문이 왜 필요하지?"

소이치로 씨의 속삭임을 듣고 나는 깜짝 놀랐다. 제기랄! 그럼 방금 경부가 한 짓은 사가라의 지문을 채취하기 위한 계략이었단 말인가. 그런데 사가라의 지문이 왜 필요할까. 소이치로 씨와 마찬가지로 나도 이해가 가지 않았다.

아무튼 형사가 나가자 경부는 다시 가방을 열고,

"실은 또 하나 봐주셨으면 하는 게 있어서 여기로 불렀습니다. ……이겁니다."

경부가 꺼낸 것은 사쿠라의 핸드백이었다.

"어제 확인하려다가 다들 굉장히 흥분해 계셔서 지금껏 기다린 겁니다. 보시다시피 이건 사쿠라 여사의 핸드백인데요, 이 중에서 뭔가 없어진 것이 있나 해서요……. 사가라 씨, 당신은 마지막까지 사쿠라 여사와 같이 있었는데 뭔가 짚이는 거 없습니까? 여사 물건 가운데 지금 이 핸드백에서 없어진 건……."

경부는 그렇게 말하며 마치 마술사 같은 손놀림으로 핸드백에서 여러 가지 물건을 꺼내 책상 위에 늘어놓았다. 여성용 지갑, 콤팩트, 손거울, 손수건, 여행용 파우치, 손톱깎이, 은단, 악보…….

사가라는 가만히 경부의 손놀림을 보다가 갑자기 숨을 크게 헐떡였다.

"저…… 그것뿐인가요? 핸드백 속 물건은 그걸로 끝인가요?"

그녀는 책상으로 다가갔다.

"예, 이게 다입니다. 뭔가 더 있어야 할까요?"

"네…… 저…… 선생님의 목걸이가……."

그 말을 듣고 소이치로 씨도 쑥 몸을 내밀었다.

"아, 정말. 목걸이가 안 보이는군."

"그 목걸이가 정말 이 핸드백 속에 있었습니까?"

"네, 분명히…… 시나가와까지…… 아니, 시나가와 근처에서 선생님이 핸드백을 열었을 때 초록색 벨벳 케이스가 들어 있는 걸 봤어요. 목걸이 케이스인데요……. 여기서 환영회가 있어서 그때 쓸 거라고 하셨어요."

"그 목걸이란 어떤 물건입니까?"

"그건 제가 말씀드리죠. 작년에 아내가 해외 나가서 이탈리아 나폴리에서 산 건데, 품질이 좋은 진주 목걸이입니다. 시가 5만 엔은 할 겁니다."

시가 5만 엔……. 방 안에는 갑자기 고요한 침묵이 퍼졌다. 경부도 적잖이 흥분한 듯 회전의자에 앉은 채 어색하게 몸을 움직였다.

"그러면 당신도 부인께서 그 목걸이를 가지고 계셨다는 것을 인정하시는군요."

"아뇨, 아내가 갖고 나오는 걸 보지는 못했습니다. 하지만 사가라의 말대로 이곳에서 사쿠라를 위한 환영회를 할 예정이었으니 거기 참석하려면 분명 가져왔을 겁니다."

"그럼 역시 범인이 훔쳤단 얘기군요."

"그렇겠죠. 저 콘트라베이스 케이스 속에 없었다면…….."

그때 아까 본 기무라라는 형사가 빠른 걸음으로 들어오더니 뭔가 경부에게 속삭였다. 그러자 경부 놈은 능글능글 기쁜 듯 웃었다.

"아, 그래. 그럼 내가 신호하면 그 사람을 이리 데려와."

기무라 형사가 가버리자 경부는 다시금 우리 쪽을 향했다.

"아, 이 목걸이에는 굉장히 흥미가 있습니다. 어쩌면 그걸로 범인의 발목을 잡을 수 있을지도 몰라요. 그런데 사가라 씨, 여쭙고 싶은 게 있는데요……."

"네."

"19일 밤에요, 사쿠라 여사와 함께 8시 도착 기차로 오셨죠. 그리고 뭘 했다고 하셨죠? 그걸 한 번 더 말씀해주시겠습니까?"

"네…… 저……."

사가라의 안색은 눈에 띄게 흙빛이 되었다. 당장이라도 쓰러지는 거 아닐까 했지만 사가라는 간신히 정신을 차렸는지 낮은 목소리로 끊어질 듯 말 듯 이렇게 말했다.

"네……. 어제도 말씀드렸다시피 저는 오사카역 앞에서 선생님과 헤어져 전철로 덴카차야에 있는 친척 집에 갔고, 거기 묵어서요……."

"아, 잠깐만요. 혹시 사쿠라 여사를 데려다주러 D 빌딩 호텔까지 간 건 아닙니까? 그리고 여사와 함께 호텔 방에 들어갔던

게……."

"아뇨, 아뇨, 그건 절대……."

"그런가요? 그럼 이상한데요. 여사의 방문 손잡이에 당신의 지문이 분명히 남아 있었거든요."

나는 그때 처음으로 경부가 사가라의 지문을 채취한 이유를 깨달았다. 슬쩍 소이치로 씨를 돌아보니 그는 그저 의아한 표정으로 경부와 사가라를 번갈아 보고 있었다. 사가라는 말없이 입술 가장자리를 깨물고 있었지만 안색은 외려 아까보다 나아진 듯했다.

"사가라 씨, 이 일에 대해 설명해주시겠습니까."

사가라가 그래도 대답을 못 하는 것을 보고 경부는 책상을 두드려 신호를 보냈다. 그러자 다시 기무라 형사가 한 남자를 데리고 들어왔다. 남자를 보고 나는 엇 하고 속으로 중얼거렸다. 어디서 본 적이 있는 남자다…….

"사가라 씨, 어젯밤 D 빌딩 호텔에 나타난 사쿠라 여사는 두꺼운 베일을 쓰고 직원에게 한 번도 얼굴을 보여주지 않았다고 합니다. 당신은 사쿠라 여사와 똑같은 모피 코트를 갖고 계시죠. 송구스럽지만 그 코트를 입고 얼굴을 베일로 가린 뒤 여기 이 분에게 보여주시겠습니까? 이 사람은 D 빌딩 호텔 지배인으로 그저께 밤 사쿠라 여사를 접대한……."

"아니에요, 그럴 필요 없어요."

갑자기 사가라가 벌떡 일어나 책상 너머의 경부 쪽으로 몸을 내미는가 싶더니 한 마디 한 마디 힘을 실어 말했다.

"그저께 밤 선생님 이름을 대고 D 빌딩 호텔에 간 사람은 제가 맞습니다. 하지만 결단코 나쁜 짓은 안 했어요. 선생님의 부탁을 받고 한 일입니다. 선생님은…… 하라 사쿠라 선생님은 용건이 있어서 시나가와에서 기차로 도쿄에 돌아가셨어요."

알토의 목소리가 상쾌하게 방 안에 울려 퍼졌다.

제4장

읽을 수 없는 악보

경부란 놈은 역시 대단하다. 우리가 멍청하게 있는 사이에 이만큼 상황을 간파했으니 바보 취급해선 안 된다.

하지만 그저께 밤, D 빌딩 호텔에 온 사람이 하라 사쿠라가 아니고 사가라 지에코가 대역을 한 것이었다니 너무 뜻밖의 일이다. 정말이지 마른하늘에 날벼락이 따로 없다. 그렇다면 그날 밤 내가 미친 듯이 찾아 헤맨 사람은 사쿠라가 아니라 사가라 지에코란 말인가. 이 무슨!

"사가라 씨, 이 일이 이번 사건에서 얼마나 큰 의미를 갖고 있는지 당신도 잘 아시겠죠."

아사하라 경부는 책상에서 몸을 일으키며 물끄러미 사가라 지에코의 안색을 읽었다.

"네……."

사가라는 겨우 정신을 차렸지만 신경질적으로 머뭇거리면서 손수건을 비틀듯이 움켜쥐고 있었다. 사람들의 시선은 그런 사가라에게 고정돼 있었다. 숨 막히는 긴장 속에서 경부와 사가라 사이에 일문일답이 이어졌는데 그 내용은 대충 다음과 같다.

"방금 하신 말씀에 따르면 하라 사쿠라 여사는 중간에 도쿄로 되돌아갔다는 건데요, 그날 밤 사쿠라 여사가 오사카에 오시지 않았다면 사건은 완전히 뒤집혀버립니다. 당신은 설마 이 일을⋯⋯."

"아뇨, 그게 아니에요."

"아니라고요⋯⋯?"

"그날 밤 선생님은 오사카에 오셨을 거예요. 그렇게 얘기가 되어 있었으니까요."

"사가라 씨, 그건 무슨 말입니까? 그간 있었던 일을 자세히 들려주시겠습니까? 하라 사쿠라 씨가 왜 중간에 도쿄로 되돌아갔는지, 왜 당신이 대역을 하게 된 건지를⋯⋯. 상황에 따라 수사 방침도 바꿔야 합니다. 그러니 아시는 바를 전부 말씀해주셨으면 합니다."

"네⋯⋯."

사가라는 계속 손수건을 움켜쥐고 있었지만, 이윽고 한 마디 한 마디 말을 고르면서 다음과 같은 이야기를 털어놓았다.

"어차피 조만간 알게 될 일이니 좀 더 빨리 털어놓았으면 좋았을 텐데. 하지만 너무 예상 못 한 일이 벌어지니 어제는 놀라서 말할 기회를 놓쳤어요. 제가 선생님을 대신해서 D 빌딩 호텔에 간 사정은 이러합니다. 저희, 선생님과 저는 오사카로 내려가기 위해 19일 오전 10시 고베행 기차를 탔어요. 전부터 예정돼 있던 일이라 남편분인 하라 소이치로 씨와 테너인 오노 씨, 그리고 매니저인 아마미야 씨가 도쿄역으로 배웅을 나오셨죠. 그때 오노 씨가 선생님에게 장미 꽃다발을 드렸어요. 그때까지는 별일이 없었는데, 기차가 출발하고 얼마 지나지 않아 선생님이 갑자기 안절부절못하시며 이런 말씀을 하시는 거예요. 불가피한 용건으로 시나가와에서 내려야 하니까 너 먼저 오사카에 가라고요. 제가 놀라자 선생님은 오래 걸리지 않을 테니 다음 차로 오사카에 갈 수 있을 거라고 재빨리 덧붙이셨어요. 아실지도 모르겠지만 10시 열차 다음에 11시 15분발 기차가 있으니까 그걸 타면 그날 밤 9시 8분에는 오사카에 도착할 수 있습니다. 선생님은 '이걸로 따라갈 거니까……'라고 하셨어요. 그러다 갑자기 생각나셨는지, 다들 자신이 이 열차로 오사카에 간다고 알고 있고 또 매니저인 쓰치야 씨도 기다리고 있을 텐데 한 시간이라도 늦으면 이상하게 생각할 것이 분명하다. 정말 미안하지만 한 시간만 대역을 해주지 않겠냐고 그렇게 말씀하셨어요."

사람들은 숨을 삼켰다. 가만히 사가라의 한 마디 한 마디에 귀 기울이고 있었다. 바늘이 떨어지는 소리가 들린다는 말은 이럴 때 쓰는 말일 것이다. 그런 정적 속에 사가라의 리사이틀은 계속된다.

"그때 선생님께서, 너는 나와 체형도 아주 비슷해. 게다가 이렇게 똑같은 코트를 입고 있으니 베일로 얼굴만 가리면 잠깐 눈

속임하는 것쯤이야 식은 죽 먹기일 거야. 그러니 나 대신 D 빌딩 호텔로 가줘. 8시 기차로 오사카에 도착했다는 것만 보여주면 되니까 호텔에 오래 머무를 필요는 없어. 뭔가 핑계를 대고 바로 빠져나오면 한 시간 뒤에 내가 외출에서 돌아온 척 호텔에 갈게…… 하고 말씀하셨어요. 게다가 그런 말씀을 하실 때 선생님의 표정이 아주 진지해서…… 뭐랄까요, 눈물을 머금고 계신 것처럼 보여서 저도 거절하지 못하고 받아들였던 거예요. 다만 문제는 호텔 숙박부의 사인과 쓰치야 씨 건이었는데, 숙박부 사인은 손가락을 다쳤다고 하고 미뤄두면 나중에 내가 가서 하겠다. 그리고 쓰치야 씨는 분명 오사카역에 마중 나올 테니까 잘 둘러대고 먼저 호텔로 가라. 쓰치야 씨가 뒤따라 호텔로 오기 전에 외출해버리면 문제없다. 그 부분은 임기응변을 잘해주면 좋겠다. 요컨대 내가 여기서 되돌아갔다는 것을 당분간 아무도 몰랐으면 좋겠으니 아무쪼록 잘해줘. 이 일은 내게는 사느냐 죽느냐의 문제야, 라고 하시면서요……."

"사느냐 죽느냐의 문제……? 하라 사쿠라 씨가 그렇게 말씀하셨다는 겁니까?"

"네, 분명 그렇게 말씀하셨어요. 말씀만 그렇게 하신 게 아니고 그때 선생님의 안색이나 말투……가 몹시 겁먹고 계신 것 같아서……."

"아, 잠깐만요."

아사하라 경부는 사가라의 말을 끊더니 소이치로 씨를 돌아보았다.

"하라 씨, 부인에게 최근 그럴 만한 사정이 있었습니까? 뭔가, 위험을 느끼고 겁먹을 만한⋯⋯."

"글쎄요, 짚이는 데가 없군요."

소이치로 씨는 눈썹을 치켜올리고 어딘가 분한 표정으로 그렇게 말했다.

"일단 우리 생활이란 게 완전히 분리되어 있어서⋯⋯. 나는 나, 상대는 상대, 그렇게 평소에는 제각각 지내고 있었으니⋯⋯. 하지만 그런 중대한 문제가 일어났다면 내게 털어놓고 상의까지는 안 하더라도 태도나 얼굴을 봐서 알았을 텐데 도저히 짚이는 곳이 없군요."

"누군가 이 일에 대해 짚이는 거 있는 분 계십니까?"

사람들은 웅성거리며 서로 마주 보았지만 나서는 이는 없었다. 경부는 딱히 기대하지는 않았던 듯 실망한 기색 없이 다시 사가라 쪽으로 몸을 돌렸다.

"아, 이야기를 끊어서 죄송합니다. 그럼 방금 한 얘기를 계속해주시죠."

"네, 그래봤자 별로 대단한 건 아니에요. 방금 말씀드린 대로 서둘러 의논을 마친 후 선생님은 시나가와에서 내리셨습니다. 저는 선생님이 맡긴 슈트 케이스를 들고, 네, 꽃다발은 선생님이 가져가셨어요. 아무튼 오사카에 도착해보니 다행히 역에는 쓰치야 씨의 모습이 보이지 않더군요. 그래서 차를 불러 D 빌딩 호텔로 가서 쓰치야 씨가 예약해둔 선생님 방에 들어가 5분 정도 쉬다가, 쓰치야 씨에게 대신 온 걸 들키면 큰일이다 싶어 금방 그곳을 나왔고 그대로 덴카차야의 친척 집으로 갔습니다. 제가 아는 건 이게 다예요. 어제 말씀드렸으면 좋았을 텐데 너무 정신이 없었어요. 게다가 어차피 나중에 선생님이 오사카에 오시면 열차 하나 정도 차이로 큰 문제가 생기진 않을 테니…….”

사가라의 이야기는 대충 이랬다.

사가라는 이렇게 털어놓더니 겨우 어깨의 짐을 내려놓은 듯, 하지만 아직 약간 걱정스러운 듯 경부의 얼굴을 응시하고 있었다. 그러자 경부는 또 이런 질문을 했다.

“그럼 기차에 탈 때까지 하라 여사의 모습에 특이점은 없었단 말입니까?”

“네…….”

“그런데 기차에 타고 나서 갑자기 태도가 바뀌어 안절부절 못했단 거군요.”

“네……. 그게…….”

“왜 그러십니까. 그게 아니었단 말입니까?”

“네, 생각해보니 그보다 조금 앞서 플랫폼에서 좀 묘한 일이 있었는데…… 선생님의 태도가 바뀐 건 그때부터였던 것 같아요.”

“묘한 일이라뇨?”

“네……. 저…… 그게…….”

사가라는 다시 초조한 기색을 보이기 시작했다. 경부는 가만히 그 얼굴을 응시하며 말했다.

"사가라 씨, 이 사건이 어떤 성질의 것인지, 당신도 잘 아실 겁니다. 사소한 것이라도 짚이는 게 있다면 다 말씀해주세요. 사건과 직접 관련이 없어 보이는 것이라도 좋습니다. 관련이 있는지 없는지를 간파하고 취사선택하는 것은 저희 일이니까요."

"네……. 사실은…… 이렇게 된 거예요. 도쿄역에 배웅 나온 오노 씨가 선생님에게 장미 꽃다발을 드렸단 얘긴 아까 했죠. 선생님도 굉장히 기뻐하면서 받으셨는데 그때 꽃다발에서…… 아니 꽃다발 사이에서 떨어진 거라고 생각했는데 나중에 선생님은 그게 아니라고 하셨어요. 아무튼 플랫폼에 종잇조각이 한 장 떨어졌어요. 마침 옆에 있던 제가 아무 생각 없이 주워서 드렸는데 그건 악보였습니다. 그걸 건넸더니 선생님은 의아해하며 그 악보를 읽으시다가 갑자기 놀라면서 서둘러 그걸 핸드백에 넣으셨죠. 선생님의 표정이 바뀐 건 그때부터가 아니었나 싶어요. 선생님은 웬일인지 열차가 출발하자마자 그 악보를 꺼내서 열심히 읽으셨어요."

경부는 눈썹을 찌푸리고,

"그 악보란 게 이겁니까?"

하고 책상 위에 널브러져 있던 핸드백에서 악보 한 장을 집어 사가라에게 건넸다. 사가라는 그것을 손에 쥐고는,

"네, 틀림없어요. 여기 거미 같은 모양의 잉크 얼룩이 있는데,

확실히 본 기억이 있어요."

"그럼 이 악보를 보고 하라 씨의 태도가 변했단 겁니까?"

"네……."

"왜일까요? 이 악보에 무슨 의미가……."

"잠깐 봅시다."

그때 옆에서 지휘자 마키노 겐조가 손을 내밀었다. 그는 문제의 악보를 손에 쥐고 한참 보더니 이윽고 경부에게 말했다.

"경부님, 참고로 말씀드리자면 이건 악보가 아닙니다."

"악보가 아니라니……."

"그렇습니다. 오 선지에 콩나물이 늘어서 있으니 언뜻 보기엔 악보 같지만 조금이라도 음악적 소양을 가진 사람이라면 이런 엉터리 악보가 있을 리 없다는 것을 금방 알 겁니다. 여기에는 성악가들도 있으니 물어보면 아시겠지만 이래서야 부를 수가 없어요. 악보의 법칙에 전혀 맞지 않습니다."

"그렇다면 혹시 이건 암호가……?"

"암호인지 아닌지는 모릅니다. 제가 말하고 싶은 건 이것이 악보가 아니라는 것, 그뿐입니다."

마키노가 단호하게 말하고 나자 방 안에는 다시 고요한 침묵이 찾아왔다. 게다가 이번 침묵에는 이전보다 한층 심각한 불안과 공포가 섞여 있다는 사실을 나도 알고 있었다. 아니, 나 또한 말할 수 없는 의구심과 의혹으로 숨이 막힐 것 같은 기분이었다.

마키노는 그 악보가 암호인지 아닌지 모른다고 했다. 하지만 그것은 신중함에서 나온 표현일 것이고 지금까지 사가라가 한 이야기를 들어보면 누구나 그 악보가 암호라는 사실을 모를 리 없을 것이다. 그런데 그 악보가 암호라면……. 거기에 사람들의 불안과 의혹의 씨앗이 있었던 것이다. 바보 같은. 바보 같은, 바보 같은……. 그야말로 진정한 우연의 일치이다. 악단 사람이라면 누구나 암호가 필요할 때 우선 악보를 활용하려 하지 않겠는가. 그런데, 그런데, 그런데…….

경부는 의아한 듯 사람들의 얼굴을 둘러보고 있다. 그 눈에 차츰 의혹의 기색이 짙어졌다. 참다못해 경부가 뭔가 말하려고 했다. 그와 거의 동시에 마키노 겐조가 입을 열었다. 그는 목에 걸린 것을 삼키듯 헛기침을 하더니 우리의 마음에 퍼져 있는 불안의 씨앗을 걷어내려는 듯이 이렇게 말했다.

"경부님, 이상하게 생각하시는 게 당연합니다. 여기 있는 사람들, 다들 속에 뭔가 숨기고 있는 듯한 얼굴이죠. 음모를 꾸미는 것 같은 얼굴을 하고 있지만 우린 결코 이번 살인 사건의 공범이 아닙니다. 이 사람들이 이렇게 이상한 표정을 짓는 데는 그만한 이유가 있어요. 만약 경부님이 도쿄 경찰관이라면 금방 우리와 같은 의문을 품으실 겁니다."

마키노는 어색하게 헛기침을 했다.

"후지모토 쇼지 아시죠? 〈거리에 비가 내리듯〉으로 히트한 유명 가수, 유행가의 총아 말입니다. 그 사람이 올해 5월에 살해당했어요. 범인은 아직 몰라요. 사건은 지금껏 미궁에 빠져 있고요. 이 사건으로 저흰 굉장히 곤욕을 치렀습니다. 악단 사람들의 스캔들이 잇달아 드러났죠. 그런 이유로 저희에게는 특별히 기억에 남을 만한 사건이었는데, 이 후지모토 쇼지가 살해당했을 때도 악보를 쥐고 있었어요. 그것이 읽을 수 없는 악보, 즉 이번과 마찬가지로 암호가 아니었을까 생각한 겁니다."

침묵. ……마키노의 어색한 헛기침.

"경부님이 방금 그 악보가 암호가 아닌가 말씀하셨을 때 사람들의 머리에 의도치 않게 그 사건이 떠올랐고, 다들 막연히 의심을 품은 거죠. ……그래서 묘하게 안절부절못하고 있는 겁니다."

경부의 눈썹이 무섭도록 치켜 올라갔다.

"후지모토 쇼지 살인 사건이라…… 예, 들었습니다. 악보의 암호…… 그러고 보니 그런 얘기를 들은 적이 있는 것 같기도 해요. 그렇다면 당신들은 이번 살인 사건과 후지모토 쇼지 살인 사건 사이에 뭔가 관련이 있다고 생각하시는 건가요?"

"아뇨, 그건 누구도……. 적어도 저는 그렇게 생각지 않습니다. 아무리 악단 사람이라 한들, 대중가수와 여기 계신 정통 성악가들은 전혀 바탕이 달라서요……. 게다가 하라 사쿠라 여사 같은 대가와 후지모토 쇼지 군이라니 어떤 의미로든 관련이 있다고 보기는 어렵죠. 그저 악보의 암호…… 두 사건에 공통점이 있다면 그 점뿐인데, 이것도 음악가가 암호를 만들려고 하면 당

- 82 -

연히 악보에……."

"그렇다면 이 중에 후지모토 쇼지와 아는 사이인 분은 한 명도 없습니까?"

마키노의 말을 자르고 휙 돌아보는 경부의 눈빛에 사람들은 놀라 숨을 삼켰다. 나도 목이 칼칼해지는 기분이었다. 여기 한명, 후지모토 쇼지와 친했던 인물, 친했다기보다 끊으려야 끊을 수 없는 인연을 가진 인물이 있다는 것을 모두 알았기 때문이다.

"후지모토라면 저도 잘 압니다. 제 제자였습니다."

시가 데키진의 바리톤 음성이 사람들 뒤에서 천천히 들려왔다. 아아, 결국 말해버리는군. 가만있으면 좋을 텐데…….

"당신이……?"

"그렇습니다."

"그럼 후지모토의 사생활에 대해서는 잘 알겠군요."

시가는 약간 슬픈 표정으로 지친 듯 엷은 미소를 띠었다.

"하나도 모릅니다. 후지모토는 제 제자였지만 그 후 가요 쪽으로 전향해버렸고, 게다가 그렇게 인기인이 되었으니 최근에는 소원하게 지냈죠. 그래서 저 이외에 후지모토와 어떤 의미로든 관계있는 인물이 있느냐 물어보셔도 저는 답할 수 없습니다. 그리고 또 한 가지 사전에 말씀드릴 게 있는데, 후지모토가 도쿄에서 피살되었을 때 저는 오사카에 있었습니다."

"그렇군요."

경부는 방금 시가가 한 말을 곱씹는 듯하더니, 이윽고 눈썹을 휙 치켜들었다.

"이번에 하라 사쿠라 여사가 도쿄역에서 암호가 담긴 악보를 받았을 때도 당신은 여기 계셨던 겁니까?"

그때 테너인 오노 다쓰히코가 숨이 막히는 듯한 소리를 질렀다. 나는 오노가 한참 전부터 이상하게 안절부절못하고 자꾸만 손을 쥐었다 폈다 하는 걸 눈치채고 있었는데, 이쯤에 이르러 결국 폭발한 듯싶었다.

"아닙니다, 아닙니다."

"네? 무슨……?"

경부는 팅기듯 오노를 돌아보고 안색을 살피더니 갑자기 미간을 찌푸렸다.

"오노 씨, 뭐가 아니라는 겁니까."

"그 악보는…… 그 암호의 악보는, 꽃다발 속에서 떨어진 것이 아닙니다. 사가라 씨가 착각한 거예요. 저…… 제 꽃다발엔 그런 것이 끼워져 있지 않았습니다!"

"아, 그거 말입니까. 그럼 이 악보는 누구 손에서 나온 거죠? 이거야 원. 당신의 꽃다발 속에서 떨어진 게 아니라면, 그럼 어디서 떨어진 겁니까?"

"그건 저도 모릅니다. 그때 일은 저도 잘 기억이 안 나요. 이렇게 중요한 의미가 있으리라고는 생각 못 해서 별로 신경 쓰지 않았어요. 하지만 꽃다발 속에서 떨어진 게 아니란 것만은 맹세코 단언할 수 있습니다."

하지만 그 정도 일로 오노는 왜 그토록 흥분한 것일까. 왜 그렇게 이마에 땀을 흘리고 눈을 날카롭게 한 채 숨을 몰아쉬는 것일까. 경부도 비슷한 의문을 품었는지 일부러 모른 척하며 이렇게 물었다.

"그렇군요. 하지만…… 아, 그럼 그때 하라 씨 옆에 누가 있었나요? 당신과 사가라 씨가 있었던 건 알지만 그 외에 하라 여사 바로 옆에 누가……."

"그건 저였을 겁니다."

천천히 그렇게 말한 사람은 하라 소이치로 씨였다.

간주곡

쓰치야 교조 씨의 수기는 이 정도로 해두자. 이 수기는 더 길고 또 아주 흥미롭지만 이대로 계속하다간 유리 선생님이나 나는 언제까지고 등장하지 않을 테니. 그래서 유감스럽지만 쓰치야 씨의 수기는 이쯤에서 끊고 이제부터는 유리 선생님과 내 관점에서 이 사건을 되짚어보려고 한다. 물론 필요에 따라 앞으로도 쓰치야 씨의 수기를 가끔 참조할 수 있을 것이다. 바로 앞 장에서 문제가 된 악보는 암호로서는 굉장히 유치하고 초보적인 것이지만 그런 만큼 여러분이 조금만 머리를 쓰면 수월하게 풀수 있으리라 생각하여 여기 게재해둔다.

미쓰기 슌스케

제5장

모래주머니

"미쓰기 군, 오늘 밤 야간열차로 오사카에 좀 다녀와줬으면 하는데. 용건은 말 안 해도 알겠지. 나비 부인 살인 사건이야. 큰 사건이고 앞으로 어떻게 전개될지 몰라. 오사카 지사에도 민완 기자들이 있긴 하지만 관계자들이 전부 도쿄 사람이고 후지모토 사건과도 얽혀 있으니 이쪽에서 한 사람 격려차 가주는 게 좋을 거 같아서."

편집국장인 다나베 씨가 그런 지시를 내린 것은 10월 21일 저녁이었다. 안 그래도 그날 도쿄 석간이란 석간은 죄다 새로이 얽히기 시작한 후지모토 쇼지 살인 사건으로 떠들썩하던 터라 내가 기다렸다는 듯 달려 나가려 하자 다나베 씨가 다시금 나를 불러 세웠다.

"자네는 성질이 너무 급해. 내 얘기 아직 안 끝났어."

"예, 또 용건이 있습니까?"

"아니, 용건까진 아닌데, 자네 지인인 유리 선생님 말이야. 지금 여유가 있으시려나? 혹시 괜찮다면 좀 모셨으면 하는데…….

물론 비용은 전부 회사에서 부담하겠네."

그때 탁상전화가 울리기 시작했다. 다나베 씨는 미간을 찌푸리며 귀찮은 듯 수화기를 들고 두세 마디 하더니 이내 묘하게 환해진 얼굴로 나를 돌아보았다.

"호랑이도 제 말 하면 온다더니 유리 선생님이 전화했어. 한 번 잘 얘기해보게."

하지만 얘기하고 말고 할 것도 없었다. 나는 수화기를 받아 들고 이를 드러내며 웃었다.

"유리 선생님도 오늘 밤 야간열차로 오사카에 가신답니다. 나비 부인 살인 사건으로 시쿠라 여사의 남편인 소이지로 씨에게서 와달라는 전보를 받았다고 합니다. 저한테도 같이 가지 않겠냐고……. 10시에 도쿄역에서 만나기로 했습니다. 다나베 씨, 다른 용건은 없습니까?"

마지막 말을 다나베 씨가 들었는지는 모르겠다. 나는 국장실에서 뛰어나와 조사부로 달려가서 관계자들의 메모를 수집했다.

"미쓰기 씨, 오사카로 출장 가세요?"

"응, 나비 부인 살인 사건 때문에."

"이번에는 유리 선생님은 안 가세요?"

"아, 선생님도 가실 거 같아. 또 같이 일하게 됐어."

"그거 멋지네요. 그럼 조만간 근사한 소식을 들을 수 있겠군요."

"그래, 기대하라고. 그럼 다녀올게."

유리 선생님도 나도 시간은 꽤 정확하게 지키는 편이다. 10시 정각 도쿄역 승차구에서 택시를 내렸을 때 바로 다음 택시에서 유리 선생님이 내리는 걸 보고 나는 무심코 웃음 지었다.

"자넨 변함없이 정확하군."

"선생님이야말로⋯⋯. 몬테크리스토 백작 같아요."

우리는 마주 보며 웃었다.

10시 15분발 고베행 열차. 나중에 생각해보니 이 열차는 그저께 밤에 하라 사쿠라 오페라단 일행이 탄 열차였다. 열차 안에서 우리는 사건에 대해 그다지 이야기하지 않았다. 사건에 본격적으로 돌입하기 전까지 선생님은 가급적 상상을 더하는 것을 피하는 편이었다. 하지만 내가 조사부에서 수집한 메모에 대해 말씀드리자 선생님은 간단히 흠흠 하고 고개를 끄덕였다. 선생님도 대략적인 내용은 조사해 오신 듯하다. 그리고 얼마 지나지 않아 우리는 푹 잠들었다.

22일 오전 8시 7분 오사카역에 도착했다. 그 무렵 열차 시간은 정확했다. 역 식당에서 간단히 아침 식사를 마치고 일단 헤어져 유리 선생님은 기타하마의 N 호텔로, 나는 사쿠라바시 지사로 향했다. 정오 정각에 내가 N 호텔로 가기로 했다. 출발 전장거리전화로 미리 연락해둬서 지사에서는 이 사건을 담당한 시마즈 군이 기다리고 있었다. 시마즈 군과는 2년 전까지 도쿄에서 같이 일했던 사이라 죽이 잘 맞는다.

"여어."

"여어, 수고가 많아."

"방해꾼이 끼어들었지. 잘 좀 부탁해."

"무슨 소리. 와줘서 맘이 든든하다."

시마즈 군은 묘한 억양의 오사카 사투리를 썼다.

"오늘 아침엔 특종을 잡았던데. 운전사 말이야…… 그 얘길 쓴 건 우리 신문뿐이더라고. 오사카역에서 읽고 기뻤어. 시마즈 군이 해냈구나 싶었지."

"아, 덕분에 간신히 시내판 마감했지. 근데 밥은 먹었나? 그럼, 차라도 한잔하면서 천천히 얘기하자고."

우리는 지하에 있는 어느 구내식당으로 내려갔다. 내가 좀 전에 시마즈 군이 특종을 잡았다고 한 경위는 이렇다. 나비 부인의 시체가 들어 있는 콘트라베이스 케이스, 그것을 나카노시마 홀의 분장실 입구까지 운반한 운전사와 조수가 붙잡혔다. 이 사실은 아직 어떤 신문에도 실리지 않았다. 우리 신문에도 교토역에서 산 것에는 실려 있지 않았는데, 오사카에서 산 시내판에는 몇 줄이나마 나와 있었던 것이다.

"갑작스럽지만 그 운전사 건 말인데, 좀 자세히 얘기해주겠어?"

"응, 그 차 말이야, 억수로 묘한 데가 있다니까."

차를 마시면서 시마즈 군이 들려준 바에 의하면 이랬다.

운전사와 조수의 이름은 하시바 가메키치와 사카모토 긴조이고, 20일 밤 도비타 유곽에서 놀고 있다가 어젯밤 늦게 체포

되었다. 이번 사건의 수사본부인 소네자키 서로 연행된 두 사람은 바로 콘트라베이스 케이스를 운반했다는 사실을 자백했지만 그들의 말에 의하면 거기에는 다음과 같은 사정이 있었다.

20일 정오 조금 지나 노다에서 사쿠라바시 쪽으로 빈 택시를 몰던 두 사람을 후쿠시마의 아파트 앞에서 한 남자가 불러 세웠다. 그 남자는 검은 양복에 검은 외투를 입고 검은 모자를 쓰고 있었는데 외투 깃을 세우고 모자를 푹 눌러쓴 데다, 커다란 선글라스와 마스크로 얼굴을 가리고 있어서 인상이나 나이는 전혀 알 수가 없었다. 남자는 커다란 콘트라베이스를 자신의 몸에 기대 세워놓고 있었다.

아무튼 택시가 멈춰 서자 남자는 나카노시마 홀까지 가달라며 콘트라베이스 케이스를 들고 탔으나, 마스크 때문에 목소리는 잘 들리지 않을 만큼 낮았다. 그런데 택시가 사쿠라바시에 다다랐을 때였다. 남자가 갑자기 택시를 세우더니 용건이 생각났다며 자신은 여기서 내려야 한다고, 미안하지만 콘트라베이스 케이스를 홀 분장실 입구까지 옮겨달라고 변함없이 낮고 거의 들리지 않는 목소리로 우물거리고는 팁을 두둑이 건넨 뒤 황급히 내렸다.

그 모습이 묘하게 수상쩍어서 하시바와 사카모토의 마음에는 문득 의심이 일기 시작했다. 조수인 사카모토는 뒷자리의 콘트라베이스 케이스를 돌아보면서 이런 말을 했다. 전에도 바이올린의 친척뻘인 이 악기를 본 적이 있는데 그때는 이렇게 무겁지 않았다. 연주자가 한 손으로 들고 다닐 수 있을 정도였다. 그런데 방금 탔던 남자가 악기를 가져왔을 때는 굉장히 무거워 보이지 않던가. 이상하다. 뭔가 다른 사정이 있는 게 틀림없다.

그래서 두 사람은 나카노시마를 지나 덴마에서 덴진바시를 건너 요도가와를 타고 멀리 오사카 외곽으로 나간 다음 인적이 드문 가와하라에 자동차를 세우고 콘트라베이스 케이스를 열어 안을 확인했다. 케이스에는 자물쇠가 걸려 있지 않았다.

"거기서 나비 부인 시체를 보고 식겁했다더군. 근데 말이지, 묘한 게 있다. 나비 부인 시체는 장미 꽃다발로 덮여 있었잖아. 이 일은 신문에도 나왔으니, 자네도 들었겠지. 그 장미 꽃다발 속에…… 그러니까 나비 부인의 가슴 위에 100엔짜리 지폐 한 장이 딱 놓여 있었다는 거 아이가."

"100엔 지폐……?"

"그래, 그게 두 사람을 유혹한 기다. 거기서 두 사람은 한참을 의논했지. 이대로 경찰에 내밀면, 그 100엔 지폐도 내놔야 되잖아. 그게 얼마나 바보 같은 짓이냐고. 결국 그 100엔 지폐는 슬쩍하고, 시체는 홀 분장실 입구에 그냥 던져두기로 합의를 봤다 카더라. 의논하는 데 시간이 좀 걸려서, 케이스를 홀로 옮기는 게 늦어졌다고."

"그렇군, 그럼 그 100엔 지폐란, 두 사람을 유혹하고 나아가 시체 운반을 지연시키기 위한 범인의 수법이었군."

"그래그래, 그게 다가 아니지. 택시 발견이 늦어지면서 범죄 현장 발견도 늦어진 셈이니. 어이, 미쓰기 군, 한번 생각해봐라. 이 범인, 참 빈틈없고 계획적인 놈 같지 않나. 이야…… 이거 보통 사건이 아니라니까."

나는 그 말을 듣고 기뻐서 무심코 두 손을 비볐다. 계획적인 범인이라니 대만족이다. 오랜만에 그런 놈을 만났다.

"그런데, 하시바와 사카모토 두 사람은 사건 관계자들과 만나게 해봤나?"

"웅, 그게…… 어젯밤에 조사해봤는데, 영 오리무중이야. 아까 말했듯이 인상은 전혀 모르겠고, 체구로 봐선 범인이 키도 크고 덩치도 좀 있는 거 같은데. 근데 유감스럽게도 말이지, 관계자 중에 눈에 띄는 놈들이 죄다 한 5척 6촌, 7촌 되는 떡 벌어진 체격이라니까. 남편 소이치로도 그렇고, 테너 오노, 바리톤 시가 데키진에 지휘자 마키노, 매니저 쓰치야까지…… 덩치가 다 비슷비슷해서, 결국 누군지 모르겠다고. 참 곤란한 일이지."

나는 더 기뻤다.

"그럼 경찰도 범인이 그 사람들 중에 있다고 생각하는 거야?"

"음, 그렇지. 그 콘트라베이스 케이스가 오사카에 왔다는 걸 아는 사람은 오페라 단원들밖에 없다 아이가. 그걸 이용했다는 건, 결국 범인이 그중에 있다는 얘기지 뭐. 하시바하고 사카모토가 말한 덩치 큰 남자, 그중엔 이 다섯 놈밖에 없지 않나. 게다가 사쿠라하고 평소 관계를 봐도, 의심할 만한 건 이 다섯뿐이지. 강도 짓이라기엔…… 그건 말도 안 되고.”

“그래, 그러고 보니 5만 엔짜리 진주 목걸이가 없어졌다던데, 혹시 하시바와 사카모토 짓은 아닐까?”

“아, 그건 아닌 거 같아. 경찰도 그렇게 의심해서 두 사람을 꽤 몰아붙였다던데, 둘 다 100엔 지폐는 꿀꺽했을지 몰라도 시체는 털끝 하나 안 건드렸다 카데. 그래, 둘 다 배짱 큰 놈들은 아니니 그 말이 맞겠지. 근데 말이야, 목걸이가 들어 있던 핸드백은 사쿠라 시체 밑에 깔려 있었잖아. 그러니 하시바도 사카모토도 그건 몰랐을 거라 봐야겠지.”

“그럼 목걸이를 훔친 놈이 범인이겠군. 그래서……?”

나는 몸을 내밀었다.

“범죄 현장 말인데, 그건 파악했나?”

“응, 그건 이미 다 파악했지. 오늘 자 조간신문에도 떴어. 범인이 차를 세운 데가 후쿠시마 아케보노 아파트더라고. 그 아파트가 또, 도쿄 에도가와 아파트처럼 고급지다니까. 근데 막상 가보면 아파트보단 집단주택 느낌이 더 강해. 관리인을 통할 필요도 없고, 그냥 신발 신고 2층, 3층 아무 데나 왔다 갔다 할 수 있는 거야. 근데 말이지, 2층 방 하나가 지난달부터 세만 잡아놓고 아직 입주자가 안 왔다는 거야. 방세도 석 달 치를 선불로 냈다는데 짐도 없이 텅 비어 있다 카더라고. 수상하다 싶어서 딱 들여다봤더니, 역시나, 콘트라베이스 케이스가 그대로 있었지. 그뿐만이 아냐. 찢어진 모래주머니 하나가 나뒹굴고 있고, 방 안에는 모래가 잔뜩 흩어져 있었다니까."

"모래……? 모래주머니가 왜?"

내가 미간을 찌푸리자 시마즈는 생각난 듯 손뼉을 쳤다.

"그건 말이지…… 아직 신문엔 안 난 얘긴데. 기사화 금지라고. 사쿠라가 교살된 건 맞아, 근데 그 전에 뭔가 둔기로 머리를 얻어맞고 기절한 거 같아. 그리고 봐라, 머리카락이랑 외투에 모래가 잔뜩 묻어 있었제. 처음엔 다들 그게 뭔지도 몰랐다니까. 근데 현장에 가보니 딱 감이 오더라. 사쿠라는 방공防空 훈련 때 쓰는 모래주머니로 머리를 맞은 기다. 그때 주머니가 터져서, 모래가 온 방에 흩어진 거지. 근데 말이야…… 그 모래주머니, 바로 아케보노 아파트에 비치된 거였다니까."

"그럼 그곳이 살해 현장이란 건 일단 틀림없겠군."

"그래, 사가라 말대로다. 사쿠라는 19일 밤 기차를 타고 오사카에 도착한 게 분명해. 그리고 범인이 뭔 핑계를 댔는지는 몰라도, 결국 아케보노 아파트로 끌고 간 거지. 거긴 구두 신고 아무나 들락날락해도 눈에 안 띄는 데라, 사람들한테 걸릴 일도 없었을 거고. 하필 또 그날 밤엔 옆방 놈이 생일이라, 친구들 데려다 놓고 음악 틀고 신나게 떠들었다 카대. 소리 하나 새어 나올 틈이 없었지. 범인은 모래주머니로 머리를 한 대 갈기고, 그 자리에서 사쿠라를 교살했을 기다. 시체는 밤새 그대로 그 방에 숨겨두고, 이튿날 매니저 조수 주머니에서 콘트라베이스 케이스 교환권을 슬쩍해 역에서 찾아다가 아케보노 아파트로 옮겼겠지. 그리고 그 안에 시체를 넣어 운반했다……. 보라고, 순서가 딱 이렇지."

"그렇군……. 그렇다면 19일 밤에 오사카에 있던 남자, 즉 매니저인 쓰치야 교조가 범인인 건가."

"아직 한 사람 더 있어. 시가 데키진이라고, 바리톤 가수야. 범인은…… 이 둘 중 하나인 거지."

그리고 우리는 5개월 전 도쿄에서 일어난 후지모토 쇼지 살인 사건에 대해 이야기를 나누었는데 그때 유리 선생님에게 전화가 걸려 와서 지금 후쿠시마의 아케보노 아파트에 갈 거니까 그쪽으로 오라고 했다. 그런데 그때 선생님은 평소와 다른 흥분한 목소리로 다음과 같은 말을 덧붙였다.

"아케보노 아파트…… 자네도 알지?"

"네, 막 얘기 들었습니다. 사쿠라가 살해당한 현장이죠?"

"현장……? 음, 지금까지 그렇게 생각했는데 또 새로운 사실이 발견됐어."

"새로운 사실이요……?"

"그래, 그래서 전부 뒤집어질 것 같아. 미쓰기 군, 이건 굉장한 사건이야. 범인이 생각에 생각을 거듭해 일으킨 계획 살인이란 말이야. 정말이지, 정말이지……."

제6장

유행가 가수의 죽음

나는 꽤 오랫동안 유리 선생님과 알고 지냈지만 이렇게 선생님의 흥분한 목소리를 들은 것은 처음이었다. 수화기를 울리며 들려오는 선생님의 말 한 마디 한 마디가 내 가슴에 뭔가 이상한 전율을 일으켰다.

"시마즈 군, 선생님이 지금 바로 후쿠시마의 아케보노 아파트에 가신대."

"그래? 다녀와."

내 긴장이 전염된 건지, 시마즈도 그 순간 일부러 쓰던 오사카 사투리를 잊어버리고 말았다.

"자넨?"

"아, 전부 자네한테 맡길게. 난 다른 용건이 있어. 어쩌면 나 갈지도 몰라. 이쪽으로 전화하면 언제든 연락이 닿도록 해둘게. 택시 불러줄까?"

시마즈 군이 불러준 택시로 사쿠라바시 지사를 나선 내 가슴은 기대와 긴장으로 두근거리고 있었다. 그리고 이 흥분은 그날

종일 계속되었다.

나중에 생각해보면 이날이야말로 나비 부인 살인 사건 수사 과정에서 가장 먼저 우리를 찾아온 소위 첫 번째 클라이맥스였다. 그날 연달아 밝혀진 일련의 새로운 사실은 수사와 관련 있는 사람들 모두를 기이한 흥분 속으로 밀어 넣었다.

"미쓰기 군, 이건 굉장한 사건이야. 범인이 생각에 생각을 거듭해 일으킨 계획 살인이란 말이야. 정말이지, 정말이지……."

수화기를 통해 떨림을 느꼈던 유리 선생님의 말은 결코 엉터리도 과장도 아니었다. 내 오랜 기자 생활에서도 이렇게 흥분한 적은 그리 많지 않았다. 하지만 그 이야기를 하기 전에 일단 지금 화제에 오른 후지모토 쇼지 살인 사건에 대해 아주 간단히 언급하려고 한다. 몇 달 전 일어난 그 유행가 가수 살인 사건은 이번 나비 부인 살인 사건에서 아주 기묘한 전주곡을 연주하고 있었다.

어제 내가 본사 조사부에서 수집한 메모에 따르면 후지모토 쇼지가 살해된 건 올해 5월 27일 밤의 일이었다. 이 사건은 당시 세간을 떠들썩하게 했지만 불행히도 나는 거기에 깊이 관여하지 않았다. 거의 동시에 발생한 고위 관료 암살 미수 사건을 담당했기 때문인데, 그 사건이 마무리될 무렵에는 후지모토 사건에 대한 초반의 열기도 가라앉아 특별히 우리의 의욕을 자극할 만한 요소는 남아 있지 않았다. 그리고 이 사건은 해 질 녘 내리기 시작해 좀처럼 그치지 않는 비처럼 해결되지 못한 채 끄물

끄물 그때까지 이어지고 있었다. 그렇지만 후지모토 쇼지가 살해된 당시 세간의 반향은 컸다. 이 남자는 화제를 불러일으킬 만한 요소들을 많이 가지고 있었다. 그가 가요계에 데뷔한 것은 그로부터 2년 전인 쇼와 10년 무렵으로, 첫 히트 음반은 〈거리에 비가 내리듯〉이었고 이 음반이 그의 인기를 결정지었다.

유명한 베를렌*의 시를 일본식으로 달콤하게 해석한 그 노래는 후지모토의 부드러운 목소리와 속삭이는 듯한 창법으로 음반에 담겨, 일본 여자들의 가슴을 두근거리게 했다. 가사도 좋았고 작곡 역시 탁월했다. 하지만 이 노래가 그만큼 큰 인기를 얻은 것은 역시 후지모토의 독특한 창법 때문일 것이다. 그 증거로, 전쟁이 끝난 후 때때로 다른 가수가 방송에 나와 이 노래를 불렀지만 처음 후지모토가 불렀을 때만큼 호응을 얻지는 못했던 것 같다.

아무튼 이 한 곡으로 후지모토는 일약 가요계의 총아가 되었다. 일본의 티노 로시**라는 별명도 얻었다. 당시 그의 나이는 26세였다.

그 후 후지모토는 차례차례 음반을 발표했다. 말할 필요도 없이, 죄다 달콤하고 부드러운 목소리와 속삭이는 듯한 창법을 돋보이게 하는 가사와 곡이었다. 그리고 죄다 상당히 히트했다.

남자인 우리는 잘 몰라도 여자들은 그의 노래에서 어떤 불가

---

* '시인들의 왕'으로 불리는 폴 베를렌을 가리킨다.
** 프랑스의 샹송 가수.

사의한 매력을 느꼈던 모양이다. 당시 한 여성 작가는 대담하게도 성적 흥분을 느낀다고 고백했다.

어느 비평가는 그를 규방의 가수라고 비꼬았다. 속삭이는 듯한 달콤한 창법은 치정 속을 헤매는 규방의 교성에 지나지 않는다는 것이었다. 하지만 그런 혹평은 후지모토의 인기를 훼손하기는커녕 도리어 불만 붙였다. 후지모토의 두 번째 대히트곡은 분명 참극 직전에 녹음한 〈어머니의 환영〉일 것이다. 노래 자체가 좋기도 했지만, 이 음반이 성공한 데에는 그 이상으로 당시 세간에 널리 알려진 그의 특이한 성장 과정에 대한 호기심이 한몫했으리란 사실을 부인할 수 없다.

당시 여성 잡지나 대중지에 공개된 후지모토의 신상 이야기에 따르면, 그는 자기 부모님이 어떤 사람인지조차 알지 못했다. 철들 무렵부터 아홉 살 때까지 그를 키워준 것은 요코하마 근교에 있는 작은 목장의 관리인 부부였다. 처음에 그는 이 부부를 자신의 친부모로 생각했지만 이내 그렇지 않다는 사실을 알게 되었다. 그는 생후 한 달도 되지 않아 그 부부에게 맡겨진 아이였다. 그가 아홉 살 되던 해 관리인 부부는 어떤 불행한 사건으로 동시에 세상을 떠났다. 그 죽음이 너무나 갑작스러웠던 탓에 그들은 후지모토 쇼지의 친부모가 누구인지 알려줄 겨를이 없었다. 게다가 쇼지의 신원을 알려줄 만한 어떤 서류도 남아 있지 않았고 관리인 부부의 친척들도 누구 하나 쇼지의 친부모를 몰랐다. 부모 쪽에서도 그를 데리러 오지 않았다. 이렇게 해서 훗날 유명한 모 작곡가에게 인정받아 음반 회사에 들어가고 일약 가요계의 총아가 될 때까지 그의 길고 특별한 방랑 생활이 시작되었다.

"그래서 저는 부모님이 어떤 분인지 모릅니다. 다만 어머니에 대해서는 어쩌면 그분이 아닐까 하고 짚이는 기억이 있어요. 예닐곱 살 때까지 매년 한두 번 저를 보러 오는 부인이 있었습니다. 그분은 항상 아이들이 좋아할 만한 사탕이나 장난감, 옷까지 가져왔습니다. 그리고 목장 구석진 곳에서 한두 시간 어린 저를 상대로, 지치지도 않고 대화하다가 돌아가셨죠. 그때 부인의 방문을 얼마나 기대했던지! 지금도 눈을 감으면 눈꺼풀 안쪽에 아른거리며 부인의 환영이 떠오릅니다. 물론 오랜 세월이 흘렀으니 그 기억은 제멋대로 왜곡되고 수정되어, 부인의 원래 모습과는 꽤 다를지도 몰라요. 하지만 그래도 상관없습니다. 저는 눈앞의 이 환상을 어머니라 생각하고 언제까지나 간직하고 싶습니다."

두 번째 히트곡 〈어머니의 환영〉은 그런 심경을 담아 직접 작사 작곡한 노래였다. 당시 후지모토는 젊은 여성 팬들에 둘러싸여 무질서하기 짝이 없는 생활을 했고 시부야에 있는 그의 집은 이웃들에게 핑크빛 마의 궁전이라고 욕을 먹을 정도였는데, 어머니를 그리는 마음만은 깊고 애절하고 순수했는지 나긋하게 레코드에서 흘러나오는, "어머니의 환영이 눈시울에 떠오르면" 하고 흐느끼는 노랫소리 속에는 뭐라 말할 수 없을 정도로

청아한 향수가 맥박 치고 있었다.

이 음반이 날개 돋친 듯 팔려서 온 거리에 그의 노랫소리가 흐르던 한밤중에 후지모토 쇼지는 살해당한 것이다.

앞서 말했듯이 그것은 5월 27일 밤의 일이었다. 당시 그는 귀가 어두운 늙은 도우미와 둘이 시부야의 다이칸야마에 살고 있었는데, 그날 밤 도우미는 하룻밤 휴가를 얻어 친척 집에 묵고 있었다. 이런 일은 그 전에도 종종 있었던 모양이다. 말하자면 그것은 도우미에게 보이고 싶지 않은 손님이 있다는 것을 의미하는 듯했다.

그런데 다음 날 이침 일찍 도우미가 돌아와보니 후지모토는 파자마 차림으로 응접실 피아노에 기댄 채 죽어 있었다. 날카로운 칼에 심장을 찔린 듯 흘러내린 피가 피아노의 하얀 건반을 새빨갛게 물들이고 있었다고 한다.

쓰치야 교조 씨의 수기에도 쓰여 있듯 이 사건으로 오페라단 전체가 큰 곤욕을 치렀다. 피해자를 둘러싼 스캔들은 말할 것도 없고 오페라단 내부에 도사린 불쾌한 어둠의 기운이 연달아 밝혀져 빈축을 샀다. 단원들 사이에서도 진흙탕 싸움이 벌어져, 세상 사람들의 비웃음거리가 되었다.

이렇게 연예계에 큰 파문을 일으켰지만 정작 가장 중요한 사건은 해결되지 못한 채 끝났다. 흉기도 발견되지 않았고, 범인의 흔적도 찾지 못했다. 그날 밤 후지모토의 집에 들어가는 여자의 뒷모습을 보았다는 증언이 나왔지만, 그것도 어디까지 믿어야 좋을지 알 수 없었다. 이렇게 죄다 오리무중인 가운데 유일하게 물적 증거라고 할 수 있었던 것은 후지모토가 오른손에 꽉 움켜쥐고 있던 악보 조각이었다. 억지로 찢은 것처럼 엉망진창으로 구겨진 데다 극히 짧은 소절밖에 남아 있지 않았지만, 그럼에도 그 악보 조각이 수사 당국의 주목을 받은 건 그것이 읽을 수 없는 악보이고, 그렇기에 암호가 아닐까 하는 상상을 불러일으킨 탓이었다.

후지모토처럼 그늘 많은 생활을 하던 인간이 남들 눈을 피해 연락하려고 암호를 썼다는 건 납득 못 할 일이 아니었고, 그 암호로 악보를 고른 것도 극히 자연스러운 사고방식이었다. 따라서 관건은 악보를 해독하고 암호를 주고받은 상대가 누구인지 찾아내는 것이었는데, 유감스럽게도 양쪽 다 성공하지 못한 듯했다. 너무 짧은 소절만 담겨 있어서 아무리 암호 해독의 달인이라도 거기서 사건의 열쇠를 발견하기란 불가능했기 때문이다. 결국 알아낸 건 그저 이 악보가 암호라는 것뿐, 그리고 이 점이 후지모토 사건과 이 나비 부인 살인 사건을 연결하는 고리가 된 것이다.

그러면 후지모토 사건은 이쯤 해두고 다시 이야기를 그날로 돌리도록 하자.

제7장

무거운 트렁크

사쿠라바시와 후쿠시마는 엎어지면 코 닿을 거리라서 차로 가면 5분도 걸리지 않는다. 내가 탄 택시가 커다란 아케보노 아파트 모퉁이를 돌려는 참에 아파트 정면에 세워둔 두 대의 차에서 경찰들이 우르르 내리는 것이 보였다. 유리 선생님도 그 속에 섞여 있었다. 그 사람들이 아파트 정면 현관으로 들어갔다가 바로 돌아 나와서 이쪽으로 오기에 나도 택시를 세우고 내렸다.

"왜 그러세요? 여기가 아닌가요?"

다가오는 유리 선생님에게 물었다.

"아니, 여기가 맞는데, 우리가 찾는 방은 뒤쪽에서 들어가는 게 편하다고 하네."

우리는 경찰을 따라 걸어갔다.

여기서 일단 아파트의 구조를 간단히 설명하고 넘어가자. 시마즈 기자가 말한 대로 이 아파트는 흔한 목조건물이 아닌, 철근콘크리트로 만든 5층 규모의 당당한 건물이었다. 크기도 커서 아파트 하나가 한 블록을 차지하고 있었다. 건물 전체의 형태는 ㄱ* 자였고 정면 현관은 오른쪽 세로선에 해당하는 건물의 중앙에 있었는데, 우리가 가려고 하는 방은 오른쪽 날개에 해당하는 부분의 2층이었다. 이 양 날개에 사는 사람들은 보통 정면 현관으로 출입하지 않고 날개 끝에 있는 계단을 이용한다. 물론 건물의 왼쪽 열린 부분에 철문이 있긴 했지만 사실상 24시간 개방되어 있었다. 그래서 양쪽 날개에 사는 사람들은 언제 어느 때라도 자유롭게 출입할 수 있었고 또한 남의 눈에 띄지 않고 다니는 것도 결코 어려운 일은 아니었다. 즉, 시마즈 군이 말했다시피 아파트라기보다 집단주택 같은 느낌으로, 각각의 방을 엄중하게 문단속할 수 있게 되어 있었다. 우리도 물론 뒤쪽 계단으로 들어갔다.

아무튼 그 방은 오른쪽 날개 2층의 맨 첫 번째 방이었다. 계단을 올라가면 2층 층계참 바로 앞에 현관문이 붙어 있고 그 문 앞에 일본 옷을 입은 형사가 한 명 서 있었다.

"난파 서에서는 아직 아무도 안 왔나?"

형사를 보고 우리 일행 중 맨 앞에 서 있던 사람이 물었다. 나중에 알게 된 것이지만 이 사람이 아사하라 경부였다.

"아뇨, 아무도 안 왔습니다. 누가 오기로 했습니까?"

"음, 증인 한 명을 데리고 오기로 했는데……. 그럼 우리 쪽이

---

* 일본어의 오십음 가운데 하나로 발음은 '코'이다. ㄷ근을 뒤집은 듯한 모양을 하고 있다.

빨리 왔군."

형사가 문을 열어주어서 우리는 안으로 들어갔다.

여기서 잠깐 우리…… 아니, 우리라기보다 유리 선생님 입장을 설명해본다. 선생님은 물론 경찰과 직접 관련 없는 인물이다. 그럼에도 경찰관과 마찬가지로 현장 수사에 입회하고 또 전혀 방해되지 않는 것은 일찍이 경시청 수사과장을 지낸 과거 경험도 있지만, 무엇보다 선생님의 인품이 누구한테나 존경받고 경애받을 만하기 때문이다. 게다가 선생님은 결코 경찰 수사를 방해하거나 앞지르지 않았다. 외국 추리소설에 나오는 명탐정처럼 자기가 아는 사실을 고의로 숨기거나 경찰관을 따돌리고 즐거워하는 일은 결코 없었다. 선생님은 알고 있었다. 현대와 같은 복잡한 사회구조 속에서 발생하는 범죄 수사의 경우 최종 판단은 개인이 내린다 하더라도 그 기초가 되는 여러 가지 자료 수집에서는 경찰의 넓고 커다란 조직의 힘을 빌려야 한다는 것을.

그래서 선생님은 항상 경찰의 좋은 협력자이고 조언자였다. 게다가 겸허하고 명예욕이 털끝만큼도 없는 사람이라 사건 해결과 동시에 한 발짝 뒤로 물러나서 영예나 찬사는 늘 함께 일한 경찰관에게 돌렸다. 그러니 경찰에게 있어서 유리 선생님은 방해꾼은커녕 오히려 귀한 존재였다.

아무튼 이 방은 다다미 여덟 장과 여섯 장의 두 공간이 이어진 구조로, 그 외에 작은 현관과 부엌과 욕실이 있었다. 방에는 일본식 벽장과 도코노마*가 딸려 있지만, 바닥은 시멘트고 창도 서양식이다. 즉 거주자의 취향에 따라 다다미를 깔고 일본식으로 살 수도 있고, 카펫을 깔고 침대를 놓아 양식 생활을 하고자 하면 그 역시 크게 부자연스럽지 않도록 설계된 것이다.

우리가 들어간 방에는 다다미도 카펫도 깔려 있지 않았다. 아니, 다다미나 카펫은 물론이고 가구도 없었다. 일본식으로 설계되어 있다고는 하나, 그렇게 다다미도 가구도 없으니 역시 철근콘크리트의 딱딱한 분위기가 느껴졌다. 그리고 텅 빈 안쪽의 여덟 장 다다미 바닥에 케이스에서 꺼낸 콘트라베이스가 내동댕이쳐져 초콜릿 색깔을 살풍경하게 드러내고 있었다. 바닥 한 면에는 잔모래가 흩어져 있고 한구석에 찢어진 무명 모래주머니가 터진 만두처럼 던져져 있었다.

아사하라 경부는 방을 지키던 형사 쪽을 돌아보았다.

"그래서, 방 안은 잘 조사해봤겠지. 지문이나 발자국이나 유류품 같은 건?"

"아무것도 없습니다. 딱딱한 바닥이라 발자국은 하나도 찍혀 있지 않았어요. 게다가 보시다시피 벽이 두꺼워서 여기서 잠깐 소란을 피운다 한들 이웃집은 모를 겁니다."

형사가 주먹으로 벽을 두들겼지만 아사하라 경부나 유리 선생님은 아무 반응도 보이지 않았다. 둘 다 아주 냉담한 표정이

---

* 床の間, 벽 쪽에 방바닥에서 살짝 올라간 자리를 마련하여 인형이나 꽃꽂이로 장식하고 붓글씨 등을 걸어놓는 공간을 말한다.

었다. 나로서는 영문을 알 수가 없었다. 살인은 여기서 벌어졌을 것이다. 그런데도 두 사람의 얼굴에는 범죄 현장을 볼 때의 긴장감이 결여되어 있었다. 의아해하고 있으려니 유리 선생님이 경부에게로 가서 바닥의 모래주머니를 가리키며 뭔가 속삭였다. 그러자 경부도 고개를 끄덕이고 옆에 있는 형사에게 뭔가 지시했다. 형사는 끄덕이고는 밖으로 나가더니 얼마 되지 않아 홈드레스를 입은 젊은 여성을 데려왔다.

"아, 불러내서 죄송합니다. 옆집에 사시는 미야하라 부인이십니까?"

"네, 그런데요."

미야하라 부인은 몹시 겁먹은 얼굴로 앞치마를 만지작거렸지만, 그 표정에서 한편으로는 굉장한 호기심을 느낀다는 사실도 알 수 있었다.

"좀 여쭙고 싶은 게 있는데요. 다름이 아니라 저 모래주머니 말인데……."

경부가 가리킨 방향으로 시선을 돌려 찢어진 모래주머니를 본 순간 미야하라 부인은 놀란 듯 눈을 크게 떴다.

"저 모래주머니를 아십니까?"

"네…… 저…… 아는 정도가 아니에요. 저거, 우리 집 모래주머니예요."

"댁의……? 확실합니까?"

"확실해요. 남편의 낡은 유카타를 찢어서 만든 거거든요. 복도에 나가보시면 알 거예요. 저희 집 앞에 저거랑 똑같은 주머니가 있으니까요."

"그렇군요. 그럼 확실하겠군요. 문제는 이 모래주머니가 언제 댁에서 없어졌냐는 건데요. 혹시 짚이는 일 없습니까?"

"네……. 저…… 그건 아마 어제나 그저께 일일 거예요."

"어제나 그저께라면 20일이나 21일인데요. 그보다 더 전이 아니고요?"

"아뇨, 그럴 리가 없어요. 20일 아침에는 분명히 저희 집 앞에 있었으니까요."

경부는 그 말을 듣고 의미심장하게 유리 선생님을 보았다. 나도 약간 놀라 미야하라 부인을 쳐다보았다.

"부인, 어떻게 그걸 확실히 기억하고 계시죠? 매일 모래주머니를 점검하십니까?"

"아뇨, 그런 건 아니지만 이 아파트 관리인은 방공에 굉장히 열성적이에요. 게다가 반장님도 열심이시라 때로 예고 없이 방공 자재 점검을 하세요. 20일 아침에도 회람판을 돌리며 조만간 또 불시에 방공 자재 점검을 할 테니 잘 정비해두라고 하셔서 집에 있는 것들을 확인해봤죠. 모래주머니는 옆집과 공동으로 사용하는 것 외에도 집집마다 언제라도 쓸 수 있게 열 개씩 준비해두라기에 20일 아침에도 세어보았어요. 그날 아침에는 분명 열 개가 있었습니다."

미야하라 부인은 이 증언이 얼마나 중요한지 알 리 없으니 아무렇지 않게 대답했지만 나는 그 말을 듣고 놀라 아사하라 경부와 유리 선생님의 얼굴을 살폈다.

살인은 19일 밤에 일어났다. 그 사실에 대해서는 전혀 의심할 여지가 없다. 그리고 이 모래주머니는 지금껏 살인 도구로 추정되어왔다. 그런데 20일 아침에도 그 모래주머니가 이웃집 문 앞에 있었다니 이게 대체 어찌 된 영문일까.

이 시간적 모순은 묘하게 내 마음을 불안하게 만들었지만 그 불안을 한층 고조시킨 것은 유리 선생님과 아사하라 경부의 안색이었다. 두 사람은 다시금 의미심장한 시선을 주고받았지만, 내가 예상한 만큼의 동요는 보이지 않았다.

경부는 약간 어색하게 헛기침을 하더니 다시 미야하라 부인 쪽으로 몸을 돌렸다.

"그럼 내친김에 하나 더 여쭙겠습니다만, 19일 밤 말인데요. 부인…… 아니, 부인 말고 다른 분이라도, 누군가 이 집에 출입하는 걸 보신 적 없습니까?"

"네……. 그거라면 어젯밤에도 형사님들이 물어보셨는데요, 그런 얘긴 아무한테도 못 들었어요. 이 방엔 지금 아무도 살고 있지 않으니까 누군가가 출입했다면…… 그걸 누가 봤다면 이상하게 생각했을 거고 분명 제 귀에도 들어왔을 거예요."

"20일 아침은 어땠나요? 모래주머니를 살펴보신 것은 몇 시쯤이었습니까?"

"글쎄요, 정확히 기억은 못 하지만 아마 10시 전이었을 거예요."

"그 후 누가 이 방에 들어가는 것을 보신 적은……."

"아뇨, 못 봤어요. 20일 아침에는 쇼핑하러 갔었기 때문에
……. 방공 자재를 점검하고 바로 나갔거든요. 음, 아마 10시 조
금 지나서였을 거예요. 오후 1시 조금 전에 돌아왔으니 그사이
에 벌어진 일은 전혀 모릅니다."

"그렇습니까. 아, 감사합니다."

"네, 그런데…… 여기 뭔가 안 좋은 일이라도 생겼나요? 제
모래주머니는……."

"아, 그건 그대로 조금 더 둬도 될까요. 여기서 어떤 일이 있
었는지는 나중에 듣게 되실 겁니다. 부인도 이 방과 관련해 혹
시 짚이는 게 있으면 바로 경찰에 알려주십시오."

마침 문밖에 발소리가 나서 아사하라 경부는 형사에게 지시
해 아직도 미련이 많아 보이는 미야하라 부인을 억지로 내보냈
다. 그리고 자신도 두 사람을 따라 서둘러 현관 쪽으로 갔다. 거
기서 처음으로 나는 유리 선생님과 둘만 남을 수 있었다.

"선생님, 그 일 알고 계셨어요?"

"무슨 일?"

"모래주머니와 관련해 시간적 모순이 있다는 거요……."

"아, 그거……. 아니, 나도 알았던 건 아닌데, 그런 모순이 있
어도 이상할 건 없지."

"무슨 말씀이신가요?"

"사쿠라 여사는 그 모래주머니에 맞은 게 아닐지도 모른다고 생각했거든. 하지만 그 일이라면 자네도 금방 알게 될 걸세. 곧 증인이 올 거 같으니까."

"증인이라니, 누구요?"

"택시 운전사 말이야. 아, 콘트라베이스 케이스를 운반한 사람 말고 다른 택시 기사야. 그 남자가 오늘 아침에, 그 자네 쪽 신문에 나왔잖아. 사쿠라의 시체를 넣은 콘트라베이스 케이스가 후쿠시마의 아케보노 아파트 앞에서 운반되었다는 기사, 그걸 읽고 뭔가 떠오르는 게 있어서 당황해서 난파 서에 달려왔다더군. 그 유선 보고가 아까 수사본부에 들어와서, 증인을 여기로 불렀지. 뭐, 잠자코 듣고 있게나. 미쓰기 군, 이건 정말 재미있는 사건이야."

현관 앞 복도에서 높은 목소리로 뭔가 얘기하던 아사하라 경부가 금세 젊은 남자를 데리고 돌아왔다. 그는 언뜻 보아도 택시 기사라는 걸 알 만한 모습이었는데, 그 남자도 경부도 잔뜩 흥분해서 두 눈을 별처럼 빛내고 있었다.

"선생님, 역시 이 방이 틀림없습니다."

그렇게 말하는 아사하라 경부의 목소리는 애써 누른 탓인지 심하게 갈라져 있었다.

"오, 그래요."

유리 선생님은 가볍게 끄덕였다.

"이분 이름은?"

"네, 저는 가와베 야스오라고 합니다."

"가와베 군은 그때 이 방에 들어왔습니까?"

"아뇨, 방 안에는 들어가지 않았습니다. 하지만 물건을 들고 문 앞까지 같이 왔죠. 그다음엔 그 남자 혼자 끌고 집 안으로 들어갔는데, 분명 이 집이 맞습니다."

"아, 그래요. 그럼 가와베 군, 다시 한번 그때 일을 말씀해주시겠습니까? 처음 그 남자를 만났을 때부터요."

"예……."

가와베 야스오는 잠깐 입술을 핥더니 이윽고 입을 열었다.

"20일 아침 11시 무렵의 일입니다. 정확한 시간은 모르겠지만, 11시부터 11시 반 사이였어요. 빈 차로 미쓰코시 백화점 옆을 지나는데 그 남자가 불러 세웠죠. 그 사람은 미쓰코시 측면의 출구 옆에 서 있었습니다. 꽤 키가 큰 남자였는데, 모자를 깊숙이 눌러쓰고 외투 깃을 세운 데다가 선글라스에 마스크까지 쓰고 있어서 얼굴은 전혀 보이지 않았습니다. 행선지를 물었더니 후쿠시마로 가달라더군요. 그래서 태우기로 했는데, 그 남자가 발밑에 두었던 커다란 트렁크를 가리키며 도와달라고 합니다. 택시에서 내려 둘이서 트렁크를 차에 싣는데, 어찌나 무겁던지. 트렁크를 실은 뒤 그 남자도 택시에 탔고 여기로 왔는데요, 이번에는 2층까지 날라달라고 하는 겁니다. 그래서 거기 문쪽까지 둘이서 트렁크를 옮겼죠. 그 후에는 아까 말씀드린 대로 남자 혼자 끙끙거리면서 안으로 끌고 들어가서……. 예, 제가 아는 것은 딱 거기까집니다."

"그렇군요. 그 일과 이번 사건 사이에 어떤 관계가 있다고 생각합니까?"

"그건…… 그건…… 저도 잘 모르겠습니다. 하지만…… 하지만…… 오늘 아침 신문을 보니 하라 사쿠라라는 여자의 시체가 이 아파트 앞에서 옮겨졌다고 하고, 게다가 신문에 나온 범인의 인상착의가 트렁크를 든 남자와 많이 닮았고, 또 그 사람이 굉장히 이상한 행동을 했거든요. 대체 트렁크 안에 뭐가 들어 있나 싶어서 계단을 올라가다가 일부러 한번 손에서 떨어뜨려봤는데, 어찌나 당황하던지……. 아주 울부짖더라고요. 게다가…… 그 트렁크 말인데요, 크기나 무게를 봐선……."

"그러니까 그 트렁크 속에 하라 사쿠라의 시체가 들어 있지 않았나 하는 거군요."

"예……."

아까부터 묘하게 불안을 느끼던 나는 그 순간 전류에 감전된 것처럼 격한 충격에 휩싸였다. 아, 뭐야, 그럼 사쿠라 여사는 이 방에서 살해당한 게 아니란 말인가.

제8장

매니저와 조수

그날 신닛포사新日報社의 석간은 재차 오사카에 흥분을 안겨다 주었다.

사회면 톱에는 20일 낮 12시경 아케보노 아파트로 옮겨진 이상하고 무거운 트렁크에 대한 기사가 몹시 자극적인 표제를 달고 실렸다. 그 트렁크 속에 사쿠라 여사의 시체가 있었을 거라는 점은 가급적 조심히 다루었지만, 조금만 주의 깊은 독자라면 바로 눈치챌 만한 뉘앙스였다. 기사에는 또한 트렁크의 형태나 크기, 특징 등과 함께, 그 주인인 얼굴을 가린 신사에 대해서도 상세히 쓰여 있었다.

사실 이 기사를 쓴 사람은 나다. 그리고 그건 아사하라 경부와 유리 선생님의 지시에 따른 것이었다.

"물론 우리도 전력을 다해 수사하고 있습니다만, 이 트렁크가 어디서 왔는지, 가와베 씨가 미쓰코시 옆 출구에서 신기 전 어디를 어떤 경로로 거쳐 왔는지 알아내는 데 신문사의 힘을 좀 빌리고 싶어요. 오늘 석간에 가급적 사람들의 주목을 끌도록 이건에 대해 써주실 수 있을까요?"

이것이 아사하라 경부의 주문이었다.

"그리고 트렁크가 여기서 다시 어디로 갔는지, 미쓰기 군, 그 점도 잊지 말고 덧붙여 써주게."

유리 선생님도 옆에서 그렇게 주의를 주었다.

그래서 나는 신문사로 돌아와 시마즈 군과 논의해서 주의 깊게 기사를 썼다. 시마즈 군은 몹시 흥분했다.

"뭐야, 그럼 그 아케보노 아파트가 범죄 현장이 아니라고?"

"아무래도 그런 것 같아. 그곳은 단지 시체를 숨기기 위한, 이른바 무대 뒤에 지나지 않는 모양이야."

"거기가 범죄 현장이 아니면, 사쿠라는 도대체 어디서 죽은 건데?"

"글쎄, 문제는 그거야. 그걸 알아내기 위해 트렁크의 출처를 찔러볼 필요가 있어."

시마즈 군은 내가 쓴 기사를 읽으면서 말했다.

"이렇게 큰 트렁크를 들고 거리를 걸어 다닐 수는 없을 테니, 어디서 왔든 미쓰코시 옆 출구까지 실어 온 택시가 있을 기다."

"그렇지. 이 기사로 그 택시 운전사의 주의를 환기시키려는 거야. 유리 선생님 말씀으로는 택시가 적어도 세 대는 나와야 한대. 한 대는 지금 자네가 말한 미쓰코시 옆까지 트렁크를 운반한 택시, 한 대는 빈 트렁크를 아케보노 아파트에서 가져간 택시, 거기에 또 한 대는 오사카역에서 콘트라베이스를 아케보노 아파트까지 가져간 택시야. 하지만 사실 그사이에 흔적을 지우기 위해선 몇 번쯤 택시를 갈아타야 했을 테니 좀 더 많은 택시를 찾아야 할 거래."

"으아! 근데 범인은 왜 그렇게 번거로운 짓을 한 거지. 그렇게까지 해서 사쿠라의 시체를 콘트라베이스에 넣어 보낼 필요가 있었나."

"글쎄, 바로 그거야. 그래서 이 사건이 보통이 아닌 거야. 유리 선생님도 말씀하셨지만, 이건 정말 치밀하게 계획된 사건이야. 시마즈 군, 뒤는 자네한테 맡길게. 나는 호텔에 다녀와야겠어."

"그래, 뭐 일 있으면 또 부탁할게."

내가 N 호텔에 도착한 것은 3시 무렵으로, 호텔 밖에 트럭이 도착해 하라 사쿠라 오페라단의 마크가 찍힌 트렁크나 슈트 케이스를 내리고 있던 참이었다. 회장에 있던 것을 호텔로 옮겨 온 듯했다. 쉰 전후로 보이는 거무스름한 얼굴에 키 큰 남자가 현관에 서서 그것을 감독하고 있었는데 그가 바로 사쿠라의 매니저인 쓰치야 교조 씨였다.

맨얼굴의 쓰치야 교조를 보는 것은 이번이 처음이었다. 오래전 중학교 1학년 때 나는 두세 번 이 사람의 무대를 본 적이 있다. 그것은 이미 아카사카 오페라가 구제할 길 없는 추락의 구렁텅이에 잠겨 있을 무렵이었다. 당시 쓰치야의 무대가 마치 아카사카 오페라의 슬픈 운명을 상징하고 있는 것 같았다. 데이토 극장 가극부의 제1기생으로 양성되었고 한때 일본인에게는 드문 성량의 베이스로 알려졌던 쓰치야도 이제 전성기의 에너지는 온데간데없이 사라져, 노래 도중 목이 쉬거나 호흡이 끊기거나 했다. 그리고 그런 약점을 보완하기 위한 나쁜 속임수나 야비한 대사가 한층 내 마음을 어둡게 만들었다. 그렇지만 나는 지금까지도 이 사람의 메피스토펠레스*를 잊지 못하고 있다.

지금은 나이 탓인지 당시의 모습을 찾아보기가 더 힘들었지만 뚜렷한 눈과 코의 생김새는 여전했다. 이 사람이 사쿠라 여사의 매니저로 일했다는 것은 이번 사건으로 처음 알았는데, 목소리를 잃은 카나리아의 슬픈 운명이 이런 것일까 싶었다. 나는 쓰치야 교조를 지나쳐 현관으로 들어갔다. 그때 무거운 트렁크에 찌부러질 것 같은 모습으로 비틀거리며 홀을 가로지르는 청년이 눈에 들어왔다. 그는 허리를 반쯤 구부린 채 새빨갛게 달아오른 얼굴로 트렁크를 옮기고 있었다. 와이셔츠 한 장만 입었는데도 청년의 이마에서 목덜미까지 폭포수 같은 땀이 흘러내렸다.

내가 홀로 발을 옮긴 순간, 청년이 쿵 하고 큰 소리를 내며 트렁크를 떨어뜨렸다. 그러자 뒤쪽에서 엄청난 고성이 날아들었다.

"바보 놈아! 조심 안 할래!"

쓰치야 교조의 목소리였다. 그 소리를 듣고 나는 그가 내게

---

* 《파우스트》에 등장하는 악마.

고함친 것처럼 깜짝 놀랐다.

"하지만 쓰치야 씨, 이 트렁크 너무 무거워요."

야단맞은 청년은 트렁크를 옆에 둔 채 후후 숨을 토해내면서 손수건으로 목덜미의 땀을 닦았다.

"뭐야, 이 정도 가지고. 어이, 아마미야 군. 계속 우물쭈물할 래? 그렇게 해서 현관의 짐은 언제 다 정리할 건데?"

나는 그 청년이 호텔 직원일 거라 생각했는데, 방금 쓰치야 씨가 한 말을 듣고 처음으로 그가 조수인 아마미야 준페이 군이 라는 사실을 알았다.

매니저인 쓰치야 씨와 아마미야 군은 정말이지 기묘한 대조 를 이루고 있었다. 신장은 5척 2촌 정도로 보였다. 나이는 스물 예닐곱 정도일까, 생김새도 태도도 어른과 아이가 합쳐진, 애어 른 같은 느낌이다. 쓰치야 씨가 아무리 짜증을 내고 호통을 쳐 도 그의 표정에는 아무런 변화가 없었다. 그렇다고 딱히 반항하 는 것 같지도 않았고 꾀를 부리는 기색은 털끝만큼도 없었다. 굉장히 둔감한 타입인 듯했다.

아마미야 군은 숨을 한 번 들이쉬더니 다시 커다란 트렁크를 짊어지고 비틀비틀 걷기 시작했다. 그 모습이 얼마나 웃기던지 나는 웃음을 참으면서 로비로 들어갔다. 언뜻 보니 로비 구석에 유리 선생님이 어떤 신사와 마주 앉아 있었다. 쉰 전후로 보이 는 그 신사는 흰 무늬가 들어간 스코치 트위드 양복에 눈에 띄 는 넥타이를 매고 있었다. 흰머리가 제법 많이 나 있었지만 혈색 좋고 윤기 있는 피부는 젊은 여자만큼이나 깨끗하고 아름다웠다. 신사는 느긋하게 시가를 피우면서 선생님과 무엇인가 이야기를 하고 있었다.

나는 그 얼굴을 언뜻 보고 바로 하라 소이치로 씨라는 것을 간파했다. 내가 다가가자 유리 선생님은 눈인사를 건네고는 바로 소이치로 씨에게 나를 소개했다.

"아, 그래요? 얘기는 전부터 들었소. 이번에 또 수고하시는군요."

소이치로 씨는 내 얼굴을 똑바로 보면서 붙임성 있게 말했다. 특별히 열정적이진 않았지만, 그렇다고 부자연스러운 경박함도 없는 말투였다. 그저 공업클럽* 등에서 재계 인사들과 어울릴 때의 말투, 이것이 평소 태도일 것이다.

나는 대화를 방해하지 않으려고 잠자코 한쪽에 앉아 있었는데, 둘 사이에 딱히 특별한 용건이 있었던 것은 아닌 듯 소이치로 씨는 오사카 음식 이야기를 했다. 옆에서 보고 있으려니, 그렇게 끔찍한 일로 갑작스레 아내를 잃은 사람이라고는 도저히 생각되지 않았다. 그리고 그 점이 굉장히 내 주목을 끌었다.

그때 또 옆쪽에서 아마미야를 사납게 꾸짖는 쓰치야 씨의 목소리가 들렸다. 그러자 이제껏 밝은 얼굴로 이야기하던 소이치로 씨가 갑자기 미간을 찌푸렸다. 그리고 신경 쓰이는 듯 현관

---

* 工業俱樂部, 다이쇼 6년에 당시 영향력 있는 사업가들이 "힘을 합쳐 일본의 산업을 발전시키는 것"을 목표로 설립한 조직.

쪽을 보았다. 쓰치야 씨의 고함 소리가 좀처럼 가라앉을 기미를 보이지 않자 그는 차츰 차분함을 잃어갔다. 그리고 결국에는 도저히 못 참겠다는 듯 일어서더니,

"그만 실례하지. 용건이 있으면 언제든지 말해주게."

그런 말을 내뱉고는 성큼성큼 큰 보폭으로 로비를 나갔다.

너무 갑작스러워서 나는 잠시 멈칫하며 그의 뒷모습을 바라보았다. 쓰치야 씨가 분별없이 과하게 조수를 다그치는 걸 보고만 있을 수 없어 제지하러 가는 거라고 생각했는데, 그것도 아니었던지 소이치로 씨는 두 사람 쪽을 보려고도 하지 않고 그대로 계단을 척척 올라가버렸다.

나는 어안이 벙벙해서 유리 선생님을 돌아보았다. 선생님은 묘하게 떨떠름하고 빈정거리는 듯한 미소를 짓고 있었다. 선생님은 천천히 이렇게 말했다.

"저런 대단한 인물도 역시 불쾌한 마음은 감출 수 없는 모양이야."

그때는 아무 생각 없이 흘려들었는데, 나중에 문득 생각이 났다. 선생님의 말씀에는 이번 사건의 진상을 꿰뚫는 것 이상의 중대한 의미가 숨겨져 있었던 것이다.

하지만 선생님은 그렇게 말한 것을 후회하듯 바로 화제를 돌렸다.

"기사는 썼겠지?"

"예, 쓰고 왔습니다. 세 시간 있으면 석간이 나올 거예요. 그

기사를 보고 문제의 택시가 나타나면 좋겠는데요."

"흠."

"그런데 오페라단은 어떻게 됐습니까? 아무도 보이지 않는 것 같은데요."

"아까까지 오노와 사가라가 이 근처에 있었는데."

유리 선생님이 로비를 둘러보고 있을 때 다시금 현관 쪽에서 쓰치야 씨가 아마미야 군에게 욕지거리를 하며 꾸짖는 소리가 들렸다. 내가 얼굴을 찌푸리자 유리 선생님은 하얀 이를 드러내며 웃었다.

"매니저가 약간 흥분했군. 의심받는다고 생각하니 마음이 편치 않겠지."

"경찰에서는 역시 저 사람을 주시하고 있는 겁니까?"

"그런 것 같아. 범행 시간에 오사카에 있던 유일한 인물이니까. 아무래도 가장 의심받을 수밖에."

"선생님 생각은 어떻습니까?"

"나……? 하하하하하, 아직 백지야. 나라고 얼굴을 본 것만으로 범인을 맞힐 수는 없으니까. 나는 천리안이 아니야. 하지만 미쓰기 군, 범인이 누구든 그놈은 적어도 한 가지 큰 실수를 저질렀어."

"큰 실수라뇨?"

"목걸이를 훔친 거 말이야. 이 사건이 굉장히 계획적인 사건이란 것은 자네도 알겠지. 어쨌든 범인은 한 달 전에 아케보노 아파트의 방을 빌려두었으니까. 그런데 범인은 그때부터 목걸이를 훔칠 생각이었을까? 분명 그건 아닐 거야. 훔친 건지 숨긴 건지 몰라도 이 일만은 범행 후에 돌발적으로 저지른 게 틀림없어. 다른 부분들이 의도적으로 계획한 것인 데 반해, 이것만 돌발적인 행동이었다면 나는 범인의 계획이 거기서부터 무너질 거라 생각하네. 5만 엔이나 하는 진주 목걸이라면 그리 쉽게 처리할 수 없을 테니까 말이야."

유리 선생님은 그렇게 말하면서 가슴팍 주머니에 손가락을 집어넣었다.

"하지만 그런 문제는 일단 제쳐두자고. 그 트렁크가 어디서 나올지, 그리고 지금 그것이 어디 있는지 알 때까진 일단 백지로 놔두고 싶어. 그보다 미쓰기 군, 이 암호를 조사해보지 않겠나."

그렇게 말하면서 유리 선생님이 주머니에서 꺼낸 것은 아마 경찰에서 받아 온 것일, 예의 읽을 수 없는 암호였다.

제9장

테너의 고뇌

"미쓰기 군, 이 악보는 여러모로 정말 흥미로워."

유리 선생님은 베껴 온 악보를 책상 위에 펼쳤다.

"첫째, 이게 암호라면, 일단 틀림은 없는 것 같은데, 여기에 어떤 사연이 담겨 있을까 하는 점. 이건 말할 필요도 없지. 두 번째로 이 악보로 이번 사건과 후지모토 쇼지 살인 사건이 처음으로 연결되었다는 점. 나는 그 점이 굉장히 흥미로워. 이 악보가 없었다면 아무도 두 사건을 연결 지어 생각하지 않았을 테니까. 같은 음악인이라고는 해도 사쿠라 여사와 후지모토 쇼지는 성격도 다르고 스케일도 달라. 설마 두 사건이 관련 있을 거라고는 아무도 생각 못 했을 걸세. 그러니 이 종잇조각에는 정말 중대한 의미가 있는 셈이지. 그리고 세 번째로 이 악보가 어디에서 왔는가 하는 것, 이것이 또 실로 흥미롭네. 사가라는 테너인 오노가 준 꽃다발에서 떨어졌다고 했는데, 오노는 완강하게 부인하고 있는 모양이야. 만약 그의 말을 믿는다면, 그럼 그때 사쿠라 여사 옆에는 누가 있었냐는 것이 남지."

"그때 사쿠라 여사 옆에는 누가 있었습니까?"

"우선 남편인 하라 소이치로 씨. 이 사람이 가장 가까이 서 있었다고 하네. 그리고 조금 떨어진 곳에 매니저의 조수인 아마미야 준페이 군, 그리고 사가라도 물론 있었지."

"오노까지 더하면 네 사람이군요. 지휘자인 마키노는 없었습니까?"

"마키노는 배웅하러 나오지 않았다고 해. 이상 네 명인데, 넷 다 사쿠라 여사가 플랫폼에서 악보를 줍는 것을 보고 있었어. 하지만 아무도 그것이 어디서 날아들었는지 모른다고 하네. 물론 제 탓입니다, 라고 나설 사람은 없겠지. 즉 이 악보는 유령이 건넨 거나 마찬가지야. 이건 유령 악보라고."

"하지만 선생님, 그건 악보를 열어보면 어느 정도 확실해지지 않습니까?"

"그래, 나도 거기에 기대를 걸고 있네. 완전히 알 수 있을지 어떨지는 의문이지만, 힌트는 될 듯싶어."

유리 선생님이 너무 차분해 보여서 나는 왠지 답답해졌다.

"그럼 선생님, 빨리 해독해보면 어떨까요. 어쨌든 이 암호를 푸는 것이 선결 과제잖아요?"

"아니, 그거라면 벌써 풀었네."

"예?"

나는 무심코 유리 선생님을 다시 보았다. 선생님은 싱글거리며 웃었다.

"아, 아직 완전히 풀지는 못했어. 대충 풀렸다고 생각하는 거지. 사쿠라 여사 정도 되는 사람이 어째서 이런 간단한 암호로 만족했을까, 나는 그걸 이상하게 여기고 있었네. 오래전 음악 전문가에게 들은 바로는 악보를 암호로 이용하려고 하면 몇십 가지를 만들 수 있다더군. 조금만 고민하면 노래할 수 있는 악보로 만드는 것도 어렵지 않다는 말이지. 노래할 수 있는, 즉 읽을 수 있는 악보로 만드는 것은 중요한 일이야. 암호라는 사실이 쉽게 간파된다면 암호로서의 가치가 반은 사라지니까. 사쿠라 여사가 그런 걸 몰랐을 리 없어. 그럼에도 이렇게 간단하고 초보적인 암호를 썼다면 하나의 해석밖에는 할 수가 없네. 즉 암호를 주고받는 상대가 아마추어란 것, 악보에 문외한이란 것."

"이게 그렇게 간단히 풀렸습니까?"

"그렇다고 생각하네. 하하하하하. 강의는 이쯤 하고 그럼 한 번 해볼까?"

유리 선생님은 책상 위로 몸을 내밀었다.

"이 악보를 보고 가장 먼저 알아차린 건 사용된 음표가 다섯 종류라는 거야. 즉 이분음표부터 삼십이분음표까지지. 온음표도 한 번 나오지만 거의 쓰이지 않았으니 뭔가 특별한 의미를 가진 것으로 보고, 일단 고려 대상에는 넣지 말자고. 아무튼 음표가 다섯 종류이고 선은 다섯 개야. 하지만 선과 선 사이도 사용되었으니 선 쪽은 10이라고 볼 수도 있어. 5와 10의 조합, 이렇게 하면 자네도 금방 알 수 있겠지?"

"오십음이군요."

"그래그래. 아이우에오ｱｲｳｴｵ야. 다만 이 경우 어떤 선이 기본이 되는지, 즉 어디가 아ｱ 행이 되는지가 문제인데, 이 악보에는 조표*가 없지? 그러니 가장 기초적인 걸로 생각해서 제일 아래 있는 선을 아 행으로 쳐보지. 내 생각에 이 악보는 그때그때 하ﾊ 조나 로ﾛ 조로 옮겨짐에 따라서 아 행의 위치를 바꿔나가. 그에 따라 복잡해지는 것이 전부인 듯해. 아무튼 여기에서는 일단 맨 아래 있는 선을 아 행이라고 치면 다음과 같은 오십음순이 생기는 거야."

유리 선생님은 다음과 같은 표를 만들었다.

	아래 첫째 줄	첫째 줄	첫째 칸	둘째 줄	둘째 칸	셋째 줄	셋째 칸	넷째 줄	넷째 칸	다섯째 줄
♩	ア	カ	サ	タ	ナ	ハ	マ	ヤ	ラ	ワ
♩	イ	キ	シ	チ	ニ	ヒ	ミ	イ	リ	ヰ
♪	ウ	ク	ス	ツ	ヌ	フ	ム	ユ	ル	ウ
♪	エ	ケ	セ	テ	ネ	ヘ	メ	エ	レ	ヱ
♪	オ	コ	ソ	ト	ノ	ホ	モ	ヨ	ロ	ヲ

"자, 미쓰기 군. 이걸 악보에 끼워 맞춰보게. 만약 이걸로 뜻을 만들 수 없을 것 같으면 조를 바꿔보기로 하고 아 행의 위치를 바꿔보는 거야."

* 악보의 맨 앞에 표시되어 그 곡의 가락을 나타내는 기호.

하지만 그럴 필요가 없었다. 나는 위의 표를 참고하여 하나하나 음표 아래 글자를 기입했고, 이내 그것이 어떤 의미를 가지고 있다는 사실을 알아차리고 굉장한 흥분을 느꼈다.

그것은 대충 아래의 악보 같은 것이었다. 유리 선생님은 내가 기입한 악보를 집어 보았다.

"그렇군, 이걸로도 대충 의미는 알 수 있어. 세 번째로 나오는 위 첫째 줄의 온음표는 'ㄴ받침ン'을 가리키겠군. 그리고 '유ユ' 위에는 페르마타, 즉 늘임표가 붙어 있으니 이것은 '유-'라고 발음할 게 틀림없네. 그리고 '아타코アタコ'의 '코コ'에는 점이 두 개 붙어 있는데 이것은 탁음*을 가리킬 테니 '고コ'가 되지. 탁점은 '하ハ'에도 붙어 있으니 '파パ'가 되겠지. 또 파에는 늘임표가 붙어 있으니 '파-', 즉 '아파트アパ—ト'가 되네. 다음으로 '테テ'

---

* 일본 문자인 '가나' 우상단에 탁점을 붙여 표기하는 음. 기본 발음인 청음淸音의 '하ハ'에 동그라미 하나가 붙으면 반탁음인 '파パ', 점 두 개가 붙으면 탁음인 '바バ'로 발음한다.

의 음표에도 점이 두 개 붙어 있으니까 '데デ'로 고치고, 이렇게
고쳐 써보면…….'

하고 말하면서 유리 선생님은 다음과 같이 악보 밑에 적었다.

위험. 도중에 돌아와서, 아타고시타의 아파트로 오라

キケン。トチュ―ヨリヒキカエシ、アタゴシタノアパ―ト
マデキタレ

우리는 한참 동안 가만히 그 문구를 보았지만, 나는 흥분을
감출 수가 없었다. 무심코 몸을 내밀었다.

"선생님! 그럼 사쿠라는…….'

그때였다. 선생님이 잽싸게 악보에 손수건을 떨어뜨리고는
조용히 하라는 듯 눈짓하며 지그시 턱을 치켜올리기에 놀라 돌
아보았다.

나는 연예부 기자가 아니라 직접 만난 적은 없지만 사진으로
는 가끔 보았었다. 그래서 한눈에 그들을 알아보았다. 사가라
지에코와 오노 다쓰히코였다. 사가라는 사진만큼 미인은 아니
었지만, 그래서 친숙한 느낌이었다. 일본 여자치고는 큰 키에,
하얀 피부가 산뜻한 느낌을 주었다. 그녀는 내 어깨 너머로 눈
을 크게 뜨고 방금 선생님이 떨어뜨린 손수건을 홀린 듯이 응시
하고 있었다.

오노는 사가라 바로 뒤에 서 있었다. 이 사람은 흠잡을 데 없

는 미남이었다. 그도 사가라의 뒤에서 눈을 부릅뜬 채 책상 위를 응시했다. 두 사람 다 뭐라 말할 수 없이 어둡고, 또 뭐라 말할 수 없이 열렬한 시선을 보내고 있는 것이 묘하게 내 신경을 건드렸다. 어쩌면 저들은 방금 적은 문구를 읽은 것이 아닐까.

"어머…… 저…… 암호를 푸셨군요."

한참 지나 사가라가 머뭇거리며 중얼거리더니 오노를 돌아보았다. 오노는 당황해서 침을 꿀꺽 삼키고는 슬며시 고개를 돌렸다.

"하하하하하, 자, 앉으세요."

"네, 저…… 방해가 안 될까요?"

"뭐, 끝났습니다."

"암호는 푸셨습니까?"

"예, 이럭저럭요. 읽으신 거 아닙니까?"

"어머!"

사가라는 얼굴을 붉히면서 살피듯이 오노의 옆얼굴을 바라보았다.

"아뇨, 그럴 틈은 없었어요. 선생님이 잽싸게 덮으신걸요."

그렇게 말하면서 사가라는 우리 옆에 앉았다. 오노는 아직도 서서 멍하니 창밖을 바라보고 있었다. 밖에는 슬슬 어둠이 깔리고 있었다.

"하하하하하, 뭐 읽으셨어도 상관없습니다. 언젠가 알게 될 사실이니까요."

선생님은 손수건을 치우고 악보를 접어서 호주머니에 넣었다.

"한데 제게 용건이라도?"

"네, 저…… 오노 씨, 오노 씨가 말씀하세요."

"저요……?"

오노는 다른 곳에 시선을 둔 채 대답했다.

"아, 저는 곤란합니다. 부탁이니 사가라 씨가 말씀해주세요. 저, 말을 잘 못합니다."

"뭡니까? 굉장히 복잡한 이야기인가 보군요."

유리 선생님은 두 사람의 얼굴을 번갈아 보면서 온화하게 웃었다.

"아, 그런 거 아니에요. 이 사람은 도련님이라서요. 남 앞에 서면 쑥스러워서 입도 뻥끗 못 해요. 그럼 제가 말씀드릴게요. 실은 매니저인 쓰치야 씨 말인데요."

"네, 쓰치야 씨가 왜요?"

"아뇨, 별건 아니고요, 아까 오노 씨가 용건이 있어서 쓰치야 씨 방에 들어갔는데 글쎄……."

"글쎄?"

"어머, 그렇게 반응하실 만한 이야기는 아니에요. 방에 들어 갔는데 하필 쓰치야 씨가 안 계셔서 기다릴 생각으로 의자에 앉았대요. 그런데 책상 위에 펼쳐진 노트가 보여서……. 오노 씨, 맞죠."

"마, 맞아요. 저, 그걸, 엿볼 생각은 전혀 없었는데."

"그렇군요, 네. 그 노트에 무슨 말이 쓰여 있었군요."

"예, 그래요. 이번 사건 얘기가 처음부터 전부……. 저, 선생님, 그런 상황에선 누구라도 읽어보고 싶어지잖아요. 그래서 오노 씨가 무심코 그걸 읽어버렸대요. 그런데 보시다시피 이분, 이런 성격이라서요. 읽고 나니 너무 신경 쓰여서 제게 어떡하면 좋겠냐고 하더라고요. 저는 누가 다칠 만한 내용이냐고 물었어요. 그랬더니 그런 건 없다, 대체로 공정하게 쓰여 있다고 하더군요. 게다가 사건의 발단부터 굉장히 자세히 적혀 있다고 하셔서, 그렇다면 오히려 선생님께 말씀드리는 것이 좋지 않겠냐, 참고가 될지도 모르고 쓰치야 씨도 외려 좋아할지도 모른다고, 제가 그렇게 권한 거예요. 그렇죠, 오노 씨, 맞죠?"

오노는 말없이 어린아이처럼 고개를 끄덕였다. 그 이야기를 듣는 선생님의 눈이 차츰 빛났다.

"쓰치야 씨가 자세하게 기록해두었다니 다행이군요. 그분은 매니저니까 이런 일에는 최적임자죠. 꼭 살펴보겠습니다. 아니, 쓰치야 씨는 물론이고 관련자 누구라도 보고 들은 것을 그렇게 기록해주신다면 저희한테는 큰 도움이 될 겁니다. 예를 들어 오노 씨도……."

"저요……?"

오노는 아무 생각 없이 고개를 돌렸으나,

"그렇습니다. 두 분도 20일 오전에 어디서 무엇을 하고 있었는지 솔직하게 말씀해주신다면……."

유리 선생님의 말을 들은 순간 그는 튕기듯 두세 걸음 책상 앞에서 물러났다.

"선생님! 그게 무슨 말씀이시죠?"

그는 크게 숨을 헐떡였다.

"아, 제 쪽에서 묻고 싶습니다. 당신은 20일 아침 8시에 일행과 함께 오사카에 도착해서 바로 이쪽으로 왔죠. 그런데 여기 오자마자 나가서 2시경 공연장에 나타날 때까지 한 번도 모습을 비추지 않았어요. 무슨 일로 나갔는지, 또 2시쯤까지 어디서 무엇을 하고 있었는지, 솔직하게 말씀해주시면 수고를 많이 덜 수 있을 것 같습니다만."

오노는 겁먹은 듯 말없이 선생님의 눈을 응시했다. 세련된 나비넥타이가 격렬하게 떨리는 것이 내 시선을 잡아끌었다. 선생님은 다시 말을 이었다.

"그 일과 관련하여 누군가 제게 이런 정보를 주더군요. 여기 도착하자마자 열두세 살 정도 된 여자아이가 찾아와 당신에게 편지 한 통을 건넸다. 아이는 편지만 건네고 바로 돌아갔고 그 뒤 당신이 봉투를 열었을 때 거기서 분명 악보 같은 것이 나왔다…… 라고요."

오노의 얼굴에 차츰 겁먹은 기색이 짙어졌다. 이마에는 홍건한 땀이 배어 나왔다.

"누가…… 누가, 그런 말을, 한 겁니까?"

"아, 네. 그건 말해도 되겠죠. 아마미야 군입니다. 당시에는 별로 신경 쓰지 않았지만, 나중에 악보가 문제가 되자 갑자기 그 일을 떠올린 겁니다. 어쩌면 당신이 받은 악보란 것도 암호가 아니었을까. 그러고 보니 당신은 단숨에 그것을 읽고는 갑자기 안색이 바뀌어 그대로 뛰쳐나갔다…… 라고 아마미야 군이 아까 귀띔해주었습니다."

오노의 눈에서 갑자기 생기가 사라졌다. 그는 비틀거리는 몸을 겨우 옆에 있는 의자 등받이에 기대고 있었다. 사가라는 입술을 깨물면서 물끄러미 오노의 옆얼굴을 응시했다. 그 눈동자에 문득 희미한 그림자가 스쳤지만, 이내 긴 속눈썹을 내리깔아서 그것이 연민인지 의혹인지는 파악할 수 없었다.

"그래서…… 그래서……."

오노는 마른 입술을 축이면서 말했다.

"당신은 어떻게 생각하십니까?"

유리 선생님은 온화하게 미소 짓더니 살짝 몸을 내밀었다.

"저요? 아, 저는 아무 생각도 없어요. 백지죠. 그래서 당신이 그 백지를 메꿔줬으면 좋겠다고 생각하고 있죠. 자, 오노 군. 이런 건 가급적 경찰의 귀에 들어가기 전에 확실히 해두는 편이 좋아요. 방금 이야기를 아사하라 경부가 들으면, 당연히 사쿠라 여사와 암호를 주고받은 상대가 당신이라고 할 겁니다."

오노의 얼굴이 다시 창백해졌다.

"그리고 도쿄역에서 그 악보를 건넨 사람 역시 당신이 되는 거죠."

"그건 아닙니다. 그건…… 그건…….

오노의 얼굴에 격렬한 고뇌의 기색이 어렸다. 의자 등받이를 움켜쥔 손가락에 무섭도록 힘이 들어가 있었다. 어딘가 홀린 것 같은 얼굴로 그가 말했다.

"그건 아닙니다. 예, 전 그날 아침 악보 통신을 받았어요. 하지만, 하지만, 도쿄역에서 그 악보를 건넨 사람은…….

그때 허둥지둥 로비로 들어오는 발소리에 오노의 고백은 중단되고 말았다. 그는 힘이 빠진 듯 털썩 옆에 있는 의자에 주저앉았다.

제10장

장미와 모래

"오노 군. 아, 사가라 씨도 여기 있었네. 이 석간 좀 봐봐. 또 이상하게 돌아가는데. 트렁크가 어떻고 저떻고……."

그렇게 말하며 들어온 사람은 검은 세미 정장을 입은 키가 크고 깡마른 남자였다. 뺨도 코도 깎은 듯 날카롭고 강철로 된 철사처럼 강인한 느낌의 남자다. 지휘자 마키노 겐조였다.

마키노는 석간을 읽으면서 로비 중간까지 걸어오다가 우리를 알아보고는 미간을 찌푸리며 그 자리에 멈춰 섰다.

"아, 실례. 대화 중이셨군요."

그런데 거기 또 한 남자가 들어왔다. 마키노처럼 키가 크지만 덩치가 좀 더 있다. 짧게 깎은 머리에는 벌써 흰머리가 제법 섞여 있었다. 나는 한눈에 그 남자가 바리톤인 시가 데키진이라는 사실을 알아차렸다.

"마키노 씨, 석간에 또 무슨 이상한 얘기가 나왔나요?"

"아, 시가 군. 잠깐 이거 읽어보게. 뭔가 수수께끼 같은 기사인데, 또 사건이 새롭게 전개되고 있는 모양이야. 대체 이거 어떻게 해결되려나."

"어디, 어디……."

시가 데키진은 신문을 받아 들더니 안락의자 팔걸이에 앉아 읽기 시작했다. 이어서 보이가 들어왔다.

"유리 선생님이란 분 계십니까? 아사하라 씨에게 전화가 왔습니다."

"아, 그래요. 고마워요."

선생님은 빠른 걸음으로 로비를 나가 프런트로 갔다.

"네, 그래요, 유리입니다. 아, 그렇습니까."

유리 선생님의 목소리가 로비까지 들려온다. 다들 듣지 않는 척 그 소리를 듣고 있다. 선생님의 목소리는 거기서 갑자기 끊겼는데, 그때였다. 뭐라 말할 수 없는, 크고 깊고 신음하는 듯한 소리가 로비에 울렸다.

"오오, 오오, 오오……."

마치 소가 우는 것처럼 깊고 울림 있는 신음 소리였다. 깜짝 놀라 소리가 난 쪽을 돌아보니, 시가 데키진의 커다란 몸이 파도처럼 흔들리고 있었다.

"오오, 오오, 오오……."

시가가 또다시 바리톤의 깊고 울림 있는 신음을 흘리더니 다음 순간 신문을 밭밑에 내던지고는 두 손으로 머리를 감싸고 테이블 위로 풀썩 엎드렸다. 우리는 놀라서 살피듯 서로 얼굴을 마주 보았다. 그때 프런트 쪽에서,

"예? 예? 뭐라고요? 그럼……."

유리 선생님의 다급한 목소리가 들려와, 우리는 다시금 그쪽으로 고개를 돌렸다.

"예, 괜찮습니다. 그럼 곧 가죠."

유리 선생님은 수화기를 내려놓더니 내게 손짓했다. 나는 모자를 들고 일어섰다.

"선생님, 어디에서……?"

선생님은 대답 대신 로비 쪽으로 두세 걸음 오더니 말했다.

"오노 군, 방금 한 얘기 말인데, 그거 잘 생각해보는 게 좋을 겁니다. 나중에 돌아와서 들을 테니 그때까지 잘 생각해두세요."

오노는 넋 나간 듯 멍하니 옆을 보며 끄덕였다. 사가라는 지그시 입술을 깨문 채 허공의 어느 한 점을 응시하고 있었다. 마키노는 우리와 오노의 얼굴을 살피듯 번갈아 보았다. 시가는 양손으로 머리를 감싸 쥔 채 고개도 들지 않았다.

선생님은 호텔을 나와 바로 택시를 불렀다.

"오사카역으로……."

"오사카역……?"

나는 놀라서 앵무새처럼 그 말을 반복했지만, 선생님은 아무 대답도 하지 않았다.

오사카역 앞에서 내린 뒤 물었다.

"선생님, 지금 어디 가는 겁니까?"

"역장실이야."

"아, 그렇군요. 그럼 저, 잠깐 전화 좀 걸고 오겠습니다. 바로 따라가겠습니다."

나는 공중전화로 달려가서 신문사에 연락해 시마즈 군과 통화하고 싶다고 했다. 시마즈 군은 다행히 회사에 있었다.

시마즈 군에게 전화한 것은 말할 필요도 없이 해독된 암호 전보에 대해 얘기하기 위해서였다.

"그래서, 사쿠라 여사는 19일 아침 시나가와에서 기차를 내려 아타고시타의 아파트로 향한 듯싶어. 급히 도쿄의 본사에 연락해 아타고시타 아파트를 이 잡듯이 세세하게 조사해달라고 했어. 하지만 아직 발표하긴 이르니 아파트에서 무엇을 발견하건 기사화하지는 말아달라고."

"알겠다. 그건 알았는데, 미쓰기야."

"왜?"

나도 휩쓸린 것처럼 무심코 오사카 사투리로 대답했다.

"대체 뭔 일이고. 사쿠라는 오사카에서 죽었나, 도쿄에서 죽었나. 대체 어딘데?"

"아, 기다려줘. 그것도 곧 알게 될 거야."

어쨌든 시마즈 군은 좋은 질문을 했다. 사쿠라가 어디서 죽었는지 지금은 전혀 알 수 없다. 나는 새삼 이 사건의 깊이에 경탄하지 않을 수 없었다.

역장실 주위는 왠지 어수선했지만, 솔직히 나는 문을 열 때까지 어떤 새로운 사태가 발생한 건지 짐작도 하지 못했다. 그런데 그곳에 한 발 내디딘 순간, 모든 걸 이해하고 깜짝 놀랐다.

내 시야에 날아든 것은 바닥에 놓인 커다란 트렁크. 그리고 낯익은 운전사 가와베 야스오가 그 트렁크를 보고 있었다.

가와베 군이 고개를 들었다.

"맞아요. 이 트렁크가 틀림없습니다. 보세요, 거기 난 흠집, 낮에도 말씀드렸죠. 그게 확실한 증거입니다."

"흠, 그래요. 수고하셨습니다. 용건이 있으면 또 와주십사 부탁드릴 터이니 오늘은 이만 돌아가셔도 좋습니다."

아사하라 경부는 가와베 군을 보내고는 조심히 문을 닫았다. 이제 이 방에 남아 있는 사람은 아사하라 경부와 유리 선생님, 그리고 형사 두 사람과 나뿐이었다. 역무원들은 수사에 방해되지 않도록 잠시 자리를 비켜준 듯했다.

"어떤가요? 앉으시겠습니까. 열쇠 가게에서 오려면 시간이 더 걸릴 겁니다."

"아, 이 트렁크, 아직 열어보지 않으셨군요."

"음, 자물쇠가 굳게 채워져 있어서. 그래서 아사하라 군이 방금 열쇠 가게로 사람을 보낸 참이라네."

우리는 그 낡고 커다란 트렁크 가까이 의자를 끌어당겨 앉았다. 경부는 시키시마 담배를 내밀었다.

"한 대 피우시겠습니까?"

"아, 전 이게 있어서."

유리 선생님은 마도로스파이프*를 꺼내 마이믹스처 담배를 채웠다.

생각난 김에 말해두는데 유리 선생님이 애용하는 마도로스파이프는 이 사건이 마무리될 때 더없이 이상하고 우스꽝스러운, 그리고 기분 나쁜 역할을 했다.

하지만 그것은 나중의 이야기이다.

"대체 이 트렁크는 어디 있었던 겁니까?"

"역의 물품 보관소에 있었네."

나는 무심코 휘파람을 불었다.

경부는 천천히 담배를 피우면서 말했다.

"이렇게 빨리 알게 된 건 절반은 운이 좋았던 덕분입니다. 아케보노 아파트에서 트렁크를 운반해 간 택시……를 목표로 시 전체에 수배를 내렸는데, 그게 잘 맞았어요. 게다가 도중에 두세 번 차를 갈아탄 모양인데, 마지막 택시, 즉 처음 여기 온 택시가 가장 먼저 발견된 거죠. 그 운전사가 왜 이 트렁크를 기억하는가 하면…… 잠시 그 트렁크를 보시죠."

나는 바로 트렁크를 양손으로 잡았다가 힘이 남아돌아 무심코 비틀거렸다.

"이거…… 비었군요."

"그래요. 크기는 이렇게 큰데 너무 가벼워서 운전사도 이상

---

* 대가 짧고 담배통이 뭉툭한 서양식 담뱃대.

하게 여긴 거죠. 그래서 인상에 남았던 겁니다. 그런데 이 트렁크와 관련된 재미있는 이야기가 또 하나 있어요."

아사하라 경부는 담배꽁초를 버리더니 주머니에서 수첩을 꺼냈다.

"이 트렁크는 20일 정오 무렵 임시 보관소에 맡겨져 오늘까지 그대로 있었죠. 그사이 담당 직원이 자기 쪽 화물에 작은 사고가 있어서 임시 보관소까지 조사했다 합니다. 그런데 그 담당 직원이 이 트렁크를 본 적이 있다는 겁니다. 보세요, 이 흠집 …… 그걸 보고 안 거죠. 그래서 그 남자를 불러 이것저것 물어봤는데, 분명 2, 3일 전에 이 트렁크를 취급한 적이 있대요. 그 날짜를 물었더니 이 트렁크, 20일 아침 일찍 기차로 여기 도착해서 그날 오전 중에 수취인에게 넘겨준 기억이 있단 겁니다. 그때는 저도 흥분했죠. 트렁크의 행방과 동시에 출처까지 알게되었으니까요. 분명 이 트렁크가 맞냐고 확인했더니 틀림없다, 거기 난 흠집도 그렇고, 게다가 너무 무거워서 인상에 남았다는 겁니다."

나는 무심코 숨을 삼켰다. 유리 선생님도 몸을 내밀었다.

"한데 이건 어디에서 온 겁니까?"

"그거 말인데요. 이게 또 정말 재미있습니다. 제가 급히 사본을 확인해보니 이 트렁크, 글쎄 도쿄에서 발송한 거였어요. 19일 밤 10시 15분 도쿄발 기차에 실려 20일 오전 8시 7분에 여기 도착한 겁니다. 즉, 오페라단과 함께 오사카에 도착한 거예요. 게다가 그 수취인이 바로…….”

아사하라 경부는 목소리를 낮췄다.

“쓰치야 교조 이름으로 되어 있었어요.”

나는 당장이라도 심장이 셔츠를 찢고 튀어나올 것만 같은 기분이었다. 유리 선생님도 입술을 오므리고 휘파람 부는 흉내를 냈다.

“그럼 사쿠라 여사는 역시 도쿄에서 당한 겁니까?”

아사하라 경부는 눈을 가늘게 뜨고 나를 보면서 천천히 무겁게 고개를 저었다. 유리 선생님은 파이프를 문 채 한동안 트렁크를 응시하다가 이윽고 경부 쪽으로 몸을 돌렸다.

“하지만 그렇게 되면 아사하라 씨, 만약을 위해 일단 이걸 확인해두는 게 좋겠습니다.”

“예……?”

“사가라의 말에 따르면 사쿠라 여사는 다음 기차로 여기 오기로 되어 있었죠? 즉 19일 아침 11시 몇 분인가 기차에 타고 그날 밤 9시 넘어 여기 도착할 예정이었고, 사실 지금까지 우리는 여사가 그 기차로 여기 왔다고만 생각하고 있었죠. 하지만 이제 사쿠라 여사가 정말 그 기차에 타고 있었는지 아닌지 확인해둘 필요가 있다는 생각이 듭니다. 그 정도의 여성이니 타고 있었다면 아무리 남의 눈을 피해 분장을 해도 사람들이 모를 리 없어요. 일단 그 열차의 차장이나 보이를 조사해보면……?”

유리 선생님은 도중에 갑자기 말을 끊더니 아사하라 경부의 얼굴을 보았다. 경부가 의미심장한 헛기침을 했기 때문이다.

경부는 약간 우쭐거리는 투로 말했다.

"실은 저도 한참 전부터 그 점에 대해 생각하고 있었습니다. 그래서 여기 오기 전에 역장에게 두 사람의 수배를 부탁해두었습니다. 다행히 해당 차장과 보이가 둘 다 비번이어서요, 잠깐 이쪽에 있어서 역장이 불러주었죠. 그래서 지금 말씀하신 것을 조사해본 참입니다."

유리 선생님은 몸을 내밀었다.

"그래서 결과는요……?"

"노no입니다. ……둘 다 절대 사쿠라 여사는 안 탔다고 했어요. 그렇게 유명한 여성이니 탔다면 몰랐을 리 없다, 검표하러 다녔는데 사쿠라 여사는 없었다고 차장은 단언했어요. 또 베일로 얼굴을 가린 여자는 한 명도 없었다고, 이 얘기는 차장도 보이도 했죠."

"흠."

유리 선생님은 코로 크게 한숨을 내쉬었다.

"그리고 사가라는 사쿠라 여사가 시나가와에서 내리는 걸 분명히 봤대요. 내리는 척하고 다른 칸에 탄 건……."

"아니요, 그럴 리 없습니다. 사가라는 분명 시나가와역에서 사쿠라 여사가 빠른 걸음으로 다리를 건너는 것을 보았다고 합니다. 그러니 절대 그 열차에는 타지 않았어요. 뭣보다 이건 사가라의 말을 믿어야 하는 거지만……."

"아, 사가라의 말은 신뢰해도 됩니다. 적어도 그 건에 관해서는 말이죠."

유리 선생님은 아까 해독한 악보 암호를 잠자코 경부에게 건넸다. 경부는 그것을 보더니 크게 숨을 몰아쉬었다.

"아, 그, 그럼 사쿠라 여사는 이런 통신을 받아서 아타고시타 아파트로 돌아간 거군요."

"그렇습니다. 그리고 사가라에게 말한 대로 다음 열차로 오사카에 올 작정이었겠죠. 그런데 그 열차에 사쿠라 여사가 타지 않았다면 거기서 뭔가 나쁜 일이 일어났다는 얘기입니다. 11시 다음 열차라면……?"

"그다음 열차는 오후에 있습니다. 그러니 그거라면 9시에서 11시, 즉 사쿠라가 살해당했다고 추정되는 시각에 열차는 아직 도쿄와 오사카 사이를 달리고 있었던 거죠. 설마 열차 안에서 살해당하진 않았을 테니 당연히 살인은 도쿄에서 일어난 게 되죠."

"그리고 그 트렁크에 넣어서……."

나는 발밑에 있는 트렁크에서 갑자기 피라도 뿜어져 나올 듯한 기분이 들었다.

"맞습니다. 그리고 시간적으로도 이치에 맞아요. 이 트렁크는 19일 밤 10시 15분 도쿄발 열차에 적재되었겠죠. 그러므로 9시 무렵 도쿄에서 사쿠라를 살해하고 그 트렁크에 넣어 바로 도쿄역으로 가져갔다면 충분히 가능합니다."

"그리고 놈은 쓰치야 교조의 이름을 사용한 거군요."

"그렇습니다. 하지만 쓰치야는 그 시간에 오사카에 있었기 때문에……. 그러니 범인이 누구든 그는 19일 밤 10시 15분까지 도쿄에 있었고 20일 오전에는 오사카에 있었던 인물, 그리고 오페라단의 내부 사정에 정통한 사람……이 되겠죠."

마침 그 자리에 형사가 열쇠공을 데려왔다. 그는 트렁크 앞에서 허리를 구부리고 한동안 도구를 철컥거리더니 금방 손쉽게 자물쇠를 열었다.

"아, 고맙습니다. 수고하셨어요. 이제 돌아가도 좋아요."

열쇠 기술자가 의아한 표정에 미련 가득한 기색으로 나가자 경부는 트렁크 뚜껑에 손을 댔다. 비어 있다는 것을 알면서도 마음이 요동치는지 잠시 유리 선생님과 시선을 교환하던 경부는 이내 기세 좋게 뚜껑을 열어젖혔다.

우리의 시선은 일제히 트렁크 속으로 쏠렸다.

역시 안은 비어 있었다. 꽤 낡은 트렁크였는데 안쪽의 종이 내피가 군데군데 찢어져 있는 것 외에 별로 특별할 것은 없다. 유리 선생님은 허리를 숙여 트렁크 속을 들여다보다가 이윽고 손을 뻗어 안쪽의 종이가 찢어진 부분으로 손끝을 쑤셔 넣었다. 한동안 선생님은 내피 뒷면을 더듬더니 이윽고 싱긋 웃고는 우리 쪽으로 손을 내밀었다. 손에 쥔 것은 시들고 색이 바랜 장미 꽃송이였다.

경부는 으음, 하고 신음하면서 그 꽃송이를 받아 들어 수첩

사이에 끼웠다.

선생님은 허리 숙여 종이 내피 뒷면을 더듬다가 이윽고 일어나더니 마술사처럼 우리 앞에 활짝 손바닥을 펼쳐 보였다.

손바닥에는 모래가 잔뜩 묻어 있었다.

제11장

그녀와 다섯 남자

"일이 이상하게 돌아가네요."

"음."

"사건은 도쿄로 이송되겠군요."

"아니, 도쿄로 이송된다기보다 도쿄와 오사카 양쪽에 걸쳐 있는 거지. 미쓰기 군, 이 사건은 생각에 생각을 거듭해 짜낸 거라고 했었지. 내 예감은 틀리지 않았어. 범인은 악마 같은 지혜를 짜내어 이 사건을 계획한 걸세. 그놈은 필사적일 거야."

오후 9시 30분 오사카발 상행 급행열차.

우리, 그러니까 유리 선생님과 나는 지금 그 급행열차 안이다. 우리 외에 기무라 형사도 문제의 트렁크를 가지고 같은 열차에 타고 있을 터였다.

유리 선생님이 도쿄행을 결심한 것은 트렁크가 발견된 직후였는데 아사하라 경부 쪽에서도 그 트렁크가 언제 몇 시쯤 도쿄역에서 접수되었는지 확인하려고 부하인 기무라 형사를 트렁크와 함께 도쿄로 파견한 것이다. 우리는 거기서 일단 헤어졌다가 오사카역 플랫폼에서 다시 만났는데, 나는 그 전에 사쿠라바시 지사에 들러 시마즈 군과 앞으로의 진행 사항에 대해서 자세히 의논하고 왔다. 유리 선생님과 경부 일행은 그동안 트렁크를 가지고 N 호텔에 들렀고, 그때의 일에 대해서는 기차에 탄 후 유리 선생님이 들려주었다.

"그 트렁크는 하라 사쿠라 오페라단 거라더군. 그래서 도쿄 공연을 하는 동안 그쪽 대기실에 놔뒀을 텐데, 언제 없어졌는지는 쓰치야 매니저도 아마미야 조수도 모른다고 하네. 없어진 의상은 없다니 도쿄 공연 중에 누군가 의상은 다른 트렁크로 옮기고 빈 트렁크만 훔쳐서 이번 사건에 이용한 거겠지."

"누가 가져갔는지는 모르는 거죠? 쓰치야 교조 이름으로 돼 있지만 물론 쓰치야는 모른다고 했겠죠."

"음, 쓰치야는 18일 밤 도쿄를 떠났는데 그때는 분명히 이 트렁크도 도쿄 회장에 있었을 거라더군. 쓰치야가 출발 전에 아마미야 조수에게 이후 할 일을 꼼꼼히 알려주고 왔는데 그때도 트렁크는 여덟 개일 거라고 했어. 그런데 아마미야 조수가 짐을 챙길 때는 트렁크가 일곱 개밖에 없었다고 하네. 하지만 의상과 도구들을 살펴봐도 딱히 부족한 게 없고 전부 트렁크 일곱 개 속에 잘 있었으니 쓰치야 씨가 숫자를 착각했구나 싶어 아마미야 군은 별로 신경 쓰지 않고 지금까지 있었다는 거야."

"아무래도 아마미야 군은 경솔한 사람 같네요. 콘트라베이스 건도 그렇고……."

"그래. 범인은 그 점을 노린 거지. 만약 아마미야 군이 일부러 경솔한 척하는 게 아니라면……."

"뭐, 뭐라고요?"

나는 놀라서 유리 선생님의 얼굴을 보았다. 선생님은 의미심장하게 내 눈을 마주 보면서 말했다.

"미스기 군, 솔직히 말해 나는 아직 죄다 오리무중일세. 범인이 아주 사악한 놈이고 생각을 거듭해 계획했다는 것은 알아도 그 계획이 어느 방향으로 향하고 있는지는 아직 판단이 서지 않아. 전부 혼란스러워. 하지만 그 혼돈 속에서 유일하게 내게 암시를 던지는 것이 있네. 그게 아마미야 군이야. 이번 사건에서 아마미야 군이 어떤 역할을 하든 그 남자야말로 비극의 커다란 원동력이 틀림없다고, 나는 확신하고 있어."

유리 선생님은 암담한 한숨을 내쉬더니 그대로 침묵해버렸다. 이럴 때는 아무리 질문을 던져도 더 이상 아무 말씀 하지 않을 분이란 것을 알기에 그 후로는 혼자 생각하는 수밖에 없었다. 나는 생각해보았다. 아마미야 군이 어떤 의미로 비극의 원동력이 된 것일까. 그 작고 익살스러운, 멍청한지 영리한지 모를 나이 든 꼬맹이인 아마미야 군이 어떤 의미에서든 비극의 원동력이라고 불릴 만한 인물로는 보이지 않는다. 그 남자가 범인……? 하지만 그렇게 생각하는 것은 불가능을 넘어 우스꽝스럽게까지 느껴진다. 결국 나는 유리 선생님의 말을 이해할 수가 없었다.

나는 조금 짜증이 나서 아마미야 군 생각은 일부러 머릿속에서 걷어내고 다른 한 사람을 떠올렸다. 시가 데키진 말이다. 아까 호텔 로비에서 석간을 보았을 때 시가 데키진의 표정은 놀라움으로 가득 차 있었다. 그 남자는 무엇에 그렇게 놀란 것일까. 트렁크에 대해 알고 있는 것일까.

내가 별생각 없이 그 이야기를 꺼내자 유리 선생님은 놀란 듯 나를 보았다.

"석간을 보고……? 시가가……?"

"아, 그때 선생님은 전화를 받고 계셨죠. 예, 정말 크게 놀라더라고요. 그 인간, 단숨에 5년이나 10년은 늙어버린 것 같았어요."

"그러고 보니 아까도 굉장히 풀이 죽어 보였는데, 그래서 그 석간을 자넨 갖고 있나?"

"예, 여기 갖고 있는데요, 별로 대단한 것도 없어요. 트렁크 외에는요."

유리 선생님은 내가 내민 석간을 꼼꼼히 읽었다.

"그렇군. 트렁크 외에는 별로 그 남자를 놀랠 만한 기사는 없어."

"맞습니다. 그리고 그 남자가 트렁크에 관해 뭔가 알고 있었다면 오히려 놀란 기색을 들키지 않으려고 하지 않았을까요. 어, 왜 그러세요?"

유리 선생님의 눈이 갑자기 신문 어느 한 점에 고정되는 것을 보고 나는 무심코 그렇게 물었다.

"아, 이 사건과는 관련이 없는 일이네만…… 서양화가인 사에키 준키치가 자살했군. 유럽으로 가는 배 안에서……."

"아, 그거 말입니까. 저도 기사를 보고 좀 놀랐어요. 좋은 화가였는데요."

서양화가인 사에키 준키치가 자살했다는 기사는 내가 쓴 트렁크 기사 바로 아래 상하이에서 보낸 특종기사로 실려 있었는데, 그 내용은 이러했다. 사에키 준키치는 프랑스로 가는 도중, 다이요마루의 선실에서 음독자살을 했다. 배가 일본을 떠난 지 얼마 안 되어서의 일이었던 모양이다. 상하이항 입항 직전에 보이가 발견하고 난리가 났지만 유서 같은 것은 발견되지 않았다. 하지만 사에키를 아는 다른 승객들은 승선 이후로 사에키가 굉장히 우울해 보였고 충동적으로 독을 삼켰을 것이라고 했다. 그리고 그 뒤에 친구가 한 말이 다음과 같은 기사로 쓰여 있었다. 사에키 준키치가 쉰 넘을 때까지 독신을 지킨 것은 유명한 어떤 여성에게 보답받지 못할 연정을 품어왔기 때문이다. 사에키가 이번에 갑자기 프랑스행을 결심한 것도 그 여성과의 관계가 최근 점점 힘들어졌기 때문이고, 도쿄를 출발하기 전 그가 친구에게 털어놓은 바에 따르면 두 번 다시 일본에 돌아오지 않기로 결심했던 모양이다. 그런 걸로 보아 어쩌면 그는 그때 이미 자살을 결심했던 것이 아닐까, 등등.

"그 기사를 읽고 놀랐습니다. 사에키의 자살도 자살이지만 세상에 비슷한 일이 많구나 싶어서요."

"비슷한 일……?"

"예, 실은 시가 데키진도 사에키와 같은 입장이거든요. 오페라단 주변의 호사가들이 하는 말이라 정확한 건 아니지만 시가가 독신으로 지내온 것도 역시 실연 때문이라 합니다. 시가의 실연 상대 말인데요, 말씀드리지 않아도 누군지 아시죠? 하라 사쿠라입니다."

"으음."

유리 선생님은 갑자기 눈을 크게 떴다.

"그렇다면 사쿠라와 시가의 관계는 같은 오페라단에 속해 있는 정도가 아니었단 말인가."

"아, 최근에는 뭐. 그런 정도의 관계인 거죠. 적어도 표면적으로는요. 하지만 시가가 지금도 가슴속에 연정을 품고 있다는 것이 사람들이 하는 얘기예요. 사쿠라란 여자는 항상 주변에 추종자를 두지 않고는 못 배기는 사람이었으니까요."

"세상에 왕왕 그런 여자가 있긴 하지만…… 그렇다면 시가가 실연당한 건 꽤 오래전이로군. 사쿠라가 결혼하기 전부터일 테니."

"맞습니다. 데이코쿠 극장에서 오페라로 데뷔했던 시절부터니까요. 그 무렵의 사쿠라는 어쨌든 화제의 중심이었던 모양입니다. 그 여자에게 목을 맨 사람은 시가 데키진뿐만이 아니에요. 지휘자인 마키노도, 매니저인 쓰치야도 다들 그 여자를 노렸다고 합니다. 하기야 두 사람은 사쿠라가 하라 소이치로 씨와 결혼하자마자 포기하고 바로 결혼했으니 시가만큼 순정적이지는 않았겠지만요."

"음, 음, 그럼 뭐야. 하라 사쿠라 오페라단은 사쿠라의 옛 연인들로 구성되어 있다고 해도 과언이 아니군."

"하하하하하, 그렇게 될지도 모르겠네요. 아, 옛 연인들만이 아닙니다. 현 연인도 들어 있는 셈이죠. 오노와 사쿠라 사이는 최근 꽤 화제였던 모양이니까요."

"허허, 시가에 마키노에 쓰치야에 오노라니, 신구 세대 모두 합쳐 네 사람의 연인인가. 아, 네 사람이 아니군. 남편인 하라 소이치로도 당연히 그 안에 들어갈 테니, 그녀를 둘러싼 다섯 남자가 되는 건가."

선생님은 극히 가벼운 농담조로 말했지만 얼굴에는 구제할 길 없는 어두운 그림자가 떠돌고 있었다. 생각건대 그때 선생님은 하라 소이치로 씨를 생각하고 있었을 게 틀림없다. 유리 선생님과 하라 소이치로 씨가 대체 어떤 사이였는지 나도 자세히는 모르지만, 사건 직후 소이치로가 선생님께 수사를 의뢰한 것으로 보아 이전부터 친밀한 관계였던 게 분명하다. 선생님으로서는 점점 밝혀지는 사쿠라의 추문을 친구 때문에도 듣기 괴로웠을 것이다.

한동안 우리는 어두운 침묵 속 기차의 흔들림에 몸을 맡기고 있었지만, 이윽고 내가 문득 생각나서 물었다.

"한데 오노에게 그 일은 물어보셨습니까? 그, 20일 아침 오노가 암호 악보를 받은 거요……."

"음, 물어봤네. 하지만 오노는 아직 결심이 서지 않은 모양이야. 그래서 도쿄에서 돌아올 때까지 생각해보라고 말해두었네만……."

"분명 뭔가 알고 있을 거예요. 아까 선생님이 그 얘기를 꺼냈을 때 오노 표정이 보통 아니었어요."

"그래, 그 남자는 뭔가 알고 있어. 사가라도 뭔가 알고 있어. 아니, 오노나 사가라만이 아니야. 쓰치야도 시가도 마키노도 각자 뭔가 알고 있는 게 틀림없어."

"그렇다면 모르는 건 남편뿐인 건가요."

"아니, 남편이 가장 잘 알지."

"네?"

유리 선생님의 말에 묘하게 힘이 실려 있어 나는 무심코 되물었다.

"모르는 건 남편뿐이라는 말은 하라 소이치로 씨한테는 통용되지 않아. 아니, 통용될 리가 없지. 난 전부터 그 사람을 잘 아는데, 눈으로 들어가 코로 빠져나올* 만큼 영리한 남자란 건 바로 그 사람을 말하는 거라네. 그러니 사쿠라가 수많은 남자들과 어떤 관계를 맺었건 그 남자가 모를 리는 없어."

---

* 眼から鼻へ抜ける, 눈치가 빠르고 머리가 비상하며, 요령 있는 사람을 가리키는 말.

"그럼 선생님, 아내의 행각을 알면서도 눈감아줬다는 건가요?"

"눈감아주었든지 아내를 절대적으로 믿었든지."

하지만 두 번째는 아무래도 가능성이 희박해 보인다. 사쿠라처럼 남자들에게 둘러싸여 사랑받지 않으면 하루도 못 버티는 여자를 그렇게 신뢰하다니, 소이치로 씨가 아무리 사람이 좋아도 수긍하기 힘든 일이다. 오히려 관대한 남편 쪽이 소이치로 씨의 인품에 걸맞기는 하지만 인간의 관대함에도 한계가 있다. 사쿠라가 그것을 가볍게 보고 선을 넘었다면……? 그리고 소이치로 씨의 인내심의 끈이 끊어졌다면……?

거기까지 생각하다 무심코 오싹해져 몸을 떨었는데, 그때 유리 선생님이 그 노트를 꺼냈다.

"그 노트는……?"

"쓰치야 군의 기록이야."

"아, 그거군요……."

"떠나기 전에 쓰치야 군에게 부탁해 빌려 온 거야. 좀처럼 허락하지 않았지만 절대 아무한테도 말 안 한다고 하고 억지로 빼앗아 왔지. 아까 차 안에서 잠깐 읽어봤는데, 꽤 신랄하게 쓴 듯해."

이때 우리가 읽은 것이 서두에 게재한 수기라는 사실은 말할 필요도 없겠다. 그 무렵까지 거기에는 대체로 우리가 이미 아는 사실만 적혀 있었으나 전에도 말했듯 유리 선생님은 그 속에서 사건의 첫 번째 단서를 얻었던 것이다.

하지만 당시에는 나도 수기가 그렇게 중대한 것이라고는 생각지 못했다. 그래서 선생님과 둘이 읽어보고는 바로 잠들어버렸고 요코하마에 닿기 직전 선생님이 깨워주실 때까지는 정신없이 곯아떨어졌던 것이다.

기차가 도쿄역에 도착한 것은 7시 반이었다. 오사카에서 전화를 해뒀는지 역에는 경시청의 도도로키 경부가 나와 있었다. 도도로키 경부와는 지금껏 몇몇 사건에서 같이했기에 유리 선생님도 나도 낯이 익었다. 손수 트렁크를 가지고 내린 기무라 형사를 소개하고는 넷이서 수화물계로 갔다. 그쪽도 오사카에서 연락을 받았는지 19일 밤 당번이었던 남자가 우리를 기다리고 있었다. 남자는 트렁크를 살펴보더니 곧장 말했다.

"단언은 못 하지만 아마 이 트렁크가 맞을 겁니다. 어젯밤 오사카에서 전화가 와서 조사해뒀는데요, 19일 저녁 오사카의 쓰치야 교조 씨에게 보내는 화물은 많이 있었습니다. 대부분은 10시 15분발 고베행 열차가 출발하기 조금 전 접수했는데 그 열차는 시간이 맞지 않아 다음 기차에 실었어요. 그런데 그보다 조금 앞서 접수한 화물이 하나 있었습니다. 바로 이 트렁크였고, 이것만 10시 15분 차에 실을 수 있었습니다. 접수 시간요? 장부에는 9시 45분이라고 되어 있던데요……."

유리 선생님과 나는 무심코 얼굴을 마주 보았다. 이 트렁크가 19일 밤 9시 45분에 여기에 맡겨졌다면 당일 밤 오사카에 있던 쓰치야 교조나 고베에 있던 시가 데키진은 완전히 혐의를 벗게 되는 셈이다.

"이 트렁크를 가져온 인물 말인데요, 기억하십니까?"

유리 선생님의 질문을 기다리기라도 한 듯 접수계 남자는 이렇게 답했다.

"그거요. 저도 어떻게든 기억해내려고 해봤지만, 아무래도 이런 장소라서……. 꽤 키가 크고 당당한 체구를 한 남자였던 것 같은데, 그 이상은…….."

남자는 자못 유감스러운 모양이었다. 유리 선생님도 큰 기대는 없었는지 별로 실망한 기색은 보이지 않았는데, 문득 생각난 듯 말했다.

"아, 당연히 그렇겠죠. 그런데 그 남자 말예요, 얼굴은 기억 안 나더라도 변장을 했거나 변장까지는 아니어도 뭔가 이렇게, 남의 눈을 피한다거나 얼굴을 가리고 있었다거나…… 그런 느낌은 없었나요?"

"글쎄요……. 도저히 생각이 안 납니다. 말씀대로라면 이상하게 생각하고 인상에 남았을 텐데요. 전혀 기억이 안 나요."

요컨대 도쿄역 수화물계에서 얻은 건 트렁크가 19일 밤 9시 45분에 접수되었다는 것뿐이고 그 외에는 전무하다고 해도 좋았다.

"아, 고마워요. 그것만으로도 많이 참고가 됐습니다."

그 후 우리는 도도로키 경부의 안내로 역의 식당에 가서 간단히 아침 식사를 했다. 사건이 갑자기 도쿄로 옮겨 와서 도도로키 경부도 꽤 흥분한 모양이었다.

"……어젯밤 오사카에서 보고가 들어와서 아타고시타의 아파트를 샅샅이 조사하도록 했는데요. 오늘 아침에 겨우 이거 아닌가 싶은 걸 찾아냈습니다. 살해당한 사쿠라의 본명이 기요코라고 했죠?"

"예. 맞습니다. 에구치 기요코가 그 여자의 결혼 전 이름입니다."

"그럼 역시 그거겠네요. 아타고시타에 청풍장이라고 제법 괜찮은 서양풍 아파트가 있는데요, 누가 하라 기요코라는 이름으로 방 하나를 빌렸더군요. 그런데 관리인 말로는 이 하라 기요코가 거기 사는 게 아니고, 뭐랄까요, 그곳을 밀회 장소로 빌린 것 같다는 겁니다. 때때로 남녀가 와서 한 시간쯤 머물다 돌아간다고 하더군요."

유리 선생님과 나는 다시 시선을 마주쳤다.

"그러면, 관리인은 그 여자가 하라 사쿠라라는 사실을 지금까지 몰랐다는 건가요?"

"그런 것 같아요. 저도 아까 전화로 잠깐 보고를 들었을 뿐이라 자세히는 모르지만 여자 쪽은 항상 검은 베일로 얼굴을 가리고 왔다고 합니다."

"그럼 경부님은 아직 현장을 안 보셨군요."

"맞습니다. 여기 오려는데 아타고시타에서 전화가 와서 선생님과 함께 보러 가려던 참입니다. 현장에는 보초를 세워 아무도 못 들어가게 해놨습니다."

"좋아요, 그럼 빨리 가죠."

나가기 전에 식당 전화를 빌려 본사에 연락해보니, 다나베 편집국장은 아직 오지 않았지만 다른 사람이 대신 받아 회사 쪽에서도 오사카의 시미즈 군에게 보고받았고 오늘 아침 청풍장을 찾아내 고이 기자가 가 있을 거라고 했다. 잘됐어, 하고 내 마음은 요동쳤다.

하라 사쿠라가 밀회하던 남자를 기다리고 있었다면 거기서 사건의 수수께끼가 풀려갈 것이 아니겠는가. 나는 그때 그렇게 간단히 생각하고 사건도 이제 얼추 해결되었다고 여겼지만 누가 알까 보냐, 하라 사쿠라의 이 이상한 밀회 때문에 사건은 한층 기괴한 색채를 머금게 되었다.

제12장

또 하나의 죽음

청풍장은 아타고산 기슭에 위치한 아담한 아파트로, 규모는 오사카의 아케보노 아파트보다 작지만 깔끔한 면에서는 훨씬 우월했다. 주목할 만한 점은 이 아파트도 역시 신발을 신고 출입할 수 있다는 것, 경비실을 통하지 않고도 마음대로 안쪽 입구로 출입할 수 있다는 것, 사람 눈에 띄지 않는 장소에 있다는 것. 그런 점에서 아케보노 아파트와 아주 비슷했다. 역시 남녀가 밀회하기에는 최적의 장소였다.

아파트 앞에서 택시를 내리자 본사에서 온 고이 군이 나를 발견하고 바로 다가왔다.

"이거, 수고 많으십니다."

"수고. 방금 회사에 전화해봤는데, 자네가 여기를 발견했대서. 그래서 문제의 방은 확인해봤나?"

"그게 말이죠, 유감스러운 일이 있었어요."

고이 군은 어깨를 움츠렸다.

"제가 먼저 이 아파트를 발견했거든요. 새벽 6시에 찾아냈지요. 그래서 경비에게 방을 보여달라고 했는데 이 자식이 좀처럼 승낙을 안 하는 거예요. 옥신각신하는 사이에 경찰이 와서 그대로 내쫓겼어요. 화딱지가 나서 원."

"아 그래? 뭐, 괜찮아. 자네도 같이 가자고. 상관없겠지."

아파트 옆문으로 들어가자 바로 창고 같은 방이 있었고 그다음이 문제의 방인 듯했다. 복도는 거기서 구부러져 문제의 방은 모퉁이에 있었고, 게다가 복도를 돌아가면 바로 맞은편으로 뻗어 있었다. 그러므로 문제의 방이란 정면 현관에서 들어가려고 하면 가장 구석진 곳에 있고 게다가 구부러진 복도 한쪽에 그 방 딱 하나가 있는 셈이었다. 전에도 말했듯 작고 깔끔한 아파트지만 그 대신 복도도 좁고 천장도 낮고 채광이 불충분해 묘하게 어둑한 느낌이 드는 것은 꼭 이른 아침이기 때문만은 아닐 것이다. 옆문으로 들어가 한 번 구부러진 곳에 문이 있고 그 문 옆에 형사 한 사람이 서 있었다.

"그렇군. 이건 외딴집 같은 곳인데."

유리 선생님이 나를 돌아보며 웃었다. 묘하게 심각한 웃음이었다.

형사가 문을 열자 우리는 우르르 집 안으로 들어갔다. 방 두 칸에 한쪽에는 취사를 할 수 있는 간단한 부엌이 딸려 있었는데, 물론 사용한 흔적은 전혀 보이지 않았다. 하지만 안쪽 방에는 간단하긴 해도 눈이 휘둥그레질 만큼 화려한 가구류가 놓여 있었다.

벽에 걸린 커튼, 편해 보이는 소파, 삼면거울, 의자, 테이블……. 소파 머리맡에 꾸깃꾸깃한 쿠션이 하나 놓여 있는 것을 보고 나는 뭐라 말할 수 없이 불쾌한 기분이 들었다. 이 방의 분위기야말로 사쿠라가 남편의 신뢰를 배신했다는 최고의 증거가 아니겠는가. 하지만…….

방 안을 둘러보기 전에 문득 내 눈은 어떤 한 점에 고정되어 버렸다.

"선생님!"

"응? 뭐, 뭐가 있나?"

"보세요. 저 삼면거울 앞에……."

"아, 저 사진 말인가. 자넨 저 사진을 아나?"

삼면거울 앞에는 액자에 담긴 젊은 남자의 사진이 있었다. 도도로키 경부도 그것을 보더니 갑자기 눈을 크게 떴다. 척척 걸어 옆으로 가더니 휙 액자를 들어 올렸는데 우리를 돌아보는 눈에는 깊은 감동의 빛이 어려 있었다.

"선생님, 이걸로 이번 사건이 후지모토 쇼지 살인 사건과 관련되어 있다는 게 명백해졌군요. 이거 후지모토의 사진입니다."

"후지모토의……?"

유리 선생님은 이마에 손을 얹고 잠시 당혹스러운 눈을 하더니 이내,

"어디, 어디."

- 183 -

하고 들여다보았다.

"으음, 이게 후지모토인가. 그런데 도도로키 군, 여기 끼어 있는 아기 사진은 뭐지?"

나도 선생님 뒤에서 들여다보았는데 정말 유리 속 후지모토의 반신상 아래 명함판 크기의 귀여운 아기 사진이 끼어 있었다. 그것은 겨우 뒤집을 수 있을 정도의 생후 8, 9개월 된 갓난아기 사진으로, 아기 옷을 입고 요람에 누운 모습이 서양 인형처럼 귀여웠다.

"선생님, 이건 후지모토의 어릴 적 사진이 틀림없어요. 보세요, 얼굴이 닮았지 않습니까."

그 말을 듣고 보니 역시 닮은 것 같았다. 하지만 어쨌든 생후 8개월 된 아기 얼굴에서 스물예닐곱 청년의 모습을 찾기는 어려웠다.

"그렇군, 그럴지도 모르겠네. 문제는 왜 아기 적 사진을 같이 끼워놓았는지, 누가 20년도 더 된 사진을 갖고 있는지……."

유리 선생님의 의혹에 답하려는 것처럼 그 순간 전에 읽은 후지모토의 신상 이야기가 문득 떠올랐다. 나는 뭐라 말할 수 없을 정도의 흥분을 느끼고 혀가 바짝 마르는 것 같았다.

"선생님, 이 사진…… 아기의 사진은 사쿠라 여사가 갖고 있던 거 아닐까요? 그 말인즉 사쿠라 여사야말로 후지모토 쇼지의 생모인 건……?"

유리 선생님과 도도로키 경부는 갑자기 멍해져서는 내 얼굴을 보았다. 하지만 다음 순간, 도도로키 경부는 벅벅 구레나룻를 맹렬하게 문질렀다. 이것이 흥분했을 때 경부의 버릇이었다.

"그래…… 그럴지도 몰라. 아니, 분명 그럴 거야. 아니라면 후지모토의 아기 적 사진을 여기 같이 끼워뒀을 리가 없지. 후지모토의 신상 이야기는 나도 전에 읽은 적이 있어. 그래, 후지모토는 사쿠라의 아들이야. 사쿠라가 숨겨놓은 자식인 거지. 그 목소리, 노래 실력……. 그건 사쿠라에게서 물려받은 거야."

유리 선생님은 눈을 크게 뜨고 사진과 우리를 번갈아 보더니 역시 매우 흥분된 어조로 말하면서 턱을 문질렀다.

"도도로키 군, 아무래도 다시 한번 후지모토의 과거를 들여다봐야겠네. 그 남자의 이력을 철저하게 파헤쳐봐야겠어. 한데…… 그건 그렇고 사쿠라는 19일 아침 시나가와에서 내려 여기 돌아온 게 틀림없는 듯하네만, 뭔가 그것을 입증해줄 만한 증거는 없나."

그 증거는 금방 발견되었다. 시나가와에서 내린 사쿠라는 슈트 케이스를 사가라 지에코에게 맡겼지만, 오노 다쓰히코에게 받은 장미 꽃다발만은 손수 가져갔다고 한다. 사쿠라는 거기서 바로 이 방으로 와 꽃다발을 테이블 위에 둔 게 분명하다. 꽃잎 두어 장이 테이블보의 주름 사이에 끼어 있었다.

"좋아. 이걸로 사쿠라가 여기에 돌아왔다는 사실은 분명해졌어. 그 밖에 뭔가……."

그때였다. 소파 아래를 들여다보던 형사가 이상한 소리를 질렀다.

"왜, 왜 그래? 무슨 일인가?"

"모래…… 모래가 소파 아래로 밀려 들어가 있어요."

우리는 다 같이 소파 아래를 들여다보았다. 정말 모래 한 무더기가 소파의 가장 안쪽에 작은 산을 이루고 있었다. 경부는 바로 소파를 치우려고 했지만 유리 선생님은 만류하더니 반대로 우리를 방구석에 가 있게 하고 소파 앞에 있던 카펫을 젖혀 보았다. 거기에도 치우지 못한 모래가 잔뜩 흩어져 있고, 게다가 그 모래 위에 네모난 것을 둔 흔적이 또렷이 남아 있었다.

"트렁크의 흔적이군요."

도도로키 경부가 억누른 듯한 소리로 속삭였다.

"음, 나중에 트렁크를 가져와서 이 흔적과 맞춰보죠. 아마 맞을 거 같지만……."

"선생님, 그럼 사쿠라는 이 방에서 살해당한 거군요."

차가운 전율이 내 등을 꿰뚫고 지나갔다.

"그런 것 같아요. 아, 틀림없습니다. 사쿠라는 여기서 모래주머니로 얻어맞고 정신을 잃은 채 교살당했죠. 범인은 그 후 사쿠라의 시체를 트렁크에 넣어 도쿄역으로 옮긴 겁니다."

유리 선생님은 말없이 경부의 설명을 듣고 있었다. 차가운 전율이 다시금 내 등을 꿰뚫었다.

사쿠라 여사가 살해당한 것은 19일 밤 9시부터 11시 사이로 추정된다. 그러므로 9시경 여기서 교살하고 트렁크에 넣었다고 해도 9시 40분 무렵에는 충분히 도쿄역으로 운반해 갈 수 있었을 것이다.

하지만 그러려면 처음부터 정말로 신중하게 계획해야 했으리라. 유리 선생님이 이 사건을 숙고를 거듭한 범죄라고 한 것도 무리가 아니다…….

한동안 나는 뭔가에 홀린 얼굴로 뚜렷한 모래 자국을 응시했지만, 이윽고 유리 선생님이 꿈에서 깨우듯,

"아, 여긴 이대로 놔두고 관리인에게 자세한 사정을 들어보면 어떨까. 사쿠라가 언제부터 이 방을 빌렸는지……."

그래서 우리는 다음 방으로 건너가 사잇문을 꽉 닫고 복도에서 기다리고 있던 관리인을 불렀다. 그런데 이 관리인의 이야기가 또 조금 의외였다.

"아까 온 경찰분이 이 방에 뭔가 의혹을 갖고 계신 것 같아서 저도 방금 장부를 뒤져봤는데요, 하라 기요코라는 여성이 이 방을 계약하고 가신 건 6월 5일입니다. 그리고……."

"6월 5일이라고? 자네, 그게 작년 6월인가, 올해 6월인가?"

경부가 놀란 듯 반문했다.

"물론 올해 6월입니다. 반년 치 방세를 두고 가서, 다소 석연찮은 부분도 있었지만 뭐, 빌려주기로 했지요. 그때 그 여성 말로는 본인은 글을 써서 먹고사는 사람인데 자택은 찾는 손님이 많아서 곤란하다고, 그래서 이곳을 공부 장소로 삼아 가끔 들를 거라고 하더군요. 그로부터 사흘 뒤에 의자와 테이블, 소

파 등이 들어오기에 저도 완전히 마음을 놓았고……. 뭐 이런 아파트를 운영하다 보면 꽤 다양한 부류의 장사꾼을 보지만, 저희는 가급적 관여하지 않기로 해서요. ……아주 가끔 오시는 데다 오셔도 금방 돌아가셔서 별로 신경 쓰지 않았습니다."

"그럼 자넨 여기에 때로 젊은 남녀가 출입한다는 이야기를 못 들었나 보군."

"아, 그건 알고 있었습니다. 하지만 한 번도 그 남자를 직접 본 적은 없어서요. 맞은편에 사는 가와구치 부인이 그런 얘길 하셨지만 남자가 왔다면 아마 측면 입구 샛문을 이용했을 겁니다. 하라 씨도 한 번도 정면 현관으로 오신 적이 없거든요."

"한데 자네는 하라 기요코라는 여성이 어떤 인물인지 몰랐나?"

"아뇨, 그것도 알고 있었습니다. 역시 가와구치 부인이 알려주셨죠. 처음에는 그분이 그렇게 유명한 분인 줄 전혀 몰랐습니다. 항상 베일로 얼굴을 가리고 계셨고, 아니, 얼굴을 봤다고 해도 저 따위가 알 리는 없었겠지만요. ……그런데 한 달쯤 전에 가와구치 부인이 귀띔해주셔서 놀라 슬며시 조사해봤더니, 기요코는 그분의 본명이었고 또 계약할 때 그분이 적었던 자택도 버젓이 우시고메라고 되어 있어서 이상한 부분은 전혀 없었습니다. 그래서 뭐, 그런 유명한 분이라면 남들 모르는 은둔처도 필요하겠다 싶어 별로 신경 쓰지 않았지요."

"하지만 자넨 그 여성이 최근 오사카에서 피살당했다는 사실을 신문에서 봐서 알았을 텐데. 왜 그 사실을 경찰에 알리지 않았나?"

"예, 그건 알고 있었습니다. 가와구치 부인도 그 얘길 하셨고 요. 하지만 오사카에서 피살된 사건과 이 아파트가 무슨 상관이 있겠습니까? 만약 관련이 있다면 언젠가 경찰에서 조사하러 나올 테니 그때까지 기다리는 게 좋겠다 싶었죠."

도도로키 경부는 한심하다는 듯 혀를 찼지만 이때 나는 처음으로 범인이 얼마나 똑똑하게 일을 처리했는지 알아차렸다. 도쿄에서 일어난 사건이라면 관리인도 바로 신고했을 것이다. 그것을 막기 위해서는 살인이 어디까지나 오사카에서 발생한 것처럼 보이게 만들 필요가 있었다. 물론 이 아파트의 존재는 언젠가 경찰의 주의를 끌 것이다. 하지만 그 시기가 늦어질수록 범인에게는 유리할 것이 틀림없다. 어쩌면 범인은 이 아파트의 존재가 이렇게 빨리 발견될 거라고는 생각 못 했을지도 모른다.

"음, 뭐, 이제까지의 일은 어쩔 수 없지만 앞으로는 신경 써서 뭔가 이상하다 싶은 일이 있으면 바로 알리게."

경부는 똥 씹은 표정을 하고 있었다. 유리 선생님은 온화하게 말했다.

"그럼 그 여성이 하라 사쿠라라는 것을 처음 알아차린 분은 가와구치라는 부인이군요."

"예, 그렇습니다."

"잠깐 그 부인을 이곳에 모시고 싶은데 지금 계실까요?"

"글쎄요, 아마 계실 것 같은데요, 불러드릴까요?"

"아, 잠깐 와달라고 해주세요."

관리인이 나간 뒤 나는 유리 선생님에게 이렇게 말했다.

"선생님, 정말 이상하네요. 사쿠라가 이 방을 빌린 것이 6월부터라면 대체 여기서 만난 것은 누구일까요? 전 후지모토 쇼지가 확실하다 싶었는데요."

"나도 모르네. 하지만 사쿠라 여사의 상대가 후지모토가 아니라는 것만은 확실해. 6월이라면 후지모토가 살해된 후의 일이니까."

"도저히 영문을 모르겠군. 대체 후지모토 사건과 이번 사건은 어떤 관계가 있는 거지."

경부가 토해내듯 중얼거렸을 때였다. 단발을 한 젊은 여성이 머뭇거리면서 문 쪽에서 얼굴을 들이밀었다.

"아, 가와구치 부인이시군요. 자, 이쪽으로 들어오십시오."

"네, 관리인이 뭔가 용건이 있으시다고 해서요……."

"예, 잠깐 여쭙고 싶은 것이 있어서요. 부인은 이 방 주인이 하라 사쿠라 여사라는 사실을 전부터 알고 계셨다고 하더군요."

"네, 저…… 확실히 알았던 건 아니지만 혹시 그렇지 않을까 싶어서……."

"그 말씀은……? 여기 출입하는 여성의 얼굴을 확실히 보신 게 아니란 겁니까?"

"아뇨, 저, 그게…… 항상 베일로 가리고 계셔서…… 얼굴을 확실히 본 건 아니에요. 하지만 좀 묘한 구석이 있어서요…….."

"묘한 구석이요? 부인, 그게 뭔지 말씀해주시겠습니까?"

유리 선생님의 온화한 대응에 차츰 마음이 가라앉았는지 가와구치 부인은 바로 다음과 같은 이야기를 시작했다.

"그분이 이 방을 빌린 것은 분명 6월 초순이었던 걸로 기억해요. 저는 복도를 돌아가자마자 바로 모퉁이에 있는 방에 살아서 가급적이면 가까워지고 싶었는데, 관리인 말씀에 따르면 여기 사시는 게 아니라 때로 공부하러 오는 것뿐이다, 뭔가 글을 쓰는 분이거나……. 그래서 어떤 분일까 싶어…….."

굉장히 여자다운 호기심을 불태운 듯했다.

"그런데 그사이 그 여자분 외에도 또 한 사람 젊은 남자가 이따금 옆문으로 이 집을 드나든다는 걸 알아차렸어요. 네, 그분은 항상 남의 눈을 피하듯 몰래 오는 것 같았어요. 아니, 그분과 하라 씨가…… 즉 베일을 쓴 여성 말인데요. 그 두 분이 같이 오는 일은 한 번도 없었던 것 같아요. 항상 일부러 따로 오고, 따로 돌아가는 것 같았어요. 아뇨, 딱히 엿보거나 했던 건 아니라, 두 사람이 이 방에서 뭘 하셨는지는 몰라요."

가와구치 부인은 살짝 얼굴을 붉혔다.

"그런데 한번 묘한 일이 있었어요. 하라 씨가 이 방에 온 지 얼마 되지 않아 누군가 복도를 달려가기에 제가 놀라서 문을 열어보니 항상 오는 젊은 남자가 맞은편으로…… 그러니까 현관

쪽으로 도망치듯 달려가는 거예요. 그 복도는 거기서 오른쪽으로 돌아 현관으로 나가게 되어 있는데 남자는 바로 그곳으로 사라졌어요. 뭔가 있어! 저는 그렇게 생각했지만 차마 뒤따라갈 수는 없었죠. 마침 할 일도 있어서 그때는 그대로 문을 닫았는데, 10분쯤 뒤에 슬며시 이 방 앞까지 와보니 안에 남자와 베일을 쓴 여자분이 와 있더라고요."

"아, 잠깐만요. 그 남자가 항상 오던 젊은 남자입니까?"

"아뇨, 아니에요. 항상 오는 젊은 남자는 아까도 말했듯 현관 쪽으로 도망간 뒤였어요. 게다가…… 게다가, 그때 베일을 쓴 여자분과 같이 나온 사람은 저도 잘 아는데 그 사람은 항상 오는 젊은 남자가 아니었어요."

"허허, 그 남자를 아신다고요? 대체 누구죠?"

"테너인 오노 씨……. 예, 그분의 팬이어서 잘 아는데요, 그때 베일 쓴 여성과 같이 나온 사람은 테너인 오노 다쓰히코 씨였습니다."

우리는 무심코 얼굴을 마주 보았다. 유리 선생님은 눈을 반짝이며 턱을 문질렀다.

"그렇군요. 그리고 항상 오는 젊은 남자는 따로 있고……."

"예, 다릅니다. 오노 씨를 여기서 본 건 그때가 처음이자 마지막이었어요."

"그게 언제쯤입니까?"

"지금부터 딱 한 달 전이었을 거예요. 그때 베일을 쓴 여자분은 굉장히 흐트러진 모습으로, 당장이라도 쓰러질 듯이 울고 계신 것 같았어요. 오노 씨는 그런 여자분을 안듯이 하고 옆 출구로 나갔는데, 그때 문득 선생님, 정신 차리셔야 합니다…… 라고 말씀하시는 게 들려서 저는 퍼뜩 정신이 들었어요. 오노 씨가 선생님이라고 부르는 분, 그리고 '하라'라는 성을 갖고 계신 분…… 어쩌면 하라 사쿠라 씨가 아닐까, 그때 처음으로 알아차리고 관리인에게도 귀띔해드렸죠."

자, 점점 알 수 없게 되었다.

하라 사쿠라에게 몰래 만나는 남자가 있다고 들었을 때 나는 바로 오노를 떠올렸다. 하지만 여기에 와보니 후지모토의 사진이 장식되어 있었다. 그래서 사쿠라의 밀회 상대는 후지모토가 아닐까 생각했는데, 날짜를 보니 후지모토일 수가 없었다. 그래서 내 생각은 다시 되돌아가 오노에게 집중되었던 것인데, 가와구치 부인은 항상 여기 오던 남자가 오노와는 다른 남자라고 한다. 그렇다면 대체 누구란 말인가. 사쿠라 주위에는 젊은 남자가 몇 명이란 말인가.

"그런데 부인, 항상 여기 오던 남자 말인데요. 대체 어떤 사람입니까? 윤곽만이라도 알려주실 수 있을까요?"

"아, 그게…… 복도에서 늘 스쳐 지나가도 바로 얼굴을 피해서요. 게다가 커다란 선글라스를 끼고 머플러로 얼굴을 반쯤 가리고 있어서……. 대충 중키에 보통 체구의, 피부가 희고 젊은 분이라는 건 알아요. 그리고 아, 맞다, 그 사람, 항상 레인코트나

오버코트 깃을 세우고 있었는데요, 딱 한 번 오버코트 앞섶이 열려서 안에 입은 양복이 보인 적 있거든요. 정말 인상적이었어요. 옷자락이 벌어진 긴 프록코트 같은 거였는데, 웃옷의 옷깃을 되접어 꺾은 부분만 색이 달라서 굉장히 세련되고 게다가 항상 지팡이랄까, 스틱이랄까 가느다란 봉을 들고 있는 것이 굉장히 멋스러웠어요."

"뭐라고요? 그 남자가 가느다란 스틱을 갖고 있고, 웃옷 칼라 뒤쪽 색이 다른 프록코트를 입고 있었단 겁니까?"

그때 느닷없이 고이 군이 끼어들었다.

"네, 확실해요. 하기야 오버코트 앞이 벌어진 것을 본 적은 딱 한 번뿐이지만요."

"그리고 그놈, 중절모를 깊이 눌러쓰고 푸른 선글라스를 끼고 머플러로 얼굴을 가린……?"

"네, 네, 맞아요. 말씀대로예요."

"고이 군, 왜 그래? 그런 남자를 알고 있나?"

"미쓰기 씨."

고이 군이 숨 막히는 듯한 소리로 말했다.

"그 남자라면 아까 제가 여기 있을 때, 출구 앞에서……. 저는 문제의 방이 옆문 바로 안에 있다는 사실을 모르고 아무 생각 없이 지나쳤는데, 그놈, 옆 출구로 뛰어가서는 도망치듯 사라져 버렸어요."

유리 선생님은 그 말을 듣더니 갑자기 눈을 부릅뜨고 쏘아

죽일 듯이 고이 군을 노려보았다.

"자네, 그게 사실인가? 그놈을 만난 건 몇 시쯤이지?"

"여러분이 오시기 한 시간쯤 전, 아니, 그보다 좀 더 전일까요. 7시 반쯤이었던 것 같아요."

"미쓰기 군."

유리 선생님은 나를 돌아보았다.

"바로 회사에 전화해서 오사카 쪽으로 연락을 취해주게. 어젯밤부터 오늘 아침까지 하라 사쿠라 오페라단 단원 중에 N 호텔을 나간 사람이 없는지 일단 그것부터 서둘러 알아봐줘."

나는 바로 관리인 사무실로 달려갔다. 거기서 회사에 전화를 걸자 다행히 다나베 편집국장이 받았다. 편집국장은 내 목소리를 듣고는 오히려 질책하듯 말했다.

"미쓰기 군, 왜 도쿄로 돌아왔나? 어젯밤 N 호텔에서 난리가 났었는데."

"알고 있습니다. 행방불명된 사람이 있죠?"

"음, 알토인 사가라 지에코가 어젯밤부터 보이지 않는 모양이야. 하지만 내 얘긴 그게 아냐. 어젯밤에 N 호텔에서 또 살인이 일어났다고."

"예에에에? 뭐, 뭐라고요?"

나는 수화기를 부서져라 움켜쥐었다. 전신이 오싹하게 얼어붙을 것 같았다.

"대체, 누가 살해당했습니까?"

"보조 매니저 아마미야 준페이. 방금 시마즈 군이 전화로 알려줬어. 이봐, 바로 오사카로 돌아가주게."

제13장

다섯 개의 창

유리 선생님과 내가 도쿄로 출장 간 사이 오사카에서 무슨 일이 일어났는지 설명하기에는 다시 한번 쓰치야 교조 씨의 수기를 이용하는 것이 편리하겠다. 상경하기 전 쓰치야 씨에게 수기를 빌린 유리 선생님은 그의 수고를 치하함과 동시에 앞으로도 본 것, 들은 것을 모두 써달라고 요청했는데, 쓰치야 씨는 그 약속을 지켜 우리가 도쿄로 떠난 후의 일을 노트에 자세히 기록해두었다. 지금 나는 그 수기 속에서 이 이야기에 필요한 부분만 발췌해 보여드리려고 한다.

쓰치야 교조 씨의 수기

아, 머리가 아프다. 솔직히 오늘 밤은 아무 생각 없이 아무것도 쓰지 않고 자고 싶다. 아마미야 준페이의 끔찍한 죽음을 생각하면 골수까지 오싹하게 얼어붙을 것 같은 기분이다. 이럴 때는 술이라도 마시고 아침까지 푹 자고 싶다. 하지만 약속은 약속이다. 이 사건이 끝날 때까지(대체 이 사건에 끝이란 게 있긴 할까) 보고 들은 것을 자세히 적기로 유리 선생님과 약속했으니 싫어도 약속을 지켜야 한다.

하지만…… 어디서부터 적어야 할까. 그 사건이 벌어지기 전, 대체 무슨 일이 있었던 것일까…….

그렇다, 사가라 지에코다. 하라 사쿠라 여사가 피살되었을 때도 사가라는 묘한 역할을 했는데, 이번 사건에서도 묘한 계기를 만들었다. 대체 그 여자는……?

사가라가 호텔에 없다는 사실을 알아차린 것은 분명 밤 9시 넘어서였다. 그때 나는 방에서 멍하니 생각에 잠겨 있었다. 부끄러운 고백을 하자면 초조해서 참을 수 없을 지경이었다. 앞날을 생각하면 불안해서 버틸 수 없었다. 게다가 아까 경부가 운반해 온 그 트렁크. 경부도 유리 선생님도 트렁크에 대해서 확실히 이야기하지는 않았다. 하지만 오늘 석간에 나온 기사나 조금 전 두 사람의 말투로 짐작하건대 사쿠라는 그 트렁크에 담겨 아케보노 아파트로 옮겨진 모양이다. 게다가 유리 선생님이 오늘 밤 도쿄로 출장 간다고 한 걸 보면 트렁크는 도쿄에서 발송된 것이 분명하다. 그렇다면 일이 어떻게 되는 건가. 사쿠라는 대체 어디서 살해된 것인가.

그런 생각을 두서없이 하고 있을 때였다. 아마미야 군이 머뭇거리면서 문을 열었다.

"쓰치야 씨, 사가라 씨 못 보셨어요?"

"사가라? 사가라 씨한테 무슨 볼일이라도?"

"아뇨, 경부님이 또 와서 사가라 씨에게 묻고 싶은 것이 있다고 하세요. 찾아봤는데 아무 데도 보이지 않아서요."

"경부가 또 왔다고?"

"네."

"하지만 사가라 씨가 없을 리 없는데. 앞뒤로 형사가 보초를 서고 있잖아."

"예, 그래서 호텔 안을 계속 찾아봤는데 아무 데도 안 계시네요."

나는 혀를 차며 일어났다.

"아무튼 아래층에 가보자고."

4층의 내 방에서 아래층으로 내려가보니 프런트 앞에 아사하라 경부가 심각한 얼굴로 서 있었다.

"사가라 씨가 없다고요?"

"음, 아무 데도 없어요."

"사가라 씨에게 볼일이라도 있습니까?"

"아, 별일은 아닌데요. 하지만 무단 외출을 하시면 곤란하니까……."

경부의 목소리는 험악했다.

"무단 외출……? 하지만 그런 건 불가능하지 않습니까. 앞뒤로 형사분이 지키고 있는걸요. 사가라 씨가 외출하는 걸 본 사람은 아무도 없나요?"

"없어요. 일단 초저녁부터 이 호텔을 나간 사람은 한 명도 없어요."

　지금 이 N 호텔에 투숙하고 있는 건 우리 하라 사쿠라 오페라단만이 아니다. 그 외에도 적지 않은 손님이 있다. 경찰도 그런 손님들까지 죄다 묶어둘 수는 없다. 오페라단 관계자 외에는 자유로이 출입이 가능하다. 하지만 앞문에도 뒷문에도 형사가 지키고 서서 나가는 손님을 매섭게 노려본다. 오페라단 사람들이 일반 손님인 척하고 빠져나가려고 하면 그 자리에서 붙들릴 것이다.

　"그럼 호텔 안에 있을 텐데요. 찾아봤습니까?"

　"음, 지금 형사나 호텔 사람에게 부탁해서 찾는 중인데."

　"저희도 도와드리죠. 아마미야 군, 자네도 찾아봐."

　"찾는다니, 어딜 찾으면 됩니까?"

　"누군가의 방에 들어가서 얘기하고 있을지도 몰라. 다들 방에 있겠지?"

　"예, 그럴 거 같은데요……."

　"그럼 한 사람 한 사람 물어봐. 그리고 사가라 씨를 찾으면 바로 내려오라고 해줘."

　"수고해요. 그럼 나는 지배인실에서 기다릴 테니 그렇게 전해주시오."

　경부의 목소리도 약간 부드러워졌다.

　나는 아마미야 군과 헤어져서 혼자 식당으로 내려갔다. 그곳에도 사가라 지에코는 없었다. 콘트라베이스 담당 가와다 군과 트롬본의 하스미 군 둘이 술을 마시고 있었다.

"어, 자네들 사가라 씨 못 봤나?"

"사가라 씨요? 아뇨, 못 봤는데요."

콘트라베이스 담당인 가와다 군이 무뚝뚝하게 대답했다. 애교 없는 놈이다.

"쓰치야 씨, 대체 언제까지 이 호텔에 갇혀 있어야 합니까? 이런 상태가 계속되면 곧 몸에 곰팡이가 생길 거예요."

트롬본 담당 하스미가 불평했다.

"그걸 내가 어떻게 알아?"

"쓰치야 씨, 제 콘트라베이스는 언제 돌려주실 겁니까? 경찰에서 흠집이라도 낼까 봐 걱정돼 죽겠어요."

"내가 알겠나? 경부한테 물어봐."

나는 식당을 나와 3층에서 4층까지 순서대로 더듬어 갔다. 오페라단원들은 3층과 4층 방에 나눠 묵고 있었다. 이 호텔은 5층 건물인데 5층에는 오페라단원이 한 명도 없었다. 의상 도구를 넣어둔 방이 하나 있긴 하지만, 사가라가 설마 그런 곳에 올라갈 리는 없겠지.

사가라는 아무 데도 없었다. 시가와 마키노는 방에 없었지만 다른 사람들은 대체로 자기 방에 있었다. 내가 사가라에 대해 묻자,

"왜 그래? 방금 아마미야 군도 물으러 왔었는데. 무슨 일 있나?"

이미 침대에 들어가 있던 소이치로 씨는 의아해하는 표정으로 반문했다.

"사가라 씨요? 아뇨, 모릅니다. 아까 아마미야 군도 찾으러 왔는데요."

오노는 창백한 얼굴로 잠도 못 이루고 방 안을 돌아다니고 있었던 듯했다. 소이치로 씨와 오노의 방은 3층에 있다.

나는 점점 불안해졌다. 묘하게 가슴이 두근거렸다. 경부가 불쾌해하는 것도 무리가 아니다 싶었다. 보초를 선 형사가 절대로 밖에 나갔을 리 없다고 주장하는 이상 사가라는 이 호텔에 있는 것이 분명하다. 그런데 어디에도 모습이 보이지 않는 것은 왜일까.

4층을 한 바퀴 돌아봤지만 사가라는 여전히 보이지 않았다. 4층 방 한 곳을 그냥 넘기긴 했는데, 그것이 나중에 그토록 큰일을 불러올 줄 당시 내가 어떻게 알았겠는가.

그 방을 그냥 넘긴 데 별다른 이유는 없었다. 그곳은 콘트라베이스 담당인 가와다 군과 트롬본 하스미 군의 방이었다. 두 사람은 방 하나를 같이 쓰고 있었는데, 조금 전 지하에서 술을 마시던 게 생각나서 지나친 것이다. 만약 그때 그 방문을 열고 대충이라도 안을 들여다보았다면⋯⋯?

아무튼 나는 사가라를 찾지 못하고 다시 아래층으로 내려왔다. 그리고 경부가 기다리는 지배인실 문을 열었다. 그때였다, 그 소리가 들린 것은.

쟁그랑!

유리 깨지는 소리가 났다. 호텔 어딘가 한참 위쪽에서 들려오는 것 같았는데 다음 순간 쾅 하고 뭔가를 내던지는 듯한 소리가 났다. 경부는 나보다 빨리 그 소리를 들었던 것이 틀림없다. 내가 문을 열었을 때 그는 창을 열고 밖을 내다보고 있었다.

여기서 일단 지배인실의 위치를 설명해야겠다. 그곳은 호텔의 측면에 있었고 창밖 한 간* 정도 너머에는 이웃인 K 신탁회사의 높은 건물이 서 있었는데, 그 통로 앞뒤를 둘러보던 아사하라 경부는 갑자기 깜짝 놀라서 뒤로 물러섰다. 그리고 돌아보던 참에 나와 시선이 마주치자,

"아, 쓰치야 씨. 누가 저쪽에서 떨어져요!"

외치고는 바로 창밖으로 뛰어내렸다. 나도 놀라 방을 가로질러서 경부를 따라 뛰어내렸다.

그 통로를 오른쪽으로 돌아가면 큰길로 이어진다. 왼쪽으로 가면 요도가와강이다. 경부는 왼쪽으로 달려갔고 나도 그 뒤를 따랐다.

경부는 금세 호텔의 제일 안쪽에 다다라 노면에 몸을 숙이고 성냥불로 뭔가를 조사하고 있었다. 나도 바로 따라가서 경부 뒤의 노면을 보았다. 성냥불이 금세 꺼져서 제대로 보진 못했지만 축 늘어진 사람의 형태가 새까맣게 누워 있었다.

---

* '간間'은 길이를 나타내는 단위로, 한 간은 1.81818미터에 해당한다.

경부는 반사적으로 몸을 일으켜 호텔 건물을 올려다보았다. 양쪽에 높은 건물이 서 있어서 통로는 칠흑처럼 어두웠지만 단하나, 바로 위의 4층 방에 불이 켜져 있었고 창문이 열려 있었다. 그리고 그 창에서 누군가가 아래를 보고 있었다.

"거기 누구죠……?"

"마키노입니다. 지휘자인 마키노 겐조……."

"아, 그래요. 마키노 씨, 거기가 당신 방입니까?"

"아뇨, 제 방이 아닙니다."

"그럼 누구 방입니까?"

마키노는 잠시 방 안을 돌아보더니 이내 아래를 향해서 말했다.

"가와다 군과 하스미 군의 방인 것 같습니다."

"두 사람은 거기 있습니까?"

"아뇨, 없습니다."

"가와다 군과 하스미 군은 식당에서 술을 마시고 있어요."

나는 옆에서 덧붙였다.

"마키노 씨, 그럼 왜 당신이 그 방에 있는 겁니까?"

경부의 목소리는 어딘가 날이 서 있었다.

"저요……? 저 말입니까. 실은, 방금 요 앞을 지나가던 참이었습니다. 그런데 방 안에서 쩽그랑하고 유리 깨지는 소리가 나기에 놀라서 방문을 열어본 겁니다."

"음, 음, 그리고……."

"방 안은 불이 꺼져 있어서 컴컴했습니다. 그래서 불을 켜보니 창문이 열린 채로 덜렁거리고 있더군요. 게다가 창유리가 덜컹거려서 놀라 아래를 본 겁니다. 한데 경부님, 무슨 일이 있었던 겁니까?"

4층에서는 어두운 도로가 보이지 않는 듯했다. 경부는 흐음, 신음하더니 다시금 호텔 창문을 위에서 아래로 차례차례 응시했다. 그리고 물어뜯을 것 같은 말투로 이렇게 물었다.

"마키노 씨, 그러면 당신은 유리 깨지는 소리를 듣고 바로 문을 열었단 거군요."

"바로……? 예, 뭐 바로 그랬죠."

"방의 불은 꺼져 있었다. 그래서 당신은 불을 켰다. 그때 방 안에 아무도 없었습니까?"

"네, 아무도 없었습니다."

"문을 열고 불을 켤 때까지, 즉 방 안이 아직 컴컴했을 때, 누군가가 당신 옆을 스쳐 지나간…… 적 있습니까?"

마키노는 잠시 생각하더니,

"우선 그런 적은 없는 것 같습니다. 아시다시피 스위치는 문 바로 오른쪽에 있습니다. 그래서 불을 켰을 때 전 문 한가운데 서 있었으니까요."

"그리고 당신은 바로 창가에 서서 아래를 보았죠. 그동안 누군가 당신의 뒤에서 나간…… 적은 없습니까?"

"글쎄요, 그건 아무래도 이치에 맞지 않아요. 그런 생각은 전혀 해보지 않았으니까요. 하지만 누군가가 이 방에 숨어 있었다면 불을 켰을 때 제 눈에 띄었을 테니 우선 그 가능성도 없어 보이네요."

"어째서죠? 숨어 있었다면 당신 눈에 안 띄지 않을까요?"

마키노는 다시금 방 안을 둘러보았다.

"경부님, 이 방을 모르셔서 그렇게 말씀하시는 겁니다. 한번 와서 보십시오. 여기엔 사람이 숨을 만한 공간이 전혀 없어요. 굳이 찾자면 침대 밑 정도일까요."

"침대 밑? 그럼 일단 침대 밑을 살펴봐주시지 않겠습니까?"

"경부님, 대체 무슨……."

하지만 말하는 도중 마키노의 모습은 방 안으로 사라졌다.

경부와 마키노의 말씨름을 들으며 나는 뭐라 말할 수 없는 두근거림을 느꼈다. 경부가 왜 그토록 끈질기게 마키노를 추궁하는지 그 이유를 차츰 깨달았기 때문이다.

물체가 비스듬히 낙하하지 않는 이상 지금 거기에 누운 인물은 세로로 높이 세워진 다섯 개의 창이나 그 바로 위, 즉 옥상에서 떨어졌을 것이 틀림없다. 그렇지만 일단 옥상은 제쳐두기로 하고, 다섯 개의 창 중 4층을 제외하면 모두 굳게 닫혀 있었다. 물론 닫힌 다른 창도 더 자세히 조사해보기 전엔 단언할 수 없겠지만 경부가 우선 열려 있는 4층 창에 주목하는 것도 무리가 아니었다.

마키노가 금세 몸을 내밀었다.

"경부님, 역시 아무도 없어요. 일단 침대 밑은 아주 좁고 사람이 숨을 수 없게 되어 있습니다. 한데 대체 무슨 일입니까?"

"아, 그건 금방 알게 되실 겁니다. 어쨌거나 마키노 씨는 거기 계세요. 아무도 방 안에 들어오지 못하도록."

사람들이 우리 목소리를 들은 모양이다. 아까부터 이 방 저 방에 불이 켜지더니 창이 열리고 얼굴이 하나씩 나타났다. 3층 창에선 오노와 하라 소이치로 씨의 얼굴도 보였다. 4층 창에서는 바리톤인 시가 데키진과 다른 오페라단 사람들이 내려다보고 있었다. 다들 숨을 죽이고 어두운 지면을 내려다보고 있었다.

"아, 잠깐만요. 3층에서 보고 계신 분, 하라 씨 아닙니까?"

"아, 전데요. 경부님, 무슨 일 있습니까?"

하라 소이치로의 졸린 듯한 목소리가 들려왔다.

"아, 잠깐…… 당신 바로 오른쪽 방 말인데요. 거긴 누구 방입니까? 아뇨, 그쪽이 아니고요. 하라 씨 쪽에서 보면 왼쪽 방 말입니다."

"아, 안쪽요. 거긴 사가라 씨 방입니다."

제기랄! 경부가 혀를 차는 소리가 들렸다.

"마키노 씨, 마키노 씨."

"예, 왜 그러시죠?"

"지금 계신 방 바로 위요. 그 방은 누구 방인지 아십니까?"

"아, 그거라면 제가 압니다."

내가 끼어들었다.

"아, 그래요. 누구 방이죠?"

"거긴 빈방입니다. 아니, 우리가 빌렸으니 빈방이라고는 못 하겠네요. 의상 도구를 보관하려고 빌린 방입니다."

경부가 다시 제기랄 하고 말하듯 신음했다.

지배인이 허둥지둥 달려와서 경부는 휙 그쪽을 돌아보았다.

"아, 때마침 잘 오셨습니다. 저기 2층과 여기 1층 방 말인데요. 창문이 열려 있지 않은데, 아무도 없습니까?"

"대체 무슨 일이 일어난 겁니까? 네, 저 2층은 지금 비어 있을 겁니다. 1층의 이 방은 창고로 쓰는 방인데요."

경부는 또 한 번 제기랄 하고 신음했다. 경부는 4층 창 외에 어떤 가능성을 찾으려는 것이다. 그런데 세로로 늘어선 다섯 개의 방을 위에서부터 차례로 말해보면 이렇다.

의상 도구를 넣어두는 방, 가와다 군과 하스미 군이 묵는 방, 사가라 지에코의 방, 빈방, 창고.

"경부님, 대체, 무, 무슨 일이……."

지배인의 질문에 경부는 희미하게 고개를 저었다. 그리고 성냥을 켜서 발밑을 비추었다. 지배인이 크게 숨을 삼킨 것도 무리가 아니었다. 거기에는 한 남자가 부자연스러운 모습으로 쓰러져 있었다. 얼굴에는 외투를 푹 뒤집어쓰고 있었다.

성냥불이 꺼지자 경부가 다시 하나를 켰다. 그리고 외투를 벗겼다. 나도 모르게 숨을 삼켰다. 쓰러져 있는 사람은 아마미야 준페이 군이었다.

"창에서 떨어져…… 죽은 겁니까?"

경부는 고개를 끄덕이더니 당황해서 다시 성냥을 켜고 아마미야 군의 목을 비추었다. 나는 다시 크게 숨을 삼켰다. 목 언저리에 잔인한 손자국이 선명하게 남아 있었다…….

"교살당하고 창에서 떨어진 거군요."

성냥불이 꺼졌다. 나는 어둠 속에서 소름이 돋는 것을 느꼈다.

제14장

트롬본

나는 대체 언제까지 이런 걸 써야 하나. 사쿠라 일로 완전히 지쳐버렸는데, 어쩌면 사가라도 어딘가에서 살해당한 게 아닐까 싶어, 경찰을 도와서 호텔 안을 샅샅이 뒤져보았지만 사가라는 결국 발견되지 않았다. 게다가 안팎에서 보초를 서고 있던 형사는 절대 밖으로 나간 적이 없다고 했다. 저녁부터 밖으로 나간 여성은 한 명도 없다고 단언한 것이다. 그럼 사가라는 대체 어떻게 어디로 사라져버렸나. 뭐가 뭔지 영문을 알 수가 없었다. 하지만 이것은 좀 더 나중의 일이다.

얼마 지나지 않아 이 난리를 전해 듣고 달려온 형사에게 시체를 맡기고, 경부는 곧장 4층 방으로 올라갔다. 나도 뒤따라갔다. 문 앞에는 가와다 군과 하스미 군이 긴장된 얼굴을 하고 서 있었다. 맞은편 복도에는 시가 데키진이 변함없이 우울한 얼굴로 서 있었다.

방 안에서는 마키노 겐조가 침대 끝에 걸터앉아 담배를 피우고 있었다. 그는 경부를 보고 뺨 근육을 씰룩거렸지만 일어서지는 않았다. 경부는 뚜벅뚜벅 방을 가로질러 창가로 다가가서 부서진 유리창을 살폈다. 이 창문은 밖을 향해 가운데서 양쪽으로 열리도록 되어 있었지만, 왼쪽 창유리가 넉 장 깨지고 지그재그로 구멍이 뚫려 있었다.

"불을 켰을 때 이 창은 열려 있었나요?"

경부는 마키노를 돌아보았다. 마키노는 지친 듯한 얼굴로 고개를 끄덕였다.

"예, 열려 있었어요. 좌우 둘 다 얼추 직각으로 밖을 향해 열려 있었습니다."

그리고 마키노는 꿀꺽 목젖을 울리며 침을 삼키더니,

"경부님, 창 아래 쓰러진 게 누굽니까? 아니, 저 사람이 누구인지는 문제가 아니네요. 누가 그 남자…… 혹은 여자를 이 창문에서 민 거군요. 유리 깨지는 소리가 들린 직후, 제가 이 방으로 뛰어들었고요. 아까 경부님이 왜 그토록 집요하게 이 방에서 나간 사람은 없냐고 물었는지 이제야 알겠네요. 맞아요. 이 방에서 뛰쳐나간 사람은 아무도 없습니다. 게다가 보시다시피 여기에 숨을 곳은 아무 데도 없어요. 그러니…… 그러니…… 결국 제가 떠민 게 되네요. 저 말고 그 남자…… 혹은 여자를 밀 기회가 있었던 사람은 없는 셈이니."

경부는 눈도 깜박이지 않고 마키노를 응시하다가, 이내 시선을 돌려 방 안을 둘러보았다. 나도 경부를 따라서 주변을 살펴봤지만, 역시 마키노의 말대로였다. 텅 빈 방에는 숨을 만한 곳이 없었다. 양쪽 벽에 침대가 하나씩 놓여 있었지만 너무 낮아서 사람이 들어갈 만한 공간은 나오지 않았다. 설령 억지로 들어갔다 해도 빠져나오기 또한 힘드니 마키노가 아무리 창밖에 정신이 팔려 있었다 한들 거기서 누군가가 기어 나갔다면 모를 리 없다.

"마키노 씨."

경부는 마키노의 얼굴을 똑바로 바라보며 말했다.

"방금 그 남자…… 혹은 여자라고 하셨는데, 그럼 여기에서 던져진 것이 여자일지도 모른다는 의심을 하고 계신 겁니까?"

마키노는 멍한 눈으로 경부를 바라보았다.

"그건…… 아까부터 아마미야 군과 쓰치야 군이 계속 사가라 씨를 찾아다니지 않았던가요? 그래서 저는 던져진 사람이 사가라 씨 아닐까 하고……."

사가라의 이름을 들은 경부의 눈썹이 갑자기 꿈틀하고 크게 흔들렸다. 그렇다. 사가라…… 사가라는 어떻게 된 것일까? 우리는 그때까지 사가라의 존재를 완전히 잊고 있었던 것이다.

경부는 내게 뭔가 말하려고 했다.

하지만 그때였다. 내 곁에 서 있던 하스미 군이 갑자기 큰 소리로 뭐라 외치더니 방 안으로 뛰어들었다. 그리고 마키노의 몸을 밀치듯 하여 침대에서 집어 든 것은…… 트롬본이었다.

"누구야, 누구야, 누구야! 내 트롬본을 이렇게 만든 자식이……."

당장이라도 울음을 터뜨릴 것 같은 하스미의 목소리, 우리의
눈은 일제히 하스미 군이 든 트롬본으로 쏠렸다. 정말로 트롬본
의 에어파이프가 엉망으로 휘어져 있었다……. (이하 생략)

이제 우리가 도쿄로 간 사이 오사카 호텔에서 어떤 일이 일
어났는지 대충 알았을 테니 쓰치야 씨의 수기는 이쯤 해두고 다
시 우리의 모험으로 돌아가기로 한다.

오후 8시 오사카역 도착.

이 열차는 지난 19일 밤 하라 사쿠라가 타고 오기로 했던 열
차였다. 우리가 그 열차를 타고 오사카로 돌아온 것은 N 호텔에
서 아마미야 군이 살해된 다음 날 밤이었다. 생각해보면 이 무슨
황당한 사건이란 말인가. 우리가 처음 도쿄에서 오사카로 온 것
은 어제 아침의 일이다. 그리고 그날 밤 도쿄로 돌아갔다가 이제
다시 오사카로 돌아온 것이다. 대관절 우리는 몇 번이나 도쿄와
오사카를 왕복해야 하는 건지. 유리 선생님도 나도 건강한 편이
었지만 역시 그날 밤에는 지쳐 있었다. 오사카역에서 바로 N 호
텔까지 달려왔을 때는 둘 다 입도 뻥긋 못 할 지경이었다.

하지만 사건은 좀처럼 휴식을 허락하지 않았다. 전보를 쳐놓
았기 때문에 N 호텔에서는 아사하라 경부가 우리를 기다리고
있었다. 경부는 곧장 우리를 지배인실로 데려가 어젯밤의 사건
을 자세히 말해주었는데, 이야기를 듣는 사이, 유리 선생님의
얼굴에서는 차츰 피로의 기색이 사라졌다. 선생님은 살며시 눈

을 감은 채 한참을 침묵하며 생각에 잠겨 있더니 이윽고 몸을 앞으로 내밀었다.

"그럼 이렇게 되는군요. 그때 당신은 이 방에 있었는데, 위에서 유리 깨지는 소리가 났다. 이어서 털썩 뭔가가 떨어지는 소리가 들렸다. 그래서 창을 열고 밖을 보니 노지 안쪽에 아마미야 군이 쓰러져 있었다. 그런데…… 그때 당신은 바로 위쪽을 보셨나요?"

"물론 봤죠. 일종의 반사작용처럼 봤습니다. 하지만 문제의 4층 창문 외에는 전부 닫혀 있었던 것 같습니다. 하기야 어두워서 잘 보이지는 않았지만 시체를 떨어뜨리고 창문을 닫았다면 뭔가 기척 같은 게 있었겠지요."

"시체의 골절 상태 등을 보고 어느 정도의 높이에서 떨어졌는지…… 그런 것은 알 수 없을까요?"

"아, 저도 그 생각을 하고 의사에게 물어봤는데요, 의사 말로는 적어도 3층 이상의 높이에서 떨어진 것은 확실하답니다."

"그러면 역시 4층 창문일 가능성이 굉장히 커지겠군요. 게다가 유리 깨지는 소리를 듣고 바로 그 방에 뛰어든 마키노 씨는 거기 절대 아무도 없었다고 증언하고 있죠."

"맞습니다. 그 인간, 그 일로 심각하게 속앓이를 하고 있죠. 자기 외에 아가미야를 밀어 떨어뜨릴 만한 기회를 가진 사람은 없다는 사실을, 증언한 후에 알아차린 겁니다."

경부는 싱긋 의미심장하게 웃었다.

"그렇군요. 아무도 그 방을 나간 사람이 없다면 마키노 씨에게 혐의가 가겠군요. 하지만 정말 아무도 그곳을 빠져나갈 수 없었을까요? 범인도 창밖으로 나갔다고 생각할 수는 없을까요?"

"아, 그 생각도 해봤죠. 이 호텔의 모든 방에는 창밖 왼쪽에 빗물받이 통이 세로로 붙어 있어요. 보통 때는 빗물받이 통으로 쓰지만, 화재 등의 비상시에는 그걸 타고 대피할 수 있도록 굉장히 튼튼하고 미끄러지기 쉽게 만들어두었죠. 그래서 그것을 타고 내려간 건가…… 하는 생각도 해봤는데, 그렇다면 제 눈에 안 띄었을 리가 없습니다."

"그 말씀은……."

유리 선생님이 눈썹을 휙 치켜올린 것은 그 말에 자못 흥미가 생겼다는 의미이리라.

"말하자면 시간의 문젭니다. 처음에 저는 유리 깨지는 소리를 들었어요. 그 순간 일어나서 창가로 달려가 바로 창을 열고 밖을 봤죠. 마침 그때는 아마미야 군의 시체가 거기 떨어질까 말까 하는 순간이었습니다. 창문을 열었죠. 고개를 내밀었어요. 그 순간 털썩 소리가 나서 그쪽으로 몸을 돌렸습니다. 그러니 범인이 시체를 던지고 그 뒤에 빗물받이 통을 타고 미끄러져 내려왔다면 아무리 민첩하게 움직였다 한들 제 눈에 띄지 않았을 리 없습니다. 또 같은 말을 마키노 씨에게도 할 수 있죠. 마키노 씨도 유리 깨지는 소리를 듣고 바로 방으로 뛰어들었어요. 불을 켜고 창가로 다가갔습니다. 하지만 범인의 모습은 보이지 않았죠. 실제 마키노 씨가 불을 켰을 때는 아직 창문이 덜렁덜렁 움직이고 있었으니 시체를 던진 직후였을 겁니다. 범인이 아무리 날렵해도 4층 창문에서 미끄러져 내려오려면 상당한 각오가 필요하죠. 시체를 던진다, 빗물받이 통에 매달린다. 그러려면 아무리 잽싸게 움직여도 얼마간 시간이 걸려요. 그런데도 마키노 씨나 저나 범인의 모습을 보지 못했으니 일단 빗물받이 통을 타고 도망쳤을 가능성은 없다고 봐야겠죠."

이것은 일종의 자학이었다. 이렇게 범죄를 극히 불가능한 것으로 만들어 자신이 초조감에 함몰되지 않도록 함으로써 경부는 일종의 자학적인 쾌감을 느끼고 있었던 것이다.

"그런데 관계자들의 알리바이는요?"

"글쎄요, 좀 난감합니다. 마키노 씨는 그렇다 치고, 다른 사람들도 각자 자기 방에 혼자 있던 터라, 알리바이 입증을 할 수가 없어요. 뭐, 콘트라베이스 가와다와 트롬본의 하스미 두 사람은 난리가 나기 한참 전부터 식당에서 술을 마시고 있었으니 문제없겠네요. 매니저인 쓰치야 역시 훌륭한 알리바이가 있죠. 제가 아마미야 군의 시체를 발견하고 놀라서 돌아봤을 때 쓰치야 군은 이미 이 방에 있었으니까요."

유리 선생님은 다시 생각에 잠겨 침묵하다가 이윽고 경부의 옆에 있는 트롬본을 보더니 말했다.

"아, 이게 하스미 군의 트롬본이군요. 정말 심하게 휘었군."

유리 선생님은 트롬본을 집어 들었다.

"이 정도로 구부리려면 상당한 완력이 필요할 겁니다. 그런데 지문은요?"

"아마미야 군의 지문이 찍혀 있습니다. 물론 주인인 하스미 군의 지문도 있었지만, 그 밖에 다른 지문은 전혀 없었어요. 이건 제 생각인데, 범인에게 기습당한 아마미야 군은 이 트롬본으로 대항하려 했던 모양이에요. 격투를 벌이는 사이에 이런 식으로 휘어져버린 게 아닐까 싶습니다."

"하지만 범인의 손도 조금은 닿았겠죠. 그러면 어딘가에 범인의 지문이 남아 있을 텐데. 아마미야 군이나 하스미 군의 지문을 남기고 자기 지문만 닦는 건 굉장히 어려운 일이니까요. 문제의 4층 방에는 격투한 흔적이 있었습니까?"

"있었습니다. 융단에 꽤 주름이 잡혀 있었고 게다가 아마미야 군은 교살당했을 때 침대에 쓰러져 있었어요. 쇠로 된 침대 다리 부분에 피 묻은 머리카락이 두세 가닥 붙어 있었는데 분명 아마미야 군의 머리카락일 겁니다. 그러니 트롬본에 범인의 지문이 남아 있지 않다면 범인의 손이 닿기 전 끝났거나, 아니면 장갑을 꼈거나 둘 중 하나겠죠."

"호텔 안에서 말인가요. 그래요, 범인이 장갑을 꼈다면 장갑을 껴야 할 이유가 있었겠죠. 자, 상황은 대충 파악했으니, 이제 그 방을 보여주시겠습니까?"

유리 선생님이 일어섰을 때였다. 형사가 문을 열고 이렇게 보고했다.

"저…… 오노라는 남자 말인데요. 그 남자가 유리 선생님에게 말씀드리고 싶은 것이 있다고 합니다만."

유리 선생님과 나는 무심코 얼굴을 마주 보았다. 선생님은 잠시 고개를 갸우뚱하더니,

"아, 쇠뿔도 단김에 빼라고, 우물쭈물하다가는 마음이 바뀔지 모르니 경부님, 4층 확인은 미루고 일단 오노의 이야기부터 들어보죠."

"야스이 군, 오노를 여기 데려오게."

형사가 나가자 유리 선생님은 생각난 듯 나를 돌아보았다.

"그래, 참. 잊고 있었네. 미쓰기 군,《주간 그래프》라는 잡지는 자네 회사에서 나오는 거지?"

나는 놀라서 유리 선생님을 보았다.

"예, 맞아요. 그런데……."

"오사카 지사에서도 과월호를 다 볼 수 있겠지?"

"예, 그거야 가능하겠지요. 한데 선생님,《주간 그래프》에 무슨……."

"아, 이유는 나중에 설명하지. 미안한데, 지사에 전화해서 작년…… 그래, 10월부터 12월까지 과월호를 바로 이쪽으로 보내달라고 해주지 않겠나. 좀 보고 싶은 게 있다네."

나는 바로 시마즈 군에게 전화했다.

"알았다, 바로 가지고 갈게. 근데 미쓰기 군, 사건이 도대체

어찌 된 기고?"

"나도 잘 몰라. 하지만 선생님은 뭔가 짚이시는 게 있나 봐. 아무튼 서둘러 보내줘."

내가 전화를 끊었을 때 오노가 비틀대는 걸음으로 들어왔다.

제15장

떨고 있는 소프라노

하룻밤 사이에 이렇게 수척해진 남자를 나는 본 적이 없다. 어제의 오노도 꽤 초췌했지만 오늘은 한층 눈이 퀭하고 뺨이 날카롭게 불거져 있는 걸로 보아 밤새 한숨도 못 잔 모양이다. 오노는 빛을 잃은 눈으로 우리 세 사람을 차례차례 보더니 이윽고 크게 목젖을 울려 침을 삼키고는 입을 열었다.

"선생님, 그 아파트를 발견하셨죠. 그리고, 그리고, 그 방에 있는……."

"오노 군, 자, 앉아요. 오노 군이 말하는 건 이 사진입니까?"

선생님이 접는 가방에서 꺼낸 것은 청풍장의 방에서 발견한 후지모토 쇼지의 사진이었다. 오노는 그것을 보더니 숨을 크게 헐떡이고는 이내 무너지듯 의자에 주저앉아 양손으로 머리를 감쌌다.

"오노 군, 이걸로 내가 사쿠라 여사에 대해 어느 정도 알고 있는지 파악했겠죠. 자, 말해봐요. 전부 털어놓는 것이 당신의 짐을 덜어내는 길이에요."

오노는 고개를 숙인 채 두세 번 힘없이 끄덕이고는 더듬더듬 입을 열었다.

"맞습니다. 이제 더는 못 버티겠어요. 이렇게 털어놓는 것은, 어쩌면 선생님…… 하라 선생님을 배신하는 것일지도 모르지만 어쩔 수 없어요. 저는 어차피 의지박약이니까요."

그리고 오노는 멍하니 초점 없는 눈을 들었다.

"우선 어제 물어보신, 20일 아침 일부터 말씀드리겠습니다. 아마미야 군이 선생님께 한 얘기는 사실입니다. 그날 아침 저는 암호 악보를 받았어요. 거기 적신 메시지는 이랬습니다. 곤란한 일이 생겼어. 몰래 만나 할 말이 있어. 바로 다카라즈카에 와줘. 대합실에서 기다릴게. 이런 내용이었어요."

"발신자 이름은?"

"없었습니다. 하지만 그런 암호통신을 보낼 사람은 하라 선생님 외에 달리 없어서 아무 의심 없이 나갔습니다."

"그 암호는 갖고 있습니까?"

"찢어서 버렸습니다. 다카라즈카로 가는 길에 전철 창문으로요."

"아, 괜찮아요. 그럼 그 뒤에는 뭘 했습니까?"

"그런데 다카라즈카에 가보니 선생님은 보이지 않았습니다. 늦게 오시나 보다 싶어 대합실에서 기다렸습니다. 예, 한 시간, 두 시간, 세 시간…… 하지만 선생님은 결국 나타나지 않았죠. 당연히 그랬을 겁니다. 그때 선생님은 이미 살아 계시지 않았을 테니까요."

오노는 희미하게 기분 나쁜 웃음소리를 흘렸다.

"그래서 저도 포기하고 돌아왔습니다. 2시부터 무대가 시작될 예정이었으니 그 이상은 기다릴 수 없었어요. 그리고…… 그리고, 그 후에는 여러분도 아시는 대롭니다."

오노는 다시금 희미하게 몸을 떨었다.

"아, 잘 알겠습니다. 그럼 오노 씨, 이번에는 그 청풍장에 대해 들려주시죠. 그리고 당신이 왜 사쿠라 여사와 암호통신을 주고받았는지 그 연유도 함께 들려주시겠습니까?"

오노는 한동안 침묵했다. 고개를 숙인 채 자꾸만 손가락을 깨물었다. 하지만 이윽고 마음을 정한 듯 고개를 들더니,

"하하하하하."

목구멍 안쪽에서 희미하게 웃었다.

"저는 이런 놈입니다. 털어놓을 작정으로 왔으면서 여차하면 겁에 질려요. 의지박약이죠. 하지만…… 큰맘 먹고 전부 말씀드리겠습니다. 맞습니다. 그런 암호통신을 제안한 사람은 하라 선생님이었어요. 6월경, 후지모토 군 사건이 있고 얼마 지나지 않아서의 일이라 확실히 기억합니다. 선생님이 갑자기 그런 말을 꺼내셨어요. 이제부터 여러 가지로 남에게 보이면 곤란한 일이 있을지도 모르니 편지 대신 암호로 하자고, 아까도 말씀드렸다시피 그것은 후지모토 군의 사건이 있었던 직후로, 암호 악보 때문에 소란스럽던 시기라 선생님도 거기서 힌트를 얻었구

나 싶었죠. 선생님도 그렇다고 하셨습니다. 그래서 우리는 계속 암호통신을 주고받았죠. 하지만 분명하게 말씀드리는데, 선생님과 저 사이에 수상한 관계는 절대 없었습니다. 저는 선생님을 동경하고 있었습니다. 사모하고 있었어요. 그토록 훌륭하고 매력적인 분에게 특별히 귀염을 받으니 왠지 혼이 마비되는 것처럼 기쁘더군요. 선생님 같은 멋진 여성, 뛰어난 예술가와 마치 연인처럼 암호 편지를 주고받는다……. 저는 그것만으로도 하늘을 나는 듯 기쁘고 의기양양했습니다. 하지만 그건 연애는 아니었습니다. 연애와 아주 비슷한 감정이었지만, 어딘가 달랐습니다. 저도 아니었고, 선생님도 아니었어요. 굳이 말하자면 어머니와 아들, 그것도 아주 사이가 좋은, 무척 다정한 모자 사이의 감정…… 표현하기 어려운데 그런 유의 감정 아닐까 싶습니다. 즉, 진짜 연애는 아니었지만, 암호통신 같은 '비밀'이 개입하다 보니 꼭 연애 감정이 섞인 듯한 기분이었죠. 그런데 이런 교류가 한 달쯤 계속되었을까요. 그사이에…… 그래요, 분명 7월 말이나 8월 초였을 거예요. 저는 우연히 선생님의 진짜 비밀을 엿보고 말았습니다."

오노는 거기서 말을 끊더니 마른 입술을 핥았다. 그리고 괴로운 눈으로 바닥을 응시하다가, 이윽고 다시 더듬더듬 말하기 시작했다.

"저희 집은 아타고산 바로 아래에 있는데, 집에 있을 때면 항상 오후 4시에서 5시 사이에 근처를 한 바퀴 산책하고 오는 것이 제 습관입니다. 그 산책 코스 중간에 청풍장이란 아파트가 있습니다. 그날도 저는 청풍장 옆길을 지나갔죠. 그런데 그때 느닷없이 청풍장 옆문에서 한 여성이 뛰어나왔습니다. 검은 양장 차림에 짙은 베일을 뒤집어쓰고 있어서 얼굴은 보지 못했지만, 저를 보더니 갑자기 휙 맞은편을 보고 도망치듯 그쪽으로 가버리더군요. 저는 잠시 멍해서 그 뒷모습을 보다가 문득 깨달았습니다. 체형, 걷는 모습…… 그건 분명 하라 선생님이었습니다. 그 사실을 깨달았을 때 저는 뭐라 말할 수 없이 기분이 상했습니다. 선생님은 모든 것을 털어놓으셨습니다. 남편분도 모르는 비밀까지 말씀해주셨죠. 그래서 저는 선생님에 대해 하나부터 열까지 다 안다고 생각하고 있었어요. 한데 방금 선생님의 행동은 뭐지, 왜 나를 보고 도망치신 걸까, 아니, 그보다 청풍장에 대체 무슨 용건이 있었던 걸까. 저는 그때껏 청풍장에 선생님의 지인이 살고 있다는 말을 들어본 적이 없었습니다. 제가 바로 근처에 산다는 것은 선생님도 잘 아시니 거기 지인이 있다면 한 번쯤 이야기가 나왔을 만도 한데 말이에요. ……아무튼 유쾌하진 않았어요. 선생님과 그런 관계는 아니지만 일종의 질투 섞인 감정이 들었죠. 게다가 그 후 선생님과 만났을 때도 시치미를 뚝 떼고 아무 말씀이 없으셔서 점점 더 화가 났습니다. 그래서 저도 모르는 척했지만. 그 이후로 산책할 때마다 청풍장 옆문에 마음이 쏠렸던 것은 말할 필요도 없죠. 그런데 그로부터 얼마 지나지 않아 저는 또 그 근처에서 선생님을 보았습니다.

그때도 선생님은 검은 양장 차림에 검은 베일을 쓰고 있었습니다. 저는 뒷모습을 보자마자 선생님이라는 걸 깨닫고 빠르게 쫓아갔는데, 발소리를 알아차린 건지, 선생님은 획 몸을 돌려 저를 보더니 놀란 듯 잽싸게 청풍장 안으로 뛰어 들어가버렸어요. 저도 바로 뒤따라갔습니다. 그리고, 그리고, 그 방으로 들어가시는 걸 본 거죠."

오노는 유리 선생님을 보았다.

"제가 달려 들어갔을 때 선생님은 경대 앞에서 화장하고 있다가 놀라서 숨으려 하셨습니다. 하지만 저는 아무 말 없이 덤벼들어 선생님이 들고 계신 것을 빼앗았죠. 그것이…… 그것이, 그 사진이었습니다."

오노는 멍하니 빛을 잃은 눈을 유리 선생님이 든 후지모토 쇼지의 사진으로 돌렸다.

"그래서…… 사쿠라 여사는 이 사진에 대해 뭐라고 해명을 하시던가요?"

오노는 양손으로 머리를 감싸더니 두세 번 작게 고개를 끄덕였다.

"했어요. 아니, 제가 선생님에게서 고백을 받아낸 거죠. 후지모토 군과는 한 번도 만난 적이 없었지만 신문이나 잡지에서 자주 사진을 보아온지라 얼굴은 잘 알고 있었습니다. 그래서 그 사진을 보자마자 후지모토라는 것을 알 수 있었죠. 저는 몹시 불쾌했습니다. 후지모토는 이미 죽었죠. 하지만 질투란 것은 상

대가 죽었다 해서 상쇄되는 것이 아닙니다. 후지모토의 행실에
대해서는 저도 이래저래 들은 적이 있으니 정말 뭐라 말할 수
없을 만큼 불쾌하고 치졸한 기분이 들어 거친 말로 선생님을 질
책했죠. 그래서…… 그래서 선생님도 고백하지 않을 수 없었던
거예요."

"어떤 고백이었나요?"

"후지모토는 선생님의, 하라 선생님의…… 아이였습니다.
선생님의 사생아였죠."

오노는 쓴 것이라도 토해내듯 그렇게 말하더니 고개를 푹 떨
구었다. 아사하라 경부가 휙 휘파람을 부는 듯한 소리를 냈다.
경부가 놀란 것도 무리가 아니다. 하지만 우리, 나와 유리 선생
님은 그렇게까지 놀라지 않았다. 우리는 속으로 그 상황을 그려
왔기 때문이다.

"그렇군요. 사쿠라 여사가 그렇게 말했군요. 한데 사쿠라 여
사는 왜 그런 곳에 방을 빌린 건가요? 그리고 거기서 때때로 밀
회했다는 젊은 남자는 대체 누굽니까?"

"아."

오노는 놀란 듯 고개를 들었다.

"전부 알고 계시는군요. 예, 선생님은 그 얘기도 하셨습니다.
그 젊은 남자는 선생님의 비밀을 쥐고 있는 사람입니다. 그걸로
선생님을 협박하고 돈을 갈취하고 있었죠. 그 남자가 어떻게 선
생님의 비밀을 알았을까, 그에 대해 선생님은 어떤 무서운 의심

을 품고 계셨습니다. 즉, 그 남자야말로 후지모토를 살해한 범인이 아닐까, 후지모토를 죽인 뒤에 그가 갖고 있던 선생님의 편지를 발견한 게 아닐까…….”

“그렇다면 왜 경찰에 신고하지 않았나요?”

아사하라 경부의 말을 듣고 오노는 분한 표정을 지었다.

“어떻게 그런 짓을 합니까? 확실한 증거가 있었던 것도 아니에요. 아니, 증거가 있었다 한들 선생님은 잠자코 계실 수밖에 없었을 겁니다. 그놈이 붙잡히면 선생님의 비밀이 고스란히 드러날 테니까요.”

“그럼 사쿠라 여사는 자식을 살해한 남자에게 협박을 받고 있었던 거군요.”

“그렇습니다. 그래서 그 협박은 한층 심각하고 무서운 것이었습니다. 어쨌든 상대는 완전히 절망적인 상태였으니까요.”

“그런데 그 남자는 누굽니까? 사쿠라 여사가 그놈 이름은 말 안 했나요?”

유리 선생님이 온화하게 물었다. 오노는 힘없이 고개를 떨구었다.

“그것만은 묻지 말아달라며, 말씀해주시지 않았어요. 아니, 이름을 함구하는 정도가 아니라, 그 자식 얼굴 가죽을 벗겨버리겠다고 펄펄 뛰는 저를 필사적으로 말리시더라고요. 상대는 상처 입은 멧돼지 같은 남자니 절대 건드리면 안 된다고, 또 상대가 누군지, 어떤 남자인지 알아내려고도 하지 말라고 하셨습니다. 저도 선생님께 이 이상 폐를 끼칠 수는 없다고 생각해서 일단은 그 말씀을 따랐죠. 하지만 그래도 그자의 동태를 살피는 정도는 괜찮지 않겠나 싶어, 그 후에도 청풍장에 주의를 기울이고 있었는데요, 두 번 정도⋯⋯ 맞아요, 딱 두 번이지만 그놈의 모습을 얼핏 본 적이 있습니다."

"어떤 남자였습니까?"

"어떤 남자였냐. 체구는 평균보다 조금 작은 편일지도 모릅니다. 매번 외투나 레인코트를 입고 있었는데 딱 한 번 외투 앞섶을 열고 있는 걸 봤어요. 과하다 싶을 만큼 화려한 양복 차림으로, 옷깃 뒷부분의 색이 다른, 야회복 같은 것을 입고 값비싼 지팡이를 들고 있었죠. 역시 후지모토의 동료 같은 사람임에 틀림없습니다."

"그래서 얼굴은요?"

"얼굴은 모르겠습니다. 항상 선글라스를 끼고 머플러로 가리고 있어서요."

때마침 형사가 문을 열고 얼굴을 들이밀었다.

"신닛포샤에서 미쓰기 씨 앞으로 잡지철을 보냈는데요⋯⋯."

"아, 그래요. 제게 주세요."

유리 선생님은 형사의 손에서 《주간 그래프》의 잡지철을 받아 들더니 대수롭지 않게 페이지를 넘기면서 말했다.

"그런데 후지모토 쇼지 말이죠, 그 사람이 사쿠라 여사의 숨겨진 자식이라면 아버지는 대체 누굴까요? 혹시 사쿠라 여사가 그런 얘기도 한 적 있나요?"

"저도 여쭤봤습니다. 하지만 선생님은 물어보지 말라며 절대 말씀해주시지 않았어요. 저도 억지로 들으려고는 하지 않았습니다. 하지만 당시 선생님의 말투로 볼 때 저도 아는 인물이 아닐까 싶었어요."

"당신이 아는 인물, 그게…… 누굽니까?"

"모르겠습니다. 짐작이 안 가요. 하지만 선생님의 말투로 봐서 이름을 말하면 제가 아는 사람……일 거라고 그렇게 생각하는 겁니다."

"그렇군요. 그런데 오노 군, 당신은 최근 외국에 있다 왔죠. 귀국한 건 언제쯤인가요?"

오노는 의아한 듯 유리 선생님의 얼굴을 보았다.

"올해 왔습니다. 올해 3월에요. 그런데……."

"아, 아무것도 아닙니다. 그럼 모르는 것도 무리가 아니겠군요."

유리 선생님은 묘한 말을 하더니 주머니에서 연필을 꺼내 잡지 페이지에 뭔가 끄적이다가 말했다.

"미쓰기 군, 이 페이지를 찢어도 될까?"

유리 선생님은 내 대답을 기다리지 않고 한 장을 쫙 찢어서 그 위아래를 딱 맞게 접었다.

"오노 군, 사쿠라 여사를 협박한 남자 말인데요. 어쩌면 이런 모습 아닐까요."

선생님이 내민 것은 혈기 왕성한 젊은이의 전신사진이었다. 옷자락이 벌어진 긴 프록코트를 입고 오페라 모자를 쓰고 겨드랑이에 짧은 지팡이를 끼우고 있었다. 흰 피부에 상당한 미모를 가진 듯한데, 푸른 연필로 안경과 머플러를 장난처럼 그려 넣어서 얼굴은 잘 보이지 않았다. 하지만 그 사진을 보고 오노는 온몸으로 놀랐다.

"아, 이 남자입니다. 이 남자예요. 그런데 이 사람은……?"

"접어놓은 부분을 읽어보게."

나도 아사하라 경부도 의자에서 일어나 오노에게 다가가 양옆에서 들여다보았다. 오노는 떨리는 손가락으로 위아래 접은 부분을 펼쳤다. 그 순간 오노도 경부도 나도 무심코 놀라 나자빠질 뻔했다.

사진 위에는 올가을 음악계의 대히트작 〈춘희〉……. 그리고 사진 아래에는 알프레드 제르몽…… 사가라 지에코.

제16장

비극의 유머리스트

오노가 방을 나간 후, 우리는 한참을 말없이 앉아 있었다. 나는 뭐라 표현할 길 없는 두려움에 가슴이 메는 듯한 기분이 들었다.

유리 선생님은 얼마나 기억력이 좋으신지. 그거다, 〈춘희〉…… 나도 아는 것이었다.

그것은 작년 가을에 큰 인기를 끌었던 작품이었다. 하라 사쿠라의 비올레타와 사가라 지에코의 알프레드 제르몽이 히트했던 것이다. 물론 제르몽은 원래 테너이다. 알토로 바꿔 부르게 한 것은 일종의 편법에 지나지 않았다. 그것을 사쿠라가 과감하게 진행했다.

"일본에는 제르몽을 부를 만한 좋은 테너가 없으니 할 수 없잖아요. 두고 보세요, 알토로 성공해 보일 테니. 우리 지에코는 정말 멋진걸요."

그런데 최근에 내가 들은 이야기가 있다. 이번 전쟁 중에 오페라의 본고장 이탈리아에서도 테너 가수가 죄다 소집되는 바람에 제르몽을 알토로 바꾸어 〈춘희〉를 상연한 적이 있다는 것이다. 그러고 보니 하라 사쿠라의 영단은 오페라단의 본고장을 앞서는 것이었다.

아무튼, 지난해 사가라의 제르몽은 굉장한 인기를 끌었다. 어쨌든 당시에는 남장미인이 유행이었다. 게다가 사가라의 제르몽은 소녀 가극단의 어떤 남자 역보다도 멋지고 맵시 있고 세련미가 넘쳤다. 제르몽이라는 역할도 유리하게 작용했다. 〈춘희〉라는 작품도 오페라 중에선 대중에게 널리 알려져 있었다. 사흘로 예정돼 있던 공연이 일주일로 연장된 것도 무리가 아니었다.

물론 까다로운 비평가들은 일제히 비판을 쏟아냈다. 하지만 비평가들의 비난은, 역으로 대중의 호기심을 부추기기도 한다. 그들이 편법이라며 사쿠라 여사의 장삿속을 비판하면 할수록 오히려 〈춘희〉의 인기는 점점 높아졌다.

그 〈춘희〉의 알프레드 제르몽. 그렇다면 사쿠라 여사를 협박하던 사람은 사가라 지에코일까.

유리 선생님은 가볍게 고개를 젓더니 울적한 말투로 이렇게 말했다.

"아니, 이건 내가 생각해낸 게 아니야. 쓰치야 군이 가르쳐준 거나 마찬가지지. 쓰치야 군의 수기에 사쿠라 여사가 작년에 〈라트라비아타〉를 했다고 쓰여 있었어. 어젯밤 기차에서 그걸 읽다가 당시 평판을 기억해냈고, 오늘 아침 청풍장에서 옆집 부인에게 사쿠라 여사와 밀회했다는 남자의 차림새를 들었을 때 바로 이 사진을 떠올렸지. 그러니 이건 내가 추리한 게 아니라네."

"아, 알았다. 알았다. 이제 알았어요."

경부가 느닷없이 소리 질러서 나는 놀라 돌아보았다. 경부는 숨을 헐떡거리며 말했다.

"저, 선생님. 그거 아닐까요. 어젯밤 호텔에서 보초를 선 형사는 초저녁부터 여자는 한 명도 나가지 않았다고 단언했어요. 형사가 그렇게 생각한 것도 무리가 아니에요. 사가라는 어쩌면 이 복장으로 나간 거 아닐까요."

"그래요, 나도 그 생각을 했어요. 그리고 우리보다 한발 빠른 기차로 도쿄에 가서 청풍장에 나타난 겁니다."

"뭐, 뭐, 뭐라고요. 사가라가 도쿄에 갔다고요?"

"맞아요. 아직 그걸 모르셨다니?"

유리 선생님이 간단하게 오늘 아침의 일을 들려주자 경부는 눈을 크게 떴다.

"흠. 하지만 사가라는 왜 그런 모험을 한 걸까요. 대체 무슨 용건이 있어서 청풍장으로 간 걸까요."

"분명 그 방에 뭔가 증거가 될 만한 물건이라도 있었던 거겠죠. 그게 발견되면 사쿠라 여사를 협박한 사람이 자신이란 게 들통날 기라 생각해 위험을 무릅쓰고 가지러 간 겁니다. 그렇죠, 선생님."

나는 유리 선생님을 돌아보았다.

"어젯밤 로비에서 선생님이 그 암호를 푸셨을 때 사가라는 제 뒤에서 눈을 크게 뜨고 들여다보고 있었어요. 사가라는 그때 해독된 문장을 읽은 게 분명해요. 조만간 아타고시타의 아파트에 경찰의 손이 닿을 거라 생각해서 위험을 무릅쓰고 호텔을 빠져나와 상경한 겁니다."

유리 선생님은 울적한 표정으로 고개를 끄덕였다.

"그래, 그때 사가라 씨가 해독문을 읽었다는 건 나도 알고 있었어. 아니, 일부러 읽게 했지. 어떻게 반응할까 싶어서 말이야. 하지만 내가 방금 생각한 건 그게 아냐. 사가라 씨가 남장을 하고 빠져나갔다 치고, 대체 어떻게 그 의상을 손에 넣은 거지? 일찍이 이런 일이 있을 걸 예상하고 오사카까지, 아니, 이 호텔까지 제르몽의 무대의상을 가져온 걸까?"

"아뇨, 이거 제 옷 아니에요."

우리…… 나와 아사하라 경부는 저도 모르게 의자에서 펄쩍 뛰었다. 내로라하는 유리 선생님조차 뺨이 확 달아올랐다. 의자 팔걸이를 붙잡은 양손이 격렬하게 떨리고 있었다.

"사가라 씨!"

경부가 엄한 목소리로 쏘아붙이려는 것을 유리 선생님은 서둘러 손으로 저지했다. 그리고 직접 일어서더니 문가로 다가가 거기에 서 있는 사가라의 어깨에 다정하게 손을 올렸다. 그리고 가만히 상대의 눈을 들여다보았다. 그 시선이 너무도 강렬했던 탓일까. 사가라는 흔들리듯 눈을 깜박이더니 엷게 볼을 물들이고 긴 속눈썹을 내리깔았다.

유리 선생님은 그것을 알아차리고는, 어깨에서 손을 떼고 가볍게 팔을 잡아 사가라를 방 안으로 데려와서 의자에 앉혔다. 우리…… 아사하라 경부와 나는 그런 선생님을 망연히 바라보고 있었다.

유리 선생님도 앉더니 말했다.

"자, 들려주시죠. 방금 한 말은 무슨 뜻인가요?"

나는 또 한 번 놀라서 유리 선생님을 쳐다보았다. 선생님의 말투에 뭐라 말할 수 없는 다정함이 넘쳐흐르고 있었기 때문이다.

사가라는 천천히 무릎을 꼬더니 살짝 몸을 앞으로 내밀었다.

"네, 말씀드리죠. 하지만 그 전에 선생님…… 아, 선생님은 파이프니까 안 되겠네요. 미쓰기 씨, 담배 한 대만 주세요."

사가라는 모자를 벗어 책상 위에 던졌다. 주머니에서 담배를 꺼내는 동안 내 손가락은 속절없이 떨렸다. 방금 선생님의 태도가 묘하게 격앙되어 있었던 탓도 있지만, 또 하나 그때의 사가라가 너무나도 매력적이었기 때문이다.

사가라는 남장을 하고 있었다. 알프레드 제르몽의 무대의상을 입고 있었다. 흔한 여성복 차림일 때는 그 정도인 줄 몰랐는데, 그렇게 남장을 하고 있으니 뭐라 말할 수 없을 만큼 매혹적이었다. 소녀 가극의 남자 역할이 천하를 호령하는 것도 무리가 아니라고 나는 그때 처음으로 생각했다.

사가라는 천천히 담배를 빨더니 말했다.

"방금 이 의상 얘기가 나왔는데요, 네, 제가 한 말은 거짓말이 아니에요. 저도 이것과 같은 의상을 갖고 있어요. 하지만 이건 제 옷이 아니에요."

"누구의…… 그럼 누구의 의상인가요?"

"선생님…… 하라 선생님의 의상이에요."

아사하라 경부는 의아한 듯 신음했다. 하지만 유리 선생님은 그 말을 듣더니 갑자기 몸을 내밀었다.

"그럼 사쿠라 여사도 같은 옷을 갖고 있었단 거군요."

"네, 그래요. 그 이유는 지금 말씀드릴게요."

사가라는 능숙한 손놀림으로 담뱃재를 떨었다.

"작년에 제가 이 복장으로 알프레드 역을 맡았던 거 아시죠. 어머, 거기 제 사진이 있네요. 제 입으로 말하긴 뭣하지만 그 역할이 제대로 먹혀서 엄청난 인기를 끌었어요. 선생님은 몹시 부러워하며 이렇게 말씀하셨죠. 나도 전에 한 번 이탈리아에서 〈피가로의 결혼〉의 케루비노를 한 적이 있는데, 그건 원래 소프라노로 쓰여 있는 데다 남성이라고는 해도 백작 부인의 몸종이라 남자인지 여자인지 알 수 없어, 언젠가 한 번은 완전한 남자 역할을 해보고 싶었지만 소프라노에게는 도저히 무리야, 그런 점에서 네가 부럽다, 몇 차례 그렇게 말씀하시더니 결국 의상 담당을 불러 제 것과 똑같은 의상을 한 벌 만드셨어요. 그게 이거예요."

"그런데 그런 의상을 만들어서 어쩔 작정이었던 걸까요? 무대에서 입을 수도 없을 텐데."

"장난을 치시려고요. 네, 선생님은 어린아이 같은 분이었어요. 위대한 예술가는 다들 그렇지만 선생님도 아이처럼 천진한 구석이 있어서, 때로 이 옷을 입고 모임 같은 데 나가 사람들을 놀래주며 즐거워하셨죠. 어떤 때는 저와 둘이 같은 옷을 입고 긴자 뒤의 술집 등을 걸어 다닌 적도 있었답니다. 네, 입만 열지 않으면 아무도 여자인지 모르는 그런 상황이 몹시 신나셨던 것 같아요."

"그렇군요. 그럼 이 오사카에서도 누군가를 놀래줄 생각으로 그 의상을 준비해 왔겠군요."

"예, 분명 그랬겠죠. ……하지만 전 전혀 몰랐어요. 어젯밤 어떻게든 이 호텔을 빠져나갈 생각으로 변장에 쓸 만한 의상이 없을까 싶어 5층에 처박아둔 트렁크를 뒤졌는데, 그러다 나비 부인 의상 속에서 이걸 발견했을 때는 저도 좀 놀랐답니다. 하지만 이 의상이야말로 정말 안성맞춤이라 바로 빌려 쓰기로 했죠. 아시다시피 선생님과 저는 키부터 체형까지 굉장히 비슷해서 이 옷도 딱 맞았어요. 네? 제 옷이요? 아, 그건 의상 트렁크 속에 숨겨뒀죠."

"그렇게 당신은 이곳을 빠져나가 도쿄의 청풍장으로 갔군요. 그런데 청풍장에 무슨 볼일이 있었나요?"

"그래요, 대체 청풍장에서 뭘 훔친 겁니까?"

경부는 옆에서 흥분했다.

"어머, 실례되는 말씀 마세요."

사가라는 장난스러운 눈을 했다.

"전 아무것도 훔치거나 하지 않아요. ……이렇게 말하면 안 되나. 네, 전에 한 번 거기서 훔쳐낸 것이 있긴 해요. 하지만 오늘 아침에는 훔치러 간 게 아니었어요. 반대로 전에 훔친 것을 돌려주러 갔죠."

"뭘…… 뭘 돌려주러 간 거죠?"

"그 사진…… 후지모토 군의 사진이요."

갑자기 유리 선생님이 커다랗게 소리를 내며 숨을 들이켰다. 그리고 몸을 확 내밀며 말했다.

"그럼…… 그럼, 당신도 그 사실을 알았던 겁니까?"

사가라는 가만히 유리 선생님을 바라보다가 이윽고 수수께끼 같은 미소를 지었다.

"그 일이요……? 그럼 선생님도 그 일을 알고 계셨군요. 그 사진을 보고?"

"아니, 그 사진 때문이 아니에요. 나는 다른 것을 보고 그 사실…… 후지모토 쇼지가 사쿠라 여사의 숨겨둔 자식이란 건 새빨간 거짓말이라는 걸 알았어요."

"선생님! 하지만, 그건……. 그럼 오노는 저희를 속인 겁니까?"

선생님은 그 말에 대답하지 않았다. 변함없이 사가라의 얼굴을 응시하면서,

"하지만 이 사진에 대해선 몰랐어요. 이 사진에 무슨 속임수

가 있습니까?"

사가라는 살피듯 선생님의 얼굴을 보다가, 이윽고 가벼운 한숨을 쉬었다.

"어머, 재미없어. 그럼 오늘 아침 제가 한 건 헛고생이었네요. 사진 없이도 선생님이 그 사실을 이미 알고 계셨다니 그럼 저, 그렇게 힘들게 사진을 돌려놓으러 가지 않아도 됐을 텐데. 선생님, 그 액자 속에 든 아기 사진을 꺼내주세요."

유리 선생님은 서둘러 액자 뒷면을 떼어내고 안에서 아기 사진을 꺼냈다.

"오노 씨는 그걸 후지모토 씨의 어린 시절 사진이라고 했죠. 네, 그 사람은 그걸 곧이곧대로 받아들였나 봐요. 하지만 사진 뒤를 보시면 바로 거짓말이란 걸 아실 거예요."

유리 선생님은 서둘러 사진을 뒤집었고, 우리는 무심코 눈을 크게 떴다. 거기에는 가로로 적은 글씨가 빽빽하게 인쇄되어 있었다. 분명 그것은 외국 잡지에서 오려낸 것이었다.

"후지모토 씨가 아무리 인기 있는 가수라고 해도 설마 아기 적부터 유명했을 리는 없죠. 하물며 외국 잡지에 실릴 리는 더 없고요. 게다가 저, 그 아기를 알아요. 그 사진은 작년 《클래식》에서 오린 건데, 미국 영화배우 필립 홈스의 아기 적 사진이랍니다. 선생님은…… 하라 선생님은 유머리스트*였어요."

* 유머 감각이 있는 사람.

제17장

프리마돈나의 비밀

"선생님이 왜 그런 일을 하셨는지 저는 잘 알아요. 그건 제가 선생님이란 분…… 선생님의 성격을 잘 알고 있기 때문이랍니다."

사가라는 다시 내 담뱃갑에서 담배를 하나 뽑았다. 그러고는 다리를 꼬고 머리를 의자 등받이에 기댄 채 눈을 가늘게 뜨고 천천히 말을 이었다.

"하지만 그걸 경찰이 납득하게끔 설명하는 건 정말 어려울 거라고 저는 생각했습니다. 아무리 신물 나도록 설명해봤자 의심 많은 경찰들은 절대 믿어주지 않겠지. 그러니 사실을 바탕으로 선생님의 기만……이랄까 연극이랄까, 그런 것을 여러분께 보여드리지 않으면 안 된다……. 그렇게 생각해서 그런 대담한 짓을 한 거예요. 즉 그 사진을 청풍장에 도로 갖다 놓아 여러분이 발견하게끔 하고, 나아가 거기 있는 '거짓말'을 알아차리도록 하고 싶었어요."

유리 선생님은 물끄러미 사가라의 얼굴을 보았다. 그 눈동자에는 다정한 배려심이 홍수처럼 넘쳐흐르고 있었다.

"그렇군요."

아사하라 경부가 맞장구를 쳤다. 그 말투에는 아직 의심이 적잖이 남아 있었지만 애써 드러내지 않으려는 듯,

"아, 이제 당신 행동의 의미는 대충 알겠는데, 문제는 사쿠라 여사입니다. 사쿠라 여사는 왜 그런 말도 안 되는 거짓말을 한 거죠?"

사가라는 그 말을 듣더니 농염하면서도 어딘가 애수를 머금은 미소를 지었다.

"경부님, 경부님이 지금 다루고 계신 이 사건, 이건 상식적인 사건이 아니에요. 하라 사쿠라라는 위대한 프리마돈나, 세계적인 예술가를 둘러싸고 일어난 사건이에요. 그러니 이 사건을 이해하시려면 반드시 예술가의 기질을 잘 이해하셔야 해요. 하라 선생님에게는 일상생활의 모든 것이 예술이었어요. 좀 더 알기 쉬운 말로 설명하자면 선생님의 일상생활 전부가 연극이었죠. 젓가락을 들었다가 내렸다가 하는 동작부터 별거 아닌 갸웃거림, 아무것도 아닌 아침 인사를 할 때조차 선생님은 결코 연기하는 것을 잊지 않았어요. 그건 자신이 위대한 프리마돈나라는 자각에서 온 것이었지만, 또 하나, 예술가에게 흔히 있는 어린아이 같은 허영심, 항상 주목받고 싶은, 세상이나 주위 사람들에게 떠받들리고 싶은, 그런 아이 같은 면에서 나온 거였죠. 그런데 거기에 오노 씨라는 분이 나타난 거예요. 순진무구하고 순

정적이고 솔직하고 남을 의심할 줄 모르는 오노 씨, 도련님인 오노 씨. 게다가 오노 씨는 선생님을 너무나 존경하고 계시죠. 선생님을 신처럼 숭배하고 계시고요. 그래서 선생님 안에 문득 장난기가 싹튼 거예요. 오노 씨를 놀려주자…… 라는 말은 좀 어폐가 있지만, 오노 씨를 상대로 한 술래잡기, 즉, 일종의 유희였죠. 모성의 비극이라는 식의 연극을 생각해내고 오노 씨를 상대로 그 연극을 실연하고 계셨던 거예요.”

“그럼 뭡니까, 청풍장에 얽힌 에피소드는 죄다 사쿠라 여사의 연극이고, 여사가 오노 씨에게 한 말은 죄다 거짓이었단 겁니까?”

“네, 그래요. 하지만 마지막 순간에 선생님 스스로는 그걸 연극으로 생각하지 않으셨을지도 몰라요. 선생님은 그런 분이었습니다. 상상력이 뛰어난 데다, 공상에 빠진 나머지 사실과 공상의 경계를 헷갈리시고는 했죠. 공상에서 비롯된 것을 항상 실제 있었던 사건처럼 생각해버리는…… 그런 분이었어요. 토머스 하디의 소설 중에 〈환상을 좇는 여인〉이라는 작품이 있는데 선생님은 그런 극단적인 분이었어요.”

경부는 으음, 하고 불쾌한 신음 소리를 냈다. 그리고 의심스러운 눈으로 남장한 사가라를 보면서 말했다.

“그럼 청풍장에서 사쿠라 여사와 밀회한 남자도 사실은 사쿠라 여사 본인이었다. 즉, 사쿠라 여사가 남장하고 1인 2역을 했다는 거군요.”

"네, 그래요. 남장에 대한 자신감······ 같은 것도 선생님이 이런 일을 꾸며낸 동기 중 하나였을 거예요."

경부는 한동안 침묵하다가 이윽고 대나무라도 부러뜨리는 듯한 딱딱거리는 말투로 입을 열었다.

"그럼 이렇게 되는군요. 사쿠라 여사는 오노 군의 순정과 순진무구함을 이용해서 놀리려고 마음먹었다. 그런데 때마침 후지모토 살인 사건이 일어났고, 게다가 이 후지모토란 인물은 어릴 때 생모와 헤어져 기억 속에 아른거리는 어머니를 그리워하고 있었다. 사쿠라 여사는 그 사실을 알고 있었고, 그걸 이용해 마치 자기가 후지모토의 생모인 것처럼 오노 군을 속였으며, 나아가 그 비밀 때문에 누군가에게 협박을 당하고 있다······는 식으로 오노 군 앞에서 연기해 그를 희롱하고 있었다······."

"네, 그래요. 말씀대로예요."

"하지만······."

경부는 갑작스레 자리를 박차고 일어서더니 거칠게 방 안을 서성거리기 시작했다.

"그런 말을 어떻게 믿습니까. 아무리 변덕스러운 예술가라 해도 그런 사리에 맞지도 않고 바보 같은 치밀한 연극······ 자칫 잘못하면 어떤 소동이 벌어질지 모를 바보짓을 사쿠라 여사가 했다고 믿으라는 건가요."

"그래서 아까 말씀드렸잖아요. 이 사건을 이해하기 위해서는 하라 사쿠라라는 위대한 예술가, 커다란 아기를 이해해야 한다고요……."

"하지만 우리로서는 어렵게 생각하기보다 역시 좀 더 상식적으로 해석하는 편이 나을 것 같은데요."

"상식적인 해석이라 하시면요……?"

"즉, 사쿠라 여사가 오노 군에게 말한 것은 사실이었다. 후지모토는 사쿠라 여사의 숨겨둔 자식이고, 그 진상을 아는 인물에게 협박당하고 있었다. 그리고 그 인물이란 남자일지도 모르지만 어쩌면 지금 당신처럼 남장한 여자일지도 모른다……."

사가라는 의자에서 벌떡 몸을 일으켰다. 그러고는 도전하는 듯한 눈으로 경부의 날카로운 시선을 받아치더니, 이윽고 경멸어린 미소를 지었다.

"역시 그렇군요. 당신들은 그런 식으로 평범한 해석밖에 할 수 없나 봐요. 하지만 충고하는데, 그런 상식적인 해석을 고집하는 한 이 사건은 해결되지 않을 거예요."

사가라는 의자에 몸을 축 늘어뜨렸다. 사가라의 말투에 담긴 날카로운 빈정거림을 느끼고 경부의 뺨은 순식간에 붉게 달아올랐다. 일순 긴박한 공기가 두 사람 사이에 흘렀는데, 그때였다. 유리 선생님이 구명보트를 띄우듯 끼어들었다.

"사가라 씨, 한데 당신은 어떻게 그 사실을 알았습니까? 사쿠라 여사의 언극 말입니다……."

사가라는 유리 선생님에게로 몸을 돌렸다.

"이렇게 된 거예요. 한 달 전인가, 청풍장에 사는 젊은 부인에게 전화가 걸려 왔어요……. 아실지 모르지만 저는 하라 선생님과 함께 살고 있어요. 그때는 선생님이 외출 중이시라 제가 전화를 받았죠. 그런데 그 부인이, 하라 기요코가 사쿠라 여사의 본명 아니냐고 묻더라고요. 그래서 이상하다 싶어, 가와구치 부인이라는 그분에게 이것저것 물어본 끝에, 선생님이 본명으로 청풍장의 방을 빌린 걸 알게 됐어요. 저는 왠지 걱정이 되어서 청풍장에 슬며시 상황을 보러 갔어요. 그런데 거기에 후지모토 씨의 사진이 장식되어 있더군요. 그뿐만 아니라 액자 속에 끼워진 아기 사진……. 그걸 보고 깜짝 놀랐죠. 반년쯤 전의 일이었어요. 선생님은 그 무렵부터 이상하게 아기가 갖고 싶다고, 갖고 싶다고, 계속 그러셨는데, 언젠가는 그 사진을 《클래식》지에서 발견하고 아주 마음에 들어 하셨어요. 거기에 세간에 알려진 후지모토 씨의 신상 이야기 등을 이래저래 끼워 맞춰보니 바로 선생님의 공상이 뭔지 알겠더군요. 그 후에도 저는 계속 청풍장을 주시하면서 선생님의 공상적인 연극이 오노 씨를 대상으로 한 것이라는 사실, 즉, 오노 씨를 놀리기 위해 그런 위험한 유희를 하고 계시다는 걸 알아차렸죠."

"그런데도 오노 씨에게 그 사실을 알릴 생각은 안 했단 말입니까?"

경부가 날카롭게 추궁하듯 질문했다. 사가라는 살짝 눈썹을 치켜올렸지만 일부러 경부에게서 얼굴을 돌리고 말했다.

"어떻게 그런 짓을 할 수 있겠어요. 선생님은 그 장난에 아이처럼 열중해 계셨어요. 옆에서 끼어들어 선생님의 꿈을 망가뜨리는 건, 곧 선생님의 마음을 상처 입히는 거잖아요. 그래서 오노 씨에게 충고할 생각은 전혀 없었어요. 하지만 너무 깊이 파고들어 가서 어처구니없는 일이 일어날까 봐, 상황을 봐서 선생님께 직접 제 의견을 말씀드리려 했죠. 그래서 우선 그 준비를 하고 가장 오해의 씨앗이 될 만한 사진만 몰래 훔쳐 숨겨둔 거랍니다."

유리 선생님은 한동안 뭔가 바쁘게 머릿속으로 정리하는 듯하더니 다시 물었다.

"사가라 씨, 방금 당신 이야기에 따르면 사쿠라 여사가 아이를 갖고 싶다고 한 건 반년쯤 전부터인데요, 그 전에는 그런 일이 없었나요?"

"네, 이전에는 아이 얘길 하신 적은 없었어요."

"그런데 갑자기 아이가 있었으면 좋겠다고 말씀하신 거군요. 왜 그렇게 갑자기 모성애가 생긴 걸까요. 뭔가 동기 같은 것이 있었던 겁니까?"

"글쎄요…… 그건 저도 잘 모르겠어요. 역시 연세 때문이 아니었을까요."

"확실하게 언제쯤부터의 일인가요?"

사가라는 잠시 고개를 갸웃했다.

"네, 4월쯤으로 기억하고 있어요. 확실해요. 아마미야 씨가 쓰치야 씨의 조수로 들어오고 얼마 안 됐을 때니까요."

갑자기 희미한, 흔들리는 듯한 미소가 유리 선생님의 입가에 퍼졌다. 그 미소는 한동안 한자리에서 나부꼈고 얼마 후 유리 선생님은 다시 몸을 내밀며 말했다.

"아, 고마워요. 덕분에 잘 알게 되었습니다. 그런데 사가라 씨, 또 하나 묻고 싶은데요. 가장 중요한 질문이니 잘 생각해서 답해주십시오. 사쿠라 여사가 청풍장의 방을 몰래 빌렸다는 것, 그리고 오노 군을 상대로 그런 장난을 벌였다는 것을 아는 사람은 당신 말고 없습니까?"

"글쎄요……. 잘 모르겠어요."

"하지만 누군가 알고 있을 가능성은 없을까요?"

"네, 그 생각은 할 수 있죠. 저도 알아차릴 정도니까요. 게다가 선생님은 몇 차례 말씀드렸다시피, 큰 아기 같아서 스스로는 아주 정교하게 빈틈없이 일을 처리하려고 해도 옆에서 보면 허점 투성이라 이런저런 실수를 하시는…… 그런 분이었으니까요."

그 말을 듣고 유리 선생님은 벌떡 일어서더니 사가라의 어깨에 다정하게 손을 올리고 일으켜 세웠다.

"아, 고맙습니다. 이만 방으로 돌아가 쉬고 계세요. 나중에 또 뭔가 볼일이 생길지도 모르지만 그때까진 느긋하게 쉬셔도 됩니다."

"선생님."

문까지 가더니 사가라는 갑자기 뜨거운 눈길로 유리 선생님을 돌아보았다.

"선생님은 제 얘길 믿어주시는 거죠?"

"믿고말고요. 전부 앞뒤가 맞으니까요. 아, 잠깐, 3층에 가면 하라 소이치로 씨에게 잠깐 이쪽으로 와달라고 전해주시겠습니까?"

사가라가 나가자마자 형사가 전보를 가지고 들어왔다. 전보는 유리 선생님에게 온 것이었다. 선생님은 그것을 다 읽더니 바로 우리에게 내밀었다. 그 전보의 내용은 이랬다.

19일여객기에사쿠라여사에해당하는승객없음

도도로키

경시청의 도도로키 경부에게서 온 것이었다.

"그렇군요. 이걸로 살인 현장은 도쿄로 확실히 한정 지을 수 있겠군요."

아사하라 경부가 말했다.

"사쿠라 여사는 어떤 방법으로도 19일 밤 절대 오사카에 올 수 없었다는 사실이 이로써 확실해진 겁니다. 범인은 청풍장의 방에서 사쿠라 여사를 죽이고 트렁크에 넣어 오사카로 보냈다. 그리고 아케보노 아파트에서 콘트라베이스 케이스에 넣어 나가노시마 홀에 보냈다. 범인이 그런 힘든 짓을 한 건 살인이 오사카에서 벌어졌다고 생각하게 만들고 싶어서였겠죠. 그런데 19일 밤 도쿄에 있던 인물이라면……."

그때 문을 두드리는 소리가 들려서 경부의 독백은 뚝 끊어졌다. 문을 열고 들어온 사람은 하라 소이치로 씨였다.

하룻밤 새 저렇게 변해버린 사람을 나는 일찍이 본 적이 없다. 어젯밤의 소이치로 씨에게는 털끝만큼도 어두운 그늘이 보이지 않았다. 끔찍한 사건으로 갑자기 부인을 잃은 남편치고는 오히려 부자연스러울 정도로 대범하고 여유가 있었다. 그런데 오늘 밤 소이치로 씨는 완전히 넋이 나간 모습이다. 어제는 그렇게 윤기 있던 동안이 완전히 광택을 잃었고, 기분 탓인지 갑자기 백발이 늘어난 것처럼 보인다. 대체 무엇이 이 사람을 이렇게나 크게 바꿔놓은 것일까 싶어 나는 내심 수상쩍게 생각지 않을 수 없었다. 부인을 잃은 슬픔은 서서히 찾아온다고들 하지만, 그렇다 쳐도 너무 급격하고 극심한 변화였다. 사쿠라 여사의 변사 이외에 무언가 또 큰 타격이 찾아온 건 아닐까. 그런데 사쿠라 여사가 살해당한 후 일어난 사건이라면 어젯밤에 있었던 아마미야 군 사건일 텐데, 매니저 조수가 살해당한 정도로 이런 대단한 인물이 이렇게나 마음을 다친다는 것은 도저히 앞뒤가 안 맞는 일이었다.

"아, 일부러 내려오시게 해서 죄송합니다. 좀 여쭤보고 싶은 게 있어서요."

앞서 사가라가 앉아 있던 의자에 몸을 기댄 소이치로 씨는 빛을 잃은 눈으로 멍하니 우리를 보았다. 어딘가 신경질적인, 균형을 잃은 눈이었다.

"실은 부인과 관련한 묘한 문제가 있어서요. 이 얘기는 아마 처음 들으실 거 같은데요, 들은 대로 전달하겠습니다만⋯⋯."

유리 선생님은 신중하게 말을 고르면서 우리가 청풍장에서 발견한 사실들과 오노의 고백에 이르기까지 천천히 알아듣기 쉽게 곱씹듯 들려주었다. 그동안 아사하라 경부와 나는 눈도 깜박이지 않고 소이치로 씨의 얼굴을 응시했는데, 그때 그의 얼굴에 나타난 변화는 정말이지 미묘한 것이었다. 처음에 소이치로 씨는 어안이 벙벙한 얼굴로 멍하니 유리 선생님을 바라보았다. 대체 무슨 말인지 이해가 안 간다는 얼굴이었다. 그런데 이야기가 진행됨에 따라 공허했던 눈동자에 차츰 생기가 돌아오기 시작했다. 그 눈은 커다란 놀라움과 동시에 격렬한 분노로 빛나고 있는 듯했다. 특히 마지막 오노의 고백에 이르러서는 참을 수 없는 분노로 혈관이 지렁이처럼 부풀어 올랐다.

"거짓말이야!"

소이치로 씨는 유리 선생님의 말이 끝나기도 전에 그렇게 외쳤다. 당장이라도 의자에서 뛰어오를 듯한 모습이었다.

"거짓말⋯⋯? 거짓말이라고 하셨습니까?"

"거짓말이야, 거짓말이고말고!"

소이치로 씨는 헐떡이듯 숨을 몰아쉬면서 말했다.

"오노 군이 고의로 거짓말을 하는 건지, 아니면 터무니없는 꿈을 꾸고 있는 건지, 그, 그런 바보 같은 일이⋯⋯."

"하라 씨, 당신이 부정하시는 것은 부인이 청풍장에 몰래 방을 빌린 일입니까, 아니면 부인에게 후지모토 쇼지라는 숨겨둔 자식이 있다는 사실입니까?"

소이치로 씨는 갑자기 멈칫하며 유리 선생님을 보더니, 이내 어깨를 푹 떨구고,

"역시, 그 사람이 청풍장 방을 몰래 빌렸다는 건 당신들도 알아냈으니 부정할 수 없을지도 모르지. 하지만 어떤 이유로 아파트를 빌렸다고 해도 후지모토란 남자가 그 사람의 숨겨둔 자식이라는 건 절대…… 절대 있을 수 없어."

소이치로 씨의 말에 묘하게 확신에 찬 울림이 있어서 우리는 무심코 얼굴을 다시 보았다. 유리 선생님은 흥미로운 시선으로 상대를 보면서 몸을 앞으로 내밀었다.

"어째서 그렇게 단언하십니까. 후지모토라는 남자를 아십니까?"

"아니, 나는 모르오. 하지만 후지모토든 아니든 그 사람에게 자식이 있다는 건 절대 불가능한 일이야. 거짓말이라고 생각하신다면 게이오 병원의 O 박사에게 물어보시오. 이건 당사자 외에는 나와 O 박사밖에 모르는 비밀인데, 그 사람은…… 사쿠라는……."

소이치로 씨는 잠시 머뭇거렸지만, 이내 마음을 고쳐먹은 듯 다분히 노여움을 머금은 투로 이렇게 토해냈다.

"선천적으로 아이를 낳을 수 없는 여자란 말이오. 그 사람은 성적으로 불능이야!"

간주곡

엘러리 퀸의 추리소설을 읽다 보면 끝부분에 반드시 독자에의 도전이 나온다. 내 소설이 퀸의 작품들처럼 정정당당하게 쓰였는지는 의문이다. 하지만 이제껏 쓴 17장까지, 적어도 하라사쿠라를 살해한 범인의 계획을 관찰할 수 있을 만큼의 재료는 전부 나와 있을 것이다. 일단 여기서 책을 덮고 생각한 후, 범인을 지목해보시길.

미쓰기 슌스케

제18장

남편의 고백

갑자기 나는 격한 충격을 느꼈다. 강한 전류가 지나간 듯 척추를 뚫고 흐르는 전율을 느꼈다. 아사하라 경부도 낮은 신음을 내뱉더니 자세를 고쳐 앉았다. 모든 것을 꿰뚫고 있던 유리 선생님이었지만 이것만은 상상 밖의 일이었던 듯 날카로운 휘파람 소리를 냈다.

가장 중대한 사실을 토해낸 후 누구나 그렇듯 하라 소이치로 씨도 한동안 정신적으로 공허한 듯한 눈을 하고 있었지만 이윽고 희미하게 한숨을 쉬었다.

"이 사실을 폭로하는 것은 그 사람에게 매우 미안한 일이야. 분명 그 사람의 자존심을 무척 상처 입히는 일일 테고. 나에게도 이건 참기 힘든 일일세. 하지만 그 사람의 인격을 손상시키는 것보다는 나을 테니 감히 고백하겠네. 유리 군, 아, 미쓰기 군은 신문기자니까 분명 여러 가지 이야기를 들었을 테지. 그 사람의…… 하라 사쿠라의 부자연스러울 정도의 요염함, 상궤를 벗어나는 핑크빛 추문, 무절제한 연애 행각. ……세간에서는 다들 그걸 진실이라고 믿고 있지. 그리고 그것이 예술가의 에로티시즘이라고 해석하고 있어. 하지만 그건 진실이 아니야. 하라 사쿠라에게 핑크빛 사건은 하나도 없었어. 그 사람은 다른 남자와의 연애 행각 같은 건 절대로 하지 않았다고. 아니, 있을 수 없는 일이야. 그럼 왜 그렇게 자주 소문이 났는가. 그건 그 사람 스스로가 즐겨 핑크빛 소문이 나도록 행동했기 때문이야. 그럼 왜 그런 식으로 행동했는가, 거기에 그 사람의 슬픈 비밀이 있네. 자, 유리 군, 경부님도 미쓰기 군도 들어주게. 세상에는 갱년기를 넘어서부터 새삼 젊게 꾸미고 젊은 남자와 묘한 소문을 내고 다니며 즐거워하는 여성들이 있지. 하지만 조금만 지혜로운 사람이라면 그 여성의 슬픈 기만, 생리적으로 여자가 아니게 된 여성의, 공허한 초조감을 간파할 수 있을 걸세. 그 사람은……

하라 사쿠라는 평생에 걸쳐 갱년기를 보낸 거나 다름없었어. 자신의 불능을 알기 때문에, 그리고 극단적으로 그것을 부끄러워하며 숨기고 싶어 했기 때문에 새삼 그녀는 에로틱한 행동을 해야 했던 게지. 생리적으로 여자가 아니란 사실을 철저하게 감추기 위해서는 한층 '여성성'을 과장하고, 있지도 않은 색기를 꾸며내어 자연스러운 것인 양 세상에 선전하지 않으면 안 되었던 거야. 물론 거기에는 예술가로서의 기질, 선천적으로 가지고 태어난 풍부한 상상력도 한몫했겠지. 하지만 근본적으로는 자신이 여자가 아니라는 자각과 그 사실이 세상에 알려질까 봐 극단적으로 두려워하는 자존심 등이 모든 것을 지배했던 거야. 그것은 옆에서 보기에도 정말이지, 정말이지 마음 아플 정도의 노력이었어."

하라 소이치로 씨의 말끝이 희미하게 떨리며 사라져갈 때, 우리는 무심코 참았던 한숨을 토해냈다.

돌아보니 짚이는 부분이 있었다. 하라 사쿠라의 연애 행각은 정말 빈번했고 상대가 계속 바뀌는 걸로 유명했지만, 내가 들은 바로는 아무와도 마지막 선은 넘지 않았다는 사실이었다. 나는 이제껏 그 점에 대해 반신반의했지만 이제는 확실히 이해할 수 있었다. 만약 하라 사쿠라가 성적으로 정상이었다 한들 역시 마지막 선만큼은 지켰을지도 모른다. 아니, 그녀가 보통의 여자였다면 처음부터 그런 문제를 일으키지 않았을지도 모른다. 생리적으로 불능이었기 때문에 그녀는 한층 굳게 마지막 선을 지켜야 했던 것이다. 그것을 넘어선다면 자연히 가상 연인들에게 자신의 비밀을 드러내게 될 테니…… 나는 새삼스레 사쿠라 여사의 참담한 고투를 생각하고 숙연해졌다.

"그렇군요. 잘 알아들었습니다."

그 순간, 경부의 말투에서도 묘한 동정심이 느껴질 정도였다.

"부인은 아이를 가질 수 없는 분이었군요. 그리고 그런 여성이 중년을 지나면서 간혹 빠져드는 강한 모성애에 부인도 빠져든 거고요. 아이를 낳을 수 없는 몸이기에 더욱 아이를 원했다. 거기에 마침 생모를 모르는 후지모토 쇼지 사건이 일어나서 부인은 어느새 후지모토의 생모 자리에 자신을 올리고 만족하고 있었던 거군요."

"그래. 아니, 그럴 거라 싶어. 그 사람은 공상을 잘하고 환상에 잘 빠지는 여자니까 어쩌면 종국에는 스스로도 정말 후지모토의 생모일 거라는 착각에 빠졌을지도 모르지."

"아, 사가라 씨도 같은 의견이더군요. 한데 또 한 가지 납득이 가지 않는 부분이 있습니다."

유리 선생님은 온화하게 끼어들었다.

"사가라 씨의 말에 의하면 부인이 갑자기 모성애의 충동에 빠지게 된 것은 올해 4월 무렵부터라고 하더군요. 사가라 씨는 그저 나이 때문일 거라고 했어요. 그 영향도 있을지 모르지만, 그 외에 뭔가 다른 동기가 있지 않을까 싶습니다. 지금까지 잠들어 있던 모성애가 그렇게 갑자기, 게다가 그렇게 강렬하게 불타오르려면 거기에 뭔가 커다란 계기 같은 것이 있어야 하지 않을까요. 하라 씨, 뭔가 짚이는 게 없습니까? 4월 무렵 사쿠라 여사의 신변에 모성애를 자극할 만한 사건이 일어났는지⋯⋯."

소이치로 씨는 갑자기 흠칫 놀란 눈으로 유리 선생님을 보았다. 하지만 이내 시선을 피하더니 희미하게 고개를 저을 뿐, 아무 대답도 하지 않았다. 유리 선생님은 재빨리 몸을 내밀었다.

"하라 씨, 4월이라면 아마미야 군이 보조 매니저로 들어왔을 때입니다. 아마미야 군은 당신의 먼 친척이라던데, 당신이 직접 추천하셨죠. 하라 씨, 아마미야 군은 당신과 무슨 관계인가요? 혹시⋯⋯ 혹시, 당신의 자식⋯⋯ 숨겨둔 아이 아닌가요?"

나는 다시금 격한 충격을 느꼈다. 아, 그랬던가, 유리 선생님
이 그렇게나 자주 아마미야 군에 대해 말했던 것은 그런 뜻이었
던가. 나는 당장이라도 심장이 와이셔츠를 비집고 튀어나올 것
처럼 격렬한 두근거림을 느꼈다. 아사하라 경부도 마비된 듯한
표정으로 소이치로 씨를 보고 있었다. 소이치로 씨는 의자의 팔
걸이를 움켜쥐고 당장이라도 벌떡 몸을 일으킬 것 같은 상태였
다. 창백하고 긴박한 공기 속에 소이치로 씨가 토하는 거친 숨
소리만이 폭풍처럼 소용돌이치고 있었다.

갑자기 소이치로 씨는 뼈가 부러진 것처럼 풀썩 의자에 주저
앉았다.

"유리 군…… 자네는 알고 있었던 건가."

그리고 손수건을 꺼내어 조용히 이마와 목 언저리의 땀을 닦
았다.

"알고 있었다? 아니, 알고 있었다고 하면 어폐가 있겠죠. 물
적 증거가 있었던 건 아니니까, 저는 그저 추측하고 있었을 뿐
입니다. 언뜻 보기에 아마미야 군과 당신은 체격도 외모도 전혀
달라요. 그런데도 저는 두 사람 사이에 존재하는 강한 유사점에
주목하지 않을 수 없었죠. 눈, 코, 입, 전체적인 인상은 전혀 다
르지만 하나하나 세세히 뜯어보면 정말 많이 닮아 있었어요. 사
소한 동작이나 목소리 같은 것이 무서울 만큼 닮았죠. 게다가
아마미야 군이 실수했을 때 당신이 보이는 반응, 마음의 상처,
굴욕, 수치심을 참기 힘들어하는 모습……. 그런 부분에서 저는

두 사람이 부자지간 아닐까 추측했던 겁니다."

유리 선생님은 나와 경부를 돌아보았다.

"아까 사가라 씨가 후지모토의 사진에 있는 '거짓말'을 지적하기 전부터 저는 후지모토가 사쿠라 여사의 사생아가 아니라는 사실을 간파하고 있었다고 말씀드렸죠. 그것은 근거 없는 생각이 아니었어요. 저는 그보다 전에 아마미야 군이 소이치로 씨의 자식…… 숨겨둔 자식임에 틀림없다고 추측하고 있었습니다. 남편에게도 숨겨둔 자식이 있고 부인에게도 있다……. 아무래도 이야기가 지나치게 잘 돌아가는 느낌이죠. 그래서 사쿠라여사 쪽은 분명 사실이 아닐 거라고 생각한 겁니다. 오노 군의이야기를 들으면서 그 확신은 더욱 굳어졌죠. 사쿠라 여사가 악보의 암호를 생각하거나 청풍장에 방을 빌린 것은 모두 후지모토 사건 직후의 일로, 신문이 아직 떠들어대고 있을 무렵의 일입니다. 만약 사쿠라 여사가 정말 후지모토 사건과 관련 있었다면 악보 암호 같은 것은 가급적 다 그만뒀겠죠. 게다가 청풍장도 오노 군의 산책 코스에 해당한다는 건, 사쿠라 여사도 잘 알고 있을 터. 그래서 만약 사쿠라 여사가 오노 군에게 한 말이 사실이라면 무슨 일이 있어도 아타고 경계는 피해야 했습니다. 그런데도 일부러 청풍장을 고른 건, 오노 군에게 발각되기를 바랐던 거죠. 즉, 연극을 하고 있다고 생각했던 겁니다. 하기야 저도설마 사쿠라 여사가 1인 2역을 하고 있었으리라고는 생각지 못했죠. 남자 쪽은 아마 사가라 씨일 거다, 사가라 씨가 선생님의 지시에 따라 연극의 상대역을 하고 있었을 거다 생각했는데요.
그런데…….”

그렇게 말하면서 유리 선생님은 소이치로 씨를 돌아보았다.

“사쿠라 여사는 아마미야 군에 대해 올 4월까지 모르셨던 거
군요.”

소이치로 씨는 힘없이 끄덕였다.

“그리고 그 사실이 여사에게 굉장한 충격을 주었고요.”

소이치로 씨는 다시 힘없이 끄덕였다. 그리고 울적한 태도로
말했다.

“나도 그 사실이 그 사람에게 그렇게 큰 충격을 줄지는 꿈에
도 몰랐네. 그 사람이 그런 몸이라 내 바람기는 천하에 알려져
있었지. 내가 밖에서 아무리 여자를 만들어도 그 사람은 결코
분해하거나 원망하지 않았어. 아니, 오히려 새로운 여자가 생길
때마다 자기가 나서서 뭔가 뒤처리를 해주었지. 그 사람은 내게
있어 커다란 아기나 마찬가지였는데, 스스로는 반대로 내 어머
니나 누이처럼 구는 것을 좋아했어. 내 뒤처리를 해주는 것에서
최소한의 위안을 얻으려 했겠지. 그래서 이제 와 생각하면 아마
미야의 일도 좀 더 빨리 그 사람에게 털어놨으면 좋았겠다 싶
어. 하지만 그것만은 도저히 털어놓을 용기가 나지 않더군. 아
마미야는 내가 학생 시절 하녀를 임신시켜 낳은 아이로, 어쨌든
너무 젊었을 때 일이라서 부끄럽기도 했고, 게다가 아마미야의
어머니는 그 후 좋은 곳에 시집을 갔으니 그 여자를 위해서도

침묵하는 편이 좋겠다 싶었지. 최근 들어 아마미야의 양부가 죽고, 설상가상 그 아이가 그런 타입이라 어딜 가도 계속 실패만 하는 걸세. 그래서 아마미야의 어머니가 울며 매달리기에 기요코…… 그러니까 사쿠라에게 부탁해서 보조 매니저로 쓰기로 했던 거야."

"그때 사실을 털어놨습니까?"

"아니, 그럴 용기는 없었어. 게다가 이제껏 숨기고 있던 걸 굳이 털어놓을 필요가 있을까 싶었지."

"그럼에도 불구하고 부인은 알아차렸군요."

"그래, 유리 군, 자네가 느꼈던 것처럼. 그 사람도 여자의 직감으로 나와 아마미야가 닮았다는 사실을 알아차린 거지. 추궁을 당하자 나도 자백하지 않을 수 없었어. 게다가 평소 괜찮았으니 그 사실이 그렇게 심하게 그 사람의 마음을 상처 입히리라고는 꿈에도 생각 못 했지. 기요코…… 사쿠라는 언제나처럼 분해하지도 원망하지도 않았어. 하지만 더 나쁜 일이 일어났지. 그 사람은 울었어. 탄식했어. 그야말로 영혼이라도 끊어질 것처럼. 남편이 오랫동안 자신을 속였다는 사실에 분노하기보다, 내게 아이가 있다는 사실이 새삼 자신의 불능을 인식하게 하고 몸을 죄는 듯한 비애를 느끼게 했던 거지. 그 당시 시든 꽃잎처럼 풀이 죽어 있었는데 분명 그것이 바라도 얻을 수 없던 모성애에 대해 강한 자극이 되었을 듯싶네."

"아마미야 군은 당신이 아버지란 걸 알고 있었습니까?"

"분명 알았을 거야. 하지만 꽤 속이 깊은 아이인지 절대 나를 편히 대하거나 버릇없는 태도를 보이지는 않았어. 나는 그 아이를 딱하게 여겼네. 게다가 그 아이가 살해당하고 나는 처음으로 이번 사건, 기요코의 그런 무참한 마지막도 어쩌면 그 아이…… 아마미야의 일이 동기가 된 건 아닐까 생각하기 시작했어. 그렇다면 기요코에게 미안해. 그런 생각이 들어서 어젯밤 잠을 잘 수가 없었네. 유리 군, 나는 기요코를 사랑하고 있었어. 세상 무엇보다 그 사람을 사랑하고 있었어. 그 사람도 마찬가지였을 거라고 생각해."

소이치로의 눈은 다시 빛을 잃어가기 시작했다. 유리 선생님은 격려하듯 목소리에 좀 더 힘을 실었다.

"하라 씨, 또 하나 여쭙고 싶은데요. 애초에 당신은 부인과 함께 19일 아침 도쿄를 떠나기로 되어 있었죠. 그런데 그날 저녁으로 연기한 건 무슨 이유에섭니까?"

"아, 그거. 그 점은 나도 이상하게 생각했는데……. 19일 아침까지 나는 기요코와 함께 출발할 예정이었어. 그런데 출발 한 시간쯤 전에 상공회의소의 N에게서 전화가 걸려 와 급히 논의할 게 있으니 오늘 밤 6시에 쓰키지에 있는 어떤 요정料亭으로 와달라는 거야. 기요코에게 그 얘길 했더니 나는 사가라 씨랑 같이 가니까 괜찮아요, 당신은 이야기를 끝내고 오늘 밤 기차로 와요, 라고 하더군. 그래서 그날 밤 쓰키지의 요정에 갔더니 N도 와 있었지. 그런데 놀랍게도 딱히 중요한 용건이 있었던 건 아니었어. N은 웃으면서 실은 어제 자네 부인이 전화를 걸어 남편과 같이 오사카에 가면 좀 곤란해진다, 뭐든 용건을 만들어서 밤까지 도쿄에 잡아놔달라고 부탁하기에 계략을 세워 붙잡아둔 걸세, 라는 거야. 좀 놀라긴 했지만, 원래 기요코는 장난기가 많아서 자네들이 생각하는 만큼 신경 쓰이지는 않았어. 뭔가 또 우리를 놀래줄 생각이겠거니 싶어서. ⋯⋯그래서 이쪽에 오고 나서 그 사람이 보이지 않는다는 얘기를 들었을 때도 그렇게 놀라지 않았던 걸세."

그때 경부가 생각난 듯 끼어들었다.

"쓰키지의 요정을 나선 건 몇 시쯤이었습니까?"

"8시 무렵이었던 거 같소."

"그리고 곧장 도쿄역으로 가신 건가요?"

"아니, 시간이 일러서 긴자를 산책했지. 그저 터덜터덜 정처 없이⋯⋯."

"그동안 누군가 아는 사람과 만나시진 않았나요?"

"아니, 누구와도⋯⋯. 아, 지금 알리바이 조사를 하는 거로군. 그거라면 유감이지만 나는 만족스러운 알리바이를 댈 수가 없을 걸세."

소이치로 씨는 피곤한 듯한 미소를 지었다.

"20일 아침에 계속 호텔 방에 틀어박혀 계셨죠."

"그래. 밤 기차에서 잠을 못 자서, 하지만 이거 아무래도 의심하려면 의심 못 할 게 없겠는걸. 방에 있는 척 빠져나가는 것도 불가능한 건 아니니."

경부는 곤란한 듯 얼굴을 찌푸렸다.

"아, 고맙습니다. 그럼 질문은 이 정도로 하고, 나중에 또 뵙게 될지도 모르겠습니다만."

소이치로 씨는 유리 선생님을 향해 가볍게 고개를 끄덕이고는 피곤한 듯 의자에서 일어났다. 그리고 비틀거리는 걸음걸이로 나갔다.

"대체 이게 어떻게 된 겁니까."

소이치로 씨의 모습이 사라지자마자 경부가 토해내듯 말했다.

"후지모토 쇼지 살인 건은 이 사건과 관계가 있는 겁니까, 없는 겁니까?"

"일단 없다고 보는 편이 좋을 거 같은데요."

"예술가의 에로티시즘이 낳은 환상……이라니 아무래도 저한테는 어렵네요. 사쿠라 여사는 원래 그렇다 치고, 사가라도 오노도 다들 좀 많이 특이한 것 같아요."

"그래요. 거기에 비극의 씨앗이 있는 겁니다. 그럼 슬슬 현장을 보여주시겠습니까. 아, 잠깐, 거기 있는 것이 아마미야 군이 입고 있던 외투군요."

찌그러진 트롬본 옆에 외투가 한 벌 놓여 있었다. 유리 선생님은 그것을 집어 들었다.

"아마미야 군이 입고 있던……? 아뇨, 아마미야 군은 그 외투를 입고 있었던 게 아니에요. 외투는 아마미야 군의 몸을 덮고 있었습니다."

"몸을 덮고 있었다고?"

유리 선생님은 문득 미간을 찌푸리더니 갑자기 흥미를 느낀 듯 외투를 자세히 살폈다.

"예, 그렇습니다. 원래는 콘트라베이스 담당인 가와다 군의 외투였어요. 범인은 4층에서 아마미야 군의 시체를 내던지고 나중에 외투를 던진 거죠. 이게 아마미야 군의 얼굴을 폭 덮고 있었어요."

"하지만 왜 외투를 던졌을까. 이 외투에 뭔가……."

유리 선생님은 갑자기 눈을 번쩍 빛냈다. 펼쳐놓은 그 외투의 등 부분에서 겨드랑이에 걸쳐 가는 끈으로 세게 결박한 듯한 흔적이 남아 있었다.

"아사하라 씨, 이 주름은……."

"글쎄, 그거요. 가와다 군에게 물어도 모른다고 합니다. 누가 이런 짓을 한 거냐며 굉장히 불쾌해하고 있어요."

"하하하하하, 무리도 아니죠. 콘트라베이스 케이스도 그렇고 외투도 그렇고 묘하게 그 남자, 범인에게 이용당하고 있으니까요. 그럼 일단 현장을 보여주시겠습니까?"

우리는 아마미야 군이 살해당한 4층 방으로 올라갔다.

그 방은 가장 안쪽 모퉁이에 있었고, 좁은 뒷계단이 방의 바로 옆을 지나가고 있었다. 문을 여는데 두세 칸 떨어진 방문이 열리고 장신의 남자 시가 데키진이 얼굴을 내밀었다. 시가는 물끄러미 우리를 보더니 이내 문을 닫고 안에 틀어박혔다.

아무튼 그 방의 모습은 쓰치야 군의 수기에도 나와 있으니 새삼 여기에 적지는 않겠다. 유리 선생님은 망가진 유리창을 조사한 다음 창을 열고 고개를 내밀어 위아래를 살피고는 바로 고개를 빼고 창문을 닫았다. 그리고 경부의 설명을 들으면서 당시의 모습을 머릿속에 재현해보다가 곧 흥미를 잃은 듯 말했다.

"그런데 이 방 위층이 오페라단의 창고더군요."

"맞습니다. 맞습니다. 사가라는 거기서 그 남장 의상을 발견했죠."

"그럼 일단 그 방을 보고 올까요."

경부는 묘한 얼굴을 했지만 유리 선생님은 재빨리 방을 나갔다. 그리고 좁은 계단을 두세 걸음 올라가다가 무슨 생각을 했는지 바로 돌아와서는,

"아, 이쪽부터 정리하고 가죠."

복도를 가로질러 선생님이 똑똑 노크한 곳은 시가 데키진의 방이었다.

제19장

바리톤의 탄식

"시가 씨, 잠깐 여쭤볼 것이 있어서 불쑥 찾아왔습니다."

시가는 양손을 주머니에 찔러 넣은 채로 창가에 서 있었다. 가무잡잡하고 윤곽이 또렷한 얼굴에는 여전히 짙은 애수가 어려 있었지만, 그 애수의 바닥에서 스멀스멀 희미한 근심이 꿈틀대는 것을 우리는 놓치지 않았다.

"무슨 일입니까. 내가 답할 수 있는 거라면……."

시가는 앉으려 하지 않고, 우리에게 앉으라고 권하지도 않았다. 대체로 유리 선생님과 시가의 대화는 선 채로 이루어졌다.

"다른 게 아니고요, 어제 당신은 석간을 보고 굉장히 놀라시더군요. 뭔가 그 트렁크에 짚이는 거라도 있는 겁니까?"

"석간……? 트렁크……?"

시가가 의아한 듯 미간을 찌푸리더니 이내 깨달았는지 차츰 안색을 흐렸다.

"아, 그거…… 아래층 로비에서……? 아, 그때 놀란 건 트렁크 기사 때문이 아닙니다. 그건…….."

시가는 화장대 옆에서 어제 자 석간을 집어 들었다.

"이 기사 때문이에요. 사에키 준키치가 배에서 음독자살했다는 이 상하이 특전 말입니다."

유리 선생님은 갑자기 눈썹을 치켜올렸다.

"아, 그럼 당신은 사에키 씨를 아시는군요."

"압니다. 사에키와 우리, 그러니까 나와 쓰치야와 마키노 씨는 모두 옛날에 한솥밥을 먹던 사이예요. 사에키가 자살했다는 …… 그것만으로도 큰 충격인데, 저는 그 사람에게 미안할 짓을 했어요."

"미안할 짓?"

"사에키는 20일 오후 1시 고베를 출발하는 배로 유럽에 갈 예정이었습니다. 그래서 11시경 제1부두 근처에서 만나 같이 밥이라도 먹으면서 배웅하기로 했죠. 그런데 묘한 일이 생겨서 저는 그 약속을 지킬 수 없었어요. 그는 저를 기다렸을 겁니다. 배가 떠나는 마지막 순간까지 기다렸을 것이 분명해요. 그리고 끝끝내 제가 보이지 않게 되었을 때 사에키는 얼마나 외로웠을까요. 한 사람의 배웅도 받지 못하고 외로이 고국을 떠나는 남자, 상심한 몸을 끌어안고, 그리고 곧바로 자살한 친구. 그 생각을 하면…… 그 생각을 하면 만사를 제쳐놓고 배웅하러 갈걸, 하고 장이 갈가리 찢기는 듯한 기분이 듭니다."

시가는 흐느끼는 듯한 깊은 탄식을 토해냈다.

"그렇군요. 그래서 신문을 보고 그렇게 놀랐군요. 한데 방금 묘한 일이 생겨서 사에키 씨와의 약속을 지키지 못했다고 하셨는데, 묘한 일이란 대체 뭡니까?"

시가는 눈썹을 들어 올리고 물끄러미 유리 선생님의 얼굴을 응시하더니 이내 어깨를 으쓱하고 대답했다.

"이렇게 됐으니 전부 털어놓겠습니다. 그날 아침, 즉 20일 아침 일입니다. 저는 사쿠라…… 아니, 하라 여사가 보낸 전보를 받았습니다. 9시 무렵의 일로, 발신국은 우메다라고 되어 있었습니다. 나중에 생각해보면 그 무렵 하라 여사는 이미 사망한 뒤였겠지만, 당시 저는 그걸 몰랐죠. 전보 내용은 급히 할 이야기가 있으니 미노의 폭포수 앞까지 와달라는 것으로……."

"그래서 나가셨습니까?"

"그렇습니다. 제게 사쿠라의…… 하라 여사의 부탁은 지상 명령이나 마찬가지였습니다."

시가는 엷게 얼굴을 붉혔지만 이내 힘차게 고개를 들었다.

"사에키의 죽음에 제 마음이 흔들린 것은 이런 일이 있었기 때문입니다. 우리는 둘 다 정말 비슷한 심경이었죠. 사에키도 저도 생각해서는 안 될 여자를 계속 사모해왔어요. 하라 여사의 부탁이라면 저는 우정도 버리고 떠나야 했습니다. 사에키라면 이런 절 이해해줄 거라 생각하지만……."

"그렇군요. 그래서 미노에 갔는데 하라 여사가 결국 나타나지 않아서 오사카로 돌아왔다는 거군요. 그때 받은 전보는 갖고 계십니까?"

"아뇨, 미노에서 돌아오는 전차에서 찢어버렸습니다. 속았다고 생각하니 역시 화가 나서요."

그때 경부가 옆에서 끼어들었다.

"당신은 18일 밤 도쿄를 떠나 19일 아침 이쪽에 도착했죠. 그런데 19일 행적에 대해 일단 설명을 부탁드려도 될까요?"

"19일……? 아, 그래요. 저는 쓰치야와 같이 간사이로 내려왔습니다. 쓰치야는 오사카에서 내렸지만 저는 산노미야까지 직행했죠. 고베에 급한 볼일이 있었지만 아주 간단한 사무였기에 금방 끝났습니다. 그래서 아침 9시 무렵에 호텔을 나와 고베의 뒷산을 올랐죠. 롯코를 지나 다카라즈카로 나왔습니다. 다카라즈카에 닿은 것은 이미 저녁 무렵이라 온천에 들어가 식사를 한 후 오사카로 가서 밤 10시 무렵까지 어슬렁거리다가 산노미야의 호텔로 돌아와서 잤습니다."

"그럼 19일 밤 당신이 산노미야의 호텔에 있었단 사실은 호텔 사람이 증명해주겠군요."

"증명……?"

시가는 놀란 얼굴로 경부를 보더니, 갑자기 불안한 듯 고개를 갸우뚱했다.

"글쎄요. 그건…… 제가 호텔에 돌아왔을 때는 11시가 넘어서 직원은 프런트 옆에서 쪽잠을 자고 있었습니다. 방 열쇠를 갖고 있었으니 직원을 깨울 필요도 없어서 그대로 방에 올라가서 잤어요. 하지만 20일 아침 보이가 전보를 가져왔을 때는 분명히 방에 있었으니까요."

"19일 아침 호텔을 나와 고베의 뒷산을 오를 때 누군가 아는 사람과 만났나요? 아니, 아는 사이가 아니라도 누군가 당신이 등산했다는 사실을 증언해줄 만한 사람이 있습니까?"

경부의 딱딱하고 날카롭게 추궁하는 듯한 질문을 받은 시가는 혼란스러운 듯 눈을 깜박였다.

"아, 저는 어쨌거나 고베가 아닌 타지 사람이고, 게다가 산속이고……. 하지만, 하지만, 왜 그런 게 필요한가요?"

"아, 저는 지금 어떤 가능성을 생각하고 있습니다. 19일 아침 고베에서 용건을 마친 당신은 바로 다시 도쿄로 돌아갈 수 있었다. 그리고 도쿄에서 어떤 종류의, 피비린내 나는 일을 끝낸 후 바로 밤 기차를 타고 내려온다. 그리고 20일 아침에 오사카에 내려 우메다에서 사쿠라 여사의 이름으로 본인에게 전보를 부친다. 그리고 몰래 호텔에 돌아와 자기 방으로 숨어 들어가 보이가 전보를 가지고 오기를 기다린다. ……이런 일이 가능한지 어떤지 생각하는 중입니다."

시가의 혈관이 갑자기 크게 부풀어 올랐다. 한동안 그는 이글거리는 시선으로 경부의 얼굴을 노려보더니, 이윽고 목구멍 안쪽에서 키득키득 미친 듯한 웃음소리를 냈다.

"그렇지. 가능성의 문제라고 하면 불가능한 건 아니죠. 적어도 제가 그런 짓을 하지 않았다고 증언해줄 수 있는 사람은 한 명도 없으니."

시가는 털썩 소리 내며 침대 끝에 앉더니 양손으로 머리를 감싸 쥔 채 입을 다물었다.

우리는 한동안 물끄러미 시가의 커다란 등을 내려다보았다. 나는 방금 경부가 한 말에서 역시 가능성이란 것은 어디에나 있구나 생각했다. 그와 동시에 알리바이란 것이 이렇게나 어렵구나 생각하고 왠지 으스스함을 느꼈다. 정말이지 이건 남의 일이 아니다. 우리 또한 언제 어느 때 무서운 살인 사건에 휘말리지 않으리란 보장이 없지 않은가.

유리 선생님은 가볍게 시가의 어깨를 두드렸다.

"아아, 그렇게 낙담하실 건 없습니다. 아사하라 군도 설마 방금 한 말에 확신을 갖고 있는 것은 아닐 테니까요. 하지만 시가 씨, 조금 이상한데요, 19일에 왜 등산 같은 걸 한 겁니까? 그사이에 사에키 씨를 만날 수는 없었나요?"

갑자기 시가가 확 고개를 들었다. 그리고 무서운 얼굴로 유리 선생님을 노려보았다.

"어떻게 그런 게 가능하겠습니까? 사에키는 20일 아침 도쿄에서 왔어요. 19일에는 아직 고베에 없었단 말입니다."

유리 선생님은 갑자기 눈을 크게 떴다.

"20일 아침 고베에 도착했다……? 그렇다면 혹시 오페라단 일행과 같은 기차가 아니었을까요?"

"그럴지도 모릅니다. 같은 열차이거나 바로 다음 열차이거나 둘 중 하납니다."

"시가 씨, 사에키 씨는 마키노 씨와 옛날부터 아는 사이죠? 같은 기차로 내려왔다면 분명 마키노 씨와 이야기를 나눴겠 죠?"

"글쎄요, 어떨지. 저는 그렇게 생각되지 않아요. 옛날에 알고 지냈어도 마키노 씨와는 최근 소원해졌고, 게다가 사에키는 가 급적 남을 피하고 있었으니……. 여러 지인들을 피하고 싶어서 일본을 떠나고 싶어 한 거니까요."

"아, 고맙습니다. 시가 씨, 나중에 또 뵐 일이 있을지도 모르 지만, 지금은 이만……."

그리고 우리는 5층으로 올라갔다.

제20장

파이프의 곡예

내 친구 중에 같은 추리소설을 쓰는 S·Y라는 남자가 최근 이런 센류*를 썼다.

'탐정은 다들 모이도록 한 뒤에 발표한다네.'

딱 그 말대로다. 영미 추리소설을 보면 늘 마지막에 명탐정이 관계자들을 한데 모아놓고 "그런데 말입니다, 여러분" 같은 말을 한다. 나 역시 그런 걸작들에 지지 않을 작정으로 이 소설을 쓰고 있으니 아무래도 이쯤에서 등장인물을 한자리에 모아놓고 유리 선생님으로 하여금 "그런데 말입니다, 여러분, 이런 연유로 논리의 실마리를 더듬어 가다 보면 범인은 아무개일 수밖에 없습니다"라고 말하게 해야 한다. 한데 실제로 유리 선생님은 그와 비슷한 일을 하셨던 것이다.

그날 밤 11시 무렵의 일이었다. 수사본부가 된 지배인실에 오페라단원 전원이 모였다. 이때의 삼엄한 분위기로 보아 다들

* 川柳, 에도 시대 중기에 유행한 5·7·5의 3구 17음으로 된 짧은 풍자시.

사건이 드디어 결말에 이르렀다고 느꼈던 모양이다. 서로 탐색하면서 묘하게 어색한 헛기침을 하는 그들의 창백하고 긴장된 얼굴은 담력 테스트를 앞둔 불쌍한 초등학생들처럼 보였다.

사람들은 반원을 그리며 의자에 앉아 있었다. 그 원의 중심에 유리 선생님과 아사하라 경부와 내가 책상을 앞에 두고 자리하고 있었다. 책상 위에는 탁상전화가 놓여 있었다. 나는 그 이유를 알 수 없었다. 사람들을 소집하기 조금 전 유리 선생님이 로비에 있던 시마즈 군에게 무언가 부탁하는 듯했다. 시마즈 군은《주간 그래프》를 든 채 로비에 서 있었다.

유리 선생님이 무슨 부탁을 했는지는 알 수 없었지만, 시마즈 군의 놀라고 격앙된 표정으로 보아 굉장히 중대한 일인 듯싶었다.

"제기랄!"

시마즈 군이 외쳤다. 그러다 정신이 들었는지 당황해서 주변을 둘러보고는,

"아, 알겠습니다. 결과는 바로 전화로 알려드리겠습니다."

시마즈 군은 바람처럼 호텔을 달려 나갔다. 선생님은 분명 그 보고를 기다리고 있는 것이리라.

한데 선생님은 5층 방에서 무엇을 발견한 것일까. 거기에는 커다란 트렁크가 대여섯 개 쌓여 있었다. 소도구나 소지품들을 넣은 상자도 있었다. 그리고 그 상자들을 얽어맨 그물이 풀어헤쳐진 채 흐트러져 있었다. 선생님은 그런 것들에는 큰 흥미가

없는 듯 바로 창문을 열고 위쪽의 처마나 아래쪽의 좁은 통로를 살폈다. 이 처마 뒤쪽을 큰 철봉 하나가 가로지르고 있었다. 선생님은 그걸 보더니 싱긋 웃고는 바로 창문을 닫고 방을 나와버렸다.

그 철봉에 어떤 의미가 있는 것일까. 또 시마즈 군은 어디에, 무엇을 조사하러 간 것일까. 멍하니 그런 생각을 하느라 나는 그 자리에 마키노 씨가 없다는 사실을 깨닫지 못했다. 그래서 마키노 씨가 한발 늦게 분연한 표정으로 들어왔을 때는 솔직히 꽤 놀랐다.

"경부님."

마키노는 경직된 얼굴 근육을 한층 긴장시키면서, 번들거리는 눈으로 경부를 노려보았다.

"몇 번이나 제 물건을 뒤져야 만족하시겠습니까?"

"몇 번……? 당신의 물건을……?"

"그렇습니다. 어젯밤 아마미야 군 사건이 있은 후에도 당신은 제 물건을 뒤졌어요. 그때는 저도 옆에 있었죠. 그래서 그 일에 대해선 아무 불만 없습니다. 한데 또 몰래……. 아니, 절 의심하시는 것은 잘 알아요. 하지만 남의 물건을 멋대로, 그렇게 자주 헤집어놓아서야……."

"자, 잠깐 기다리세요. 뭔가 오해하신 거 아닙니까? 그 뒤에 당신 물건에 손댄 기억은 없는데요……."

"시치미 떼지 마세요. 조사는 몇 번을 해도 좋습니다. 하지만 그 전에 먼저 양해를 구해야죠…… 저는 결벽증이 있어서 누가 내 물건을 멋대로 뒤지는 건 딱 질색이에요."

"마키노 씨."

유리 선생님이 옆에서 온화하게 끼어들었다.

"그럼 누군가 당신 소지품을 만진 겁니까?"

"그렇습니다. 누군가 제 슈트 케이스를 헤집어놨어요. 굉장히 능숙하게 해서 언뜻 보면 티가 안 나 보여도, 저는 항상 소지품을 깔끔하게 정돈하는 편이라 금방 압니다."

유리 선생님은 손을 들어 형사를 불렀다.

"자네, 마키노 씨의 방에 가서 슈트 케이스를 가져와줄 수 있겠나. 마키노 씨, 괜찮으시죠. 이런 건 철저하게 규명해야……."

마키노 씨는 놀란 듯 눈을 크게 떴지만 딱히 반대하지는 않았다. 형사는 바로 나가서 금방 마키노 씨의 슈트 케이스를 가지고 돌아왔다.

"마키노 씨, 안을 살펴봐도 될까요?"

마키노 씨는 눈썹을 치켜올렸지만 말없이 열쇠를 내주었다. 유리 선생님은 슈트 케이스를 열었다. 마키노 씨 말대로 결벽증이 있는지 안은 깔끔하게 정리되어 있었다. 속옷, 양말, 간단한 화장 도구, 보통 남자들이 여행할 때 챙기는 물건들뿐이었다. 유리 선생님은 그것을 하나하나 책상 위에 꺼내놓았는데, 그때마다 마키노 씨의 눈썹이 불쾌한 듯 움찔거렸다. 이윽고 슈트 케이스는 텅 비었다.

"뭐가 있습니까?"

마키노 씨는 빈정거리듯 실실 웃었다.

"아뇨, 지휘봉 말고는 아무것도."

유리 선생님은 슈트 케이스에서 지휘봉을 꺼내더니 싱긋 웃고는 마키노 씨에게 몸을 돌렸다.

"마키노 씨, 당신의 지휘봉은 속이 비어 있군요."

"네, 맞습니다. 지휘봉이란 보통 다 그래요. 그런데 그건 제가 특별히 주문해서 만든 겁니다. 조금 길어요."

"아, 그래요. 그럼 일단 이걸 휘둘러보시죠."

마키노 씨는 또 신경질적으로 얼굴을 찡그렸다. 그리고 말없이 유리 선생님의 손에서 지휘봉을 낚아챘다. 그런데 그 순간 마키노 씨의 얼굴에 희미하게 놀란 기색이 비쳤다. 어, 하고 눈을 크게 뜨더니 고개를 기울여 귓가에 두세 번 지휘봉을 흔들어보고는 문득 의심스러운 눈으로 유리 선생님을 응시했다. 그리고 당황해서 지휘봉 한쪽 끝을 비틀었다. 지휘봉은 양쪽 끄트머리에 뚜껑이 있고 그 안이 빈 통처럼 되어 있는 것 같았다. 마키노 씨는 뚜껑을 빼더니 지휘봉을 비스듬히 기울였다. 그러자 떨리는 그의 손바닥에 주룩 흘러나온 것은 분명 진주 목걸이였다.

한순간 갈댓잎을 스치는 바람 같은 속삭임이 방 안에 일었다. 경부는 의자를 박차고 일어나더니 마키노의 왼손을 잡았다. 마키노는 비명을 질렀다.

"난 몰라요. 나 아냐, 나 아냐, 아니라고……."

"아, 잠깐, 아사하라 군, 기다려봐요."

유리 선생님은 마키노 씨의 손바닥에 있는 목걸이를 집어 들었다.

"아사하라 군도 마키노 씨도 자리에 앉아주십시오. 하라 씨, 이거 부인의 목걸이 아닙니까?"

하라 소이치로 씨는 목걸이를 집어 살피더니,

"아마 그럴 걸세. 하지만 이런 건 여성분이 더 잘 아시겠지. 사가라 씨, 어떤가."

"네. 틀림없이…… 선생님의 목걸이 맞습니다."

더듬더듬 그렇게 말하고 사가라는 추운 듯 어깨를 떨었다. 마키노 씨는 다시 입속으로 중얼거렸다.

"나 아냐, 나 아냐, 난 몰라, 누가 내게 죄를 뒤집어씌우려고 한 거야."

"그래요. 그럴지도 모르죠. 하지만 누가 했든 목걸이는 원래 여기 있었던 게 아니죠. 적어도 어젯밤까지는요."

"어젯밤까지는?"

경부는 이상한 듯 반문했다.

"예, 그래요. 어젯밤까지는……. 왜냐하면 어젯밤까지 이 목걸이는 하스미 군의 트롬본 에어파이프 속에 들어 있었으니까."

앗…… 하는 소리가 사람들의 입에서 터져 나왔다. 갈댓잎을 스치는 바람 소리는 점점 높아지고 있었다.

"이렇게 말하면 아마미야 군이 왜 살해되었는지 아시겠죠. 범인은 어젯밤 트롬본 속에서 목걸이를 꺼내고 있었어요. 그걸 아마미야 군이 본 겁니다. 그래서 오늘 밤엔 다시 마키노 씨의 지휘봉 속에 숨긴 거죠."

"유리 군, 그건 누구지? 자네 말투로 봐선 이미 알고 있는 게 아닌가."

소이치로 씨는 갑자기 생기를 되찾은 듯 말했다. 그리고 거기 있는 사람들의 얼굴을 하나하나 보았다.

"자네가 의심하는 건 시가 군인가, 쓰치야인가, 아니면 오노 군인가, 마키노 군인가, 아니, 아니, 어쩌면 자네는 나를······."

소이치로 씨가 이름을 부를 때마다 나는 그 사람들의 얼굴을 응시했다. 하지만 범인이 이들 중에 있다 한들 그 표정을 보고 바로 이놈이다, 하고 짚어내기란 불가능했다. 묘하게 오들오들 떨고 있는 오노 군은 의외로 죄가 없을지도 모르고, 전부 포기한 듯한 시가 씨가 도리어 대담무쌍한 범죄자일지도 몰랐다. 쓰치야 군은 안색 하나 바뀌지 않았고, 마키노 씨는 자꾸만 손톱 끝을 물어뜯고 있었다. 아니, 어쩌면 이 같은 발언을 한 장본인인 소이치로 씨야말로 수상쩍지 않은가.

하지만 유리 선생님은 그 말에 바로 답하지 않았다. 선생님은 아까부터 평소처럼 마도로스파이프를 물고 있었는데 그때 참으로 묘한 일을 하기 시작했다. 마도로스파이프를 입에서 떼더니 조끼 주머니에서 가닥가닥 꼰 검은 끈을 꺼내 두 겹으로 접어서 파이프의 불붙이는 입구에 걸었다. 그리고 빙글빙글 파이프의 축을 왼 손가락으로 돌렸다. 축을 돌릴 때마다 파이프 목에 건 끈이 뒤틀리며 새끼 꼬듯 꼬여간다. 대체 선생님은 일부러 이런 짓을 하는 걸까, 아니면 무의식중에 끈과 파이프를 가지고 놀고 있는 걸까. 선생님의 얼굴을 보면 둘 다 가능할 것 같았다.

빙글빙글 왼 손가락으로 선생님은 파이프의 축을 돌린다. 오른 손가락으로는 끈 가장자리를 붙잡고 있다. 사람들은 묘하게 불안한 눈길로 선생님의 손가락 끝을 응시하고 있다.

……그때였다. 탁상전화 벨이 요란하게 울리기 시작했다.

선생님은 파이프와 끈을 책상 위에 두고는 서둘러 수화기를 집어 들었다.

"선생님? 유리 선생님이십니까? 저 시마즈입니다. 지금 아케보노 아파트에 있습니다."

나는 깜짝 놀랐다. 시마즈 군의 행선지가 아케보노 아파트란 것을 알았기 때문은 아니다. 시마즈 군의 목소리가 바로 옆에서 들리는 것처럼 또렷하게, 마치 라운드 스피커에서 흘러나오는 것처럼 또렷하게 방 안에 울려 퍼졌기 때문이다.

"선생님!"

나는 옆에서 주의를 주려고 했다. 그러나 선생님은 꾸짖듯 나를 제지하더니 물었다.

"아, 그래서 부탁한 건……?"

"알았습니다. 역시 선생님이 말씀하신 대로였어요. 아케보노 아파트에는 각 반별로 같이 쓰는 모래주머니가 계단 입구나 복도 구석구석에 있습니다. 그 모래주머니는 서른 개로 개수가 정해져 있는 것 같고, 20일 오후 10시쯤에 반장들이 개수를 점검했습니다. 그때는 모든 반이 서른 개씩 다 갖추고 있었답니다. 그런데 지금 조사해보니……."

"조사해보니……?"

"반마다 대여섯 개씩 모래주머니가 늘어나 있습니다. 게다가 아무도 기억 못 하는 모래주머니가……."

"그래서 그 무게를 계산해봤나?"

"했습니다. 지금까지 발견된 모래주머니만으로도 이미 60킬로그램이 넘습니다. 어쩌면 아직 발견되지 않은 모래주머니가 더 있을지도 모릅니다."

"고맙네. 그럼 그 모래주머니를 잘 보관하도록 관리인에게 부탁해주게. 아사하라 군이 이쪽에서 바로 갈 터이니……."

선생님은 전화를 끊더니 힐끗 사람들을 둘러보면서 싱긋이 웃었다. 그리고 또 말없이 파이프와 노끈 장난을 재개했다.

누구 하나 입을 여는 사람은 없었다. 다들 묘석처럼 침묵하고 있다. 하지만 그들이 방금 한 대화를 빠짐없이 들었으리라는 사실은 의심할 여지가 없다. 묘하게 불안한, 겁먹은 눈으로 안절부절못하면서 서로 안색을 살피고 있다.

모래주머니…… 모래주머니…… 모래주머니…… 아파트 주

민들이 아무도 모르는 모래주머니……. 20일 오전 10시 이전에는 거기 없었던 모래주머니…… 전부 모으면 60킬로그램을 넘는 모래주머니.

유리 선생님은 빙글빙글 파이프의 축을 돌리고 있었다. 오른손으로 붙잡은 노끈은 꼬이고 꼬여서 도도록하게 보였다. 이제 노끈은 더 이상 파이프를 둘러쌀 수 없을 만큼 꼬였다.

그때였다.

오른손 검지와 엄지로 끈을 붙잡고 있던 선생님은 파이프 축을 잡은 왼손을 슬며시 놓았다. 그 순간 파이프는 끈 끝에서 빙글빙글 팽이처럼 회전하기 시작했다.

빙글빙글빙글빙글빙글…… 빙글빙글빙글…… 파이프는 돌고 돌고 돌고 돈다. 파이프가 회전함에 따라서 새끼처럼 꼬여 있던 끈이 빙글빙글빙글빙글 원래대로 돌아간다. 이윽고 끈은 거의 원래대로 돌아왔다. 그 순간 끈 앞쪽에 걸려 있던 파이프가 끈에서 벗어나 툭 바닥에 떨어졌다.

"우하하하하!"

유리 선생님이 느닷없이 방이 떠나가도록 폭소했다.

"그러니까 끈의 꼬임이 다 풀릴 때까진 범인에게 여유가 있었단 말이지."

쨍그랑! 누군가가 천장의 전등을 겨누고 뭔가를 던졌다. 불이 꺼졌다. 유리 파편이 우박처럼 머리 위로 쏟아졌다. 왓! 어둠 속에서 비명이 들렸다. 꺅! 여자들의 외침과 의자를 쓰러뜨리며 우왕좌왕하는 움직임.

나는 본능적으로 창가로 뛰어갔다. 그와 동시에 누군가가 내 몸을 밀어젖히려고 했다.

"누구냐!"

나는 상대의 어깨에 손을 올렸다. 그 순간 엄청난 펀치가 내 턱으로 날아들었다. 정통으로 맞았다면 분명 인사불성이 되었을 것이다. 머리끝까지 분노가 솟구쳤다. 동시에 이놈이 범인이라고 직감했다. 나는 맹렬히 상대에게 덤벼들었다. 우리는 뒤엉켜 바닥을 뒹굴었다. 나는 여기저기 생채기가 나고 얻어맞고 물어뜯겼다. 하지만 결국 놈은 내 적수가 되지 못했다.

"미쓰기 군, 괜찮아?"

"괜찮아요. 방금 해치웠습니다. 불 켜주세요."

어둠 속에서 흐트러진 발소리가 들리는가 싶더니, 이윽고 우리를 둘러싼 형사들의 손에서 몇 줄기의 회중전등 불빛이 내가 때려눕힌 남자 위로 쏟아졌다. 이미 단념했는지 나른하게 눈을 감은, 메피스토펠레스 쓰치야 교조의 얼굴 위로…….

피날레

아무튼…….

제20장까지 쓴 시점에서 나는 원고를 들고 오랜만에 구니타치에 있는 유리 선생님을 찾았다. 지금도 유감스러운 부분은 쓰치야 씨의 그 멋진 수기에 끝이 없다는 점이다. 쓰치야 씨는 범행 일체를 인정했다. 하지만 그것을 수기로 남기기 전에 독방에서 청산가리를 먹고 자살하고 말았다. 청산가리는 그가 문제의 트렁크를 도쿄역 임시 보관소에서 탁송 수화물로 보내준 데 대한 사례로 뱃멀미 약이란 이름하에 불쌍한 사에키 준키치에게 건넨 것인데, 그 약을 어떻게 감방까지 갖고 들어갔는지는 아직도 확실히 해결되지 않은 수수께끼인 모양이다.

아무튼 내가 다 쓴 원고를 내밀자 유리 선생님은 싱긋 웃었다. 그리고 부인을 불렀다.

"봐, 미쓰기 군이 소설을 써 왔어."

부인은 언뜻 원고를 보더니 눈을 동그랗게 떴다.

"나비 부인 살인 사건……? 어머나! 그럼 그 사건이잖아요.

싫다, 싫다, 그러면 분명 우리 이야기도 쓰여 있겠네요."

"그러니까 처음부터 내가 말했잖아. 미쓰기 군이 쓴다면 어차피 핑크빛 염문을 다룬 폭로소설일 거라고. 분명 당신이 남장하고 도쿄랑 오사카를 누비면서 경찰들을 골탕 먹였단 사실도 의기양양하게 늘어놓았을 게 분명해."

"어머, 싫어, 싫어요. 미쓰기 씨, 앞으로 두고 봐요."

지에코 부인…… 즉 그 옛날의 사가라 지에코는 나를 노려보는 척했지만 금세 차분한 태도로 돌아갔다.

"하지만 그때의 일을 떠올리면 저까지 슬퍼져요. 그야 선생님도 딱하시지만 앞으로 나는 어떻게 되는 건가 생각하면 불안해서 견딜 수 없었죠. 누가 뭐래도 선생님은 저희에게 있어 정신적 지주였으니까요."

"그래, 사쿠라 여사는 위대했지. 많은 사람의 지주였어. 개중에서도 사쿠라 여사에게 가장 기대고 있던 사람이 쓰치야 교조였지. 그런 만큼 여사를 죽여도 자신은 의심받지 않을 거라 생각했지만, 자식, 그 일을 수기에서 너무 강조한 게 문제였어."

"그거예요, 선생님."

나는 몸을 내밀고 선생님의 얼굴을 보았다.

"실은 그 소설은 아직 완결되지 않았어요. 쓰치야 교조를 붙잡는 부분에서 끝나 있죠. 추리소설의 성격상 그 뒤에 선생님의 추리 과정을 넛붙여야 해요. 이건 당시에도 여쭤본 건데, 다시 한번 여쭙는 편이 좋지 않을까 싶어 오늘 찾아온 겁니다. 선생님이 쓰치야에게 주목하신 건 분명 그 수기를 보고 그러신 거죠."

"그래. 그럼 그 당시의 일을 떠올리면서 다시 한번 강의해볼까나. 지에코, 차라도 끓여줘."

이윽고 지에코 부인이 끓여 온 차를 마시면서 선생님은 이런 식으로 소설의 결말을 말씀해주셨다.

"그 수기는 이중적인 의미로 내게 힌트를 주었어. 하나는 수기 전체에 넘쳐흐르는 말투랄까, 기세랄까, 일종의 분위기 말이야. 자네는 최근 그 수기를 다시 읽었으니 기억하고 있을 텐데, 굉장히 자조적이야. 자조적이라기보다 자학적이고 자신의 결점을 일부러 드러내는 느낌이지. 게다가 그 수기가 오로지 자신의 심경을 적은 것만은 아니라는 사실은 전체 구성을 봐도 금세 알 수 있지. 필자는 남이 그것을 읽을 걸 기대하고, 아니, 그걸 목적으로 쓴 거야. 오노 군이 우연히 들어간 방 안에 펼쳐놓은 걸 봐도 알 수 있지 않나. 매니저란 사람은 단체의 중심에 서 있으니 언제 누가 들어올지 모르는데 말이야. 그걸 모를 쓰치야 군이 아닐세. 책상 위에 펼쳐놓았다는 건, 그걸 누군가에게 보이고 싶어서 그런 거라 생각해도 무방하겠지. 그런데 그런 게 남의 눈에 보이기 위해 쓴 것이라면, 거기 있는 자조, 자학, 자기비하는 한층 구린 게 되지. 일단 난 자조 취미, 자학 취미, 자기비하 취미 같은 건 그냥 싫어. 아무래도 건전한 정신을 가진 인간이 할 짓은 아니다 싶어. 인간은 누구나 적당한 자존심을 갖고 있어야 하니까. 게다가 쓰치야 군의 수기에 담긴 자조에는 어딘가 천박한 데가 있어. 예를 들어 장래에 자신에게 도움이 될 것 같은 하라 소이치로 씨나 오노 다쓰히코…… 둘 다 부자지. 이 두 사람만큼은 절대 나쁘게 쓰지 않았지. 특히 소이치로 씨에 대해선 대놓고 아부하고 있어. 그래서 난 이렇게 생각했네. 이건 분명 이유가 있어 쓴 것이고 이런 수기를 쓴 쓰치야라는 남자는 근본적으로 굉장히 음험한 사람일 거라고……."

유리 선생님은 거기까지 말하고 지에코 부인이 따라준 차로 목을 축였다.

"아무튼 여기 목걸이 문제가 있어. 자네도 알다시피 그 사건은 한 달도 전부터 계획되었잖아? 물론 한 달 전에 아케보노 아파트를 빌렸을 때는 아직 그렇게 세밀하게 계획을 세우지는 않았겠지. 적어도 사에키 준키치의 유럽행 같은 것은 그 무렵 아직 몰랐을 게 틀림없네. 하지만 어쨌거나 그 아파트를 계획의 일부로 쓰려고 빌린 것은 확실하네. 그런데 그 무렵부터 범인은 이미 목걸이를 훔칠 생각이었을까? 이 질문에는 노, 라고 대답해도 될 것 같네. 범인은 그저 사쿠라 여사를 죽일 생각으로 차근차근 꼼꼼하고 세밀하게 계획을 세우고 있었던 거야. 그런데 막상 사쿠라 여사를 죽이고 보니 거기에 고가의 목걸이가 있었네. 범인은 본능적으로 그것을 훔치고 싶은 유혹에 빠졌지. 이 사실은 범인의 성격을 꽤 확실하게 보여준다고 생각해. 태생적인 비열함…… 그런 성격은 적어도 하라 소이치로 씨나 오노 다쓰히코에게는 없지. 마키노 씨나 시가 군은 어떨까 싶어서 나는 꽤 깊이 그들을 관찰했는데, 두 사람에게서도 살인하는 김에 물건까지 훔치는 그런 저급함은 발견하지 못했네. 단 한 사람, 쓰치야 교조만이 그런 성격이었지. 내가 그 사람을 주목한 첫 번째 이유는 그 점이었던 거야. 물론 그런 선입견에 사로잡히면 안 된다고, 스스로도 경계를 단단히 했지만 여기서 놓칠 수 없었던 것이, 그 수기에는 또 한 가지 크게 암시해주는 부분이 있었다네."

유리 선생님은 내가 가져온 쓰치야의 수기를 펼치면서 말했다.

"봐, 여기야. 콘트라베이스 케이스 속 사쿠라 여사의 시체를 발견한 대목에서 쓰치야는 이렇게 적었네. 정말이지 하라 사쿠라라는 여자는 일상생활 자체가 모두 연극이었다. 어떤 경우에도 극적인 방식으로 등장해야 한다는 사실을 잊지 않는 여자였다. ……이 점은 나중에 소이치로 씨나 지에코도 확인해주었는데, 이 사실과 사쿠라 여사의 오사카 입성 사이에 모순이 있지 않나? 대체로 이렇게 인기로 먹고사는 직업을 가진 사람이 오랜만에 지방 공연을 할 때는 항상 확 시선을 끌 만한 일을 하지. 특히 오사카란 곳은 극단적으로 그런 경향이 강한 도시일세. 게다가 사쿠라 여사는 주위에서 추켜올려주는 것을 아주 좋아하는 성격…… 아니, 본능을 갖고 있지. 그런데도 그때 여사의 오사카 입성은 쓸쓸하기 짝이 없었어. 스케줄에 의하면 남편과 지에코와 셋이서 환영해주는 사람도 없이 오사카역에 내려 D 빌딩 호텔에 들어간다…… 고작 이거였어. 이건 여사의 성격과는 크게 어긋나지. 그런 것을 받아들일 여사가 아니야. 실제 그 이튿날 아침 도착한 사람들은 꽤 화려한 환영을 받았지. 그런데, 가장 중요한 프리마돈나, 게다가 그런 것들을 아주 좋아하는 사쿠라 여사가 그토록 쓸쓸하게 오사카에 입성하다니 참을 수 있겠나."

"예, 그건 저도 이상하게 생각했어요. 하지만 밤 기차를 타면 다음 날 소리가 잘 안 나오는 것도 사실이라 여사도 이번만은 어쩔 수 없이 포기한 게 아닐까 생각했죠."

"그걸 포기할 여사라면 그런 비극은 일어나지 않았을 거야. 포기하지 못한다는 걸 범인이 이용한 거지. 아무튼 나는 이건 여사의 성격에 반한다고 생각했어. 게다가 그 상황에 아무 불평도 푸념도 안 했다는 것은 뭔가 다른 생각이 있었기 때문이 아닐까…… 그렇게 생각지 않을 수 없었네. 일단 오사카에 조용히 입성하고 나중에 세상을 놀라게 할 계획…… 그런 계획이 있다 쳐도 여사 혼자 실행할 수 있을 리 없지. 당연히 논의 상대가 있었을 거야. 그 상대란 누구일까. 그 생각을 했을 때 가장 먼저 떠오른 것은 지에코, 당신이었어. 당신은 여사와 함께 도쿄를 떠났고 게다가 여사의 대역도 하고 있었지. 분명 당신은 그 계획에 동참하고 있을 거라 생각했어."

"네, 그렇게 생각해도 할 수 없죠. 사실 저도 시나가와에서 선생님이 내리실 때 하하, 저분 또 연극을 하시네? 하고 바로 알았으니까요. 알았기 때문에 거들었던 거죠."

"음, 그러니 내가 당신을 의심한 것도 무리가 아니었던 게지. 아무튼 하라 사쿠라와 사가라 지에코, 이 두 사람이 계획적인 각본을 썼다 해도 그것만으로는 부족해. 그 계획이 어떤 것이든 거기엔 남자…… 그것도 사무적인 재능을 가진 남자가 필요할 게 틀림없어. 당연히 내가 염두에 둔 것은 매니저인 쓰치야 교조였지. 매니저야말로 이럴 때 논의 상대로 가장 적합한 존재가 아닌가. 게다가 쓰치야는 한발 앞서 오사카에 갔으니 공모자일 가능성은 한층 커지지."

나는 말없이 고개를 끄덕였다. 유리 선생님의 논리 전개 과정에 전혀 허점이 없다고 생각했기 때문이다.

"아무튼 쓰치야가 여사의 계획에 동참했다고 치고 다시 한 번 그 수기를 읽어보게. 그 사실에 대해서는 한마디도 적혀 있지 않아. 즉 쓰치야는 적어도 그 사실만큼은 숨기고 있어. 그렇다면 그 외에도 좀 더 숨기는 것이 있지 않을까. 아니, 어쩌면 이 수기 전체가 거짓말 아닐까. 일단 그런 생각을 하게 되는 것도 무리가 아니겠지."

나는 다시 끄덕였다. 유리 선생님은 말을 이었다.

"아무튼 수기에 대해선 이 정도로 하고, 이번엔 암호를 살펴보자고. 미쓰기 군, 그 암호를 해독했을 때 나는 자네에게 다음과 같은 말을 했을 걸세. 사쿠라 여사 정도 되는 인물이 이런 초보적인 간단한 암호를 사용했다면 한 가지 해석밖에 할 수 없다. 즉 암호 상대가 아마추어일 거라고…… 그렇게 말했지. 그 때 내가 말한 아마추어란 우리, 즉 경찰을 말하는 거였네. 그 암호는 애초에 경찰에게 발견되어 해독될 것을 기대하고 거기 두었다는 사실. ……이렇게 생각하게 된 데는 또 하나 이유가 있네. 그 악보는 핸드백 속에 있었어. 그런데 범인이 핸드백 속에서 목걸이를 훔쳤으니 이 악보도 못 보았을 리 없네. 그런데도 훼손하지 않고 버리지도 않고 그대로 두었다는 건, 결국 우리가 발견해주기를 바랐기 때문이다…… 라고 생각했지.”

“그 악보 말인데요, 그걸 도쿄역에서 여사에게 건넨 사람은 누구였나요?”

“아무도 건네지 않았어. 사쿠라 여사 본인이 일부러 떨어뜨려 보인 거지. 처음 이야기를 들었을 때부터 막연하게나마 짐작은 했네만, 소이치로 씨의 이야기를 듣고 한층 그 확신을 굳혔네. 그날 여사와 지에코와 같이 도쿄를 떠날 예정이던 소이치로 씨를 붙잡은 것은 상공회의소의 N 씨라고 했지. 게다가 N 씨가 그런 장난을 친 건, 사쿠라 여사의 부탁이었고. 나는 이걸로 마침내 여사에게 뭔가 꿍꿍이가 있었구나 확신하는 동시에 암호 악보를 플랫폼에 떨어뜨린 것은 여사 본인일 거라고 결론지었어. 하기야 그런 확신에 도달할 때까진, 지에코…… 공모자일 사가라 지에코도 염두에 두고 있었지만.”

지에코 부인은 순순히 고개를 끄덕였다.

“그런데 이야기를 원점으로 돌려서, 그 악보가 우리에게 해독되도록 남겨졌다면 그건 뭣 때문일까. 말할 것도 없이 우리의 주의를 청풍장으로 돌리기 위해서였어. 그 말은 청풍장은 범죄 현장이 아니라는 의미지. 게다가 아케보노 아파트의 방에 굴러다니던 모래주머니, 그 모래주머니에 커다란 시간적 모순이 있었다는 것은 자네도 알고 있지. 그것도 그렇게 똑똑한 범인이니, 실제 범죄가 도쿄에서 일어났지만 오사카에서 일어난 것처럼 생각하게 만들기 위해서라면 조금만 주의를 기울여도 그런 모순은 방지할 수 있어. 즉, 그 모순은 고의적으로 연출된 것, 경찰의 눈을 그 방에서 돌리려고 준비했던 계획일 것이다…… 라고 생각하는 게 지나친 건 아니지 않나. 그런 모순이 있으면 있을수록 나는 속지 않으려고 노력했지."

"그런데도 선생님은 일부러 도쿄에 가신 거군요."

"그야 어쩔 수 없지. 나는 신통력이 없네. 이 사건의 윤곽이 처음 잡히기 시작한 건 쓰치야 군의 일기를 읽었기 때문이야. 그리고 그 일기를 읽었던 것은 도쿄행 기차 안에서였으니까. 좀 더 빨리 읽었다면 도쿄에 안 갔을지도 모르고 아마미야 군도 죽지 않았을지도 모른다, 그렇게 생각하면 유감스럽기 짝이 없어. 하기야 그 일기를 읽기 전부터 나는 결국 범죄는 오사카에서 일어난 게 아닐까 하는 의문을 갖고 있었지. 왜냐하면 그 암호가 너무 간단하게 해독되었기도 하고, 또 하나는 그 트렁크 말이야. 범행이 실제 도쿄에서 벌어졌다면 그 트렁크야말로 범인이 온갖 지력을 총동원해 우리 눈에 띄지 않게 하려고 노력해야 할 성질의 것이네. 그런데도 트렁크는 너무나 쉽게 우리 눈에 띄었지. 또 너무 쉽게 발견되었어. 이건 그 암호 악보와 마찬가지로 우리가 주목해주기를, 발견해주기를 바란 거 아닌가…… 라고 생각했어. 사실 또 그 트렁크에 장미와 모래 이외에 시체를 넣어 왔을 거라는 증거는 아무 데도 없었으니까. 장미와 모래는 아케보노 아파트에서 넣은 거고 문제의 무게는 다른 물건을 넣어 충분히 속일 수 있으니까 말일세. 하지만 그 수기를 읽을 때까지는 거기에 확신을 가질 수 없었던 거지. 아무튼 도쿄와 오사카 양쪽이 다 가능한 사건이니까 범인이 도쿄에서 뭘 보여주는지 그걸 확인할 생각이었네."

나는 말없이 고개를 끄덕였다. 절대 도박을 하지 않는 선생님의 성격상, 아무리 돌아가더라도 납득이 갈 때까지 조사해야 마음이 놓였을 것이다.

"몇 번이나 말했듯 나는 절대 신통력을 가진 사람이 아닐세. 그저 다른 사람들과 조금 다른 점이 있다면 한번 붙잡은 가능성은 절대 놓치지 않는다는 것뿐. 이 경우 첫 가능성은 범죄가 오사카에서 벌어졌다는 것이었어. 그런데 범인의 계략에 의해서 여러 가지 사실이 도쿄를 가리키자 경찰들은 그 가능성을 완전히 잊고 말았지. 그게 나와의 차이점이야. 도쿄로 무게가 점점 쏠릴 때도 나는 항상 오사카의 가능성을 잊지 않았어. 도쿄와 오사카 두 가지 가능성을 저울에 놓고 무게를 계량하는 것을 잊지 않았지. 그런데 오사카의 가능성을 끝까지 생각한다면 아무래도 그날 밤, 19일 밤 9시부터 11시 사이에 여사가 오사카에 도착했다는 사실을 증명하지 않으면 안 돼. 이런 증명이 절대 불가능하단 걸 깨닫는 순간까지는 나는 오사카의 가능성을 버리지 않을 작정이었네. 그런데 그날 밤 9시 몇 분에 오사카에 도착한 기차에는 절대 여사는 타고 있지 않았다지. 그래서 나는 여객기에 눈을 돌렸지. 거기서 도쿄에 갔을 때 도도로키 경부에게 부탁해 19일 여객기 승객을 조사해달라고 한 건데, 답이 전보로 온 건 자네도 알고 있을 걸세. 하지만 그때 나는 이미 그 답은 아무래도 상관없었어. 왜냐하면 나는 이미 여사가 9시 몇 분 도착하는 기차로 그날 밤 오사카에 온 게 틀림없다는 사실을 알고 있었으니까. 그걸 차장이나 보이가 몰랐던 건 여사가 남장을 하고 있었기 때문이지. ……지에코, 이 사실을 가르쳐준 건 바로 당신이었어. 당신은 여사의 남장에 대해 알려주었을 뿐만 아니라 그 의상이 무대의상 속에 있다는 사실까지 알려주었지. 그 의상이 무대의상 속에 있다는 건 당신도 이상하게 생각했을 정도니, 분명 그런 곳에 있는 건 부자연스럽지. 즉 범인이 거기 숨긴 거고 이건 여사가 입고 온 거라고 나는 생각했던 거야."

"그럼 제가 멋대로 한 모험도 전혀 도움이 안 되는 건 아니었네요."

"그렇고말고. 그로써 나는 확실히 진상을 파악할 수 있었고, 또 그 덕분에 당신에 대한 의심도 거둘 수 있었어. 그때까지 당신에 대해 품고 있었던 의심도 당신의 남장과 당신의 고백 덕분에 단숨에 걸렸으니까."

지에코 부인은 약간 쑥스러운 듯 미소 지었다.

"그런데 오사카의 가능성을 마지막까지 밀어붙이자면 아무래도 그 트렁크의 내용물에 대해 생각해봐야 해. 범인은 대체 그 트렁크에 뭘 넣어 온 걸까. 그리고 그것을 어떻게 처리한 걸까. ……마지막까지 나를 괴롭힌 건 이 부분이었어. 여기서 고백하는데, 인간의 연상력만큼 딱한 것은 없네. 인간…… 그것도 제대로 옷을 입은 인간 중량에 해당하는 것이라는 점에서 나는 어느샌가 부피가 큰 물건을 상상하고 있었어. 그런데 그 20일 아침의 범인은 정말 바빴지. 게다가 아파트라면 사람이 꽤 많이 다니는 장소야. 그런 상황에서 범인은 어떻게 그리 큰 물건을 남모르게 처리할 수 있었을까. 이것이 마지막까지 나를 괴롭혔어. 그게, 갑자기 실체화된 것은 트렁크 속의 그 모래야. 우리는 …… 아니 나는 처음에 이렇게 생각하고 있었어. 범인은 사쿠라 여사를 모래주머니로 살해했다. 그때 모래주머니가 찢겨서 여사는 모래투성이가 되었다. 그래서 그 트렁크 속의 모래는 모래투성이의 시체를 보낸 것처럼 보이기 위해 넣었다고. ……그런데 가만 생각해보니, 반대로도 가능하지 않겠는가. 모래투성이의 시체를 보낸 것처럼 보이려고 모래를 넣은 게 아니라 그 트렁크에 모래를 넣어 보냈기 때문에 시체를 모래투성이로 만든 건 아닐까. 즉, 시체의 모래가 먼저가 아니라 트렁크에 든 모래가 먼저였던 건 아닐까……. 그걸 깨달은 순간, 나는 승리의 나

팔 소리를 들은 기분이었지. 트렁크 속에 모래를 넣어 온다. 모래라면 주머니에 넣어서 얼마든 나눌 수가 있지. 게다가 아케보노 아파트에는 모래주머니가 여기저기 쌓여 있지 않았나. 그 모래주머니의 개수가 10퍼센트나 20퍼센트쯤 늘어나도 아무도 모를 거야. 하지만 범인은 이런 생각도 했지. 보내는 도중에 모래주머니가 터지지 않는다는 보장이 없어. 터지지 않더라도 주머니에서 흘러나올 수도 있지. 그런데 모래란 건 말끔히 청소하기가 어려워. 게다가 20일 아침에 범인은 바쁠 테니 천천히 트렁크 안의 모래를 청소할 여유가 없지. 한 톨이라도 모래가 남아 있다면 진상을 간파당할 우려가 있어. 그래서 역으로 범인은 모래는 그 상태로 두고 이것을 위장하기 위해 모래주머니를 흉기로 쓴 것 아닐까. 아니, 사실 사쿠라 여사의 후두부 상처는 둔기로 맞은 것이 확실하지만 모래주머니라는 보장은 없으니, 어쩌면 다른 것으로 때리고 그것을 모래주머니로 여기게끔 만든 것은 아닐까. ……실제 모래주머니를 흉기로 쓰는 것은 너무 기발하고, 그렇게 계획적인 범인이 다른 흉기를 준비하지 않고 거기 있던 모래주머니를 쓴다는 것은 좀 엉뚱해 보이니 이 생각이 훨씬 자연스럽지 않나. 즉, 범인은 트렁크에 넣어 보낸 모래를 위장하기 위해 사쿠라 여사의 시체를 모래투성이로 만든 거라고……."

"그렇군요. 그걸 시마즈 군이 실제로 조사, 승냥해 보았군요."

"그래. 아무튼 이렇게 트렁크 내용물에 대해서는 가닥을 잡았지만, 또 하나 그 트렁크를 발견한 인물이 중요해. 트렁크가 도쿄역에서 발송된 건 19일 밤이었는데, 그 무렵 쓰치야 군이 오사카에 있었던 건 의심할 여지가 없지. 게다가 이런 계획적인 범인이 늘 그렇듯이 공범이 있을 것 같지는 않아. 그러면 발각의 위험이 배가되니까 말일세. 쓰치야는 그 점만으로도 자신이 안전지대에 있다고 믿었겠지만, 어라, 시가 군의 고백이 최후의 난관을 해결해주었던 거야. 사에키 준키치는 19일 밤 기차로 도쿄를 떠났지. 분명 오페라단 일행과 같은 기차였을 거야. 그 기차라면 20일 아침 쓰치야가 마중하러 갔으니 그는 사에키와 만날 수 있었겠지. 만나서 수화물을 받을 수 있었을 거야. 게다가 사에키와 쓰치야는 그 옛날 한솥밥을 먹던 사이였다고 해. 게다가, 게다가, 사에키는 배 안에서 독을 삼키고 죽었지. 일반적으로는 자살이라고 믿었겠지만 유서도 전혀 남기지 않았으니, 실제 자살이라는 증거는 아무 데도 없어. ……이렇게 생각했을 때는 새삼 범인의 흉악함에 아연하지 않을 수 없었네."

정말이지 유리 선생님의 말씀대로였다. 사쿠라 여사를 살해할 때까지 범인은 범인 나름의 원한과 울분을 품고 있었을 것이다. 아마미야 군을 살해한 것은 극한에 몰려 있었기 때문일 것이다. 하지만 사에키 준키치는 범인에게 이용당하고 도구로 쓰였을 뿐인데, 그 도구가 입을 열까 봐 두려워 살해한 것이니 이만큼 잔인한 일이 있을까.

"아, 선생님의 추리 과정은 대충 알겠습니다. 그럼 이제 범인의 계획을 순서대로 알려주세요."

"음."

선생님은 애용하는 파이프 담배를 피우면서 천천히 이야기를 시작했다.

"그 전에 우선 이 사건의 동기를 생각해보지 않겠나. 쓰치야 교조가 하라 사쿠라 여사를 살해한 동기, 이것을 납득 가도록 증명하기란 쉽지 않네. 살인죄를 범하지 않으면 안 될 만한 구체적인 사건은 아무것도 없으니까. 물질적인 부분만 생각한다면 오히려 사쿠라 여사가 죽을 경우 범인은 곤란한 상황이 돼. 그런데도 쓰치야가 그런 짓을 저질렀다는 건 결국 쓰치야와 여사의 성격이 상극이라는 이유밖에는 없을 거야. 지에코 말에 의하면 사쿠라 여사는 제멋대로에 고집 세고 어리광이 심하긴 해도 실은 친절한 사람이었어. 하지만 감정 기복이 심한, 즉, 변덕스러운 성격이란 건 확실하고 게다가 예술가, 위대한 예술가가 흔히 그렇듯 거만하다는 건 부정할 수 없었지. 어떤 사람들은 이 변덕스러움, 즉 기분을 맞추기 힘든 상대라는 사실, 그리고 상대의 거만함을 참기 힘들어해. 게다가 기분을 맞추려면 자연히 비굴하게 아첨해야 하지. 쓰치야는 그걸 참을 수 없었던 거야. 비굴하게 아첨을 하면서, 그렇게 할 수밖에 없는 상황 때문에 여사에 대해 이중적인 분노를 느꼈던 거야. 여사가 실은 친절한 사람이라는 사실도 쓰치야에게는 분노의 이유가 되었을

게 분명해. 여사의 매니저로서 불평불만과 수치감을 털어놓아도 아무도 자신을 동정해주지 않을 테니. 오히려 여사 편을 드는 사람이 많았겠지. ……그런 것도 쓰치야의 분노를 돋웠을 게 틀림없네. 요컨대 쓰치야가 그런 인간이었더라도 상대가 달랐다면 살인 같은 건 하지 않았을 것이고, 여사가 그런 인물이었더라도 상대가 달랐다면 살해되지 않았겠지. 즉 종과 당목*은 서로 부딪쳐야 울리니 종과 당목이 따로 있었다면 울리지 않았을 거야. 거기에 또 하나 생각할 수 있는 것은 두 사람의 이력이야. 일찍이 쓰치야는 여사의 선배였어. 여사가 아직 무명 가수였을 무렵, 쓰치야는 이미 명성을 날리던 유명인이었지. 그런데 차츰 쇠락해서 후배의 매니저를 하고 있으니 그 상황에 울컥하지 않았을까. 수기를 보면 쓰치야에겐 다분히 자학적인 경향이 있는 것 같네. 하지만 그런 경향은 쓰치야의 본질이 아니고, 여사의 매니저로서 편의상 어느 틈엔가 스스로를 지키는 갑옷으로 삼고 있었던 거라고 생각돼. 이건 중요한 사실이네. 그렇게 마음에도 없이 굴욕에 굴욕을 거듭해온 놈이 언젠가 폭발한다. 그 폭발이 그런 비극을 야기했다고 생각하네. 즉 이것은 예술가의 비극이었어. 범인도 피해자이자 예술가였어. 범인은 자신의 손익도 잊고 증오의 대상을 제거하는 데 집중했던 거야."

"세상에는 때로 그런 영문 모를 동기란 것이 있군요. 사람이

* 종이나 징 따위를 치는 방망이.

늘 자신의 이익을 계산해서 행동하는 건 아니라는, 하나의 예시가 되겠네요."

"그래, 맞아. 그러니 살인의 동기를 구체적 사실에서만 찾으려 하면 안 된다고 생각하네. 아무튼 그런 식으로 쓰치야는 사쿠라 여사를 죽이려고 했어. 그때 우연히 알게 된 것이, 사쿠라 여사가 청풍장에서 하고 있던 그 연극이었어. 미쓰기 군도 지에코도 그 방면으로 아주 아마추어는 아니니까 알겠지만 기생의 샤미센을 날라다 주는 남자, 가부키 배우의 하인, 그리고 예능인의 매니저란 사람들은 다들 공통된 성격을 갖고 있어. 그건 진드기처럼 끝까지 주인에게 매달려 피를 빨아 먹는다는 거야. 실제 그러지 않으면 그들은 살아갈 수 없으니까. 그들은 주인의 어떤 비밀이라도 바로 냄새 맡는 본능을 갖고 있지. 주인이 숨기면 숨길수록 그걸 뒤쫓게 돼. 그래서 이번 일에서, 쓰치야가 청풍장 건을 몰랐다면 나는 그쪽이 오히려 이상한 일이라고 생각해. 아무튼 쓰치야는 청풍장 건을 알게 되었어. 오노와 사쿠라 여사가 암호통신을 하는 것도 알았지. 여사와 오노 군의 성격을 아는 쓰치야는 바로 그것이 여사의 유희라는 사실, 하지만 오노는 곧이곧대로 믿고 있다는 사실을 파악한 거야. 다만 실수라면, 지에코도 그 일을 알고 있었고 진상을 관찰하고 있었다는 것, 그리고 여사에게 생리적 결함이 있다는 것을 몰랐다는 점이지. 이 두 가지는 누가 뭐래도 쓰치야의 실수였지만 어쩔 수 없었겠지. 아무튼 청풍장 건을 알게 된 쓰치야는 이것을 살인에 이용하려고 했어. 아니, 이 건의 냄새를 맡음으로써 그때까지 잠들어 있던 살인 욕구가 처음으로 구체화된 것일지도 몰라. 그래서 쓰치야는 마침내 구체적인 계획에 돌입해, 그 첫 단계로 아케보노 아파트에 방을 빌렸어. 오사카 공연 일정이 확실히 정해지지는 않았어도 한 달 뒤라는 것은 알았으니까. 그때를 이용하기로 한 거지. 아무튼 날짜가 슬슬 정해지고 보니 도쿄와 오사카 공연 사이에 하루밖에 여유가 없었어. 하지만 이건 우연이라기보다 역시 매니저인 쓰치야의 의지가 작동해서 그렇게 된 거라 생각해. 자, 그 후는 드디어 본무대였지. 밤 기차에 타지 않은 여사는 어떻게 해서든 19일 아침 도쿄를 출발하지 않으면 안 돼. 그 때문에 그녀는 오사카역에서 환영을 받을 수가 없었지. 여사는 불평했어. 그리고 그것이야말로 쓰치야가 만반의 준비를 하고 기다렸던 바였지. 쓰치야가 어떤 감언이설로 여사를 설복시켰는지는 모르지만, 우선 자신이 청풍장에 대해 알고 있다는 걸 털어놓았을 거야. 그리고 그 건을 이용해서 오노 군을 필두로, 다들 놀래주지 않겠냐는 식으로 꼬드겼을 게 틀림없어. 쓰치야가 고백한 바를 보면 그에겐 실제로는 아무 계획도 없었던 모양이야. 하지만 자못 그런 게 있는 것처럼 여사를 설득했지. 일단 사람들을 떼어놓고 한껏 걱정시키다가 막이 오르기 직전 기발한 모습으로 등장하면 어떻겠는가…… 하고 꼬드긴 모양이네. 그런데 사쿠라 여사는 소이치로 씨나 지에코도 지적했다시피 커다란 아기와 다름없었어. 그런 걸 너무 좋아했지. 모두를 한껏 걱정시키다가 마지막 순간에 얼굴을 내민다. 여사에게 이만큼 마음에 드는 장난은 없었던 거야. 거기서 군말 없이 쓰치야의 손에 넘어가고 말았어. 이후로는 쓰치야 생각대로였지. 그래서 쓰치야는 꼼꼼한 줄거리를 세우고 자신이 만든 암호 악보를 여사에게 건넸어. 그리고 트렁크에 필요한 분량의 모래주머니를 넣어 도쿄역의 임시 보관소에 맡겨두었지. 물론 그 전에 청풍장의 방에 모래를 뿌리고 거기 트렁크 자국을 낸 것은 말할 필요도 없네. 아무튼 그렇게 해두고 사에키 준키치에게 그 트렁크를 부쳐달라고 부탁했어. 어떤 구실을 붙여 사에키를 속였는지는 모르지만 아무래도 좀 억지를 부렸겠지. 이렇게 해두고 쓰치야는 아무것도 모르는 얼굴로 18일 밤 도쿄를 출발했어. 아무튼 그다음 날이야. 물론 여사는 쓰치야가 그런 깊은 원한을 품고 있는 걸 몰랐으니 그가 쓴 각본대로, 우선 남편이 동행하는 것을 막고, 도쿄역에서 악보를 떨어뜨려 보이고, 시나가와에서 내려 청풍장 아파트로 향했지. 거기에는 남장에 필요한 의상이 미리 슈트 케이스에 담겨 있었어. 여사는 그걸로 갈아입고 입고 온 옷을 슈트 케이스에 넣었어. 분명 그때 오노 군에게 선물받은 꽃다발도 같이 넣었겠지. 그렇게 다음 기차로 시나가와를 떠났어. 이때 청풍장 방에는 이미 모래가 뿌려져 있었는데, 소파나 카펫에 숨겨져 있어서 여사는 알아차리지 못했을걸세. 알아차렸다 한들 그것이 그렇게 중대한 의미를 지니고 있을지는 몰랐겠지. 이렇게 남장한 여사는 19일 밤 9시가 넘어 오사카역에 도착해. 쓰치야가 역으로 마중 나와, 그녀를 아케보노 아파트로 데려갔지. 여사는 그것도 계획의 일부라고 생각하고 조금도 수상하게 여기지 않았을 거야. 분명히 술래잡기를 하는 아이처럼 두근거리고 있었겠지. 아무튼 여사를 아파트에 데려 간 쓰치야는, 거기서 다시 옷을 갈아입는 여사를 때려눕히고는 교살했어. 그리고 트렁크에 넣기에 부자연스럽지 않은 모습으로 여사의 몸을 적당히 묶어서 벽장 속 같은 데 숨겨두었지. 이 것이 19일 밤에 쓰치야가 한 일의 전부야. 그런데 도쿄에서는 마침 그 무렵 사에키 준키치가 아무것도 모르고 트렁크를 임시 보관소에서 받아 부치고 있었지. 그는 오페라단원들과 같은 기차로 20일 아침 오사카역을 통과하고 있었어. 쓰치야는 수화물 표를 받고 답례로 청산가리가 든 약을 건넸지. 물론 독약이라고 는 하지 않고 뱃멀미 약이라고 속인 거지. 그리고 오노 군을 암호 악보로 다카라즈카에 불러내고 가짜 전보를 쳐서 시가를 미노로 불러냈어. 이렇게 두 사람을 불러낸 것은 물론 그들의 알리바이를 애매하게 만들기 위해서였지만, 시가의 경우에는 다른 의미가 있지. 그것은 시가와 사에키가 만나는 것을 방해하기 위해서야. 사에키가 시가와 만나 무심코 그 트렁크에 대해 누설하면 그야말로 다 망쳐버리니까. 아무튼 그 후의 일은 새삼 설명할 것까지도 없네. 콘트라베이스 케이스와 트렁크를 따로 받아 콘트라베이스 케이스에는 사쿠라 여사의 시체를 넣고, 트렁크에선 반대로 모래주머니를 꺼내 그것을 아파트 곳곳에 분배

하고 장미꽃을 넣고, 그리고 두 가지 물건을 각각 목적지에 보냈어. 이것이 쓰치야가 한 일의 전부인데, 내가 이 사건에서 범인의 교활함과 기지에 가장 감탄한 부분이 두 가지 있네. 첫 번째는 피해자 자신으로 하여금 범인의 알리바이를 만들게 한 것. 살인이 도쿄에서 일어난 것처럼 보이도록 실제로 움직인 것은 사실은 피해자였으니까 말일세. 그리고 또 하나는 시체를 넣어 보내기 위해 선택한 용기가 콘트라베이스 케이스였다는 사실. 이 사실은 쓰치야 자신도 써놓았지. 콘트라베이스와 시체의 중량 차이, 그 때문에 시체는 사실 도쿄에서 보내진 것이 아니었다, 오사카에서 넣었다고 경찰이 생각하게 만든 점. 즉, 처음에 우선 의심을 받고 차츰 그것이 흔들리고 결국에는 완전히 의심이 해소된다……. 쓰치야는 그런 식으로 계획을 세웠던 거야. 즉, 혐의의 면역성을 받아놓으려고 한 것인데 이건 보통 기지가 아니야."

"아, 쓰치야의 간사한 기지는 아마미야 살인의 알리바이를 만드는 방식으로도 충분히 알 수 있죠."

"그래. 사실, 그런 간교가 순식간에 어떻게 나왔을까. 하기야 쓰치야는 여차하면 도망칠 수 있도록 그 빗물받이 통에 새롭게 눈을 돌리고 있었던 게 틀림없어. 아무튼 그날 밤 쓰치야는 콘트라베이스 담당인 가와다와 트롬본 담당 하스미가 식당에서 술을 마시는 것을 보고 절호의 기회다 싶어 그 트롬본에 숨겨둔 목걸이를 꺼내려 했지. 그걸 아마미야 군에게 들키게 되자 죽여

버렸어. 물론 그때 범인은 용의주도하게 장갑을 끼고 있었으니 아마미야 군의 지문만이 거기 남았던 거야. 아무튼 아마미야 군의 시체를 가와다 군의 외투에 싸서 짊어지고 5층으로 올라가. 그리고 마침 그 자리에 있던 밧줄을 5층 창밖 차양의 철봉에 걸쳤지. 마치 목을 맬 때처럼 말일세. 그리고 거기에 시체를 매달았는데 몸에 직접 밧줄이 닿으면 밧줄 흔적이 남을 우려가 있어서 외투로 둘둘 감싸야 했어. 그렇게 해두고 몸을 빙글빙글 회전시키는 거야. 회전할 때마다 밧줄은 꼬여 덩어리처럼 되지. 더 이상 회전이 불가능할 때까지 몸을 돌려놓고 본인은 그 빗물받이 통으로 미끄러져 내려갈 준비를 해. 준비를 마칠 때까지는 한 손으로 시체를 지지하고 있으니 꼬임은 풀리지 않지. 손을 놓고 미끄러져 내려가는 것과 동시에 시체는 빙글빙글 회전하기 시작해. 꼬임이 풀리면서 빙글빙글빙글 시체가 팽이처럼 회전하는 거야. 꼬임이 풀림에 따라 시체를 결박하고 있던 밧줄의 장력도 차츰 느슨해져. 그와 동시에 시체는 밧줄에서 풀려 주르르 아래로 낙하하지. 그리고 우선 열려 있던 4층 창문에 부딪혀 창문을 부순 다음, 다시 곤두박질쳐서 아래로 떨어져. 이 소리를 듣고 마키노 씨가 달려오고 경부가 아래층 창문으로 내다봤을 때는 간발의 차로 범인은 아래로 미끄러져 내려와 뒷문으로 뛰어들어 경부가 있는 방 입구에 서 있었어. ……즉 이 경우 밧줄의 꼬임이 풀리는 시간만큼이 범인의 노림수였고 이로 인해 알리바이를 만들고 감쪽같은 밀실 살인이 완성되는 것이지. 그리고 이후 증거가 될 밧줄은 지에코의 행방 수사 때 범인이 몰래 치워버린 것일세."

우리는 한참을 침묵했다. 이걸로 대충 사건의 진상은 규명되었으나, 유감스러운 것은 이 사건과는 전혀 무관하다 해도 중요한 요소가 된 후지모토 살인 사건이 아직도 해결되지 않았다는 사실이다. 사건 이후 지금에 이르기까지 전쟁을 치르는 바람에 그 일이 영원히 해결되지 못하고 끝나는 건 아닐까 우려된다. 하지만 그 일은 우리의 모험과는 관계없는 일이다.

그건 그렇고 마지막으로 나는 지에코 부인을 향해 이렇게 말했다.

"그런데 부인, 이 사건에서 선생님이 뭣 때문에 가장 골치를 썩었는지 아시나요?"

"글쎄요. 전 모르죠. 지금까지 말씀하신 것 말고 뭔가 이이를 괴롭힐 만한 일이 있었나요?"

"있고말고요. 아주 큰 고민이 있었어요. 그건 말이죠, 사가라 지에코는 왜 그런 모험을 했을까. 그건 어쩌면 사가라가 오노를 사랑하고 있고 오노를 감싸기 위해 한 짓이 아닐까…… 이 의문이 마지막까지 가장 선생님을 괴롭혔답니다."

"이 자식!"

유리 선생님이 외치는 것과,

"어머, 참!"

하고 지에코 부인이 귓불을 붉게 물들인 것은 동시였다. 이

읔고 지에코 부인은 차분한 어조로 말했다.

"저, 오노 씨가 싫지는 않아요. 좋아한다고 해도 될 것 같네요. 하지만 그렇게 정직하고 순진하고 세상 물정 모르는 사람에겐 기댈 수가 없어요. 저는 역시……."

"선생님 같은 사람이 좋으시군요. 하하하하하! 그렇죠. 부인같은 분은 동년배 남자 따위에는 만족하실 수 없을 테니까요. 한데 부인, 축하합니다. 슬슬 음악계에 복귀하신다면서요."

"네, 고마워요. 남편이 허락해주어서요. 조금 주제넘지만 연주회 형식으로 〈카르멘〉을 해보려 해요. 호세는 오노 씨, 에스카밀리오는 시가 씨에게 부탁해서 대충 승낙은 받았는데……. 하지만 안심하세요. 이번에는 절대 카르멘 살인 사건 같은 것은 일어나지 않을 테니. 왜냐하면 남편이 같이 있어줄 테니까요. 호호호호호."

거미와 백합

蜘蛛と百合

여름밤에 사랑의 모험을 이야기하는 미소년과
긴자 뒤에서 본 이상한 거미

왠지 거리에 상쾌한 과일 향기가 흐르는 7월 밤의 일이다.

이봐, 보이나.

하늘은 푸르고 공기는 향기롭고 거리는 밝고, 가벼운 원피스 차림의 소녀들은 하얀 피부에 살짝 땀이 밴 채 경쾌한 발걸음으로 긴자의 보도블록을 미끄러지듯 가고 있지 않은가.

1년 중에 여자가 가장 아름답게 보이는 계절이다. 로맨틱한 저녁이란 아마 이런 저녁을 말하는 것이리라.

하지만 필자가 지금 여러분에게 말하려고 하는 것은 그런 밝고 화려한 긴자의 거리가 아니라 어둑하고 인적이 드문 뒷골목에서 생긴 일이다.

우리 앞을 지금도 바삐 대화하면서 걸어가는 두 청년이 있다.

한 사람은 키가 크고 어깨가 넓고 민첩하지만 어딘가 모르게 느긋하지 못한 모습이다. 보기에 자못 믿음직스러운 느낌의 청년이었다. 그에 반해 다른 한 사람은 나이도 약간 어리지만 체구도 작고 골격도 가냘팠다.

하지만 이 청년에게는 놀랄 만한 특징이 있었다. 그가 간판으로 내세우는 훌륭한 미모였다. 미모도 이 정도가 되면 위엄이나 마찬가지이다. 어두운데도 드물게 늠름하고 위풍당당한 멋이 있다.

그 눈, 그 입, 그 코 모양…….

하나하나 품평하는 것은 그만두자. 아무리 붓을 놀려도 이렇게 빼어난 미모는 도저히 종이 위에 재현할 수 없을 테니까. 그보다 먼저 두 사람의 신분과 이름을 밝히도록 하자.

먼저 연상 쪽부터 미쓰기 슌스케, S 신문사의 탐방 기자, 나이에 걸맞지 않게 수완가라는 평판이다.

또 한 사람은 우리우 도모지, 도모지의 직업에 대해서는 필자도 잘 모르지만 레이디스 맨*이라는 소문이 있다.

하지만 이것은 도모지에게는 조금 불명예스러운 것이 아니었을까. 인간은 누구라도 자기가 지닌 우월한 부분을 가급적 높이 평가하고 활용할 권리가 있다. 정말이지 우리우 도모지 같은 청년이 그 미모를 파는 재주를 부리지 않았다면 그쪽이 오히려 수치일 거라고 필자는 생각할 정도이다.

아무튼 이야기의 진행을 가급적 수월하게 하기 위해 두 청년의 대화를 그대로 여기 녹음해보려고 한다.

이들의 대화가 이제부터 하려는 기분 나쁜 이야기의 전주곡

---

* Lady's man, 여자를 잘 꾀는 남자, 바람둥이.

이 되지 않을까 생각하기 때문이다.

슌스케: "그래서 그 여잔 예쁘냐?"

도모지: "물론. 설마 넌 내가 돈 때문에 영혼을 팔 만큼 덜떨어진 놈이라고 생각하는 거야? 아무리 돈이 될 거 같아도 관심 없는 여자한테 일부러 접근할 생각은, 딴 사람은 몰라도 나는 도저히 들지 않아. 미모도 나 정도 되면 돈 때문에 팔기엔 아깝다고 생각지 않아?"

슌스케: "네네. 그럼 상대는 미인이고 부자고, 게다가 구속도 안 한다는 거군. 이야, 부럽다. 이름은 뭐라고 했더라?"

도모지: "야, 야. 잘 좀 기억해줘. 몇 번 말하게 하는 거야? 기미시마 유리에君島百合枝라고. 이름 알려준 게 벌써 세 번째다."

슌스케: "그랬나, 미안, 미안! 그래서 그 사람 과부라는 거지?"

도모지: "그런 거 같은데, 나도 잘 몰라. 그 정도 여자가 그 나이까지 독신일 리가 없으니까 멋대로 그렇게 생각한 거지. 확실한 건 몰라. 어쩌면 한 번도 정식으로 결혼한 적이 없는 여자일지도 몰라."

슌스케: "너 괜찮아? 그렇게 모호한 상황에서……."

도모지: "어째서, 잘 모르면 안 될 이유라도 있어?" 도모지는 아름다운 눈썹을 치켜올렸다. "상대가 예쁘고 부자고, 날 사랑한다, 그것만 알면 충분하잖아."

슌스케: "알았다, 알았어." 슌스케는 서슬이 퍼런 상대에게 어, 또 실수했다, 하는 태도로 목을 움츠리면서 "그런 의미로 한

말은 아냐. 그런데 너, 이마 쪽은 어떻게 할 거야?"

도모지: "이마? 그 여자는 또 그 여자대로."

도모지는 잠시 얼굴을 흐리더니 내뱉듯 그렇게 말하고는 그
대로 입을 다물었다. 슌스케도 거기에 박자를 맞추듯 말없이 발
을 옮기고 있다.

그는 살짝 지나치게 제멋대로인 이 연하 친구를 결코 미워할
생각은 들지 않았다. 도모지가 즐겨 쓰는 악마 같은 태도는 본
심에서 나온 것이 아니라 반대로 내면에 있는 선량함과 동정심
을 감추려는 하나의 위장에 지나지 않는다는 것을 잘 알고 있었
기 때문이다. 슌스케는 이 친구에게 항상 변함없는 애정을 가지
고 있다. 도모지 정도의 미모라면 이성만이 아니라 동성도 충분
히 매료시키는 것이다.

슌스케: "왜 그래? 뭔가 내 말이 신경을 건드렸어?"

도모지: "아니야."

도모지는 꿈에서 깬 듯,

"네 친절은 잘 알아. 출신도 모르는 여자에게 낚여 또 언젠가
처럼 실패하지 않을까 하는, 네 마음 씀씀이는 잘 알겠어. 솔직
히 말해 나 스스로도 최근 왠지 기분이 나빠서 참을 수가 없었
던 적이 있거든."

슌스케: "기분이 나쁘다니, 그 여자가?"

도모지: "어, 그래. 무슨 이유인지, 뭐가 이상한 건지 그건 나
도 잘 모르겠어. 하지만 그 여자와 함께 있으면 왠지 때로 오싹

해질 때가 있어."

슌스케: "어어, 농담이 아니잖아. 그런 무서운 연애담을 말할 건 없지 않나?"

도모지: "아, 절대 그런 뜻이 아냐. 언젠가 자세히 얘기하고 싶긴 한데, 아직은 말 못 해. 일단 나도 잘 모르겠어. 요전에 굉장히 무서운 증거를 하나 손에 넣긴 넣었는데……."

슌스케: "증거? 무슨 범죄 같은 말을 하냐."

도모지: "그래, 무서운 여자야. 나랑 만나기 전에도 그 여자 때문에 수상한 죽음을 맞이한 청년이 둘이나 있어. 어쩌면 내가 세 번째가 될지도 몰라."

슌스케: "뭐야, 너, 제정신이야?"

도모지: "하하하하하, 괜찮아. 그렇게 걱정해주지 않아도 돼. 이래 봬도 내 일은 내가 알아서 처리할 작정이야. 그런데 너, 거미란 놈 알아?"

슌스케: "거미……?"

도모지: "그래, 거미. 이놈이 유리에한테 달라붙어 있어. 즉 그 여잔 거미의 요술을 쓰는 거지. ……하하하하, 전혀 놀랄 거 없어. 나 미친 거 아니야. 어, 여긴 시세이도 뒤지?"

도모지는 멈춰 서서 손목시계를 보았다.

"이거 안 되겠군. 난 이만 실례할게. 2, 3일 뒤에 다시 만나자."

그는 휙 발걸음을 돌리더니 상대의 대답을 기다리지도 않고 어두운 철교 쪽으로 사라졌다.

슌스케는 정말이지 기가 질리고 말았다. 오랫동안 도모지와
알고 지냈지만 이런 일은 처음이다.

······이상하다, 슌스케는 의아한 듯 고개를 저었다. 거미가
어쩌고저쩌고했지. 녀석, 최근에 통속소설이라도 읽었나.

슌스케는 우울한 얼굴로 대여섯 걸음 밝은 쪽으로 향하다가
문득 멈춰 서서 휙 몸을 돌리고 빠른 걸음으로 도모지의 뒤를
따라가기 시작했다.

거리는 어둡고 이미 도모지의 모습은 그 언저리에서는 보이
지 않았다. 하지만 서둘러 가면 따라잡지 못할 리 없다.

다시 한번 저 남자를 따라잡자. 그리고 오늘 밤 무슨 일이 있
어도 곁을 떠나지 말자.

헤어졌을 때의 그 어슴푸레한 그림자가 묘하게 신경 쓰인다.
슌스케는 그 거리를 벗어났다.

쇼센*의 철교가 만리장성처럼 까맣게 늘어서 있고 철교 아래
의 얕은 도랑에는 작은 배가 반쯤 진흙 속에 묻혀 있다.

맞은편에서 오던 남자가 갑자기 쿵 하고 슌스케의 몸에 부딪
쳐, 놀란 듯 얼굴을 피하더니 박쥐처럼 이내 어두운 옆 거리로
흡수되어간다. 모자 차양을 깊이 눌러쓴, 피부가 하얗고 체구가
작은, 선글라스를 쓴 남자다.

---

* 省線. 민영화 이전 철도성과 운수성이 관리하던 시절의 철도선을 가리킨다.

민폐잖아, 이 자식!

하지만 슌스케는 화를 낼 겨를이 없었다. 죽 훑어보았지만 어디에도 도모지의 모습은 보이지 않는다. 수로의 어둠 속에 우뚝 가로등이 서 있을 뿐, 시끌벅적한 큰길과 달리 정말이지 한적하다.

슌스케는 그 가로등 아래를 걸으면서 주변을 둘러보았다.

"제기랄, 제기랄!"

철교 위를 달리던 전철이 그 소리를 집어삼키듯 고오오오 땅을 울리며 지나간다.

그것을 지켜보다가 문득 시선을 발밑의 도랑으로 옮겼을 때 슌스케는 놀란 듯 그 자리에 멈춰 서고 말았다.

물가의 작은 배에서 몸을 반쯤 검은 진흙 쪽으로 내민 채 쓰러져 있는 사람은 일으켜 확인해볼 필요도 없었다. 양복 무늬로 보아 한눈에 도모지라는 것을 알 수 있었다.

"제기랄!"

슌스케는 무심코 모래를 그러쥐었다. 축 늘어진 몸 상태로 봐서 이미 숨이 끊어졌다는 것을 확실히 알 수 있었다. 슌스케는 문득 아까 자신에게 부딪친 남자를 떠올렸다. 맙소사, 그 선글라스를 쓴 남자! 이렇게 될 줄 알았다면 그놈의 얼굴을 잘 봐둘걸……

슌스케는 몸을 숙이고 작은 배 위로 뛰어내렸다. 그때 갑자기 묘한 일이 일어났다. 어둑어둑한 가로등의 고리 속에 쓰러져 있던 도모지의 등으로 덮치듯 검은 그림자가 내려왔던 것이다. 털북숭이 다리를 벌린 기묘한 그림자다. 도모지의 몸을 안듯이 하고 꿈틀거리고 있다. 거미, 무서울 만치 거대한 거미다.

순스케는 일순 징 하고 전신이 저리는 공포에 사로잡혔지만 바로 정신을 차리고 위쪽의 가로등으로 눈을 돌렸다.

광택 없는 하얀 전구 표면에 작은 거미가 딱 달라붙어 있다.

뭐야. 저 거미의 그림자였나. ……순스케는 요술 트릭을 보았을 때 그런 것처럼 바보 같다고 느끼기보다는 화가 나는 기분이었다.

하지만 도모지의 죽음은 무서운 현실이다. 현실의 사건과 마치 이야기 같은 섬뜩한 거미 그림자.

우연이라고는 하나 그다지 기분이 좋지는 않다. 그때 전구 위에서 교묘하게 균형을 잡고 있던 거미가 조용히 가느다란 실을 뽑기 시작했다.

그리고 그것이 흐릿하고 거대한 그림자가 되어 해자 위에 내려오는 것을 보니, 흡사 눈에 보이지 않는 실을 가지고 도모지의 시체를 속박하려는 것처럼 보였다.

순스케는 다시 한번 차가운 전율이 온몸에 이는 것을 느꼈다.

상복을 입은 슬픈 미소녀와
기괴한 거미 그림

번화가에 흔히 있는 불량배의 소행이겠지. ……이것이 경찰의 예상이었다.

정말이지 그 외에 달리 생각할 수 없는 사건이기도 했다. 미모를 밑천으로 고달프게 매일을 보내던 청년의 죽음에 그 이상의 비밀을 생각할 수 있겠는가.

불량배에게 희롱을 당해 거절했고 칼에 찔려서 시체가 해자속에 던져졌다. 이만큼 간단한 사건이 어디 있을까. 물론 상대도 죽일 생각은 없었겠지만 운이 나빴다. 협박하려고 휘두른 칼이 운 나쁘게 심장에 꽂힌 걸지도 모른다. 이런 생각을 하면 인간의 생명이란 덧없는 것이다.

하지만 미쓰기 슌스케의 진술 여하에 따라 이 사건도 좀 다른 방향으로 발전할 수 있었을지 모른다.

슌스케도 내심 막연한 의혹을 품지 않았던 것은 아니다. 하지만 그것은 말 그대로 막연해서 도저히 입 밖에 낼 수 없는 얘기였다.

거미라니? 너무나 바보 같은 말이다. 분명 넌 꿈이라도 꾼 거야. 아니면 우리우 도모지가 미쳤던 걸지도 몰라.

그래서 미쓰기 슌스케는 침묵하고 있었다.

그런데 그로부터 일주일 뒤의 일이다.

슌스케가 일하는 신문사에 한 소녀가 찾아왔다.

열여덟아홉쯤 되어 보이는, 남자처럼 팔다리가 쭉쭉 뻗은, 행동도 발랄하고 말투도 상큼한, 소녀라기보다 소년이라고 하는 편이 맞을 법한, 그렇지만 2, 3년 지나면 굉장한 미인이 될 법한 여자이다.

하지만 오늘은 뭔가 마음에 우울감이 있는 듯하다.

유난히 맑은, 길게 찢어진 눈에 희미하게 눈물을 머금은 데다, 쭉 뻗은 몸을 수수하게 감싼 검은 옷은 상복을 겸해서 입은 것일지도 모른다. 접수대 메모의 면회인란에 연필로 기입한 이름을 보니 '이마 도리코'.

우리우 도모지의 애인이다.

그녀는 4층 제3호 응접실로 안내를 받아 무료한 듯이 검은 핸드백을 열었다 닫았다 하고 있었다. 그때 와이셔츠 차림으로 바쁜 듯 들어온 사람은 미쓰기 슌스케였다.

"어이!"

소녀는 남자 같은 말투로 말했다.

"어이, 요전엔 실례, 피곤했지."

"그렇지도 않은데 좀 낙담했어."

"그렇겠지. 안색이 나빠. 지나치게 비관하는 건 그만둬. 이마 답지 않아."

"어째서? 내가 비관하면 이상해?"

"그런 건 아닌데."

슌스케도 마주 보고 앉았다.

"보기 흉하잖아. 눈이 벌겋게 부었어. 또 울었지."

"됐어, 울게 놔둬. 그렇게 말하지 말고 슌스케도 조금은 내 입장이 되어봐."

"그야 뭐, 마음은 아는데, 너무 슬퍼하는 것은 고인을 위해서도 좋지 않아. 고루한 말을 하는 것 같긴 한데."

"응, 그건 잘 알고 있어. 하지만 눈물이 나오니 어쩔 수 없잖아."

"너무하네. 일부러 신문사까지 우는 얼굴을 보여주러 온 거야?"

"미안, 미안, 그런 거 아냐. 이젠 울지 말아야지 생각은 하는데, 슌스케의 얼굴을 보니 갑자기 슬퍼졌어."

이마는 한바탕 울었는지 겨우 애처롭게 우는 듯 웃는 표정이 되었다.

"보라고, 이제 안 울 테니 화내지 마."

스스로 불량스럽게 행동하는 소녀의 안타까울 정도로 애절한 태도에 이번에는 슌스케 쪽이 뜨거운 덩어리를 삼켰다.

"그래, 착하네. 그런데 오늘은 무슨 일로 온 거야?"

"응, 잠깐 너한테 보여주고 싶은 게 있어서."

이마는 서둘러 핸드백을 열고 하드롱지* 봉투를 꺼내더니 테이블 위에 거꾸로 들고 털었다. 그러자 안에서 찢어진 종잇조각 두 개가 팔랑거리며 떨어졌다.

"슌스케, 이거 뭐 같아?"

그녀는 가느다란 손가락을 움직여 하나하나 뒤집더니 그것을 슌스케 쪽으로 밀었다.

"사진이군."

"응."

"누가 이렇게 찢어놨지?"

그렇게 말하면서 종잇조각을 들여다보던 슌스케는 피가 솟구치는 것을 느꼈다.

확실히는 알 수 없다. 어쨌거나 갈기갈기 찢어진 사진의 극히 일부니까.

하지만 아무래도 그것은 거미의 그림을 사진으로 찍은 것 같았다. 털투성이 다리, 날카로운 주둥이, 그런 것들이 보인다. 우키요에풍에 붓으로 그린 선 그림으로, 찢어진 조각을 전부 합치면 꽤 무시무시한 거미 그림이 완성될 듯하다.

"이런 걸 어디서 찾았어?"

"우리우 방에 있었어."

---

* 화학펄프를 사용한, 갈색의 한 면만 광택을 낸 종이.

"우리우가……?"

슌스케는 놀란 듯,

"그리고, 누가 이렇게 찢었어?"

"우리우를 죽인 놈이야."

"뭐라고?"

"나, 오늘 처음으로 아파트 주인한테 들었는데, 우리우가 살해당한 날 밤, 아파트에 우리우를 찾아온 손님이 있었대. 시간은 우리우가 살해당하고 30분 정도 뒤의 일인 것 같은데 부재중이라고 했더니 기다리겠다며 멋대로 올라가서 방 안을 엉망으로 헤집어놓고는 어느 틈엔가 사라져버렸다는 거야. 오늘 주인한테 그 얘길 듣고 이상하다 싶어 방 안을 뒤져보니 구석에서 이게 나왔어."

"흠."

슌스케는 고개를 갸웃거렸다.

"한데 이 사진, 그때 그놈이…… 가정으로 일단 그놈이 범인이라 치고 그 범인이 찢었다고는 할 수 없어. 우리우가 그랬을지도 모르잖아."

"그런데 그렇지 않다는 증거가 있어."

이마는 눈시울을 슥 물들였다.

"그날 밤 나도 우리우 아파트에 찾아갔었어. 30분 정도 방 안에서 돌아오길 기다렸지. 할 일이 없어서 그 안을 돌아다녔는데 그때는 분명 이런 거 없었어."

"그렇군. 그래서 이 남자는 대체 어떤 사람인데?"

"피부가 희고 몸집이 크지 않고 선글라스를 낀 남자였대."

그 말을 듣고도 슌스케는 별로 놀라지 않았다. 그 역시 아까부터 자꾸만 그 남자의 얼굴을 떠올리고 있었기 때문이다.

"슌스케도 우리우한테 기묘한 거미 이야기를 들었다고 했지. 내가 생각하기에 우리우가 쥐고 있다고 한 증거는 이 사진이 아니었을까 싶어. 슌스케는 어떻게 생각해?"

"그렇군."

너무 두서없는 이야기여서 슌스케는 대답하기 조금 곤란했다. 하지만 이미 그 생각에 꽂힌 이마는 그런 것에는 개의치 않았다.

"아무튼 그런 생각이 들어서 당장 기미시마 유리에한테 접근해보려고 하는데, 그 건으로 슌스케한테 부탁할 게 있어."

"뭔데, 가능한 거라면 뭐든 할게."

"별거 아니야. 조사부에서 일단 이 여자의 신원을 조사해줘. 사건의 핵심은 역시 이 여자 같아."

"간단한 주문이군. 여기 조사부에서 파악을 못 하면 이런 분야 전문가를 아니까 그분한테 부탁해볼게. 그런데 그 여자한테 접근해서 어쩔 작정이야?"

"뻔하잖아. 먹든가 먹히든가 둘 중 하나지. 어쨌든 난 우리우의 원수를 이대로 놔두진 않을 거야."

이마는 눈을 날카롭게 치켜올리며 결연하게 토해내더니 조용히 자리에서 일어났다. 그녀는 일단 결심하면 반드시 실행에 옮기는 여자인 것이다.

그로부터 얼마 후 검은 상복을 걸친 이마를 배웅할 때, 슌스케는 나쁜 일이 일어나지 않았으면 좋겠는데, 하고 왠지 모르게 불길한 두근거림을 느꼈다. 나중에 생각해보면 그 예감은 틀리지 않았다.

슌스케가 약속을 지켜 유리 선생을 방문한 일과
기미시마 유리에의 무서운 과거

이마는 그 후 슌스케 앞에서 자취를 감추었다. 하지만 풍문으로 그녀가 부유한 과부로 보이는 여자를 데리고 최근 유행하는 이런저런 댄스홀이나 술집에 나타났다는 이야기를 듣고, 왠지 슌스케는 불안해졌다. 그래서 그는 곧바로 이마와의 약속을 지켜 기미시마 유리에의 신원을 알아내기 위해 고지마치 3번지에 사는 유리 린타로라는 인물을 찾았다.

유리 린타로라는 사람은 굉장히 특이한 인물이다.

아직 마흔을 넘긴 지 얼마 안 된 듯한 얼굴과 달리, 눈처럼 새하얀 멋들어진 백발을 하고 있다.

날카로운 눈빛, 꾹 다문 입술, 늠름한 팔…… 그럼에도 전체적인 인상은 아주 온화하다.

유리 선생님…….

슌스케는 평소에 그런 존칭으로 이 사람을 부르고 있다. 이것은 극히 비밀스러운 이야기이지만 슌스케가 난해한 형사 사건에서 이따금 특이한 공을 세우는 데는 이 유리 선생의 충고가 굉장한 힘이 되었다고 한다.

"아, 잘 왔어. 실은 내 쪽에서 전화를 걸어볼까 생각하던 참일 세."

유리 선생은 은 같은 백발을 만지면서 반가이 슌스케를 맞았다. 그 모습을 보고 슌스케는 자신이 의뢰한 조사가 이미 완료되었을 거라고 생각했다.

"부탁드린 건 파악하셨습니까?"

"아, 파악했어."

선생은 꽤 두툼한 편지를 꺼냈다.

"이걸 읽어보게. 대체 자네가 어떤 이유로 이 여자에게 흥미를 가지게 됐는지는 모르지만 이건 정말 쉽지 않은 사건인 듯해."

"네? 그럼 기미시마 유리에의 과거에 뭔가 이상한 부분이 있단 겁니까?"

"이상한 정도가 아니라 최악이야. 하지만 우선 이 서류부터 읽어보게나. 그 뒤에 천천히 자네 이야기를 듣지."

유리 선생이 이런 식으로 말할 정도라면 이것은 엄청난 대사건임에 틀림없다. 그렇게 생각하자 슌스케는 서류를 든 손이 희미하게 떨리는 것을 느꼈다.

기미시마 유리에, 메이지* 42년생.

---

* 明治, 메이지 천황 재위 시기(1867~1912)에 사용한 연호. 메이지 42년은 1909년 이다.

'그럼 나랑 동갑이군.'

그렇게 생각하면서 슌스케는 서류의 첫 페이지를 펼쳤다. 그리고 읽어감에 따라 차츰 그는 요사스러운 요마의 세계에 빨려들어간 것 같은 무시무시함을 느꼈다. 유감스럽게도 그 보고서 내용을 여기에 그대로 게재할 수는 없으니 가급적 요점만 간추려 말하도록 하자.

기미시마 유리에는 교토에서 태어나 고베에서 자랐다.

고베여학교를 졸업했다.

그녀에게 닥친 재난은 항구 거리 주택지구에 있는 신식 여학교에 다닐 때 일어났다.

그 무렵부터 유리에의 미모는 젊은 남학생 사이에 유명했고 학교에서 돌아와 하카마*로 갈아입으면 항상 여러 통의 연애편지가 다다미 위로 떨어졌다고 한다.

그런 그녀를 목숨 걸고 사랑한 남자가 있었다. 마침 유리에가 통학하는 길에 있는 낡은 전당폿집 외아들로, 구모 蜘蛛三라는 이름의 청년이었다.

이런 저주스러운 이름**을 갖게 된 데에는 여러 복잡한 사정이 있는 듯하지만, 이 이야기와는 관계가 없으니 생략하기로 한다. 하지만 어떤 사정이 있든, 아이 이름은 절대 기분 내키는 대로 지어선 안 된다는 예시가 바로 이 경우일 것이다.

---

* 袴, 기모노 위에 입는 하의로, 치마처럼 보이지만 사실은 바지 형태인 경우가 많다.
** '구모蜘蛛'는 일본어로 '거미'를 가리킨다.

구모 조라는 기분 나쁜, 저주스러운 이름 때문에 이 불쌍한 청년은 평생을 헛되게 살았다.

밖에 나가면 거미, 거미, 하고 친구들이 놀려댄다.

그것이 싫어서 구모 조는 자택의 창고에서 한 발짝도 나가지 않으려 했지만 그러는 사이에 말수가 적고 음침한, 그리고 그런 음침한 아이가 흔히 그렇듯 굉장히 집념이 강한 인간이 되고 말았다.

이런 구모 조가 어둑한 창고 창문으로 막 지나가던 유리에를 보았던 것이다. 그리고 미칠 듯한 정열을 실어 유리에를 자신의 것으로 만들려고 했다.

유리에의 집이 그다지 풍족하지 않은 수급 생활자인 데 반해 구모 조의 집안은 이런저런 소문은 있지만 유명한 자산가였기 때문에 그 사랑을 이루는 건 그리 어렵지 않을 것처럼 보였다.

우선 유리에의 부모는 굉장히 반가워했고 유리에도 결국에는 떨떠름해하면서도 받아들였다.

무난하게 예물을 주고받았다. 결혼 날짜도 정해졌다. 구모 조의 집에서는 막대한 지참금을 유리에에게 보냈다. 그리고 마침내 경사스러운 결혼식이 며칠 뒤로 다가왔을 때 갑자기 신부인 유리에가 실종되고 말았다.

그녀에게는 전부터 미모의 연인이 있었고 그 연인과 손에 손을 잡고 사랑의 도피를 했던 것이다. 얼마 안 가 스마데라 절 근처에서 가정을 이루고 숨어 살던 두 사람을 찾아냈지만, 유리에는 연인과 함께 있도록 해주지 않으면 죽어버리겠다며 떼를 쓰고 수긍하지 않았다.

이 말을 듣고 누구보다 분개한 이는 구모 조였다. 그는 창고에서 발을 동동 구르며 분해하다가 그날 밤 갑자기 자취를 감추고 말았다.

스마데라의 집에서 유리에의 애인이 무참하게 목을 잘린 시체로 발견된 것은 그로부터 사흘째 되던 날의 일이었다. 유리에의 행방은 알 수 없었다. 전후 사정을 볼 때 범인은 구모 조가 틀림없었다. 구모 조는 연적을 살해하고 유리에를 빼앗은 것이다.

분기탱천한 경찰의 필사적인 수색에도 불구하고 두 사람의 행방은 좀처럼 알 수 없었으나, 그로부터 3개월 정도 지나 유리에가 표연히 집으로 돌아왔다. 그녀의 조각난 기억을 이어 맞춰 보면 구모 조는 50석을 실을 수 있을 정도의 일본 배로 겁에 질린 유리에를 억지로 끌고 간 듯했다. 3개월 동안 그는 수색을 피해 세토내해 여기저기를 떠돌아다녔다는 것이다.

배 안에서의 생활은 상상할 수 없을 만큼 끔찍했던 모양이다. 두 사람의 생활은 그들의 이름대로 아름다운 유리에*의 꿀을 빠는 추악한 거미의 모습 그대로였다.

구모 조는 이미 이성을 잃고 집념의 악귀가 되어 있었다.

간신히 이 무서운 지옥을 빠져나와 숨이 끊어질 것 같은 모

---

* '유리百合'는 일본어로 '백합'을 가리킨다.

습으로 집에 돌아왔을 때, 유리에는 결국 임신해 있었다.

한편 유리에가 도망치자 구모 조는 3개월 동안의 환락 덕분에 별로 아쉬울 것이 없었는지 전 재산을 유리에와 곧 태어날 아이에게 넘긴다는 수속을 해두고 나루토해협에 몸을 던졌다.

시체는 상어 밥이 되었으리라. 끝내 발견되지 않았다.

유리에는 반년 정도 뒤에 출산했지만, 아이는 사산되었다. 그래서 막대한 재산은 전부 유리에의 몫이 되었다.

10년쯤 전의 사건이다.

그 이후의 그녀에 대해서는 별로 얘기할 것이 많지 않다. 남아도는 유산을 가지고 어떨 때는 술집을 열어보고 어떨 때는 주식 매매를 하며 돈 많은 여자들이 흔히 하는 일을 하다가 도쿄에 나온 것이 재작년 일이라고 한다.

이 보고서를 다 읽었을 때, 슌스케는 한여름의, 게다가 햇볕을 받아 후덥지근한 방 안에 있었음에도 불구하고 저도 모르게 오싹해지는 서늘함을 느꼈다. 지옥도에 있을 법한 피비린내 나는 집념이 거기 있었다.

구모 조라는 남자는 정말 죽었을까. 설사 정말 나루토해협의 잔해가 되어 사라졌다 할지라도 분명 그의 집념만은 유리에와 함께 살아 있을 것이다……. 그렇게 생각하니 슌스케는 저도 모르게 옛 통속소설에 흔히 그려지는 일종의 초자연적인 살기를 느꼈던 것이다.

"무서운 사건이군요."

"무섭지. 하지만 분명 자네가 이제부터 이야기하려는 사건은 이보다 더 무서운 것이 아닐까 하네."

유리 선생은 날카로운 눈으로 지그시 슌스케의 얼굴을 보면서 말했다.

"이 정도의 대사건이 여기서 그냥 끝날 거라고는 생각지 않거든. 발단이 있으면 결말도 있어야 해. 분명 자네가 이 여성에게 흥미를 갖게 된 것은 그 결말에 관한 사건이겠지."

"전 잘 모르겠습니다. 하지만 뭐, 말씀드릴 테니 선생님께서 잘 판단해주세요."

슌스케가 입술을 깨물면서 말하려 하는데 문득 유리 선생이 손을 들었다. 탁상전화가 울렸기 때문이다. 선생은 수화기를 집어 들고 두세 마디 묻더니 바로 슌스케 쪽으로 몸을 돌렸다.

"자네한테 온 전화야. 이마라는 여자로군."

"이마요?"

슌스케는 당황해서 수화기를 건네받았다.

"슌스케? 나 이마."

수화기 너머에서 곧장 목소리가 날아들었다.

"지금 신문사로 전화했더니 거기 있다고 해서……."

"무슨 급한 용건이라도 있어?"

"있어. 지금 바로 와줄 수 있어?"

"응, 갈 수는 있는데……."

"그럼 빨리 이쪽으로 와. 왠지 무서워서, 무서워서……."

"무섭다니, 무슨 일 있어?"

"비밀을 봐버렸어. 거미의 비밀을 봤다고. 아, 무서워, 나도 우리우처럼 살해당할지 몰라. 빨리 와줘. 누군가가 내 뒤를 미행하고 있는 것 같아. 응? 서둘러 와줘. 나, 무서워!"

"알았어, 지금 바로 갈게. 근데 이마, 지금 어디야?"

"긴자의 S 당. 아앗!"

갑자기 쿵 물건이 부서지는 듯한 소리가 수화기를 타고 들렸다. 그리고 낮지만 흐느끼는 듯한 소리가 두세 번 들리고 뚝 끊기나 싶더니 이내 고요한 정적이 전화 너머로 흘렀다.

"왜 그래, 이마? 여보세요, 여보세요!"

대답은 없다. 하지만 전화는 아직 끊어져 있지 않다. 슌스케는 오싹한 한기를 느꼈다.

"서, 선생님!"

슌스케는 이를 딱딱 부딪치며 유리 선생을 돌아보았다. 그도 유리 선생과 마찬가지로 모발 뿌리까지 새하얗게 되는 것은 아닐까 싶었다.

당시 S 당에 모여 있던 사람들의 이야기를 나중에 종합해보면 상황은 이러했다.

이마가 전화실로 들어간 직후 이 찻집에 한 청년이 들어왔다. 검정 고글을 쓰고 레인코트 깃을 높이 세워서 인상은 알 수 없었지만, 전화실 안에 있는 이마를 보더니 조용히 그쪽으로 다가갔다. 그 모습을 보고 주변에 있던 사람들은 이마의 일행이거나 전화를 하려고 줄을 선 손님일 거라고 생각해 딱히 주의를 기울이지 않았다.

그로부터 얼마 지나지 않아 묘하게 부석거리는 나지막한 소리가 들렸다. 그 소리에 문득 고개를 든 한 손님은 아까 그 청년이 외투 주머니에 손을 찔러 넣은 채 조용히 전화실을 떠나 밖으로 나가는 것을 보았다.

그 태도에 부자연스러운 부분은 조금도 없었다. 찻집 안은 조용하다. 변한 것은 아무것도 없는 듯했다. 그래서 그 손님도 안심하고 마시다 만 오렌지에이드 빨대에 다시 입을 갖다 댔다.

여종업원이 전화실에서 흘러나오는 검붉은 액체를 발견하고 비명을 지른 것은 그로부터 5분 정도 지나서였다.

이마는 수화기를 움켜쥐고 몸을 구부린 모습으로 단발머리를 전화실 벽에 붙은 널빤지에 기대고 있었다.

권총 탄환은 전화실 유리에 작은 구멍을 낸 뒤, 이마의 왼쪽 견갑골에서 폐를 뚫고 제3늑골에서 멈춰 있었다.

"기분 나쁜 사건이군, 기분 나쁜 사건이야."

마침 거기 달려온 유리 선생은 미간을 찌푸리고 슌스케를 돌아보더니 토해내듯 그렇게 말했다.

슌스케가 다시 수상한 거미를 본 일과
사랑을 운반하는 심야 택시

이마가 슌스케에게 무엇을 발견했다고 말하려 했는지, 그것을 모르는 이상 이 사건의 범인을 찾기란 꽤 힘든 일이었을 것이다.

유리 선생이 중얼거렸듯 기분 나쁜 사건, 정말이지 기분 나쁜 사건이었다. 하지만 그러는 사이에도 단 한 가지만은 의심할 여지가 없이 분명했다.

즉, 우리우 도모지의 죽음은 결코 경찰 등에서 생각했듯 불량배의 소행이 아니었다는 것.

이 살인 사건 사이에는 분명히 하나의 공통점이 있었다.

그리고 두 점을 잇는 선을 저변에 둔 이등변삼각형의 정점에 서 있는 것이 문제의 기미시마 유리에였다.

그리고 유리에 모습 뒤로 커다랗게 겹쳐 있는 것이 까만 거미라면 여러분은 웃을까.

슌스케는 그렇게 생각하자 기미시마 유리에란 여자에 대해 뭐라 말할 수 없을 정도의 혐오감과 공포를 느꼈다. 하지만 슌스케의 성격상 상대가 아무리 무서운 여자라고 해도, 아니, 상대가 무서우면 무서울수록 오히려 이대로 물러날 수는 없었다.

"어쨌든 저는 기미시마 유리에라는 여자에게 접근해보겠습니다. 그 여자가 모든 일의 근원인 것 같으니까요."

슌스케는 유리 선생을 향해 단호하게 선언했다.

"흠, 그것도 좋겠지. 하지만 조심해야 하네. 왠지 이 사건에는 범상치 않은 공포가 도사리고 있는 느낌일세. 아무튼 미라를 찾으려다 미라가 되지 않길* 빌어."

"아, 그 점은 걱정 마세요."

슌스케는 자못 자신만만하게 말했지만, 결코 말처럼 괜찮지 않다는 것은 금세 알 수 있었다.

그리고 한 달 정도가 지났다.

다음에 이야기할 것은 최근 도쿄의 명물이 된 히비야의 어느 극장 안에서 일어난 일이다.

공연 중인 극장의 한적한 복도에서 아까부터 누군가를 기다리듯 혼자 서성이는 여자가 있었다. 가급적 평범하게 꾸미려 한 것 같지만 타고난 아름다움은 가릴 수가 없다. 여자치고는 약간 큰 편이다. 그 몸의 선이 얼마나 농염한지.

몸의 모든 세포가 팔딱팔딱 뛰고 있는 듯하고, 그럼에도 아무렇지 않게 평정심으로 스스로를 감싸고 있는……

* 木乃伊取りが木乃伊になる, 사건을 해결하려다 오히려 사건에 휘말리는 상황을 가리킨다.

그런 여자이다.

나이는 스물일고여덟쯤일 것이다. 여자로서는 가장 농익은 시기이지만 덧없는 깊은 눈매, 흘러넘치는 재기를 가볍게 누른 입가의 가느다란 음영.

어둑한 복도 가장자리에 우두커니 선 걸 보니 꽃이 활짝 핀 듯 눈에도 가냘픈 농염함과 미려함이 있지만, 그럼에도 경박하지 않고 어쩐지 괴로운 듯 가라앉아 보이는 것은 옷차림 때문만은 아닐 것이다.

여자는 한동안 부드럽게 흐르는 오케스트라 소리에 귀를 기울이고 있었지만, 어느 순간 몸을 돌려 화장실로 들어가더니 이내 창백한 얼굴로 뛰쳐나왔다.

어지간히 놀랄 만한 일이 있었던 게 분명하다.

이 새침한 여자가 옷자락을 흐트러뜨리고 숨을 헐떡이며 뛰어나오는 광경은 무대 위의 연극보다도 훨씬 아름다운 볼거리였다. 그런데 이번에는 아까부터 복도 끝에 앉아 태연하게 담배를 피우던 청년이 놀랄 만큼 재빠르게 여자 쪽으로 뛰어왔다.

"왜 그러십니까?"

여자는 어지간히 놀랐는지 그렇게 말하는 청년에게 정신없이 매달렸다.

"어머, 아."

여자는 곧 정신을 차리고 떨어졌다.

"실례했습니다. 아무것도 아니에요."

하지만 그녀의 모습은 분명 그 말과 반대였다.

"이 안에서 뭔가 이상한 일이라도 있었습니까?"

불투명 유리 너머는 불이 꺼진 듯 컴컴했다.

"아뇨, 아무 일도 아니에요. 들어가지 마세요."

"괜찮습니다. 아무 걱정 하실 필요 없어요. 여기 계세요."

두말할 것도 없이 이 남녀는 슌스케와 기미시마 유리에였다.

이전부터 끈질기게 유리에의 뒤를 따라다니던 슌스케는 이때 처음으로 이야기를 나눌 기회를 잡았던 것이다.

슌스케는 끼익 소리를 내며 무거운 문을 열고 주의 깊게 안을 살폈는데, 그 순간 갑자기 덜컹 심장이 크게 요동치는 것을 느꼈다.

컴컴한 맞은편 벽에 밝은 후광이 비치고 그 속에서 뭔가 꿈틀거리고 있었다. 커다란 그림자가 있었다.

슌스케는 한눈에 그것이 거대한 거미의 그림자라는 것을 알아차렸다. 마치 이야기에 나오는 변화거미*처럼 털이 텁수룩한 다리를 벽 하나 가득 펼치고 기어가는 기분 나쁜 모습. 유리에가 놀란 것도 무리는 아니었지만, 슌스케는 이제 가만있지는 않았다.

그는 재빨리 주위를 둘러보다가 세면대에 놓여 있던 손전등을 발견했다. 괴물의 정체는 이 손전등이었던 것이다.

---

* 変化蜘蛛, 일본의 요괴 설화에 나오는 거미로, 인간이나 다른 존재로 변신한다.

손전등을 들어보니 두꺼운 렌즈와 전등 사이에 작은 거미가 낀 채 꿈틀거리고 있었다.

"부인, 부인을 놀라게 한 건 이거 아닌가요?"

유리에는 아름다운 눈을 크게 떴다.

"어머, 손전등이었군요."

"그렇습니다. 보세요, 여기 작은 거미가 들어 있죠. 그것이 벽에 비쳐서 저렇게 거대하게 보인 겁니다."

"어머!"

유리에는 말없이 떨었다. 괴물의 정체를 알아냈지만, 그걸로 그녀를 안심시키지는 못한 듯했다. 아니, 그녀는 아까보다 더 창백해져 있었다. 유리에는 말없이 슌스케가 든 손전등을 보다가 이윽고 관자놀이를 누르며 휘청거렸다. 그때 슌스케의 늠름한 가슴에 안기지 않았다면 분명 복도에 쓰러졌을 것이다.

"부인, 부인, 정신 차리세요."

유리에는 희미하게 눈을 떴다.

"저, 죄송해요. 택시를 불러주세요……."

"혼자 괜찮으시겠습니까? 뭣하면 데려다드릴까요?"

"아 그렇게 해주신다면……."

그 후로 한동안 히비야에서 아오야마까지 택시를 타고 간 일을 떠올릴 때마다 슌스케는 마치 향긋한 술 향기에 취한 듯한 기분을 느꼈다.

슌스케는 그때 처음으로 진정한 아름다움은 단순히 외모에

만 있는 것이 아니라 여러 세포에서 흘러나오는 아지랑이 같은 것이라는 사실을 깨달았다.

"폐 끼치는 것이 아닌지요?"

"아닙니다."

슌스케도 유리에도 그것을 마지막으로, 더는 아무 말 하지 않았다. 하지만 슌스케 쪽으로 가볍게 몸을 기댄 유리에의 표정에선 겁에 질린 아기가 어머니 품에 안겼을 때와 같은, 편안한 신뢰가 엿보였다.

이토록 아름다운 여자라니. 아, 이토록 매력적인 몸이라니……

문득 창밖으로 눈을 돌리니 가로등이 비에 젖은 진주처럼 아름답게 흘러간다. 슌스케는 어느 틈엔가 온몸이 나른하게 젖어드는 기분 좋은 감각에 싸여 황홀하게 유리에의 몸을 안고 있는 자신을 알아차렸다.

여기에 이르러서도 과연 그가 언젠가 유리 선생에게 맹세했듯 끝까지 결연한 각오를 이어갈 수 있을지 새삼 불안한 상황이었다.

미라 사냥꾼이 미라가 될 뻔한 일과
유리 선생이 여난女難의 상을 본 일

그날 밤부터 슌스케는 이미 이전의 그가 아니었다.

원래 그는 활동가이지 몽상가가 아니었다. 그랬던 슌스케가 최근에는 사무실 책상 앞에서 한쪽 손에 턱을 괴고 멍하게 생각에 잠겨 있으니, 누가 봐도 이상하게 비치지 않을 턱이 없었다.

"미쓰기, 무슨 일 있어?"

동료가 걱정스레 말을 걸었지만 으음, 하고 우울하게 고개를 저을 뿐 변함없이 생각에 잠겨 있다.

어딘가 얼굴도 야위고 눈에도 생기가 없다. 움직이거나 말을 하는 것이 굉장히 힘든 듯하다.

슌스케는 근 일주일간 혀를 델 만큼 자극적이고 묘한 뒷맛을 되새김질하면서, 왠지 모르게 온몸이 둥실둥실 여름 공기 속에 녹아가는 듯한 께느른한 쾌감에 빠져 있었다.

이 얼마나 무서운 여자인가.

우리우 도모지가 언젠가 그 여자를 가리켜 괴물이라고 한 것은 정확했다.

그 덧없는 느낌의, 어딘가 접근하기 어렵고 새침한 여자가 일단 두꺼운 커튼을 내리고 둘만 남으면 마치 사람이 바뀐 것처럼 살아 숨 쉬며 거칠고 난폭해지는 것이다.

어떻게 그토록 수줍은 모습 아래 그토록 부끄럼 없는 대담함을 감추고 있었을까. 그녀의 들숨 날숨, 나른한 중얼거림, 환희에 찬 속삭임, 그런 것들 하나하나가 마약처럼 슌스케의 마음을 마비시켰다.

환락의 한계에 달해 땀으로 흠뻑 젖은 피부, 물기를 머금고 반짝반짝 빛나는 눈동자, 젖은 듯한 입술, 그런 것이 슌스케의 눈동자에 눈이 부실 만큼 강렬한 인상으로 언제까지고 남았다.

"또 와요."

헤어질 때 유리에는 슌스케의 띠에 손을 얹고 애원하는 듯한 시선을 보냈다.

"저, 외로워요. 항상 혼자인걸요. 가끔 만나러 와줘요."

무슨 헛소리야, 여우 같은 여자! 슌스케는 속으로 실실거렸지만 스스로도 그것이 진심이 아니라는 사실을 깨닫고 있었다.

그 이후 슌스케는 이 불가사의한 여자의 포로가 되어버렸다.

유리 선생으로부터 몇 번이나 전화가 걸려 왔지만 그때마다 부재중 전화로 돌려놓고 받지 않았다.

어찌 된 영문인지 스스로도 알 수 없었지만 선생과 만나면 이 사랑은 끝이라는 기분이 들었던 것 같다.

하지만 전화는 끈질기게 걸려 왔고 그는 쯧, 혀를 차며,

"진짜 귀찮은 아저씨야!"

하고 투덜거리면서도 그런 자신의 심경 변화에 일종의 의구심과 놀라움을 느꼈다.

어느 날…….

오늘도 유리에의 호출을 받은 슌스케가 죄다 내동댕이치고 회사를 나서려는데 입구에 서 있던 남자가 성큼성큼 다가와 느닷없이 슌스케의 팔을 꽉 잡았다.

"앗, 선생님."

역시 슌스케는 떳떳하지 못했다. 귓불까지 새빨개져 낭패한 기색이 된 그를 지그시 바라보던 유리 선생은,

"하하하하하, 결국 당했군. 안색이 너무 안 좋잖아."

"……."

"왜 그래? 화났어? 뭐, 됐네. 할 말이 있어. 어디 가서 차라도 한잔하지."

"선생님, 저 급합니다."

"알아. 사랑에 빠진 남자는 조급해지는 법이지. 시간은 많이 잡아먹지 않겠네. 한 5분 정도만 내주게."

할 수만 있다면 슌스케는 선생의 손을 뿌리치고 도망치고 싶었지만 그럴 수도 없다. 그것을 잘 아는 선생도 좀처럼 떨어지려 하지 않는다. 분하지만 방법이 없다. 슌스케는 얼굴을 찌푸리며 끌려가듯 가까운 찻집으로 들어갔다.

"무슨 용건인지 모르지만 선생님, 저 진짜 급해요."

선생은 싱글거리며 웃었다.

"미쓰기 군, 조심해야 해. 여자 때문에 속 썩을 관상이 보여."

"그렇습니까. 관상까지 보시는 줄은 몰랐습니다."

"관상은 물론, 손금, 풍수지리, 분실물, 연애 문제, 궁합 등 뭐든 다 보는 게 이 유리 린타로야. 요사스러운 기운이 북동쪽 방향에 있군. 아하하하하, 위험해, 위험해."

"선생님, 농담이라면 조만간 다시 찾아뵐 테니 그때 천천히 들려주시면……."

순스케가 발끈해서 일어서려는데 유리 선생이 갑자기 진지한 얼굴을 했다.

"미쓰기 군, 자넨 그 사람의 피부를 본 적이 있나?"

"예?"

"한번 아무렇지 않은 척, 당신의 맨 피부를 보고 싶다고 부탁해보게. 사랑하는 남자의 청이잖아. 분명 들어줄 걸세. 그걸로 만약 자네의 사랑이 식지 않으면 다행이고."

"선생님, 그건 무슨 말씀이십니까. 자세히 알고 싶은데요."

"자네도 눈이 있을 게 아닌가. 무슨 뜻인지는 스스로 찾아내면 돼."

"그 여자의 피부를 보는 게 그렇게 중요한 겁니까?"

"중요하지. 자네도 남자 아닌가. 사랑하는 여자의 몸 정도는 알고 있는 편이 좋지 않나."

"절 놀리시는 겁니까, 아니면 그 사람을 모욕하시는 겁니까?"

"허허. 아주 뜨겁군그래."

선생은 미간을 찌푸렸지만 이내 엄숙한 표정을 지었다.

"미쓰기 군, 나는 농담을 하거나 자네를 괴롭히려고 이런 말을 하는 게 아니야. 정말 자네를 위해서 그러는 걸세."

"감사합니다. 하지만 그렇게 저를 생각하신다면 이대로 내버려두시는 편이 좋겠는데요."

"자네는 어떤 위험에 처했는지, 얼마나 위험한지 아직 몰라. 자네 친구인 우리우 도모지는 어땠나? 그리고 그 불쌍한 이마도리코는 어땠지? 그걸 좀 더 생각해보라고."

"선생님, 저도 남잡니다. 제 신변에 닥친 위험은—만약 거기에 위험이라는 것이 있다면요—제 힘으로 막겠습니다."

"그래, 자네는 남자야. 남자니까 걱정하는 거야. 그 여자가 어떤 요술을 쓰는지는 몰라도 접근하는 남자의 기를 죄다 앗아 가는 법을 아는 것 같아."

"선생님, 저는 이만 실례하겠습니다."

슌스케는 의자를 박차고 일어났다.

"그런가. 막을 도리가 없군. 잘 가게, 유리에 씨에게 안부 전해줘."

선생님은 슬픈 얼굴로 고개를 저으면서 슌스케를 따라 나섰고, 그대로 가려다가 뭔가 생각난 듯 갑자기 성큼성큼 이쪽으로 돌아왔다.

"아, 한 가지를 깜박했어. 그 여자 집에서 이상한 사슬 소리 못 들었나?"

"뭐라고요?"

슌스케의 안색이 변했다. 그리고 입술을 덜덜 떨었다.

"아, 들은 적이 있군. 좋아, 기회가 있으면 침실 밑을 한번 보게. 어떤 괴물이 숨어 있는지. 뭐 어쨌든 조심하라고."

유리 선생은 빙글 발길을 돌려 표연히 신문사 거리의, 모래 먼지와 가솔린 연기 속으로 걸어갔다.

저주스러운 거미의 그림과
슌스케가 사슬 소리를 들은 일

유리 선생과 헤어진 뒤 슌스케는 왠지 가슴을 쥐어뜯기는 슬픔을 느꼈다. 선생의 말 한 마디 한 마디가 불화살처럼 그의 심장을 관통했던 것이다.

그러나 선생의 말은 모호했다. 유리에의 피부를 보라고 했다. 그리고 침실 아래를 엿보라고 했다.

대체 그건 무슨 뜻일까.

슌스케는 왠지 찜찜한 기분이었다.

그런 기분이 겉으로 드러나지 않을 리 없다. 그날 밤 유리에는 곧바로 슌스케의 붕 뜬 모습을 알아챘다.

"왜 그러세요? 왠지 우울해 보여요."

여자는 변함없이 아름다웠다. 슌스케는 요전부터 수도 없이 우리우 도모지에 대해, 이마 도리코에 대해, 그리고 할 수만 있다면 과거로 거슬러 올라가 구모 조에 대해서도 물어보고 싶었지만 유리에의 대담한 시선을 마주하면 이내 주눅이 들어 하고 싶은 말을 그대로 삼켜버리고 말았다.

하지만 오늘 밤은 절호의 기회다. 이때가 아니면 의문을 풀기회는 찾아오지 않을 것이다.

"실은 당신과 이러고 있는 걸 두고 이런저런 이상한 소릴 하는 사람이 있어서요."

"알아요. 누가 그런 말을 하는지 대충 상상도 가요. 그래서 그 사람이 저와 만나지 말라고 하던가요?"

"아, 그런 말은 안 했는데, 뭐, 결국 같은 말이겠죠. 그보다 더 이상한 소리를 하더군요."

"이상한 소리라뇨?"

"그게 너무 황당한 말이라 꺼내기가 어렵네요."

"괜찮으니까 말해보세요."

유리에는 슌스케의 손을 잡고 양 손바닥으로 문지르듯 어루만지며 말했다.

"그런 식으로 말을 흐리면 더 신경 쓰여요. 어떤 말을 들어도 절대 놀라지 않을 테니 말해주세요."

"그런가요. 그럼 말씀드리죠. 화내시면 안 됩니다."

"괜찮아요, 말해보세요."

"그 사람은, 당신에게 맨살을 보여달라고 말하라더군요."

슌스케는 그렇게 말하고 나서 돌직구를 던지지 말 걸 그랬다고 생각했다. 그 순간 유리에가 상처 입은 것처럼 소리를 지르며 벌떡 일어났기 때문이다.

버들잎 같은 눈썹이 획 올라가고 얼굴이 붉은 연지를 바른 것처럼 새빨개지더니, 그것이 걷히자 단숨에 대여섯 살은 늙어 보였다.

정말이지 가식적인 태도를 취하던 여자가 허를 찔려 낭패했을 때만큼 추하게 보이는 것은 없다. 슌스케는 아주 찰나였지만 여자의 얼굴이 마귀할멈처럼 일그러지는 것을 볼 수 있었다.

유리에는 큰 눈을 부릅뜨고 물끄러미 슌스케를 내려다보더니, 침대 가장자리에 얼굴을 묻고 흐느끼기 시작했다.

그녀는 한동안 그렇게 울다가 이윽고 눈물에 젖은 얼굴을 들더니 말없이 허리띠를 풀고 멍하게 있는 슌스케 앞에 피부를 드러내고는,

"자, 보세요. 맘껏 보세요."

하고 슌스케 쪽으로 등을 돌렸다.

아, 그때 느낀 놀라움을 대체 어떻게 표현해야 할까. 슌스케는 그 순간 몸이 저리고 하복부에 뭐라 말할 수 없을 만큼 불쾌한 응어리가 생기는 것을 느꼈다.

이 아름다운 여자의 등에 이토록 무서운 문신이 있으리라고 대체 누가 상상할 수 있겠는가. 하얗고 매끄러운 피부 가득 기분 나쁜 털투성이 다리를 벌리고 있는 것은 한 마리의 거대한 거미였다.

거미는 두 다리로 백합꽃 한 송이를 단단히 그러쥐고는, 그 추하고 뾰족한 주둥이를 꽃술 안에 쑤셔 넣어 달콤한 꿀을 빨고 있었다.

그런 그림이 더없이 선명한 공포가 되어 등 하나 가득 새겨져 있었다.

"앗!"

슈스케는 아찔한 착란을 느끼면서 저도 모르게 소리쳤다.

"우리우 도모지가 갖고 있던 사진은 이 문신을 찍은 거였군."

"그래요."

유리에는 슬픈 듯이 눈을 내리깔았다.

"그 사람은 약으로 저를 재운 후 그 사진을 찍었답니다."

그리고 유리에는 조용히 옷을 입더니 말했다.

"저, 당신이 우리우 씨의 친구란 걸 알고 있었어요. 그분의 사망 원인을 찾으려고 제게 접근했다는 것도 다 알고 있었죠. 전 정말 당신이 무서웠어요. 그렇지만 역시 당신이 좋아서……."

유리에는 조용히 띠를 매더니 슬픈 한숨을 내쉬며 말했다.

"하지만 이제 안 되겠네요. 전 당신에게 구원받고 싶었어요. 하지만 이런 무서운 걸 보였으니 역시 안 되겠네요. 저는 나쁜 여자였어요. 여러 사람을 속였죠. 아니, 더 끔찍한 짓도 태연히 했답니다. 하지만 당신을 생각하는 마음만은 진심이었어요. 저를 무서운 과거에 얽어매고 있는 족쇄도, 머지않아 어떻게든 풀릴 것 같았기에 그때를 기다려 당신에게 구원받을 생각이었죠. 하지만, 하지만…… 이제 안 되겠네요."

"대체 누가 그런 문신을 새긴 겁니까?"

"구모 조가 했어요. 당신도 과거 제게 일어났던 무서운 사건을 알고 계시겠죠. 구모 조에게 붙잡혀 끌려갔을 때의 무서운, 지옥 같은 배 위에서의 석 달……. 그동안 구모 조가 문신사를 불러 이런 문신을 새겨버렸어요. 그 남자의 낙인이었죠. 그 남자는 평생 저를 놓아주려 하지 않았어요. 이 그림 속 거미가 백합꽃을 단단히 안고 달콤한 꿀을 탐하는 것처럼요…….”

“그럼 구모 조는 아직 살아 있는 겁니까?”

“그건 묻지 말아주세요. 그리고 제발 오늘 밤은 이대로 돌아가줘요. 저는 또 나쁜 여자가 될 겁니다. 돌아가세요. 그리고 두 번 다시 제 앞에 나타나지 마세요…….”

유리에는 이를 악문 채로 관자놀이를 누르더니 하염없이 눈물을 흘리면서 미친 듯 침대 위를 굴렀다.

그때 어딘가에서 철그렁하고 사슬을 끄는 듯한 소리가 나서 슌스케는 오싹해져 무심코 몸을 움츠렸다.

지하 궁전에 잠든 사랑의 수인과
거미와 백합의 결혼

유리에의 집을 나온 슌스케의 머리는 마치 뜨거운 바람을 얻어맞은 듯했다. 한 걸음 걸을 때마다 그는 한숨을 쉬었다.

여자에 대한 공포와 증오와 애착 등이 새까만 소용돌이가 되어 가슴속에 밀어닥친다. 그는 여자 때문에 눈물을 흘렸다.

그런 한편으로 형용하기 힘들 정도의 분노도 느꼈다.

유리에의 집에서 2, 3정* 떨어진 곳에 작은 신사가 있었다. 슌스케는 겨우 경내에 다다랐다. 달도 별도 없는 밤, 당장이라도 비가 올 것 같은 창 아래서는 나뭇가지가 버석거리며 이파리를 팔랑이고 있었다.

아득한 서쪽 하늘에는 엄청난 번개가 쳤고, 때때로 그 때문에 부근까지 확 밝아졌다.

바로 그때였다.

갑자기 뒤에서 스멀스멀 뱀이 기어오르듯 소리도 없이 다가

---

* 丁, 거리를 나타내는 단위로 1정은 약 109미터이다.

온 그림자가 있었다.

순스케가 그것을 알아차리고 놀라서 돌아본 순간, 탕 하는 둔탁한 소리가 났고 그와 동시에 순스케는 왼쪽 팔에 저릴 만큼 뜨거운 감각을 느꼈다.

당했다! 순스케는 생각했다. 괴한은 첫 발이 실패했다 싶었는지 곧바로 두 번째를 쏘려고 자세를 잡고 있었다.

"이제 틀렸어."

순스케는 눈을 감았다.

그 순간 옆에 있는 나무 그림자에서 또 하나의 그림자가 뛰어올라 단숨에 괴한을 덮쳤다. 권총은 허공을 쐈고 두 개의 그림자는 공처럼 번개로 물든 땅 위를 굴렀다.

순스케는 망연하게 그 모습을 보았다. 뭐가 어떻게 된 것인지 모르니 손을 쓸 수도 없었다. 그런데,

"맙소사!"

외침이 들리는가 싶더니 세 번째로 탕 하는 날카로운 소리가 났고 그 순간 으읔, 하는 낮은 신음이 들렸다. 어쨌든 격투는 그걸로 끝난 듯했다. 한 사람이 부스스 일어났다.

"앗, 유리 선생님!"

때마침 번쩍이는 번갯불에 비친 얼굴을 보고 순스케는 무심결에 그쪽으로 달려갔다. 정말 유리 선생이었다. 선생은 다른 사람에게로 몸을 기울이면서 말했다.

"맙소사, 쏠 생각은 없었는데, 그만 방아쇠에 손이 닿은 모양

이야."

선생은 권총을 보면서 말했다.

"위험했네. 내가 한발 늦었다면 지금쯤 자네는 차갑게 식어 있겠지."

슌스케는 무심코 몸을 떨었다.

"자, 이리 와보게."

선생은 권총의 안전핀을 채우고 주머니에 넣더니 회중전등을 꺼냈다.

"놀라지 말게. 이 얼굴을 보여주겠네."

하얀빛의 고리가 지면을 훑자 헐렁헐렁한 레인코트로 몸을 감싸고, 중절모를 푹 뒤집어쓰고 커다란 선글라스를 낀 사람이 비쳤다. 슌스케는 그 얼굴을 본 기억이 있었다. 우리우 도모지가 살해당한 밤, 긴자 뒤에서 스쳐 지나간 남자다.

남자는 눈을 감고 축 늘어져 있다.

그 얼굴에는 이미 생기가 없었다. 만에 하나를 위해 유리 선생이 살펴보니 탄환은 겨냥한 것처럼 심장을 관통해 있었다.

"불쌍하게도 권총을 낚아채려는데 이놈의 손가락이 방아쇠를 당겨버렸어. 하지만 차라리 단숨에 죽는 편이 서로 낫겠지."

"대체 이놈은 누굽니까?"

"어이, 아직도 모르겠나? 모자와 안경을 벗겨보게."

슌스케는 재빨리 그 말을 따랐는데, 그 순간 이루 말할 수 없는 공포를 느끼고 그 자리에 우뚝 멈춰 서버렸다.

남자라고 생각했던 것은 유리에 본인이었다.

"불쌍한 여자야. 이 여자는 일종의 미치광이였던 거야."

"그럼, 우리우와 이마를 죽인 것도 이 여자란 겁니까?"

"물론 그렇겠지. 무서운 여자야. 이 여자는 처음부터 자네의 목적을 알고 있었어. 알고 있었기 때문에 자네를 낚은 거야. 극장 화장실의 거미 그림 건도 다 자네를 낚기 위한 이 여자의 연극이었다네."

숀스케는 순간의 놀라움이 가라앉음과 동시에 뭐라 말할 수 없는 혐오를 느꼈다. 아니, 그것은 혐오라기보다 무시무시한 공포와 닮은 느낌이었으리라.

"무슨 생각을 하는 건가. 자, 손을 빌려주게."

"이 여자를 어떡하실 생각입니까?"

"여기 놔둘 수도 없지 않나. 집으로 옮길 걸세. 잠깐 이 여자의 집을 조사해보고 싶기도 하고 말이야."

그래서 유리 선생과 숀스케는 유리에의 시체를 짊어지고 다시 한번 그녀의 집으로 갔다. 유리 선생은 유리에의 시체를 침대에 눕히더니 벗겨진 속옷을 입혀주면서 말했다.

"자, 이걸로 사건도 결말에 가까워진 듯한데, 내가 상상한 것이 맞다면 이 이야기의 가장 무서운 비밀이 또 하나 여기 숨겨져 있을 걸세."

유리 선생은 침실 가운데 서서 한동안 방 안을 둘러보았다.

그런 다음 바닥을 두드리거나 벽을 쓰다듬거나 커튼을 젖히

기도 하면서 생쥐처럼 빙글빙글 그 자리를 돌다가 문득 벽에 상아 무늬의 장치가 숨겨져 있는 것을 발견했다.

"이거로군."

유리 선생은 싱긋 웃었다.

"미쓰기 군, 조금 옆으로 물러나게."

유리 선생이 그 장치를 꾹 누르자 침대가 흔들흔들 미끄러지 듯 옆으로 움직였고, 그 뒤에는 커다란 구멍이 입을 벌리고 있었다. 들여다보니 구멍 안에는 완만한 계단이 있었다.

"따라오게. 놀랄 만한 악행의 흔적을 보여주지. 이거야말로 한 여자가 얼마나 악마가 될 수 있는지에 대한 하나의 증거가 될 걸세."

유리 선생은 회중전등을 비추면서 위태로운 계단을 내려간다.

슌스케도 그 뒤를 따라 내려갔다. 계단 아래는 다다미 여덟 장 정도의 움막, 아니 멋진 방이었다.

유리 선생은 회중전등으로 한동안 이쪽저쪽을 비추더니, 이 윽고 벽 위에 있는 스위치를 찾아내고는 딸깍 불을 켰다.

그 순간, 슌스케는 너무 놀라 무심결에 나직이 소리를 질렀다. 방 안에는 커다란 침대가 하나 놓여 있었다.

그리고 그 침대 위에는 시체나 다름없이 말라비틀어진 남자가 마치 고목처럼 누워 있었다.

그 남자는 아직 죽지 않았다. 하지만 한눈에도 숨이 넘어가 기 직전이란 것을 확실하게 알 수 있었다.

힘없이, 하얀 눈을 게슴츠레하게 뜨고 있었고, 흙빛 입술은 버석하게 말라 있었다. 이러는 사이에도 마지막 순간이 언제 찾아올지 모르는 상태였다.

"이 사슬을 보게. 자네가 들은 사슬 소리는 이 남자가 몸부림칠 때 나는 소리였어."

그러고 보니, 말라비틀어진 발목에 튼튼한 구리 사슬이 감겨 있고 거기서 바닥으로 사슬 하나가 뻗어 있었다.

이 남자는 사슬로 지하실에 결박되어 있었다.

슌스케는 혀가 저리는 불쾌감을 느꼈다.

"대체 누굽니까?"

"모르겠나. 이 사람의 얼굴에서 뭔가 연상되지 않나."

그 말을 듣고 다시 한번 병자의 얼굴을 찬찬히 뜯어본 슌스케는 무심코 놀란 듯,

"구모 조!"

라고 외쳤다.

정말이지 이 남자의 부모가 아들에게 그런 이름을 붙인 이유를 확실히 깨닫게 되는 순간이었다. 추하고 야위고 심하게 주름진 그 얼굴을 보면 마치 한 마리 거미가 웅크린 채 얼굴 위로 추한 다리를 벌리고 있는 것 같았다.

실제 무서울 정도로 닮았다.

"어째서 이 남자가 이런 곳에 있는 겁니까?"

"모르겠나? 이 남자는 죄수가 아니야. 사슬로 묶여 있지만 이

방은 놀랄 만큼 사치스럽지 않다. 이 남자는 이 지하 궁전의 왕일세. 그리고 유리에는 충실한 시녀였지. 이 남자는 일찍이 유리에의 연인을 살해했으니, 두 번 다시는 세상에 나갈 수 없는 몸이지. 그래서 나루토해협에 뛰어들어 자살한 것처럼 교묘히 세상을 기만했지만, 실은 이렇게 유리에의 융숭한 간호를 받고 있었던 거야."

"하지만 유리에가 어째서 그런 걸 승낙한 거죠? 이 남자를 증오할 터인 유리에가……."

"그 여자가 이 사람을 증오했다고 어떻게 장담할 수 있나. 처음에야 미워했을지도 모르지만 배 위에서 지낸 석 달 동안 여자의 성정이 어떻게 변화했을지……. 분명 상상 이상이었겠지. 여자란 무시무시한 힘을 지닌 존재라네."

슌스케는 뭐라 말할 수 없을 만큼 불쾌한 응어리를 뱃속에 느꼈다. 이 질식할 것 같은 지하방에서 얼마나 기괴한 사랑의 장면이 전개되었던 것일까. 그 생각을 하면 당장이라도 토할 것처럼 속이 거북해졌다.

그때 죽은 듯이 잠들어 있던 구모 조가 가볍게 몸을 떨더니 버석하고 건조한 입술을 벌렸다.

"유리에…… 유리에……."

그는 꺼져 들어갈 것 같은 소리로 중얼거렸다.

유리 선생은 그 말을 듣더니 허리를 숙여 구모 조의 귓가에 입을 가져다 댔다.

"유리에는 조금 전에 죽었소."

선생은 그렇게 속삭였는데, 그 소리가 귀에 들어간 것인지 돌연 놀랄 만한 변화가 일어났다.

생사를 방황하던 이 빈사의 병자의 얼굴에 갑자기 환희의 빛이 퍼지는가 싶더니 갑자기 몸이 부들부들 격렬하게 떨렸다. 그리고 무서울 정도의 경련이 몸을 관통하더니, 이윽고 무너지듯 풀썩 숨이 끊어져버렸다.

"무서운 집착이군. 이 남자는 이미 한참 전에 죽었어야 했어. 그런데도 유리에 혼자 남겨두고 싶지 않다는 집착 하나로 오늘까지 생명을 부지해온 거야."

슌스케는 이 기괴한 사랑의 집념에 얻어맞은 것처럼 잠시 동안 가만히 구모 조의 추한 얼굴을 응시했다.

그러자 무슨 영문인지 스스로도 설명할 수 없는 눈물이 그의 눈에서 솟아올랐다.

슌스케는 문득 생각난 듯,

"선생님, 기다려주세요. 불쌍한 이 남자에게 신부를 데려다주지 않겠습니까?"

그렇게 말하고 위층에서 유리에를 안고 와서 살며시 구모 조의 옆에 눕혔다. 두 사람의 손을 잡게 해주었을 때 왠지 구모 조의 얼굴이 환해지는 것 같았다.

이렇게 거미와 백합은 영원히 헤어지지 않는 기괴한 결혼을 마쳤다.

장미와 울금향

薔薇と鬱金香

자명종 소리가 그쳤을 때

1

"선생님, 저기 있는 부인을 아십니까?"

"누구? 누구 말인가?"

"저쪽 복도 모퉁이에 서서 대화를 나누는 여자들이 대여섯 명 있죠. 이쪽에서 봤을 때 오른쪽에서 두 번째 여자예요. 보세요, 커다란 튤립을 수놓은 하오리* 차림의 아름다운 여자가 있지 않습니까. ……아, 방금 잠깐 이쪽을 보고 웃었어요. 저 여자입니다. 모르십니까?"

"몰라. 저 사람이 누군데?"

유리 선생은 의아한 시선을 여자에게서 미쓰기 슌스케 쪽으로 돌렸다.

"모르시는군요. 흠, 꽤 유명한 여자인데요. 여러 의미에서요."

---

* 羽織, 일본의 전통 의복 중 하나로, 겉옷 또는 재킷 형태의 덧옷.

신닛포샤의 스타 기자, 미쓰기 슌스케는 새 담배에 불을 붙이고 나른하게 커다란 팔걸이 가죽 의자에 앉아 두 다리를 뻗었다. 보라색 연기가 너울너울 한가로운 고리를 그리며 떠오른다.

쾌활하게 떠드는 소리, 숨 막히는 사람들의 숨결, 화장품과 향수 냄새. 막간의 극장 복도는 항상 즐거운 사교장이다. 아름답게 치장한 남녀노소의 무리가 금붕어처럼 떼를 지어 줄줄이 두 사람 옆을 지나간다.

"보세요, 다들 선생님 쪽을 돌아보고 있어요."

"흐음."

유리 선생은 씁쓸한 미소를 흘렸다.

"정말 멋지니까요, 선생님의 백발은. 눈부시게 아름다워요. 보세요, 저 할머니, 넋을 놓고 보다가 걸려 넘어졌네. 하하하하하!"

미쓰기 슌스케의 말은 정말 틀린 데가 없었다. 유리 선생은 이제 겨우 마흔다섯이 되었는데 머리를 보면 마치 일흔 노인처럼 보인다.

가느다란 바늘을 심어놓은 것처럼 멋들어진 은백색 머리카락이 풍성한 파도를 만들고 거기에 깎아지른 듯한 가무잡잡하고 각진 얼굴과 묘한 대조를 이루고 있어 누구라도 한 번만 이 사람을 보면 놀란 눈을 하고 돌아보지 않을 수 없다. 할머니가 정신없이 보다가 비틀거린 것도 무리가 아니었다.

"나쁜 말은 안 할 테니 선생님, 악당을 추적할 땐 잊지 마시고 그 백발을 물들여주세요. 안 그러면 난 탐정이다, 라는 간판을 들고 다니는 거나 마찬가지니까요."

슌스케는 잘도 그렇게 말하면서 최근 들어 갑자기 유명해진 이 사립 탐정을 야유했던 것이다. 하지만 여담은 그만하고, 끊어진 대화를 다시금 이어가기로 하자.

"울금향 부인, 혹은 마담 튤립, 그런 이름을 들으신 적 없으세요?"

미쓰기 슌스케는 악동처럼 두 눈을 반짝반짝 빛냈다.

"어떤 유명한 여성지 기자가 한번은 그 여자를 찾아가서, 부인, 당신은 어쩌면 항상 그렇게 아름다우십니까? 뭔가 특별한 미용법이라도 있는 겁니까? 우리 백만 애독자들을 위해 그 비결을 하나 공개해주실 수 있을까요? 라고 했다던가, 아무튼 웃긴 질문을 했대요. 여자는 생긋 웃더니, 저는 옛날부터 튤립이 정말 좋아요. 아, 화분에 심어놓고 구경하는 정도가 아니랍니다. 그 아름답고 윤기 있는 꽃을 매일 꺾어서 국을 끓이고 있죠. 제가 줄곧 젊음을 유지할 수 있는 것도 아마 그 정기 덕분 아닐까 싶어요, 라고 대답했다던가 그러던데. 그 이후 울금향 부인 혹은 마담 튤립이라는 예명이 붙어버렸어요. 선생님, 튤립국은 대체 무슨 맛이 나는 걸까요? 기회가 있으면 한번 직접 물어보고 싶네요."

"이름은 뭔가?"

"구로야나기 유미코…… 아, 아니다. 근래에 재혼했다고 했으니 이소가이 유미코라고 해야 할까요."

"아, 그럼, 그 구로야나기 사건의⋯⋯."

유리 선생은 무심코 목소리를 낮추었다.

"그런가, 전혀 몰랐어. 그게 언제 일이었더라. 구로야나기 박
사가 살해당한 건⋯⋯."

"쇼와 7년 무렵의 사건이니까 벌써 이럭저럭 5년이 되는군
요. 슬슬 재혼해도 될 시기죠. 어쨌든 저 미모로 5년이나 홀로
있었으니까요."

"그 사건의 범인은 15년 형을 받은 걸로 기억하는데⋯⋯."

"맞아요, 그런데요, 그놈은 15년 동안 참을 필요가 없었습니
다. 재작년 가을에 감옥에서 병사했거든요. 어쨌든 그 여자의
재혼에는, 어두운 그림자가 전혀 없어졌단 얘깁니다. 어."

갑자기 슌스케가 입을 다물고 뭔가 말하려는 유리 선생의 소
매를 격하게 잡아끌었다.

유리 선생은 알아차리고 고개를 들었다. 그때 질질 끌리는
하오리와 하카마를 입은 중년 남자가 젊은 사무원 같은 남자와
이야기하면서 두 사람 앞을 지나가던 참이었다. 피부가 희고 얼
굴이 갸름한 야무진 느낌의 미남이었다.

"이보게, 자네, 〈자명종 소리가 그쳤을 때〉라는 이 희곡 말이
야. 방금 줄거리를 다 읽었는데 대체 이 작가는 어떤 사람인가?
오토네 슈지라니 한 번도 들어본 적 없는 이름인데 가명인가?"

하오리와 하카마 차림의 남자가 그런 질문을 하는 것이 두

사람의 귀에 들어왔다.

　남자는 잘생겼지만 조금 신경질적인 데가 있어 보인다. 말할 때마다 움찔거리며 뺨 근육이 하얗게 경련하는 것이 두 사람의 눈에 비쳤다. 하기야 한참 전에는 그런 것이 기개가 있다거나 예술가 같다고 하여 젊은 여자들에게 인기 있던 시절도 있었지만⋯⋯.

　그에 대해 상대 남자가 뭐라고 대답했는지는 모른다. 그때 개막 벨이 울려서 주위가 갑자기 소란스러워졌기 때문이다.

　"저 남잔 뭐야?"

　유리 선생은 뒤를 돌아보면서 물었다.

　"저 사람요? 울금향 부인의 새로운 남편인데, 이소가이 한자부로라고 유명한 소설가예요. 선생님, 저 사람은 〈자명종 소리가 그쳤을 때〉라는 이 연극 작가가 누군지 무척 신경 쓰이나 봅니다."

　슌스케는 앞다투어 어두운 문 안쪽으로 빨려 들어가는 사람들을 바라보면서 멍하니 그런 말을 중얼거렸다.

2

　오늘 처음으로 손님을 초대하고 화려하게 개장식을 거행한 이 도토 극장에는 창립 초기부터 여러 나쁜 인연이 따라다녔다.

처음 땅을 고르는 공사를 하고 드디어 발판을 올렸을 때 폭우에 휘말려 발판이 무너지는 바람에 사상자가 대여섯 명 생겼다.

그것이 불운의 시작이었다. 그 후 철근 공사가 끝났을 때는 기중기 고리가 끊어져 또 여러 명의 사상자가 나왔다.

이래저래 공사가 좀처럼 진척되지 않는 참에 이번에는 자본가 사이에 내분이 발생하여 갑자기 자금난에 처한 탓에 청부사 쪽에서 발을 뗀다 만다 소란.

그 후 자본가들의 내분은 점점 격해져서 종국에는 서로 소송을 거는 진흙탕 싸움, 독직瀆職 사건이 벌어져 검사가 나서는 등, 아직 반도 완성하지 못했는데 시종일관 이런 식이라 완전히 시민들을 당황하게 하였다.

수도 한가운데에 시간이 가도 울타리를 치지 않는 철근콘크리트 건물이 비를 맞으며 서 있으니 한때는 신문에서도 유령 저택이라며 악담한 적도 있었다.

그 후 어떤 식으로 화해가 이루어졌는지.

아무튼 공사가 재개되어 겨우 준공한 것이 2주 정도 전의 일이다. 처음 공사를 앞두고 고사를 지낸 지 4년 정도 지나서였다.

그래서 오늘 초대를 받은 명사들 사이에도 암묵리에 일종의 묘한 불안감이 요동칠 수밖에 없었다. 외국의 유명 극장을 모방했다는 호화스러운 격자무늬 반자에도, 찬연히 빛나는 장식등의 보석 장식에도, 또 금실 은실로 수놓은 심홍색 커튼에도 사람들은 모두 희생된 인부들의 피나 자본가들의 탐욕스러운 분

쟁의 냄새가 나는 듯한 기분을 느낀 것이다.

'하'의 13번…… 이것이 유미코의 자리였다.

유미코는 남편인 한자부로와 자리를 나란히 하고 다소곳이 막이 열리기를 기다리고 있다.

원래 본 공연은 모레부터이고 오늘은 그중 1막만 시연식으로 상연될 예정이었다. 그 1막이란 것이 작가 미상의 〈자명종 소리가 그쳤을 때〉라는 신작이었다.

"유미코, 이 연극 줄거리는 읽어봤어?"

"아뇨."

유미코는 남편의 질문에 건성으로 대답했다.

"왜요? 재미있을 거 같아서?"

"아, 그런 건 아닌데 오토네 슈지라니 전혀 들어본 적 없는 이름이라."

"아, 네."

유미코는 잠시 프로그램으로 시선을 떨궜지만 바로 고개를 들었다. 그녀는 가까이에 있는 지인과 목례를 주고받느라 바빴다.

그때 나중에 들어온 손님 때문에 두 사람은 잠시 자리에서 일어나 길을 터주지 않으면 안 되었다.

"아, 이거 감사합니다."

그 남자는 예순 정도의 노신사였다. 반백의 머리를 깔끔하게 빗어 넘기고 몸가짐이 좋은 데다, 검은 양복, 순백의 칼라에 줄무늬 넥타이를 맨 모습이 세련되어 보였다. 갈색 반점이 있는 흰 얼굴에 선글라스를 쓴 것도 나쁘지 않다.

하지만 그럼에도 이 노신사가 몸을 움츠리고 두 사람 앞을 지나갈 때 유미코는 왠지 오싹한 기분에 몸이 굳었다. 그리고 노인의 얼굴이 그녀의 가슴과 거의 스칠 정도로 아슬아슬하게 지나갈 때 유미코는 무심코,

"아!"

하고 나직한 소리를 내뱉고 말았다.

"아, 이거 실례."

발을 밟았다고 생각한 모양인지 노신사는 유미코 바로 옆자리에 앉으면서 선글라스를 낀 눈으로 지그시 이쪽을 보았다. 그 날카로운 시선과 마주치자 유미코는 다시 한번 부들부들 격하게 몸을 떨었다.

"아프십니까?"

"아뇨, 아무것도 아닙니다. 신경 쓰지 마세요."

유미코는 가급적 노인에게서 시선을 돌리고 앉더니 한자부로를 향해 응석을 부리듯,

"저, 여보, 막이 언제 올라가죠? 꽤 오래 기다리게 하네요."

하고 프로그램을 뒤적거리면서 말했다.

하지만 그 말이 미처 끝나기도 전에 심홍색 커튼이 스르르 올라갔다. 그리고 〈자명종 소리가 그쳤을 때〉라는 연극이 시작되었다.

이 연극의 내용과 여러분이 지금부터 읽으려고 하는 이 기묘

한 이야기 사이에 제법 깊은 관계가 있다는 사실이 후에 폭로되므로 여기에 간단하게나마 줄거리를 소개해두겠다.

막이 열리자 그곳은 여성 분장실이랄까, 호화스러운 서양식 방으로, 거기서 두 사람이 대화를 하고 있다. 한 사람은 60세 정도의 노신사이고, 다른 한 사람은 스물대여섯의 아름다운 여성이다. 여성은 이 방의 주인인 듯 화려한 분홍색 가운을 농염한 몸에 걸치고 있었다. 대화하는 모양새를 보니 이 두 사람은 나이 차이가 많이 남에도 불구하고 아무래도 부부인 것 같다.

한동안 나이 든 남편과 젊고 아름다운 부인 사이에 지루한 대화가 이어졌다. 대화 내용에 의하면 남편은 한동안 여행을 해야 하는데, 부재중에 이 젊은 아내를 혼자 남겨두기가 못 견디게 불안하다는 것을 자못 노인답게 장황하게 호소하고 있었다.

젊은 아내는 굉장히 불쾌하고 퉁명스러운 말밖에 하지 않는다. 그녀의 태도에는 남편이 한시라도 빨리 나갔으면 하는 마음이 명백히 엿보였다.

금세 남편은 의기소침하게 혼자 여행을 가버린다. 그러자 지금까지 심드렁하던 젊은 아내가 금방 명랑해졌다. 그녀는 갑자기 활기찬 태도로 돌아다니면서 화장을 고치더니 이윽고 옆에 있던 자명종을 들고 태엽을 감았다.

그러자 금세 시계 속에서 부드러운 오르골 소리가 흘러나온다. 곡은 구노의 〈아베마리아〉.

이제껏 무심하게 무대를 응시하던 유미코가 갑자기 어두운 관객석에서 격하게 몸을 떨었다. 얼굴은 창백해지고, 게다가 이마에는 끈적거리는 땀까지 흠뻑 맺혀 있다. 그녀의 상태에서, 극심한 동요를 필사적으로 참고 있다는 것을 알 수 있었다.

한동안 께느른한 금속성 오르골 소리가 조용한 장내에 울려 퍼지더니 갑자기 무대에 새로운 등장인물이 나타났다. 미모의 청년이다. 아무래도 이 청년은 젊은 아내의 애인인 듯했다. 그 오르골 소리는 숨어서 오라는 신호였던 것 같다.

극이 여기까지 진행되자 유미코의 기묘한 태도는 점점 현저해졌다. 한번은 너무 크게 한숨을 쉬어서 주변 사람들이 놀라 돌아보았을 정도였다.

"유미코, 당신 기분이라도 나쁜 거 아냐?"

한자부로가 신경 쓰이는 듯 물었다. 하지만 그런 그의 목소리도 적잖이 떨리고 있다는 사실은 숨길 수 없었다.

"아뇨, 저, 저, 아무것도 아니에요. 하지만 너무 덥네요."

유미코는 잠긴 목소리로 그렇게 말했다.

이 연극이 예정대로 마지막까지 상연되었다면 그녀는 어떤 추태를 보였을지 알 수 없었다. 하지만 다행인지 불행인지 갑작스러운 사건이 일어나 연극은 거기서 중단되었다.

그때 장내 한쪽 구석에서 갑자기,

"불이다! 불이다!"

하고 요란하게 외치는 소리가 들렸기 때문이다.

4년을 쏟아부어 겨우 완공한 웅장한 건물을 하루아침에 잿더미로 만들고 수백 명의 사상자를 낸 도토 극장 화재에 대해서는 지금도 그 원인이 잘 알려져 있지 않다.

방화설, 실화설 등 가설은 분분하지만 당국도 아직 확실한 증거를 잡지 못한 것 같다. 하지만 어느 쪽이든 근래에 드문 대참사인 것은 틀림없었다.

불은 놀랄 만큼 빠르게 번졌다. 처음에는 불이야! 라는 외침이 들렸고, 사람들이 쭈뼛하고 털을 곤두세웠을 때는 뱀 혓바닥처럼 불길이 이미 분장실을 삼키고 무서운 기세로 관객석으로 퍼지고 있었다.

으악 하는 비명과 함께 떼 지어 도망치는 사람들, 도와달라는 비명, 살인자라는 외침. 서로 밀고 당기고, 몸싸움을 벌이며 좁은 통로에서 앞다투어 문 쪽으로 돌진하는 사람들로, 그토록 호화스럽던 회장은 단숨에 수라 지옥을 연출하고 있었다.

"여보! 여보!"

유미코는 정신없이 한자부로에게 매달렸다.

"괜찮아, 괜찮아. 정신 차리고. 화재보다 사람이 무서워. 밟혀 죽지 않도록 침착하게!"

그러는 사이에도 불은 가차 없이 번진다. 자욱한 노란 연기가 사방팔방에서 다가온다.

"유미코, 내 소매를 꽉 잡아. 떨어지면 안 돼."

"네, 네, 하지만…… 당신 괜찮아요?"

"괜찮든 아니든 갈 수 있는 곳까지 가봐야지."

한자부로도 필사적으로 무리를 헤쳐 간다. 결국 배전실이 내려앉은 모양이다. 장내의 전등이 단숨에 확 꺼져버렸다. 짙은 연기가 소용돌이를 그리며 사방에서 관객석을 포위하려고 한다. 연기에 휩싸여 이미 꺼져가는 신음 소리를 내는 여자도 있다. 탁탁 뭔가 타서 떨어지는 소리, 휘휘 소용돌이치는 불꽃의 소리.

여기저기 영문 모를 신음을 흘리는 사람들 사이를 헤치고 또 헤치며 두 사람은 겨우 좁은 문까지 왔다. 문밖에도 무서울 정도로 사람이 많았다. 거기에 밀려 문은 쉽게 열리지 않는다.

만약 이때 사람들이 좀 더 침착했다면 피해도 조금은 줄었을지 모른다. 하지만 이런 대참사에 직면하면 평소의 교양도 예의범절도 아무 소용 없다는 것이 적나라하게 드러난다.

신사도 숙녀도 소용없다. 사람을 밀치고 넘어뜨려서라도 자기만 살겠다는 본능……. 하지만 그 천박함도 비웃을 수 없는 지경인 것이다.

이윽고 어딘가의 기둥이 타서 주저앉았을 것이다. 쿠우우우 하는 무서운 소리와 함께 재가 솟구친다. 현실 세계의 불지옥이다.

"여보, 여보!"

유미코는 사람들을 헤치면서 절망적인 소리를 질렀다. 어느 틈엔가 옆에 있던 남편이 보이지 않는다. 질식할 것 같은 연기가 코로 입으로 들어온다. 뜨거운 바람이 뺨을 더듬고 재가 팔랑팔랑 떨어진다.

유미코는 이제 끝인가 싶었다. 이 불길에 휩싸여 타 죽을 것이다. 아아! 하지만 그때 갑자기 강인한 손이 그녀의 팔을 꽉 움켜쥐었다.

"괜찮습니다. 부인. 제가 돕겠습니다. 정신 차리십시오."

돌아보니 옆자리에 있던 선글라스의 노신사였다.

그 순간 유미코는 정신을 잃고 말았다.

그리고 얼마나 흘렀는지 모른다.

유미코는 문득 정신이 들었다. 정신을 차리고 보니 그녀는 어딘지 모를 컴컴한 곳에서 자고 있었다. 새삼 그녀는 격렬한 동요를 전신에 느꼈다. 눈을 감자 자꾸만 떨어지는 재가 눈꺼풀 뒤로 떠올랐다.

하지만 그녀는 살았다. 그녀가 누운 침대가 그 사실을 증명하고 있다. 그런데 여기는 대체 어디일까. 게다가 이 정적은 뭐란 말인가.

유미코는 어둠 속에서 가만히 귀를 기울였다. 그러다가 갑자기 정신이 들어 침대에서 벌떡 몸을 일으켰다. 어찌나 기세 좋게 일어났는지 침대가 끼익 울릴 정도였다.

어딘가 먼 곳에서 금속성의 음악이 들려온다. 오르골이다. 퐁, 퐁, 하고 처마에서 떨어지는 빗줄기처럼 기계적이고 쓸쓸한 오르골 소리.

게다가 이 곡은 구노의 〈아베마리아〉다. 유미코는 무심코 양손으로 귀를 막고는 홱 엎드려 침대에 얼굴을 파묻었다.

공포의 아베마리아

1

"아, 정신이 드셨습니까?"

어둠 속에서 목소리가 들리는 것과 동시에 어딘가에서 불을 켜는 소리가 났다.

그 순간 방이 확 밝아지고 유미코는 침대 위에 칠칠치 못하게 흐트러진 자신을 보았다.

"어머!"

유미코가 옷매무새를 고치면서 문 쪽을 보니 낯익은 노신사가 선글라스 너머로 지그시 이쪽을 보고 있었다. 유미코는 무심코 핏기가 삭 가신 채 몸을 경직시켰다.

"어머, 저……."

그녀는 헐떡거렸다.

"어째서 이런 곳에 있는 걸까요. 여긴 대체 어딘가요?"

"아무 걱정 마세요. 여긴 제 집입니다. 어떠십니까? 기분은 괜찮아지셨나요?"

"네, 감사합니다. 그럼 저……."

"맞습니다. 정신을 잃으셨어요."

노신사는 온화한 미소를 지었다.

"그래서 실례인 건 알지만 여기로 모셔 왔습니다. 주소도 이름도 모르니까요."

"어머, 그런가요. 여러 가지로 폐를 끼쳤네요."

유미코는 가급적 노신사의 얼굴을 보지 않으려고 노력하면서 말했다.

"그런데 지금 몇 시인가요?"

"글쎄요, 이래저래 벌써 8시쯤 된 것 같습니다."

"8시?"

"아, 그래요. 이렇게 말해도 모르시겠죠. 부인, 그때부터 만하루 가까이 계속 주무셨어요."

"어머!"

유미코는 무심코 눈을 크게 떴다.

"어머, 그렇게……. 어쩌죠. 정말 폐를 끼쳤네요."

"아, 뭐, 동병상련이죠."

"남편은 어찌 된 걸까요. 아아, 하지만 이런 걸 여쭤봐도 모르시겠죠."

"남편분이요? 아, 옆에 계셨던 분 말이군요. 뭐, 괜찮겠죠. 분명 무사히 도망쳤을 겁니다. 그렇기를 신께 기도합니다. 사상자가 꽤 많이 나왔다고 하니까요."

"어머……."

유미코는 무심코 어깨를 떨었다.

"화재는……? 화재는 이제 진압이 됐나요?"

"오늘 아침 겨우 진화됐습니다. 어쨌든 시내는 난리입니다. 아직 사상자 수도 이름도 밝혀지지 않았으니까요. 꽤 지명도 있는 분 중에도 희생자가 있는 듯합니다. 이런 말을 할 상황은 아니지만 댁의 가족분들도 걱정하고 계실 겁니다. 이름과 주소를 알려주시면 무사하다고 전해드리죠."

"아, 그럼 죄송하지만 전화를 걸어주시겠어요?"

"전화를……? 알겠습니다. 몇 번인가요?"

유미코가 전화번호와 이름을 말하자 노신사는 가볍게 고개를 숙이고 방을 나갔다. 그의 뒷모습을 바라보는 유미코의 눈에는 뭐라 형용할 수 없는 격렬한 혼란이 어려 있었다.

그런 일이! 그런 바보 같은 일이! 그 사람은 죽었을 텐데! 게다가 형무소에서……. 아무도 그걸 의심하진 못할 거야. 하지만.

갑자기 유미코는 부들부들 몸을 떨고 큰 숨을 들이켰다.

그때 또다시 멀리서 쓸쓸한 오르골 소리가 들려왔기 때문이다. 소리 죽여 우는 듯한 저 〈아베마리아〉!

"아아!"

유미코는 필사적으로 양손으로 귀를 막고는 미친 듯한 눈을 하고 꾹 입술을 깨물었다. 그러는 사이 안색은 창백해지고 이마에는 방울방울 땀이 잔뜩 솟아나고 있었다.

왠지 그녀는 이 〈아베마리아〉에 편치 않은 추억을 갖고 있는 듯했다.

"어, 왜 그러십니까?"

노신사가 깜짝 놀라 달려왔다.

"아, 저기."

유미코는 숨을 헐떡였다.

"저 소리…… 저 오르골 소리……."

"오르골……?"

"네, 저 자명종 소리 말이에요. 안 들리세요? 저 〈아베마리아〉 가……."

노신사는 가볍게 미간을 찌푸리더니 유미코의 이마에 손을 올렸다. 물고기처럼 차가운 손이었다.

"부인, 아직 어젯밤의 흥분이 가시지 않은 듯합니다. 자명종이나 〈아베마리아〉 같은 건 어젯밤 연극에 나왔던 거죠."

"아뇨, 아뇨. 방금 분명히, 저거요. 아, 저 소리가 안 들리시나요?"

노신사는 안타까운 얼굴로 가볍게 고개를 저었다. 유미코는 귀에서 살짝 손을 떼본다. 오르골 소리는 이제 들리지 않는다.

"아아!"

유미코는 갑자기 흐느낌도 한숨도 아닌 깊고 깊은 숨을 토해 냈다.

"선생님은 분명 저를 이상한 여자라고 생각하시겠죠. 그렇게 생각하셔도 할 수 없어요. 하지만 저는 미친 것도 꿈을 꾸고 있는 것도 아니에요."

유미코는 고개를 번쩍 들었다.

"아까부터 여쭤봐야지, 했는데, 우리, 분명 전에 만난 적이 있죠?"

"맞습니다. 어제 극장에서 뵈었죠."

"아뇨, 아뇨, 그보다 한참 전에요. 지금부터 5, 6년 전에요."

"그건 당신의 착각이겠죠."

"그런가요. 제 착각인가요?"

갑자기 유미코의 눈에서 눈물이 주룩 흘렀다.

"저, 그 사람에게 아주 나쁜 짓을 했어요. 네, 당신과 꼭 닮은 분에게요. 그분은 제 전남편을 죽이고 감옥에 있다가 재작년 가을 병으로 죽었어요. 아, 역시 제 착각이군요. 그 사람은 죽었는걸요. 아뇨, 아뇨, 만약 살아 있어도 당신 같은 노인이 아니에요."

"부인!"

"네."

"아, 아니. 방금 남편분에게 전화드려서 지금 당신을 데려다드리기로 하고 온 참입니다. 괜찮으시면 슬슬 가실까요."

소설가인 이소가이 한자부로는 아까부터 잠자코 서 있지를 못했다.

무리도 아니다.

어젯밤 화재로 죽은 줄 알았던 아내가 곧 무사히 돌아오리란 사실을 알았으니 그의 기쁨은 형용할 길이 없었다.

단 하룻밤 사이에 홀쭉하게 살이 빠지고 눈 가장자리에 다크서클이 생긴 것만 봐도, 아내가 당한 재난으로 인해 얼마나 속 앓이했는지 알 수 있을 것이다.

사실 울금향 부인 유미코는 그에게 있어서는 아내라기보다 주인이나 마찬가지였다. 아아, 이 여자를 손에 넣기 위해 얼마나 고생했던가.

원래 그는 열중하기 시작하면 끝을 모르는 편이었다. 그런 점에서는 아이와 마찬가지다. 편집광. 예술가란 누구나 다소간 그런 경향을 갖고 있지만, 그는 정말 심했다. 마치 아이가 장난감에 열중하듯 수년간 그는 울금향 부인에게 전념하고 있었다.

이 여자를 손에 넣기 위해서 그는 여러 장애물과 싸워왔다. 실제 남에게 말 못 할 일까지 저질렀다.

한자부로는 때로 자신의 왼손 새끼손가락을 슬며시 보았다. 그 새끼손가락은 중간에서 잘려 있었다. 그가 언제 어떻게 새끼손가락을 잃었는지 아무도 몰랐지만, 한자부로는 그것을 볼 때마다 오싹해서 어깨를 움츠렸다.

그렇게 작년에야 간신히 손에 넣은 아내였다. 그에게 있어서는 목하 인생이 가장 즐겁게 보이는 시기였다. 손바닥 안의 보석이라 해야 할 아내를 어젯밤 불의의 재난으로 잃었다고 믿고 절망의 밑바닥에 놓여 있었는데, 생각지도 않게 아내가 살아 있고, 게다가 상처 하나 없이 돌아온다니 그가 환희로 소리친 것도 무리가 아니었다.

그는 하녀를 부르기 위해 몇 번이나 벨을 눌렀다. 아직 유미코는 돌아오지 않았냐고 뻔한 질문을 하기 위해서였다.

그런데 벨 소리에 응답하여 나타난 것은 하녀가 아니라 생각지도 못한 사람, 흰 피부의 청년이었다.

"어, 호리미 군!"

청년의 얼굴을 보고 웬일인지 한자부로의 흰 얼굴에는 한순간 슬며시 어두운 그림자가 어렸다.

"자네, 언제 와 있었나?"

"방금 도착한 참입니다. 선생님, 축하드립니다. 부인이 무사하셨다면서요."

"흠, 고맙네."

한자부로는 냉담한 태도로 말했다. 호리미는 그런 태도에도 아무렇지 않은지 싱글벙글 기분 나쁜 미소를 지으면서 말했다.

"그런데 선생님, 경사스러운 상황도 맞았으니 어제 드린 청을 좀 수락해주시죠."

"또야."

한자부로는 얼굴을 찌푸렸다.

"자네는 내 얼굴만 보면 돈, 돈, 하고 마치 내가 돈 열리는 나무라도 가진 것처럼 말하는군. 이번 달에도 이걸로 벌써 두 번째야."

"정말 죄송합니다. 이런 곳에 와서 일이 틀어지다니, 호리미 사부로는 통탄할 일입니다. 도와주실 수 있을까요."

"자네가 곤란하든 말든 자네 사정이지. 약속한 건 다 제대로 해줬고 이번 달에는 이미 한 번 임시로도 해줬잖아."

"그걸 또 어떻게 좀."

"안 돼, 버릇 돼."

"그런 말씀 마시고."

"집요하군."

"싫으면 집어치워!"

"뭐라고!"

한자부로는 무심결에 의자 등받이를 짚고 일어섰다. 호리미 사부로는 큰 책상에 앉아서 다리를 흔들고 있었다. 넥타이도 매지 않고 와이셔츠 앞섶은 풀어헤친 채 팔짱을 끼고서 거만하게 시치미를 떼고 있었다.

순간, 험악한 살기가 두 사람 사이에 흘렀다.

갑자기 호리미 사부로가 어색한 목소리를 내며 호쾌하게 웃었다.

"죄송합니다, 선생님. 화가 나서요."

그는 테이블 위의 담배를 서슴없이 집어 들었다.

"저도 안 좋은 소린 하고 싶지 않습니다."

"흥, 나도 별로 안 좋은 말을 들은 기억은 없네."

"아, 그렇게 말씀하시지 말고 도와주세요. 정말 곤란하다니까요. 선생님도 설마, 정말로 저와 싸울 생각은 없으시죠. 저도 그런 말을 세상에 퍼뜨리고 싶진 않습니다."

"세상 사람들이 자네 말을 믿어줄 거라 생각하나?"

"증거가 없다…… 그 말씀이시죠. 그야 그렇죠. 어쨌든 범인도 검거가 됐으니까요. 하지만 선생님, 세상은 어떻든 간에 부인의 귀에 조금이라도 이런 소문이 들어간다면. 저, 옛날에 그분 댁에 신세를 져서 잘 아는데, 울금향 부인은 제법 성격이 있는 여자랍니다."

한자부로의 하얀 얼굴에 언뜻 불안한 그림자가 어렸다.

"자넨 밑도 끝도 없는 말을 하는군."

"뭐, 뭐라고 하셔도 상관없습니다만……. 아, 부인이 돌아오신 것 같군요. 빨리빨리, 선생님도 이런 모습을 부인에게 보이고 싶진 않으시겠죠."

한자부로는 기계적으로 품에 손을 찔러 넣었다. 그리고 지갑에서 지폐를 두세 장 꺼내더니 호리미의 손에 쥐여주었다.

"할 수 없지, 자네에겐 못 당하겠어. 이런 일, 그 사람에게 말하지 마."

호리미는 싱긋 웃더니 재빨리 지폐를 쥔 손을 주머니에 찔러 넣으면서,

"죄송합니다. 괜찮아요. 말을 할 리가요. 그럼 부인이 오시기 전에 이만 사라지겠습니다."

호리미가 재빨리 몸을 일으켜 문밖으로 사라지는 것과 거의 동시였다. 다른 입구에서 유미코가 종종걸음으로 들어왔다.

"여보."

그녀는 느닷없이 남편의 가슴에 매달려 그대로 말이 없었다. 한자부로는 애정이 담긴 눈으로 그 어깨를 쓰다듬었다.

"다행이야. 정말 다행이야. 내가 얼마나 걱정했는지 모를 거야. 어젯밤엔 한숨도 못 잤어. 오늘도 아침부터 화재 현장에 가서 당장이라도 유미코의 시체가 나오지 않을까 얼마나 가슴 졸였는지 몰라."

"죄송해요. 이분에게 도움을 받았어요. 여보, 인사하세요. 이쪽은 저……."

미처 이름을 묻지 않았던 유미코가 더듬거리는데 뒤따라 들어온 선글라스의 노신사가 온화한 미소를 지었다.

"오토네 슈지라고 합니다. 뭐, 딱히 한 건 없는데 그렇게 말씀해주시니 송구스럽군요."

"오토네 슈지?"

한자부로는 놀란 표정으로 바뀌었다.

"당신이 그 오토네 슈지라고……."

"예, 맞습니다. 제 이름을 아십니까?"

"아, 저, 그럴 리는 없습니다만."

하고 말했지만 그때 한자부로의 흰 이마에 슬며시 불안한 기색이 어렸다.

그가 놀란 것도 무리가 아니었다. 오토네 슈지……. 그것은 어젯밤 그가 그토록 신경 쓰고 있던 〈자명종 소리가 그쳤을 때〉의 작가가 아닌가.

3

한자부로에게서 두세 장 지폐를 뜯어낸 호리미 사부로는 유미코에게 들키지 않도록 뒷문으로 빠져나갔는데, 어찌 된 일인지 바로 자리를 뜨려고는 하지 않았다.

인근 전봇대에 기댄 채 담배를 피우면서 아까부터 자꾸만 이소가이 저택 정문 쪽을 지켜보고 있었다.

어찌 된 일인지 그 얼굴에 굉장히 깊은 놀라움의 기색이 어려 있었다.

"제기랄! 분명 그놈이다. 한데, 이게 대체 어찌 된 영문이지? 그놈은 분명 죽었을 텐데. 역시 내 기분 탓일까? 아니, 아니, 그런 바보 같은 일이! 아, 내가 꿈이라도 꾸고 있는 건가……."

호리미는 입에 문 담배를 뺄더니 그 위에 퉤 침을 뱉었다. 그리고 모자를 푹 눌러쓰고는 전봇대에 등을 기대고 낮게 휘파람을 불었다. 하지만 그러면서도 시선은 끊임없이 이소가이 저택 쪽을 향하고 있다.

원래 이 호리미 사부로란 청년은 유미코의 전남편인 구로야나기 박사의 집에서 오랫동안 제자로 배웠었다.

죽은 박사와는 먼 친척이었는데, 그 무렵부터 행실이 불량해서 박사도 유미코도 처치 곤란이었다. 박사가 불미스러운 사건으로 타계한 지 얼마 되지 않아 갑자기 그는 아무에게도 말하지 않고 자취를 감추었다. 그러다가 최근에 표연히 유미코의 새 남편을 찾아와서는, 5엔, 10엔 이런 식으로 조금씩 돈을 뜯어 갔는데, 거기에는 뭔가 중대한 이유가 있을 터였다.

아무튼 호리미는 30분 넘도록 전봇대 그늘에 숨어 있었다.

갑자기 그의 눈이 모자 아래에서 번쩍 빛났다. 이소가이 저택 대문에 사람 그림자가 나타났던 것이다. 오토네 슈지라는 이름의 묘한 노인이었다.

그런 곳에 숨어 자신을 지켜보는 인간이 있다는 걸 노신사는 물론 알 리가 없다. 그는 빠른 걸음으로 어두운 밤길을 걸어 밝은 쪽으로 나간다. 그 뒷모습을 보고 호리미 사부로는 미행에 나섰다.

노신사는 큰길로 나가더니 유행인 1엔 택시*를 잡아탔다. 호

---

* 다이쇼 말기에서 쇼와 초기에 유행한, 도시 내 어느 곳이든 요금이 1엔으로 고정되는 택시 제도.

리미도 마침 운 좋게 따라온 1엔 택시를 잡아타고 뒤쫓기 시작했다.

한동안 밤길을 달리던 택시는 이내 혼고 뒷거리의 한적하고 조용한 가정집 앞에 도착했다. 여기에는 별다른 특이점이 없었다. 노인은 실제 이 집에서 유미코를 바래다주었으니까.

노인이 현관 격자문을 열고 들어가는 것을 보고 호리미는 빠른 걸음으로 문기로 다가갔다.

문패를 보니 오토네라고 쓰여 있었다.

호리미는 그것을 보고 콧잔등에 묘한 주름을 잡더니 흐흥, 하고 신음했다.

그리고 한 번 집 앞을 지나치다가 바로 터덜터덜 돌아오더니, 갑자기 앞뒤를 살피고 재빨리 집 안으로 숨어들었다.

그리고 한 시간 정도 후의 일이다.

신주쿠의 블루 리본이라는 카페에 뛰어 들어온 호리미 사부로의 낯빛은 어째서인지 창백해져 있었다.

"어이, 위스키 줘, 위스키."

테이블에 앉자마자 그렇게 외친 호리미는 종업원이 가져온 위스키를 단숨에 들이켜더니 놀란 듯 눈을 크게 떴다.

"뭐, 뭐야. 호 씨, 안색이 창백해."

안면이 있는 듯 친근하게 다가온 여자가 어안이 벙벙해서 호리미를 쳐다보았다.

"그런가, 그렇게 얼굴이 창백해?"

"아, 심한데. 뛰어 들어왔을 때는 장난 아니었어. 꼭 유령이라도 본 사람 같더라니까."

"흐응, 그 말이 맞아. 방금 유령을 보고 온 참이거든."

"어머, 싫다. 재미없는 농담 그만해."

"아니, 농담이 아니야. 정말이야. 너, 바라로*라는 남자 알아?"

"바라로? 그런 이상한 이름은 들어본 적 없는데."

"모르는구나. 5, 6년 전에 말이 많았지. 레코드 가수인데. 이마나리히라**라고 불릴 만큼 아름다운 남자였어."

"그 사람이 어떻게 됐는데?"

"응, 살인을 했어. 구로야나기 신로쿠라는 유명한 법학 박사를 죽이고 15년 징역을 살았지. 그 인간이 재작년 감옥에서 죽었거든. 그런데 오늘 그 남자를 본 거야."

"누구를?"

"바라로."

"그 사람은 감옥에서 죽었다며."

"흠, 그래서 유령을 봤다고 했잖아. 아, 그놈이 유령이 되어 나타난 것도 무리가 아냐. 그놈은 사실은 살인을 저지르지 않았으니까."

그때 옆의 박스에서 소리가 나서 호리미는 놀라 입을 다물

---

* 薔薇郎, 장미남.

** 在業平, 헤이안 시대의 귀족이자 시인으로 잘생긴 남자의 대명사였다.

었다.

그리고 떨면서 겁먹은 눈을 들었는데, 거기에는 두 남자가 조용히 맥주를 마시고 있었다.

한 사람은 서른 정도의 청년이었고 다른 한 사람은 눈처럼 하얀 백발을 하고 있었지만 얼굴은 그렇게 나이 들어 보이지 않는 정말 기묘한 신사였다. 말할 필요도 없이 두 사람은 유리 선생과 미쓰기 슌스케였다.

장미의 가수

신주쿠의 블루 리본이란 카페에서 우연히 호리미 사부로의 기묘한 고백을 엿들은 지 2, 3일 뒤의 일이다.

이치가야의 해자를 내려다보는 유리 선생의 저택 2층에는 집주인인 유리 선생과 미쓰기 슌스케 두 사람이 심각한 얼굴로 마주 앉아 있었다. 두 사람 사이에 있는 큰 책상 위에는 오래된 서류나 신문 조각 등이 높이 쌓여 있었고 뭔가 갑갑한 공기가 실내에 흐르고 있었다.

"그렇군. 이것이 구로야나기 사건 당시의 신문 조각이군."

유리 선생은 먼지 쌓인 서류 더미를 손가락으로 가리키면서 슌스케를 향해 온화한 미소를 지어 보였다.

"하지만 설마 이 엄청난 서류를 나더러 전부 읽어보라는 건 아니겠지. 그런 거라면 자네, 사흘 정도는 그냥 흘려보내게 될 텐데."

"아, 괜찮아요. 저도 그렇게 선생님을 혹사시킬 마음은 없습니다. 뭣하면 제가 간단하게 사건 경과를 말씀드려도 될까요?"

"가능하다면 부탁하네. 자넨 사건의 핵심을 짚어내는 데 이상한 재능이 있거든. 이런 시시한 실수투성이 신문 기사보다 자네 이야기가 얼마나 더 믿음직스러운지 모를 거야."

"아, 칭찬을 받으니 몸 둘 바를 모르겠네요."

슌스케는 가볍게 고개를 숙이더니 테이블에 있던 궐련을 집어 불을 붙였다.

두말할 것도 없이 유리 선생과 미쓰기 슌스케 두 사람은 다시 한번 5년 전으로 거슬러 올라가 구로야나기 사건을 새롭게 고찰해보려는 참이었다.

생각하면 묘한 인연이다. 요전에 도토 극장 복도에서 울금향 부인을 만나 우연히 5년 전의 사건을 떠올린 것을 보면 뭔가 눈에 보이지 않는 실이 두 사람을 이 사건과 이어주었을지도 모른다. 게다가 그다음 날 블루 리본에서 엿들은 저 기괴한 고백. 취객의 헛소리라고 하면 그만이겠지만, 왠지 그렇게만 생각할 수 없는 구석이 있었다. 아무튼 일단 의혹을 품으면 마지막까지 파고드는 것이 두 사람의 성격이었다.

그래서 누구에게 부탁받은 것도 아닌데 두 사람은 지금 이렇게 구로야나기 사건을 처음부터 재조사하려고 하는 것이다.

"이야기라고 할 것도 없을 만큼 간단합니다."

슌스케는 무릎 위에 메모를 펼치면서 천천히 다음과 같은 이야기를 시작했다.

"구로야나기 슌로쿠는 마루노우치에 사무실을 갖고 있는 유명한 변호사였습니다. 당시 나이는 쉰대여섯이었을 거예요. 법학 박사라는 직함도 있고 한때는 제국대학에서 강의도 할 정도의 학자였어요. 박사는 시바의 자택에서 부인 외에도 몇 사람의 제자와 하녀와 함께 살고 있었죠. 부인의 이름은 유미코로, 당시 나이는 스물네다섯. 굉장한 미인인 데다 결혼 전부터 재원으로 알려진 여성으로, 음반도 두세 장 냈죠. 언젠가 말씀드렸듯 울금향 부인으로 불릴 만큼 튤립 애호가라 노래 중에도 〈튤립〉이라는 곡이 있을 정도예요.

아무튼 쇼와 7년 10월 16일 밤, 부인인 유미코는 음악회가 있어 외출한 참이었죠. 부인의 외출에 대해서는 확실한 알리바이가 있습니다. 부인은 분명히 8시부터 9시 무렵까지 음악회장에 있었어요. 그리고 사건은 그녀의 부재중에 발생했습니다.

9시 반 무렵의 일입니다. 제자인 호리미 사부로라는 사람이 현관에서 공부하고 있는데 안쪽에서 심상치 않은 소리가 들렸어요. 달려가보니 유미코 부인의 화장실 창문에서 바야흐로 한 남자가 뜰 쪽으로 뛰어내리려 하고 있었죠. 붙잡고 보니 그 사람은 당시 구로야나기가의 이웃집에 살고 있던 유행가 가수로, 굉장한 인기를 구가하던 바라로라는 청년이었습니다. 바라로라니 묘한 이름이죠. 물론 그건 예명이고, 본명은 따로 있습니다. 하지만 지금은 세간에 알려진 것처럼 바라로라고 하겠습니다.

아무튼 호리미 사부로가 정신없이 도망치려는 바라로를 붙잡고 방 안을 보니 뜻밖에도 구로야나기 박사가 피투성이가 되어 쓰러져 있지 않겠습니까. 날카로운 칼로 무참히 난자당하고 심장까지 찔렸다더군요.

자, 박사의 저택은 난리가 났습니다. 순식간에 사건은 경찰로 넘어갔죠. 의사를 불렀어요. 지인에게 이 급변을 알렸고요. 그런 북새통에 유미코 부인이 돌아왔습니다. 그리고 한발 늦게 경찰에서 담당 형사가 달려왔다는 것이 뭐, 그날 밤 사건의 개요가 되겠습니다.

아무튼 이런저런 조사를 진행했는데, 범인이 현장에서 붙잡혔으니 이쪽은 아주 간단하죠. 바라로는 처음에는 완강하게 범행을 부인했지만, 그렇다면 무슨 일로 밤늦게 부인의 거처에 숨어들었는가 물으니 한마디도 대꾸하지 못했죠. 아니, 딱 한 번 묘한 말을 했다고 합니다. 〈아베마리아〉가 들려와서, 라고 중얼거렸다더군요."

"뭐, 〈아베마리아〉가 들려와? 그게 대체 무슨 뜻인가?"

유리 선생은 놀란 듯 무심코 몸을 내밀었다.

"글쎄요, 그게 무슨 의미인지는 전혀 모릅니다."

슌스케는 의아한 얼굴로 유리 선생을 보았다.

"그날 밤 그 집에서 〈아베마리아〉를 부른 사람은 아무도 없으니까요. 하기야 상상력이 풍부한 형사 하나가 이 말에 범상치 않은 비밀이라도 있는 거 아닌가 싶어 저택의 축음기 등도 조사해봤다고 하는데, 〈아베마리아〉 음반 같은 건 한 장도 없었다고 합니다.

결국 바라로가 일종의 정신착란에 빠져 의미 없는 말을 중얼거린 걸로 결론지었고, 그는 곧장 정식으로 기소되었습니다. 검사의 생각은 대충 다음과 같습니다.

바라로는 일찍이 이웃집에 사는 울금향 부인을 연모하고 있었다. 부인은 끝까지 부정했지만 당시 감출 수 없는 사실이었다고 해요. 아무튼 그날 밤 평소 생각하던 것을 실행하려고 부인의 거처에 숨어들었지만 생각지도 않게 거기에 박사가 있었고 이런저런 추궁을 당하자 우발적으로 거기 있던 칼로 박사를 찔러 죽였을 거라는 겁니다.

이상하게도 바라로는 처음에는 완강히 범행을 부인했지만 도중에 완전히 태도를 바꾸더니 검사의 추정을 죄다 인정했습니다. 그래서 바로 그는 15년 형을 선고받았던 겁니다.

이때의 공판을 보고 싶습니다. 어쨌거나 바라로란 남자는 당시 〈실연의 건배를 하면〉이나 〈그대가 풍기는 향기〉 등의 감상적인 음반으로 한 시대를 풍미하고 있었고요, 게다가 아도니스 같은 미청년이라 방청석은 여학생으로 가득했었다고 합니다. 예, 장미의 가수가 이 남자의 별명이었습니다."

순스케는 거기까지 말하더니 처음으로 숨을 토해내고 뭔가 의견을 구하듯 유리 선생의 얼굴을 보았다.

유리 선생은 말이 없다. 양손을 무릎에 올려놓고 잠시 생각에 빠져 있다. 백발이 타는 듯 반짝거리고 있다.

"그런데 그 바라로라는 남자 말이야, 옥중에서 죽었다고 했지."

한참 지나 유리 선생이 말했다.

"그렇습니다. 재작년 가을이었대요. 병명은 모르지만 어쨌든 감옥에서 죽었고, 시체는 친구 하나가 거두어 화장했을 겁니다."

"그 바라로가 살아 있는 것 같다는 의혹이 있던데."

"맞습니다. 정말 이상한 일인데, 그렇게밖에 생각되지 않습니다."

슌스케는 갑자기 적극적인 태도가 되었다.

"실은 요전에 블루 리본에서 만난 남자 말인데요. 그 사람의 신원을 몰래 조사해봤더니, 놀랍게도 구로야나기 박사 댁에 있던 제자 호리미 사부로였어요."

"허허."

유리 선생도 놀란 듯 피리 같은 소리를 내며 몸을 내밀었다.

"그러니 그 사람은 바라로의 얼굴을 잘 알 테고, 그가 한 말도 전혀 엉터리는 아닐 겁니다. 그놈은 어딘가에서 바라로와 닮은 남자를 목격한 것이 틀림없어요."

"그렇다면 이번 조사는 그 남자에게서 출발하면 되겠군."

"선생님도 그렇게 생각하십니까? 저도 동감입니다. 그런데 그게 갑자기 불가능해졌어요. 왜냐하면 그 남자가 자취를 감췄거든요."

"자취를 감췄다고?"

"그렇습니다. 저는 뭔가 무서운 일이 일어난 게 아닐까 걱정하고 있어요. 예를 들어 그 남자가 목격한 남자 때문에 반대로 붙들렸거나……."

유리 선생은 다시금 침묵했다. 그리고 한동안 양손의 손가락을 까닥까닥 구부렸다. 이것은 선생이 뭔가를 생각할 때 나오는 버릇이다.

"좋아, 그럼 다른 방면에서 조사를 진행하도록 하지."

"다른 방면이라뇨? 뭔가 다른 단서를 갖고 계십니까?"

"여러 가지가 있어. 예를 들어 그 〈자명종 소리가 그쳤을 때〉의 작가."

"뭐라고요?"

슌스케는 깜짝 놀란 듯 유리 선생을 보았다. 선생이 농담을 하는 건가 생각했기 때문이다. 하지만 유리 선생은 태연하게,

"이봐, 자네는 이 사건과 요전에 본 연극 사이에 무서울 만큼 비슷한 점이 있다는 걸 알아차리지 못했나. 방금 뭐라고 했지? 바라로는 체포되었을 때 〈아베마리아〉가 들려서 숨어들었다고 말했다지 않았나. 그런데 이 〈아베마리아〉의 의미 말인데, 그건 그 연극이 잘 설명해주고 있지. 〈아베마리아〉는 밀회의 신호였어. 즉, 이렇게 되지. 부인은 완강하게 부정하지만, 울금향 부인

- 420 -

과 바라로는 불륜 관계였네. 두 사람은 밀회 신호로 자명종을 쓰고 있었어. 그날 밤에도 그 소리가 울려서 바라로는 안심하고 숨어들었지. 그런데 실은 그날 밤 부인은 외출 중이어서 자명종은 울리지 않았을 거야. 그렇다면 그 비밀을 아는 다른 누군가가 은밀하게 자명종 태엽을 감아 바라로를 불러낸 걸세. 즉, 누가 당시 자명종 태엽을 감았는지, 이것만 알아내면 비밀은 풀리는 거야."

순스케는 놀라서 눈을 동그랗게 떴다.

"선생님, 하지만 설마 저번 연극과 이번 사건이⋯⋯."

"관계가 없을 거라는 건가. 나는 그렇게 생각하지 않네. 그날 밤, 울금향 부인도 극장에 와 있지 않았나. 작가는 부인도 이걸 볼 거라고 기대하고 있었을지 몰라. 아니, 부인에게 보여주기 위해 그런 작품을 썼을지도 모르지. 어쨌든 그 작가는 어느 정도 구로야나기 사건의 진상을 알고 있음에 틀림없네. 자네, 극장 관계자를 만나 그 작가에 대해 조사해주지 않겠나. 어쨌거나 거기서부터 시작하는 방법밖에 없을 거 같네."

유리 선생은 그렇게 말하고 순스케의 얼굴을 지그시 마주 보았다.

2

어둑한 비가 팔손이나무를 심어놓은 화단 위로 쓸쓸한 소리를 내며 내리고 있다. 혼고의 골목길에 차를 세우고 거기서 두세 번 어슴푸레한 길을 돌아, 오토네 슈지라는 문패가 붙은 문앞에서 멈춰 선 이소가이 부부는 무심코 얼굴을 마주 보고 희미하게 몸을 떨었다.

굳이 대화를 주고받지 않더라도 부부 사이에는 오늘 밤의 초대에 일종의 의구심 같은 것이 있었다. 물론 두 사람의 마음은 같지 않다. 하지만 오토네 슈지라는 인물에 대해 희미한 불안을 품고 있다는 점에서는 둘 다 똑같았다.

할 수만 있다면 한자부로도 유미코도 이 초대를 거절하고 싶었다. 하지만 생명의 은인에게 한 번도 답례하지 않는다는 것은 예의에도 어긋나고 게다가 둘 다 두려워하면서도 분명히 알아내고 싶은 뭔가가 있었던 것이다.

문주에 붙어 있는 초인종을 누르자 저쪽에서 벨 소리가 들렸다. 희미한 소리가 왠지 두 사람을 오싹하게 만들었다.

금세 가벼운 발소리가 나더니 현관이 안쪽에서 열렸다. 얼굴을 드러낸 것은 쉰 정도의 중년 여성이었다.

"어서 오세요. 자, 들어오세요."

여성은 애교 있게 두 사람을 안쪽 서양식 방으로 안내하더니,

"하필 비가 온다고 사장님과 얘기하던 참인데, 잘 오셨습니

다. 잠시만 기다려주세요. 곧 사장님이 오실 거예요."

여성이 나간 뒤 유미코는 왠지 지친 표정으로 가만히 문 쪽을 응시했다. 그 모습이 너무 이상해서 한자부로는 놀랐다.

"유미코, 왜 그래? 무슨 일 있어?"

유미코는 갑자기 웃음과 울먹거림이 교차하는 표정을 지었다.

"저…… 저 사람을 알아요."

"저 사람? 저 사람이라면 방금 그 중년 여자?"

"네."

유미코는 화난 듯 의자에 앉더니 갑자기 히스테릭하게 소리를 질렀다.

"대체! 대체, 어쩌려는 거지. 나한테 무슨 짓을 하려는 거야. 나 하나도 안 무서워. 뭐라도 할 거니까. 저, 여보!"

유미코는 빙글 한자부로 쪽으로 몸을 돌리더니 말했다.

"방금 그 아주머니 말인데요, 그 사람, 바라로의 유모예요. 바라로…… 아시죠?"

그 말을 듣자 한자부로는 우당탕 소리를 내며 의자에서 일어섰다. 그때였다. 갑자기 어딘가에서 희미한 자명종 소리가 들려오기 시작했다. 비에 젖은 것처럼 처연한 오르골 소리. 곡은 말할 것도 없이 〈아베마리아〉다.

"아, 〈아베마리아〉야."

유미코는 희미하게 어깨를 움츠릴 뿐, 이제 그리 놀라지도 않았다. 이 집이 바라로와 관계있는 집이라면 그 소리가 들리는 것이 당연했다!

하지만 한자부로는 굉장히 놀랐다.

그는 무심코 의자에서 미끄러져 떨어질 뻔했다. 그러나 다음 순간 벌떡 일어서더니 성큼성큼 방을 가로질러 느닷없이 커튼을 쓱 열어젖혔다.

그 순간 그는 어어, 하고 이상한 비명을 지르며 뒤로 물러섰다.

커튼 뒤에는 커다란 오렌지색 소파가 있었고 그 소파 위에 직사각형의 유리 상자가 놓여 있었다. 그 속에 잠들어 있는 것은 바로 호리미 사부로였다. 죽은 것일까? 설마 그건 아니겠지. 하지만 안색이 너무 창백하다.

게다가 머리맡에 있는 시계는 어떤가. 〈아베마리아〉는 분명 그 시계에서 들려오고 있었다.

한자부로와 유미코는 무심코 얼굴을 마주 보았다. 그리고 탐색하는 시선으로 한동안 서로의 마음속을 가만히 읽었다.

그때 뒤쪽에서 희미한 소리가 났다. 그 소리에 놀라 돌아본 한자부로와 유미코는 이번엔 정말 유령이라도 본 것처럼 앗 하고 비명을 지르며 펄쩍 뛰었다.

"바라로!"

의도치 않게 두 사람 입에서 그런 외침이 나왔다.

정말 문 앞에 서서 차가운 시선으로 지그시 이쪽을 보고 있는 것은 오토네 노인의 가면을 벗은 바라로였다. 옛날에 비하면 조금 야윈 모습이지만 그래도 여전히 빛나는 아름다움.

희고 윤기 있는 뺨, 청량한 눈매, 싱싱함이 넘쳐흐르는 애교 어린 입매, 아, 어떻게 이 얼굴을 잊겠는가.

　"바라로, 역시 당신이었군요. 살아 있었군요. 감옥에서 죽었다는 건 거짓말이었어요."

　"아뇨, 부인."

　바라로는 가라앉은 목소리로 말했다.

　"전 죽었습니다. 맞습니다. 전 한번 죽었다가 다시 살아 돌아온 겁니다."

　"뭐라고요? 죽었다가 다시 살아 돌아오다뇨?"

　"그렇습니다. 제 유모가 그런 수단으로 저를 감옥에서 구출해준 겁니다. 저는 감옥 안에서 유모가 보내준 약을 먹었습니다. 약을 먹자 제 심장은 금세 움직임을 멈추고, 손발은 딱딱하게 경직되고, 온몸은 얼음처럼 차가워졌습니다. 그래서 의사는 제가 죽었다고 인정한 겁니다. 하지만 전 죽지 않았죠. 한동안 생명 활동을 정지시켰을 뿐입니다. 제 몸은 유모가 거뒀습니다. 유모는 다른 약으로 다시 제 몸에 생명의 불꽃을 불어넣어주었습니다. 그리고 전 지금 이렇게 당신들과 이야기하고 있죠."

　"어머!"

　유미코는 오싹한 듯 어깨를 움츠리고 이 이상한 미모의 소생자를 응시했다.

　"그리고, 그리고 당신은 우리를 대체 어쩌려는 거죠?"

　"부인, 저는 제 결백을 증명하고 싶습니다. 저는 바보였어요.

이제는 전부 털어놓겠는데, 저는 구로야나기 박사를 죽이지 않았습니다."

"하지만, 하지만, 그때 당신은 죄를 인정했잖아요."

"맞습니다. 그리고 그건 부인을 구하기 위해서였어요."

"어머, 나를요?"

유미코는 무심코 비틀거렸다.

"그렇습니다. 전 바보였던 겁니다. 부인, 저는 구로야나기 박사를 죽인 것이 당신이라고 믿었습니다. 그날 밤 분명히 〈아베 마리아〉를 들었으니까요. 그리고 그 〈아베 마리아〉의 비밀을 아는 건 저와 부인 둘밖에 없으니 당연히 그날 밤 저를 불러내어 죄를 뒤집어씌우려 한 사람은 부인일 거라고 생각했죠. 그래서 순순히 부인을 대신하기로 한 겁니다."

"어머!"

"용서해주십시오. 유미코 씨. 저는 마치 영웅소설의 주인공이라도 된 양 의기양양했죠. 하지만 감옥에 가고 나서 유모가 굉장히 중대한 사실을 알려주었습니다. 부인, 구로야나기 박사가 살해당한 밤에, 여기 있는 이소가이 한자부로 씨가 구로야나기 저택에 있었다는, 믿을 만한 근거가 있다는 사실을요!"

"어머!"

유미코는 침에라도 찔린 듯 펄쩍 뛰더니, 마치 물어뜯을 듯한 얼굴을 하고 남편을 돌아보았다.

"여보, 그게 사실이에요?"

장미와 튤립이 피는 정원

1

"그게 무슨 소린가."

한자부로는 차갑게 코웃음 치면서 어깨를 으쓱거렸다.

처음 바라로를 보았을 때의 놀란 기색은 더 이상 어디에도 보이지 않았다. 궁지에 몰린 쥐가 도리어 고양이를 물어뜯듯 뻔뻔스러운 기색이 땀이 밴 하얀 이마에 드러나 있었다.

"이 남자가 그렇다고 한다면 그럴지도 모르지. 하지만 그게 뭐 어떻다는 거지?"

"어머, 당신은! 당신은!"

유미코는 어깨를 크게 들썩거렸다.

"이제껏 한 번도 그런 말 하신 적 없잖아요."

"그야 말 안 했지. 말할 필요가 없었으니까. 나는 시시한 사건에 휘말리고 싶지 않았거든."

"아아!"

유미코는 양손으로 관자놀이를 누르고는 의자에 얼굴을 묻었지만, 이내 창백한 얼굴을 들더니 분노로 타오르는 눈으로 남편을 보았다.

"알겠어요. 이제야 전부 알겠어요. 구로야나기를 죽인 건 당신이에요."

"바보 같은! 유미코, 무슨 말을 하는 거야. 그래, 그날 밤 나는 박사에게 용건이 있어서 잠시 뵈러 갔었어. 하지만 내가 박사를 죽이다니, 그런 바보 같은 짓을……. 아니면 무슨 증거라도 있는 건가?"

"증거?"

"그래. 5년도 전의 사건으로 거슬러 올라가 다시 나를 기소하려는 거라면, 어지간한 증거로는 안 되지. 유미코, 증거가 있는지 저 남자에게 물어봐."

유미코는 약간 곤란한 눈으로 바라로를 돌아보았다. 하지만 바라로는 슬픈 얼굴을 하고 있을 뿐, 아무 말도 하지 않는다.

"자, 보라고."

한자부로는 의기양양하게 말했다.

"이 남자는 엉터리 주장을 하고 있어. 내가 그날 밤 구로야나기 박사를 찾아간 걸 누군가에게…… 분명 호리미한테라도 들었겠지. 그리고 도깨비 목이라도 딴 것처럼 나를 죄인으로 몰아가려는 거야. 유미코, 이런 남자가 하는 말 따위 믿을 게 못 돼. 자, 돌아가자고. 이런 데서 어슬렁거리다가 무슨 일을 당할지 몰라."

"아뇨, 전 돌아가지 않아요. 아무리 증거가 없어도 저는 이분이 하시는 말씀을 믿어요. 당신이 그날 밤 구로야나기를 찾아갔다는 사실을 지금껏 숨겼다는 것만으로도 저에겐 충분해요. 아, 무서워요. 저는 남편을 죽인 남자와 결혼한 거군요. 어떻게 이런 일이……."

"무슨 바보 같은 소릴 하는 거야. 난 이런 바보 같은 사건과 아무 관련 없어. 유미코, 당신이 돌아가지 않겠다면 나 먼저 돌아가겠어."

한자부로는 성큼성큼 방을 가로질러 문 쪽으로 걸어갔다. 하지만 문에 이르기 전에 바라로가 그의 앞을 가로막았다.

"기다려."

"뭐야, 아직 용건이 있는 건가. 어이, 여자나 꾀는 놈아."

그 순간 바라로의 하얀 얼굴에 분노의 기색이 어리는가 싶더니 짝! 하고 경쾌한 소리를 내며 한자부로의 옆얼굴에 손바닥이 날아들었다.

"제기랄!"

예상치 못한 습격에 무심코 뒤로 비틀거리며 물러난 한자부로는 간신히 벽 옆에서 자세를 고치더니 맹렬하게 바라로를 향해 돌진했다. 그것을 멋들어지게 피하고 뒤에서 팔을 잡아 들어 올린 바라로의 악력은 미청년이라고는 생각되지 않을 만큼 강철 같았다.

"아, 아야, 아, 아야!"

"조용히 해. 여자한테 인기 있다고 돈과 힘이 없단 건 옛말이야. 현대의 아도니스는 둘 다 갖고 있다고. 자!"

커다란 소파 위로 내던져진 한자부로는 이쪽을 돌아보더니 마치 괴물이라도 본 듯한 얼굴을 하고 바라로를 응시했다.

"대체, 너, 너는……."

그는 어깨를 들썩거렸다.

"나를 어쩌려는 거냐."

"그쪽에게 결투를 신청할 작정이다."

"결투?"

한자부로와 유미코 두 사람이 똑같이 반문했다.

"그래. 자, 들어. 이소가이 군. 나는 그쪽이 구로야나기 박사를 살해했다는 사실을 알고 있어. 그리고 자명종을 써서 나를 함정에 빠뜨린 것도 잘 알고 있지. 하지만 잔인하게도 내겐 증거가 없어. 그렇다고 살인자를 이대로 용서할 수는 없지. 그러니 네가 살아남을지, 내가 살아남을지 결투로 정하자고. 준비해."

"하지만 내가…… 내가 싫다고 하면."

"안 돼. 거부하지 못하게 할 거다. 유미코 씨, 죄송하지만 거기 있는 벨을 눌러주시겠습니까?"

유미코가 벨을 누르자 기다렸다는 듯 유모가 은쟁반을 들고 나타났다. 쟁반 위에는 두 개의 유리잔과 호박색 액체를 담은 병이 하나 놓여 있었다.

유모는 그것을 테이블에 놓더니 말없이 다시 문밖으로 사라졌다. 한자부로와 유미코는 의아한 표정으로 그 은쟁반을 응시했다.

바라로는 두 사람의 유리잔에 똑같은 양의 술을 따르고는 주머니에서 하얀 종이 뭉치를 꺼냈다.

"이 종이 뭉치 속에 있는 것은 몇 초 안에 인간의 생명을 꺼뜨릴 수 있는 무서운 약입니다. 게다가 맛도 냄새도 없어서 마셔도 티가 안 납니다. 지금 이 약을 두 유리잔 중 하나에 넣죠. 그리고 이소가이 군, 너와 내가 하나씩 마시는 거야."

"그런…… 그런……."

한자부로는 헐떡거렸다.

"너는 분명 유리잔에 표시해놨겠지."

"하하하하하. 쓸데없는 의심이군. 하지만 만약을 위해 이 약은 유미코 씨에게 맡기자고. 유미코 씨, 우리의 결투 참관인이 되어주시죠."

유미코는 숨을 헐떡이며 비틀거렸다. 그리고 한동안 남편과 바라로의 얼굴을 번갈아 보더니, 이윽고 결심한 듯 손을 뻗어 바라로에게서 종이 뭉치를 받아 들었다.

"자, 부탁드립니다."

잠시 후 두 사람 쪽으로 돌아선 유미코의 얼굴은 입술까지 하얗게 질려 있었다. 호박색 액체가 두 개의 유리잔 안에서 찰랑였다. 유미코의 손에서 빈 종잇조각이 팔랑팔랑 떨어졌다.

"좋아, 이소가이 군, 우리 둘 다 어떤 잔에 약이 들어 있는지 몰라. 자, 너부터 먼저 집어."

한자부로의 눈이 공포로 떨리며 두 개의 유리잔에서 유미코와 바라로 쪽으로 향했다.

"싫어, 싫다고! 유미코, 넌 남편이 이런 무서운 일을 당하는 데도 막을 생각이 없는 거야?"

유미코는 말없이 분노로 떨리는 눈으로 남편의 이마 언저리를 응시했다.

"하하하하하."

한자부로는 갈라진 목소리로 웃었다.

"내가 죽기를 바라는 거군. 그리고 내가 죽은 뒤에 이 자식과 결혼하려는 거겠지. 좋아."

한자부로의 손이 유리잔 하나에 닿았다. 그는 유미코의 얼굴을 힐끔 엿보더니 바로 그 손을 거두어 다른 유리잔으로 옮겼다. 그리고 다시 처음의 유리잔에 손을 가져가더니 이번에는 결심한 듯 그것을 집어 들었다.

"좋아, 그것이 네 잔이군. 그럼 난 이 잔을 마시지."

두 사람은 거의 동시에 유리잔을 입으로 가져갔다.

무서운, 숨 막힐 듯한 몇 초간이었다. 한자부로의 이마에는 기름진 땀이 흠뻑 배어 나왔다. 그는 가만히 바라로의 얼굴을 응시하다가, 상대의 얼굴에 싱긋 묘한 미소가 떠오르는 것을 보더니 목에 손을 얹고 쩔쩔맸다.

"이소가이 군. 안됐지만 아무래도 네가 진 것 같군."

이내 한자부로가 격렬하게 몸을 떠는가 싶더니 마치 고목이 넘어가는 듯한 소리를 내면서 바닥에 쓰러졌다.

2

우울한 등에의 날갯소리가 어디선가 들려온다.

햇살은 눈부시게 정원에 내리쬐고 있었다. 그 정원에 장미와 튤립이 한가득 피어 있다. 바다가 가까운 듯 달짝지근한 짠 내를 머금은 바람이 살랑살랑 아름다운 꽃 위를 지나간다.

그 향기로운 정원에 아까부터 온몸으로 햇살을 받으며 누워 있는 두 사람의 남녀가 있었다. 말할 필요도 없이 바라로와 울 금향 부인이었다.

"유미코 씨."

바라로가 갑자기 고개를 들고 말했다.

"이렇게 된 것을 후회하지 않습니까?"

"아, 왜 그런 말씀을 하세요?"

유미코는 그대로 누운 채 자신의 얼굴 가까이 다가오는 아름다운 남자의 눈을 들여다보면서 말했다.

"아직도 저의 태도에 부족한 부분이 있나요?"

"황송합니다. 그럴 리가 있을까요."

"그렇다면 그런 말씀 마세요. 저 태어나서 이렇게 행복한 일주일을 보낸 적은 단 한 번도 없답니다."

"하지만, 하지만, 이 행복 뒤에는 무서운 파멸의 늪이 있다는 걸 당신도 아시잖습니까. 역시 저 혼자 처리했어야 해요. 당신을 끌어들이다니, 그런 생각은 말았어야 했는데."

"어머, 왜 그런 말씀을 하세요."

유미코는 희미하게 눈물을 비치면서 말했다.

"오늘 특히 이상하네요. 유미코가 나쁜 여자였어요. 구로야나기가 살해당했을 때, 당신이 내 연인이란 걸 세상에 확실히 밝혔어야 했어요. 하지만, 하지만, 그럴 용기가 없었죠. 전 그렇게 한심한 여자예요. 당신은 분명 그 부분에서 격분하셨겠죠."

"바보 같은! 그럴 리가!"

"아뇨, 맞아요. 맞아요."

유미코는 바라로의 가슴에 매달려 흐느끼기 시작했다. 바라로는 조용히 그 눈물을 닦아주더니 말했다.

"그 얘긴 그만합시다. 그보다 유미코 씨, 이 정원을 보세요. 굉장히 기묘한 정원이죠."

바라로는 그렇게 말하고 유미코를 안고 일어났다.

"제 유모를 당신도 아시죠. 이 정원은 그분이 정성을 다해 만든 겁니다."

바라로는 꿈을 꾸는 듯한 얼굴로 장미와 튤립이 잔뜩 핀 정원을 둘러보며 말했다.

"그분은 아주 신기한 생각을 갖고 있어요. 남자와 여자는 태어나기 전부터 붉은 실로 연결되어 있다. 그리고 일단 붉은 실로 연결된 남녀는 어떤 장애물에 부딪혀도 반드시 언젠가 하나가 된다…… 그것이 그분의 생각이에요. 그리고 유미코 씨 당신과 저 같은 사람이 신이 맺어준 한 쌍이라는 겁니다."

"어머!"

유미코는 눈물 자국이 남아 있는 눈에 빛나는 미소를 띠었다. 황홀하게 상기된 뺨이 피어나는 튤립보다 훨씬, 훨씬 아름답게 빛났다.

"그래서 그분은 우리가 냉정한 법에 의해 헤어졌을 때도 결코 실망하지 않았어요. 그리고 장래에 반드시 하나가 될 우리를 위해 이렇게 장미와 튤립 정원을 만든 겁니다. 하지만 설마 이 정원이 두 사람이 죽을 장소가 되리라곤 꿈에도 생각지 못했겠죠."

바라로는 희미한 한숨을 토했다.

께느른한 꿈을 부르는 듯한 등에 소리가 두 사람 주위를 마구 춤추며 돌아다닌다. 유미코는 남자의 어깨에 머리를 기댄 채 말했다.

"우린 역시 죽어야 해요. ……이소가이를 죽였으니까요."

"맞습니다. 우리는 죽어야 합니다. 하지만 이소가이 군을 죽였기 때문은 아니에요. 우린 이소가이 군을 죽이지 않았어요."

"그렇군요. 이소가이는 자기 멋대로 독이 든 잔을 고른 거니까요."

"유미코 씨. 정말 그렇게 생각합니까? 이소가이 군이 독을 마셨다고 생각해요?"

바라로는 기묘한 미소를 띠고 유미코를 들여다본다.

"그렇겠죠. 당신이 건넨 종이 뭉치 속에……."

"유미코 씨. 그 종이 뭉치 속에 들어 있던 건 아무것도 아니에요. 독도 약도 아닌, 그냥 유당이었습니다."

"어머!"

유미코는 놀란 듯 눈을 크게 뜨고 바라로의 얼굴을 보았다.

"그러니, 그때 이소가이 군이 죽은 건 독 때문이 아니고 공포, 혹은 양심의 가책 탓이었겠죠. 꽤 신경질적인 사람이었으니."

갑자기 유미코는 소리 높여 웃었다.

"어머, 당신은 로맨틱한 분이시네요. 하지만 설마 이제부터 우리가 마시려는 약에도 그런 트릭이 있는 건 아니겠죠?"

"아닙니다. 이거야말로 유모가 자세히 조사해서 골라준 약입니다. 먹을 건가요?"

"네, 그러고 싶어요. 이런 아름다운 정원에서 당신과 함께 죽다니, 너무 행복해요."

두 사람은 하얀 가루약을 한 봉씩 먹었다. 그리고 손을 잡은 채 장미와 튤립에 덮인 푸른 풀밭에 몸을 눕혔다.

"저…… 기뻐요. 당신은?"

"저도……."

두 사람은 눈을 감았고, 움직일 수 없게 되었다. 태양은 눈부시게 내리쬐고 있다. 등에의 날갯소리가 황홀하게 두 사람 위에서 춤추었다.

3

하지만 두 사람은 죽지 않았다.

얼마 지나지 않아 두 사람이 가볍게 눈을 떴을 때 태양은 변함없이 눈부시게 정원에 내리쬐고 있었고, 세 사람의 남녀가 걱정스러운 눈으로 그들을 들여다보고 있었다.

"아, 눈을 떴어!"

그 소리를 듣고 바라로는 놀란 듯 벌떡 일어났다.

"할멈! 당신 날 배신했군."

"용서해주세요, 주인님. 하지만 이분들이 주인님은 죽을 필요가 없다고 전화를 주셔서요……. 그래서 독약 대신 수면제를 드린 겁니다."

"아, 그럼 우리는 잠깐 쾌적한 낮잠을 잔 거로군."

유미코는 몸을 일으키더니 바라로를 따라 유모 뒤에 있는 두 남자를 이상한 눈으로 보았다. 바라로는 한 손으로 그녀를 안아주면서 말했다.

"당신들은 대체 누굽니까?"

"저 말입니까?"

기묘한 백발 신사는 온화한 미소를 지었다.

"저는 유리 린타로라는 사람입니다. 그리고 이쪽은 미쓰기 슌스케 군."

"아, 이름은 들은 적이 있습니다. 그럼 우리를 잡으러 오신 거군요."

"실은 그 반대입니다. 저희는 두 분을 구하러 왔어요. 구로야나기 박사를 살해한 범인을 찾았거든요."

"이소가이 한자부로죠. 그거라면 저희도 압니다. 하지만 증거는 없습니다. 그 남자가 범인이란 증거가 저희에겐 없어요."

"우리가 그 증거를 손에 넣었습니다."

"사실인가요?"

"사실이고말고요. 미쓰기 군, 그걸 보여드리게."

슌스케는 손에 들고 있던 꾸러미를 펼치더니 안에서 아름다운 자명종을 꺼냈다.

"부인, 이 시계를 본 기억이 있습니까?"

"아."

유미코는 나직하게 소리를 질렀다.

"그걸, 대체 어디서……."

"부인의 손궤에서 발견했습니다."

"그렇군요. 이건 구로야나기가 살해당했을 때 머리맡에 있던 시계예요. 그리고 저희가 만날 때마다 신호로 쓰던 시계죠.

왜 그게 죽은 남편의 머리맡에 있는지는 저도 몰랐어요. 하지만 왠지 불안해서 경찰이 오기 전에 숨겨뒀죠."

"그렇겠죠, 그 후로 이 시계를 쓴 적이 있습니까?"

"아뇨, 한 번도. 무서워서 도저히……."

유미코는 몸을 떨었다.

"그런데 그 시계가 무슨 관련이 있나요?"

"네, 이게 굉장히 중대한 비밀을 말해주더군요."

유리 선생은 바라로를 돌아보았다.

"당신은 그날 밤 이 시계가 울리는 걸 들었다고 하셨죠?"

"예, 들었습니다. 〈아베마리아〉요."

"그 〈아베마리아〉는 끝까지 울렸나요?"

바라로는 잠시 생각하는 듯한 눈을 했다.

"아, 그렇군요. 도중에 뚝 끊겼습니다."

"왜 소리가 끊겼는지 생각해보신 적 있습니까?"

"아뇨, 하지만……."

"아주 중대한 사실을 말해주는 겁니다. 보세요."

유리 선생은 시계를 뒤집더니 바닥에 붙어 있는 금속판을 떼어냈다. 그러자 한 면에 돌기가 있는 놋쇠 원통과 얇은 금속 키가 잔뜩 붙어 있는 오르골이 나타났는데, 그 오르골 사이에 뭔가 하얀 것이 끼워져 있었다.

"보십시오. 이것이 끼워져 있어서 원통이 회전을 멈췄고, 그래서 오르골 소리가 멈췄던 겁니다. 이제 이걸 떼어보겠습니다."

유리 선생이 하얀 뭔가를 집어 들자, 바로 원통이 회전하기 시작했다. 그리고 얇은 금속이 원통의 돌기에 닿아, 거기서 멎었던 〈아베마리아〉가 미묘하게 계속되는 소리가 나긋나긋하게 새어 나왔다.

"이것이 5년 전에 끊어졌던 〈아베마리아〉가 계속되는 소리입니다. 그런데 이 하얀 것이 뭔지 아십니까?"

"뼈처럼 생겼는데요."

"맞습니다. 인간의 새끼손가락입니다. 부인, 이소가이 한자부로 씨는 왼쪽 새끼손가락 끝이 잘렸다던데, 언제 그렇게 됐는지 들으신 적 있습니까?"

"아."

유미코는 무심코 숨을 들이켜고 크게 헐떡였다.

"이제 아시겠습니까? 구로야나기 박사는 이소가이 씨에게 찔렸을 때 상대의 새끼손가락을 물어뜯었던 겁니다. 그리고 훗날 증거로 남기기 위해 죽기 전 이 자명종에 감춰둔 겁니다. 범인이 돌아올까 봐 겁났겠죠. 어떤가요. 이래도 당신들이 죽어야 할까요?"

바라로와 유미코의 눈에서 갑자기 눈물이 흘렀다.

자명종은 아직 울리고 있다. 장미와 튤립이 핀 정원에 울려 퍼지는 저 〈아베마리아〉는 들을 넘어, 언덕을 넘어, 아름답고 화사하게 펼쳐진 창공 저편까지 다다르리라.

작품 해설

장경현(추리소설 평론가, 조선대학교 교수)

《나비 부인 살인 사건》은 1946년 발표한 '유리 린타로' 시리즈의 마지막 장편이다. 요코미조 세이시는 '긴다이치 고스케' 시리즈 첫 장편《혼진 살인 사건》을 연재하기로 되어 있었지만 갑작스럽게 요절한 작가 오구리 무시타로를 대신하여《록》지에 1년간 이 작품을 연재했다. 즉 '유리 린타로' 시리즈에서 '긴다이치 고스케' 시리즈로 넘어가는 마지막 고별사라고 할 수 있다. 연재에 앞서 요코미조는 철저한 본격 추리소설을 쓰겠노라 선언했는데, 그에 걸맞게 이 작품은 존 딕슨 카와 크로프츠에게서 받은 영향을 뚜렷이 드러내며 풍부한 트릭과 플롯을 집대성해 보여준다. 작가 본인도 자신의 베스트 작품으로 꼽았고《불연속 살인 사건》을 쓴 사카구치 안고 또한 세계 베스트 5위 안에 들 만한 작품이라고 극찬한 바 있다.

정부의 추리소설 탄압과 건강 문제로 오카야마의 오카다촌에 칩거하며 트릭 구상에 빠져 있던 요코미조 세이시는 자신의 집에 드나들던 추리소설 애호가들 중 젊은 음악도 이시카와

료이치가 시체를 콘트라베이스 케이스에 숨길 수 있다고 한 말에서 아이디어를 얻어 크로프츠의《통》과 같이 콘트라베이스 케이스에서 시체가 튀어나오는 소설을 구상한다. 확실히 초반부에 여성의 시신이 배달의 방식으로 옮겨져 발견되는 장면은 《통》과 흡사하다. 하여간 이 아이디어가 증식하여 음악가들 사이에서 벌어지는 살인 사건으로 발전된 것이다.

'긴다이치' 시리즈의 경우 일본의 폐쇄적인 전통 사회와 문화를 적극적으로 활용했지만 '유리 린타로' 시리즈는 도시를 배경으로 하여 현대화된 일본의 모습을 그려내었다. 특히《나비 부인 살인 사건》은 오페라단을 중심에 내세워 클래식 오페라와 서양 문화가 풍성하게 언급된다.

이 작품에는 자극적인 소재들과 다양한 서술 방식이 어우러져 있다. 시리즈 탐정들의 회고로 시작하여 과거 이야기를 가지고 미쓰기 슌스케가 쓴 소설이라는 액자소설 형식을 취하는가 하면, 초반에는 쓰치야 교조의 일기 형식으로 현장감을 살린다. 그러면서 악보 형태의 암호가 제시되고 5장부터는 미쓰기 슌스케의 1인칭 시점으로 이야기를 이어간다. 엘러리 퀸 같은 '독자에의 도전'도 있고 복잡한 요소들과 서브플롯들이 뒤얽혀 있으며 물리적인 알리바이 트릭도 있어 확실히 '긴다이치' 시리즈와 차별되는 본격 추리소설의 전형과도 같은 작품이다. 이런 점에서는 앞서 국내에 소개된 '유리 린타로' 시리즈《신주로》의 낭만주의적 탐미성과도 사뭇 다르다.

요코미조 세이시는 단편 〈살인귀〉에서 작중 인물인 추리소설 작가의 입을 빌려 전쟁 이후 인명에 대한 감각이 무뎌졌고 작품 속에서 시체를 장난감 갖고 놀듯 이리저리 굴리게 되었다고 했는데, 사실 이 작품이 그렇다.

초반부에 나오는 유리 선생의 말은 추리소설과 사회의 관계를 아주 예리하게 통찰한 것이다. 그는 "전쟁으로 무감각해진 사회에서는 치밀한 계획을 세워 범죄를 저지를 만한 여유도 없고 살인 사건에도 무감각해진다", "계획범죄가 있다는 것은 그만큼 사회질서가 잡혀 있다는 증거이다"라고 한다. 물론 인명이 존중되는 사회일수록 범죄에 대한 제재가 강력하기에 그것을 피하기 위한 트릭이 발달한다는 이야기지만, 황금기 퍼즐 미스터리의 이데올로기가 자본주의 사회의 질서와 안정을 수호하는 상류 엘리트 계급의 이념이라는 점을 떠올리면 참으로 정곡을 찌르는 말이다.

그렇지만 작중 유리 린타로의 모습은 고전적인 명탐정과 현대의 경찰 사이에 위치한다. 현대의 범죄는 경찰 조직의 힘을 빌리지 않으면 해결할 수 없다는 신념을 갖고 있다. 이런 점에서 이 작품은 황금기 퍼즐 미스터리의 성격이 두드러지고 이를 강하게 의식하면서도 선구적인 차별점을 두고 있다고 할 수 있다.

그래서인지, 시신을 줄로 매다는 등《김전일》이나《코난》같은 추리 만화에서 익숙한 트릭이 나오면서도 의외로 인물들의 인간적인 면을 공들여 그린다. 전형적일 수도 있는 캐릭터들이

다수 나와 자칫하면 종이 인형처럼 얄팍해지기 십상이지만 하나하나 꽤 입체적이고 다면적인 모습을 드러낸다. 겉으로는 그저 거만하고 자기중심적인 프리마돈나로 보이지만 어린아이처럼 장난을 좋아하고 의외로 다른 사람에게 친절한, 한마디로 정의할 수 없는 복잡 미묘한 성격을 가진 피해자 하라 사쿠라, 우직하고 속물적인 중년 남자 같지만 몰락한 성악가 출신이라는 과거와 의외로 복잡한 내면을 가진 매니저 쓰치야 교조, 방탕한 인기 가수이지만 어머니를 그리워하며 외로움에 시달리다가 살해된 후지모토 쇼지, 명문가의 자제로 낙천적이고 초탈해 보이는 사쿠라의 남편 하라 소이치로 등 한 명 한 명이 자기 나름대로의 서사를 갖고 있다. 그리고 이런 내면들이 실제로 살인 사건과 밀접하게 연결되어 촉매가 되는 교묘하고 긴밀한 구성을 보여준다.

게다가 나중에 밝혀진 범인의 동기는 매우 섬세한 심리적 갈등이라 할 수 있다. 이 부분은 동시대의 서구 황금기 추리소설들보다도 뛰어난 점이다. 등장인물들이 대부분 예술가라는 점을 잘 활용하여, 이들의 심리가 어떤 식으로 자극받고 반응하고 특정한 결과를 초래하는지를 성공적으로 그려내었다. 물론 기계적인 트릭이나 인물들의 행동에 다소 억지스러운 면이 없지는 않다. 그러나 작품 전체의 완성도를 깎아먹을 정도는 아니다.

유리 린타로와 미쓰기 슌스케는 생각해보면 조금 특이한 콤

비이다. 중년의 탐정과 젊은 기자라는 조합은 클레이턴 로슨의 마술사 탐정 그레이트 멀리니와 그의 친구 겸 조수 로스의 경우에서 볼 수 있듯이 희귀한 것은 아니다. 하지만 두 사람 모두 꽤 유명하고 대단히 유능하다는 점에서 독특하다. 미쓰기는 스타기자라고 명시되며 여러모로 수사에 도움을 준다. 마지막 순간 달아나려는 범인과 격투를 벌여 쓰러뜨리기도 한다. 유리 린타로는 경시청 수사과장까지 지냈고 명탐정으로 신뢰받고 있으며, 미쓰기가 위험에 빠져들 때 쫓아다니며 구해주기도 하고 자신이 누명을 벗겨준 젊고 아름다운 오페라 가수와 결혼하기도 한다. 젊은 미쓰기가 좀 더 무모하고 유혹에 약하지만 유리 선생도 나이 차이가 많이 나는 음악가와 사랑에 빠질 정도로 낭만적인 면모를 보여주어 읽는 재미를 더한다.

이 책에는 표제작 외에도 두 편의 소설이 더 실려 있다. 〈거미와 백합〉은 시작부터 미쓰기 슌스케와 그의 친구 미소년 우리우 도모지의 묘한 대화로 시작해서 바로 우리우의 죽음으로 이어지는 긴급한 전개의 단편이다. 짧은 이야기지만 장 구분이 되어 있고 장 제목은 마치 옛날 소설과 같이 내용을 요약하는 문장 형식이라 현대를 배경으로 함에도 고풍스러운 느낌이다. 그리고 추리소설이라기보다는 에로틱한 공포소설에 가까운 전개를 보여준다. 친구의 복수를 꾀하던 미쓰기가 신비로운 여성에게 빠져서 세뇌당한 모습은 낯설어 보이기도 한다. 1933년에 발표된 이 작품에서는 요코미조 세이시가 푹 빠져 있던 에도 통속소설의 영향을 뚜렷하게 볼 수 있다. 유리 선생의 모습도 이성적인 명탐정보다는 불쑥 나타나 모든 사실을 파악하는 데우스마키나적인 모습이다. 이 작품은《나비 부인 살인 사건》보다《신주로》에 가까운 분위기다.

1934년 발표한 단편 〈장미와 울금향〉 또한 탐미적이고 낭만주의적인 면모가 가득하다. 비현실적으로 아름다운 남녀를 둘러싼 정염에 대한 이야기로, 유리 선생과 미쓰기 두 사람이 관찰자이자 해결자 역할을 하지만, 마지막 수수께끼의 고리를 푸는 것 외에 특별히 두드러진 활약을 보이진 않는다. 이러한 현대의 민담이나 전설과 같은 이야기 방식은 '유리 린타로' 시리즈의 특징인데 이후 '긴다이치 고스케' 시리즈에서는 거의 사라지지만《팔묘촌》이나《밤 산책》등의 작품에서 그 흔적을 엿볼 수 있다.

옮긴이 **정명원**

이화여자대학교 신문방송학과를 졸업하고, 일본어 전문 번역가로 활동 중이다.
옮긴 책으로 《옥문도》 《팔묘촌》 《이누가미 일족》 《혼진 살인 사건》 《병원 고개의
목매달아 죽은 이의 집》 《가면무도회》 《미로장의 참극》 《신주로》 등이 있다.

나비 부인 살인 사건

초판 1쇄 인쇄일 2025년 12월 5일
초판 1쇄 발행일 2025년 12월 18일

지은이 요코미조 세이시
옮긴이 정명원

발행인 조윤성

편집 박고운 **디자인** 최희영 **마케팅** 최기현
발행처 ㈜SIGONGSA **주소** 서울시 성동구 광나루로 172 린하우스 4층(우편번호 04791)
대표전화 02-3486-6877 **팩스(주문)** 02-598-4245
홈페이지 www.sigongsa.com / www.sigongjunior.com

글 ⓒ 요코미조 세이시, 2025

ISBN 979-11-7125-873-4 (04830)
ISBN 979-11-7125-827-7 (세트)

*SIGONGSA는 시공간을 넘는 무한한 콘텐츠 세상을 만듭니다.
*SIGONGSA는 더 나은 내일을 함께 만들 여러분의 소중한 의견을 기다립니다.
*잘못 만들어진 책은 구입하신 곳에서 바꾸어드립니다.

WEPUB 원스톱 출판 투고 플랫폼 '위펍' _wepub.kr
위펍은 다양한 콘텐츠 발굴과 확장의 기회를 높여주는
SIGONGSA의 출판IP 투고·매칭 플랫폼입니다.